漢字
터잡기

평사리
Common Life Books

지은이 **전성운** (田城芸)

고려대학교 대학원에서 문학박사 학위를 받았고 현재는 순천향대학교 국어국문과 교수로 있다. 저작으로는『조선 후기 장편 국문소설의 조망』,『한 · 중 소설 대비의 지평』,『문화로 배우는 한국어』등이 있다.

이야기로 만나고 쓰임새로 익히는

漢字 터잡기

1판1쇄 펴냄 2009년 3월 10일
　 2쇄 펴냄 2012년 3월 10일

지은이 | 전성운
편　집 | 박동빈 · 김정호
펴낸곳 | 평사리
신　고 | 313-2004-172(2004. 7. 1)
주　소 | 서울시 마포구 신수동 448-6 한국출판협동조합 B동 2층
전　화 | (02) 706-1970
팩　스 | (02) 706-1971
Homepage | www.commonlifebooks.com
e-mail | jontong@jontong.co.kr
ISBN 987-89-92241-07-6 (03810)

이야기로 만나고 쓰임새로 익히는

漢字
터잡기

전성운 지음

평사리
Common Life Books

머리말

한자 학습이 필요하다는 것은 새삼스런 말이 아니다. 한자는 우리 삶 깊은 영역에까지 뿌리를 내리고 있다. 우리말의 약 65% 가량이 한자어다. 또한 한자를 앎으로써 언어생활에 유리한 점도 적지않다. 그런데도 일부 사람들은 이런 사실을 애써 외면하거나 부정하면서 한자 학습이 불필요하다고 주장한다. 한자 사용이 문제가되는 것은 한자에 대한 맹신적 태도나 한자의 남용이다. 한자를 잘 알고 적절하게 사용하는 것이 비난받을 이유는 없다. 우리말과 유관한 한자를 충분히 잘 알고 적절하게 사용할 수 있는 능력을 길러야 한다.

그런데 많은 학습자의 경우, 단순히 한자의 뜻과 음만을 기억하려고 애쓴다. 한자의 뜻과 음을 많이 아는 것이 한자 학습의 최종적 목표인 듯한 태도를 보인다. 정작 중요한 한자의 적절한 활용과 효율적인 언어생활에는 다소 무관심하다. 한자 학습에서 낱낱의 그림 글자가 가리키는 바가 무엇인지를 기억하는 단순한 암기는 요긴하지않다. 한자의 문화적 형성 배경에 대한 포괄적이고 입체적인 이해와 접근, 그리고 한자어가 우리말에서 어떻게 쓰이는지를 중심으로 한 학습이 필요하다.

이 책의 편찬 의도는 위와 같은 상황의식에서 출발했다. 학습자들이 한자 공부를 할 때 으레 발생하는 문제, 한자의 단편적 암기라는 학습 태도를 극복할 수 있도록 했다. 그 결과 이 책을 다음과 같이 구성하였다. 먼저 한자의 기원과 형성, 한자의 구성과 유관한 부수, 획순 등에 대해 설명한 부분이다. 여기서는 한자에 대한 기초적이고 상식적 내용을 설명하였다. 또한 처음 접하게 되는 한자를 쉽게 찾아볼 수

있도록 자전(字典)에서 한자를 찾는 방법도 알 수 있도록 했다.

그리고 다음 과정에서 1,000여 자의 개별 한자를 글자 형성 과정을 중심으로 설명하고, 그것이 우리말에서 어떻게 활용되는가를 밝혔다. 이것은 낱낱의 한자에 대한 문화적 배경과 정확한 언어적 활용을 최대한 간략하게 설명·제시한 것이다. 이를 통해 단순히 한자를 암기하는 것에서 한 걸음 나아가 한자의 정확한 이해와 적절한 활용을 할 수 있을 것이다. 물론 여기서 학습자가 자신이 학습한 바를 점검하는 과정도 빠트리지 않았다. 한자 학습의 요체인 반복적 자기 점검이 가능하도록, 학습한 내용을 문제로 풀어보고 써 볼 수 있도록 배려하였다.

이처럼 학습자들이 가능한 쉽고 흥미롭게, 그리고 효과적으로 한자를 습득할 수 있도록 구성하자는 것이 이 책의 편찬 의도이다. 그러나 아쉬운 점들이 없지도 않다. 앞으로 이런 점들을 지속적으로 고치고 보완하도록 하겠다. 아무쪼록 이 책이 한자를 배우려는 모든 이들에게 큰 도움이 되기를 바란다.

2009년 2월
저자 씀.

차례

I

漢字의 起源과 形成

1. 漢字의 起源

한자는 언제 어디서 누가 만들었는가? 전설(傳說)에 의하면, 아득한 옛날 창힐(蒼
詰)이라는 사람이 새나 짐승의 발자국을 본떠서 만들었다고 한다. 그러나 실제로
창힐이 한자를 만들었다고 믿을 수는 없으며, 한자는 오랜 기간을 거치면서 차츰
체계(體系)를 갖춘 문자(文字)가 되었던 것으로 보인다. 한자는 문화(文化)의 발전
(發展)과 함께 지금의 모습으로 변화(變化)했다.

한자의 가장 오래된 형태(形態)는 중국 서안(西安) 교외(郊外)의 반파유적(半坡遺
蹟)과 산동성(山東省) 태안현(泰安縣)의 대문구유적(大汶口遺蹟)에서 발굴(發掘)되었
다. 반파유적에서 발굴한 도기(陶器) 중에 글자처럼 새겨진 것이 있으며, 대문구유적
에서 발굴된 도기에는 그림 글자와 비슷한 표시가 보인다. 이것들은 아마 도기 소유
자(所有者)의 문장(紋章)으로 추정되며, 원시(原始) 형태의 그림 글자로 볼 수 있다.

그러나 문장화된 글자, 제대로 된 문자열(文字列)로 표시되어 글자로 추정할 수
있는 글자는 은(殷) 시대(時代)가 되어서야 비로소 나타난다. 은대의 하북성(河北省)
고성현(藁城縣)의 태서유적(台西遺跡)과 강서성(江西省) 청강현(淸江縣)의 오성유적
(吳城遺蹟)에서 갑골문자(甲骨文字)와 비슷한 꼴의 문자를 볼 수 있다. 태서유적에
는 도(刀), 신(臣), 어(魚)와 같은 글자꼴이 있고 오성 유정의 도문(陶文)에는 갑골문
자의 글자꼴과 가까운 형태의 문자열이 있어 현재(現在)까지 알려진 가장 오래된 한
자로 추정(推定)된다. 이렇게 문자로 추정될 수 있는 것은 갑골문자에 이르러. 갑
골문자는 확실한 문자체계를 갖추고 있어 본격적인 한자 시대의 개막인 셈이다.

2. 甲骨文字

갑골문자(甲骨文字)는 거북의 껍질이나 동물의 뼈에 새겨진 글자를 가리킨다. 은
대(殷代) 사람들은 항상 점(占)을 치며 생활(生活)했다. 예를 들면 중국(中國)에는 이
른 시대부터 갑(甲)으로 시작(始作)하여 계(癸)로 끝이 나는 십간(十干을 통해 숫자

반파유적의 채도 도문

대문구 유적의 그림꼴 도문

	刀	臣	魚
태서기호(台西記號)			
갑골문자			

태서유적 출토 기호와 갑골문

오성 도문

를 셌다. 이것은 마치 현대(現代)의 1주일처럼 시간적(時間的)인 구분(區分)의 단위 (單位)로서 기능(機能)했다. 그리고 그 십일을 가리켜 순(旬)이라 했다. 각 순의 마지막 날에 해당(該當)하는 계일(癸日)에는, 갑(甲)으로 시작되는 다음 순에 뭔가 불길 (不吉)한 일이 일어나지 않을까 하는 점치기를 정기적(定期的)으로 행(行)했다. 이것이 은대에 행해졌던 여러 점치기 가운데 하나인 복순(卜旬)이다.

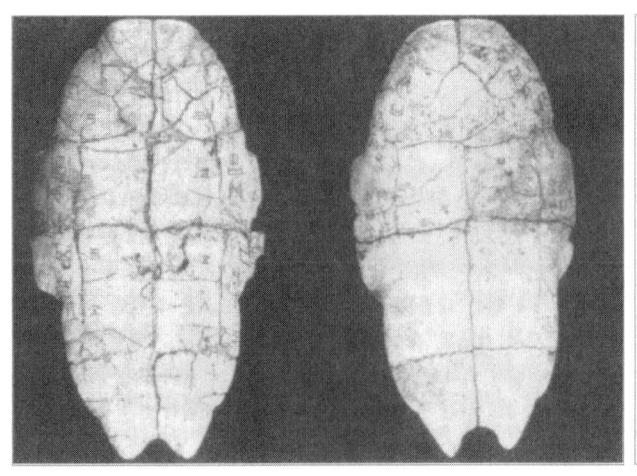

거북의 껍질에 새겨진 갑골문자   소의 뼈에 새겨진 갑골문자

이렇게 점을 친 후에 그 내용을 거북의 껍질이나 동물의 뼈에 새겨 넣는다. 언제, 누가, 어떤 이유(理由)로 점을 쳤으며 점의 결과(結果)가 어떻게 실현(實現)됐는가를 갑골에 새기는 것이다. 물론 이와 같은 점은 주로 임금이나 제사장이 쳤으며, 점의 길흉(吉凶)에 대한 판단(判斷)도 임금이나 제사장이 하였다. 점은 임금의 통치(統治) 행위(行爲) 가운데 하나였던 셈이다. 그렇기 때문에 문자가 새겨진 갑골은 신성(神聖)한 것으로 인식(認識)·보관(保管)되었다.

갑골의 갑(甲)은 거북의 껍질이며, 골(骨)은 소와 같은 짐승의 뼈를 이르는 말이다.(갑은 갑 처럼 바깥 을 단단히 둘러싸고 있는 겉껍질을 의미하며, 골은 사람의 해골과 전신 뼈를 가리킨다.) 갑골에 문자를 기록(記錄)할 때, 거북의 등껍질을 사용(使用)한 경우(境遇)는 드물며 보통(普通) 배 부분(部分)을 주로 사용했고, 짐승의 뼈는 주로 소의 어깨죽지뼈를 사용한 것이 많이 발견(發見)되고, 드물게 사슴의 뿔과 사람의 머리뼈를 사용한 것도 발견되는 형평이다.

갑골문으로 점치는 방법(方法)은 먼저 거북 껍질이나 뼈의 모양(模樣)을 깨끗하게 다듬고 안쪽에 둥글고 뾰쪽한 홈을 몇 개 파서 홈마다 가로로 얕은 절구 모양의 구멍을 판다. 그 구멍에 불붙인 나무를 꾹 눌러서 급격히 열(熱)을 가하면 거북 껍질이나 뼈의 표면(表面)에 날카로운 줄무늬 모양의 잔금이 생긴다. 이 잔금이 점을 치는 사람이 묻고자 하는 것에 대한 신의 대답이다. 그러므로 점치는 사람은 이 잔금을 보고 미래(未來)의 길흉을 판단(判斷)하게 된다. 잔금을 보고 신의 마음을 읽는다는 것이 매우 불확실하고 주관적이지만 세계에 대한 객관적 인식(認識)이 부족한 고대인에게 점치는 행위는 더 할 수 없이 명확한 미래 인식의 방법이었던 것이다.

3. 漢字와 文化

한자는 하나의 의미를 한 글자로 나타내는 것을 원칙(原則)으로 하는 표의문자(表意文字)이다. 그러므로 한자는 모양[形], 소리[音], 뜻[意]이라는 세 요소(要素)로 구성(構成)되어 있다. 하나의 글자로 하나의 소리와 뜻을 동시(同時)에 나타내야 한다. 그래서 한자를 '단어문자(單語文字)'라고도 부른다. 표현(表現)해야 할 뜻은 많고 나타낼 수 있는 소리는 제한(制限)되어 있으므로 한자에는 소리가 같으면서 모양과 뜻이 다른 글자가 많다. 특히 사회(社會)가 발달(發達)하면 할수록 표현해야 할 대상(對象)이 증가(增加)하기 마련이다. 그렇기 때문에 한자에는 동음이의어(同音異議語)가 다수(多數) 존재(存在)하게 된 것이다.

한자를 익히기 위해서는 모양과 소리와 뜻을 유기적(有機的)으로 이해(理解)해야 한다. 왜냐하면 한자의 기원(起源)은 이미지적 상징(象徵)과 추리적 상징(象徵)이기 때문이다. 이미지적 상징이란 대상의 사실적(事實的) 모습을 그려 대상의 의미(意味)를 전달(傳達)하고자 한 것이고[象形], 추리적 상징은 대상의 모습을 추상화(抽象化)하여 기호적(記號的)으로 표현(表現)한 것이다[指事]. 그러므로 한자의 모양을 구조적(構造的)으로 이해하면 그 한자의 의미를 쉽게 파악할 수 있다.

한자는 문화가 발전함에 따라 필요(必要)로 하게 되는 단어를 끊임없이 새롭게 만들어냈다. 요컨대, 상형자(象形字)와 지사자(指事字)를 토대로 글자를 조합(組合)하거나[形聲] 뜻을 합쳐서[會意] 필요로 하는 새로운 글자를 만들어냈던 것이다. 그러므로 한자의 모양에는 그것을 사용한 언어(言語) 구성원(構成員)이 누린 문화적 형태(形態)와 인식(認識)이 드러나게 된다. 이것은 한자를 사용한 구성원의 문화를 이

해함으로써 한자의 구성(構成)과 의미(意味)를 이해할 수도 있으며, 역(逆)으로 한자의 구성을 학습(學習)하는 과정(過程)에서 한자를 사용한 집단(集團)의 문화적 특성(特性)을 이해할 수도 있음을 뜻한다. 그러므로 문화에 대한 이야기를 통해 한자를 배우는 것이 초보 학습자에게는 충분히 효과적이다.

4. 六書

한자는 그 구성 방식(方式)에 따라 여섯 종류(種類)로 나뉠 수 있다. 상형(象形), 지사(指事), 회의(會意), 형성(形聲)의 원리(原理)를 활용(活用)하여 생활에서 필요로 하는 새로운 글자를 만들어낸다. 그렇기 때문에 이 네 방식을 제자(制字)의 원리(原理)라고 부른다. 이에 반해 전주(轉注)와 가차(假借)는 존재(存在)하는 글자에 새로운 의미를 덧붙여 사용하는 운용(運用)의 원리이다. 제자와 운용의 원리에 따른 구성 방식을 육서(六書)라고 부른다. 다만 현재(現在)에는 개별(個別) 글자를 육서의 원리로 일관(一貫)되게 분류(分類)할 수 없는데, 그것은 학자(學者)마다 이견(異見)이 있을 뿐만 아니라, 시간(時間)이 지나면서 글자의 모양이 여러 형태로 조금씩 변하여 쉽게 구분(區分)되지 않기 때문이기도 하다. 이를 각각 좀더 자세히 알아보기로 하자.

			犬	犬	개 견 (犬)
			鹿	鹿	사슴 록 (鹿)
			馬	馬	말 마 (馬)
			心	心	마음 심 (心)
			羊	羊	양 양 (羊)
			牛	牛	소 우 (牛)
			鳥	鳥	새 조 (鳥)
			貝	貝	조개 패 (貝)

1) 象形

사물의 모습을 본 뜬 글자이다. 사물의 특징을 잘 드러낼 수 있는 관점(觀點)에서 간략(簡略)하게 본떠서 만들었다. 예를 들어 사람 인(人)은 사람의 옆모습을 그린 것이고, 큰 대(大)는 사람을 정면에서 본 것이며, 밭 전(田)은 밭과 밭의 경계가 가로 세로로 그어져 있는 것을 위에서 보고 그린 것이다. 물고기 어(魚)는 세워 놓은 물고기를, 문 문(門)은 좌우 두 짝 문의 모양을 그린 것이다. 이처럼 생활 주변에서 흔히 볼 수 있는 것을 그림의 형태로 그려 표현한 것이 상형에 해당하는 글자들이다. 그러나 시간의 흐름에 따라 본래의 모습이 변형됨으로써 현재는 그 모습을 알아볼 수 없는 형태로 바뀐 것이 많다.

2) 指事

사물을 기호적으로 지시하는 글자이다. 형태를 그릴 수 없는 사물의 특징을 간략한 기호로 지시하는 방식이다. 숫자와 같은 추상적 개념은 그 모습을 본 떠 표현하기 힘들다. 그러므로 일정한 기호를 만들어 뜻을 만들어냈다. 예컨대 일(一), 이(二), 삼(三)과 같은 경우가 그러하다. 지사자에는 구체적 물건의 모양을 본뜬 상형적 부호가 많이 사용되기도 한다. 이는 그 물건의 모양을 매개로 하여 그와 또 다른 어떤 사물의 성질을 나타내려는 상징적 표현의 방식에 불과하다. 예를 들어 상형의 방식으로 만들어진 글자인 나무 목(木)의 위와 아래에 한 획[一]을 더 그어 끝 말(末)과 뿌리 본(本)을 표시하는 방식이 그것이다. 다음의 경우가 모두 그러한 예에 해당한다.

단(旦) : 해[日]가 지평선[一] 위로 떠오르는 모양. → 아침.

립(立) : 큰 사람[大]이 땅[一] 위에 서 있는 모양. → 서다.

부(父) : 손[又]에 회초리[丿]를 들고 자식을 훈계하고 가르치는 모습. → 아비

중(中) : 둥글거나 네모난 천[口]의 한 가운데를 관통한[丨] 모습. → 가운데.

척(尺) : 팔[尸]이 구부러지는 곳[乙]까지의 길이. 팔목에서 팔꿈치. → 길이.

3) 會意

각각의 뜻을 가진 글자를 모아서 새로운 글자를 만드는 방식이다. 이때 이미 만들어진 글자들의 뜻을 모두 살려서 새 뜻을 만들어내는 글자 조합의 방식이다. 예를 들어 불 화(火)를 포개어 불꽃 염(炎)을 만들거나 나무 목(木)을 늘어놓아 수풀 림(林)을 만들기도 하고, 나무 빽빽할 삼(森)을 만드는 방식 따위다. 이와 같이 아주 간단하고 분명한 것 외에도 새[鳥]가 입으로 울어댄다는[口] 의미를 합하여 울 명(鳴)을 만들기도 하고 사람 인(人)이 서 있는[立] 모양을 합쳐서 자리 위(位)란 글자를 만들어내기도 한다. 물론 이렇게 각각 의미를 가진 글자들이 합쳐질 때 일부가 생략되기도 하고, 변형되기도 하여 모양만으로 그 의미를 유추할 수 있는 경우는 그리 많지않다.

광(光) : 사람[人]이 머리에 불[火]을 들고 있으면 밝게 빛난다. → 빛.

급(及) : 앞서 가는 사람[人]을 손[又]으로 잡을 정도도 가깝다. → 미치다.

무(武) : 창[戈]을 들고 싸우는 것을 그치게[止] 할 정도로 힘이 세다. → 굳세다.

벌(伐) : 창[戈]으로 사람[人]을 치거나 공격하는 모습. → 치다.

보(步) : 발[止]과 발[止]을 교대로 내딛으며 나가는 모습. → 걷다.

복(伏) : 사람[人] 곁에 개[犬]가 엎드려 있는 모습. → 엎드리다.

부(否) : 입[口]으로 아니[否]라고 말하는 모습. → 부정하다.

북(北) : 사람[人]과 사람[人]이 서로 등지고 앉아 있는 모습. → 배반하다.

비(比) : 사람[人]과 사람[人]이 같이 나란히 서 있는 모습. → 나란하다.

수(囚) : 사방이 막힌 곳[口]에 갇혀 있는 사람[人]. → 죄인.

집(集) : 저녁때가 되어 나무[木] 위에 새[隹]가 모여드는 모습. → 모이다.

청(晴) : 해[日]가 떠서 하늘이 파랗게[靑] 보이는 모양. → (날씨가) 맑다.

휴(休) : 사람[人]이 나무[木]에 기대어 쉬는 모습. → 쉬다.

4) 形聲

형태적 의미를 지닌 부분과 소리를 가진 부분을 합쳐서 만든 글자이다. 이는 회의와 유사한 방식이지만 어느 한 부분은 의미를 담당[意部]하고 다른 부분은 소리를 담당[聲部]한다는 점이 다르다. 대부분의 한자가 이러한 방식으로 만들어졌으며, 이 원칙에 따라 한자의 의미를 파악하는 것이 가능하다. 다만 의미를 담당하는 부분이 구체적이고 명시적이지 않으며, 대체적인 의미만을 암시할 뿐이다. 또한 소리를 담당하는 부분도 오랜 기간의 음운 변화로 인하여 한자음과 정확하게 일치하지는 것이 많다.

> 문(問) : 입[口]으로 뭔가를 묻는다는 의미와 문 문(門)의 발음이 결합. → 묻다.
> 문(聞) : 귀[耳]로 뭔가를 듣는다는 의미와 문 문(門)의 발음이 결합. → 듣다.
> 상(霜) : 비[雨]처럼 내리는 것이라는 의미와 서로 상(相)의 발음이 결합. → 서리.
> 성(盛) : 그릇[皿]에 음식이 가득 담겨 있다는 모습과 이룰 성(成)의 발음 결합. → 담다.
> 군(郡) : 마을을 나타내는 글자[邑]와 임금 군(君)의 발음이 결합. → 고을.
> 관(管) : 대나무[竹]에 구멍 뚫어 만든다는 의미와 벼슬 관(官)의 발음 결합. → 피리.

더욱이 형성자 가운데 잊을 망(忘)과 같은 글자는 마음[心]에서 없어진다[亡]의미를 나타내며, 맑을 청(淸)은 물[氵]이 깨끗하여 푸르다[靑]는 의미를 나타내는 글자도 있다. 이렇게 의미의 결합은 형성처럼 보여 회의자와 구분하는데 상당한 혼란이 있다.

5) 轉注

본래의 뜻과 연관이 있는 다른 뜻으로 전용하는 운용의 방식이다. 인간의 지적 발달과 사회의 발달에 따라 표현해야 할 대상과 개념이 늘게 된다. 그때마다 새로운 글자를 계속 만든다는 것은 불가능하며, 그 모든 것을 새로 익힐 수도 없는 노릇이다. 그러므로 이미 만들어진 글자로 본래의 뜻과 관련 있는 다른 뜻을 나타내게 되었다. 익힐 습(習)은 새가 날개로 자주 날다[羽+白]는 뜻을 나타내게 되었고, 익힌 결과 익숙하게 되므로 익숙하다란 의미로 전용하게 된 것이다. 한편 다른 뜻을 나타내게 되면서 발음이 변하는 것도 있다. 음악 악(樂)은 애초 커다란 북을 본 뜬 상형자였는데, 음악을 여러 사람들이 즐긴다는 점에서 즐기다란 의미로 전용되면서 발음도 '락'[예 : 오락(娛樂)]으로 바뀌었고, 또 즐기기를 좋아하다[예 : 요산요수(樂山樂水)]란 의미로 바뀌면서 다시 발음이 '요'로 바뀌었다.

6) 假借

표의문자인 한자를 임시로 표음문자처럼 사용하는 방식이다. 어떤 의미를 지녔는 가하는 점은 고려하지 않고, 발음의 유사함을 빌어 외국어를 표시하는 경우가 이에 해당한다. 앞서 살핀 전주가 본래의 뜻을 바꾸어 새로운 의미로 사용하는 것이라면, 가차는 본래의 소리를 빌려쓰는 방식인 셈이다.

부다(Budda) : 불타(佛陀)   프랑스 : 불란서(佛蘭西)

잉글랜드 : 영길리(英吉利)   클럽 : 구락부(俱樂部)

II

漢字의 部首와 劃順

1. 漢字의 部首

한자는 한자 문화권에서 필요에 따라 만들어졌기 때문에 그 글자 수가 얼마나 되는지 정확하지 않다. 1716년에 만들어진『강희자전(康熙字典)』에는 47,035자가 최근 간행된 자전에는 54,678자가 수록되어 있다. 현재 없어진 한자, 사용하지않는 한자, 형체가 달라진 한자를 고려하지 않는다 하더라도 5만자가 넘을 것으로 추정된다.

이렇게 많은 한자를 체계적으로 정리하고, 자신이 원하는 글자를 찾아보기 위한 방법으로 부수가 정해졌다. 부수는 글자의 모양을 구조적으로 분석하여 몇 개의 부류로 나누었을 때, 그 부류에 공통되며 그 부류를 대표하는 기본자이다. 1615년에 간행된『자휘』에서 214개로 정착된 부수는 상형자와 지사자로서 글자의 옆, 몸, 머리, 받침에 위치하여 그 글자의 뜻을 대략적으로 지시해준다. 다음의 한두 개 예를 들어보자.

변 : 고을 동(洞) – 삼수 변(氵), 사건 건(件) – 인변(人)
몸 : 참새 작(雀) – 새추(隹), 표제 제(題) – 머리혈(頁)
머리 : 편안할 안(安) – 갓머리(宀), 넓을 광(廣) – 엄호(广)
받침 : 세울 건(建) – 민책받침(廴), 이를 수(遂) – 책받침(辶)

2. 漢字의 劃順

한자의 획순은 오랜 기간 동안 한자를 쓰면서 가장 효과적인 방식을 정한 것이므로 원칙이 없다. 다만 일반적으로 통용되는 획순을 보일 수 있을 뿐이다.

① 위에서 아래로 쓴다.
　丨, 二
② 왼 에서 오른 으로 쓴다.
　一, 三

③ 가로획을 먼저 쓴다. 다만 日, 中, 四, 目 등은 예외에 속한다.

　　卄 : 一　→　十　→　卄.

　　木 : 一　→　十　→　才　→　木

④ 가로획과 세로획을 교대로 쓴다.

　　좌는 一, 丿, 工의 순서로 우는 丿, 一, 口의 순서로 쓴다.

⑤ 좌우가 대칭을 이룰 때는 가운데를 먼저 쓴다.

　　小와 水에서 丨을 먼저 쓴다.

⑥ 글자 전체를 꿰뚫는 세로획은 맨 나중에 긋는다.

　　中, 申에서 丨은 맨 뒤에 쓴다.

⑦ 글자 전체를 꿰뚫는 가로지르는 가로획은 맨 나중에 긋는다.

　　女, 冊에서 一은 맨 나중에 쓴다.

⑧ 삐침(丿)과 파임(乀)이 함께 있을 때는 삐침을 먼저 쓴다.

　　人은 丿 → 人의 순서로 쓴다.

⑨ 왼쪽 삐침에는 순서가 글자마다 다르다.

　　九는 丿을 먼저 쓰지만, 刀, 力에서는 丿을 나중에 쓴다.

⑩ 겉이 안을 둘러쌌을 때는 겉을 먼저 쓴다.

　　同은 丿, 冂, 同의 순서로 內는 丿, 冂, 內의 순서로 쓴다.

⑪ 받침은 맨 나중에 쓴다.

　　建은 聿, 廴의 순으로 近은 斤, 辶의 순으로 쓴다.

　　다만 走와 是는 먼저 쓴다. 起는 走, 己의 순서로 題는 是, 頁의 순서로 쓴다.

⑫ 글자의 오른 윗부분에 있는 점은 맨 나중에 찍는다.

　　犬, 代, 成, 伐 등과 같은 글자에서 오른 위의 丶은 맨 뒤에 찍는다.

3. 漢字 찾아보기

한자는 낱글자이다. 한자를 배우기 위해서는 한자의 뜻과 음, 활용 방법에 대해 알아야 한다. 이를 위해, 한자를 모아 일정한 순서로 늘어놓고 글자 하나하나의 뜻과 음을 풀이한 자전(字典)에서 개별 한자의 뜻과 운을 훈을 확인해보아야 한다. 물론 인터넷의 사전에서 낱글자의 의미를 알아보거나 전자사전에서 찾아보는 방법도 있다. 그러나 전통적인 방식의 사전에서 한자 찾는 방법을 알아두는 것도 필요하다.

자전(字典)에서 한자를 찾는 방법은 세 가지가 있다. 먼저, 부수(部首)로 찾는 방법이다. 앞서 설명한 것처럼, 모든 한자를 체계적으로 정리하고 원하는 글자를 찾아보기 쉽게하기위해 부수를 정하였다. 부수는 글자의 모양을 구조적으로 분석하여 몇 몇의 부류로 나누고, 그 부류를 대표하는 기본자를 정한 것이다. 이런 부수를 정리한 표는 보통 사전의 맨 앞장과 뒷장에 있다. 그리고 그 사전에서 각 부수에 해당하는 글자(각 부수의 하단에 페이지를 제시함.)를 획수 순서대로 정리하여 두었다. 예를 들어 고을 동(洞)을 부수로 찾는 방법은 다음과 같다.

① 글자의 부수 추측하기 : 洞의 부수는 氵(=水).
② 부수표에서 氵(=水)의 페이지 확인하기 : 氵(=水) 부에 해당 글자는 120페이지.
③ 洞에서 氵(=水)를 제외한 획수 확인하기 : 同은 모두 6획.
④ 자전의 120페이지 氵(=水)부에 글자 가운데 6획인 글자 중 洞의 뜻과 음 확인.

다음은 음으로 찾기이다. 글자의 음을 알고 있는 경우 그 음에 해당하는 글자만을 모아둔 표가 사전 뒷부분에 부록처럼 수록되어 있다. 예컨대 洞의 경우 음이 '동'임을 안다면 자전에서 부록의 글자를 '음'으로 정리한 표에서 洞(동)이 몇 페이지에 수록되어 있는지를 확인하여 찾는 방법이다.

마지막으로 총획수로 찾는 방법이 있다. '洞'의 경우 글자를 쓰는 획수가 9획이다. 보통 자전의 뒷부분을 보면, 음의 순서대로 글자를 정리한 것과 함께 총획의 순서대로 글자를 제시해두고 있다. 그러므로 제 9획에 가서 洞을 찾아보면 된다. 이는 글자의 부수와 음을 모를 때 사용하는 방법이지만, 총획의 경우 동일한 획수의 글자가 많아 찾는데 번거롭고 총획수를 셀 때 잘못 셀 수도 있다는 점이 단점이다.

III
漢字의 世界

暇 겨를 가 (日부-9획)	形聲. 日+叚. 시간(日)을 빌려(叚) 한가한 시간이 생겼으므로, 한가하다, 겨를이라는 의미를 가지게 됨.	**겨를.** 病暇(병가). 餘暇(여가). 閑暇(한가). 休暇(휴가). **한가롭다.** 暇日(가일).
假 거짓 가 (人부-9획)	形聲. 人+叚. '叚'는 낭떠러지 밑(厂)에서 물건 두 개(二)를 손으로 주고(彐의 획 줄임) 받는(又) 것을 본떠 '빌리다'를 뜻하여, 남(人)에게서 빌린(叚) 것으로 진실로 내 것이 아니라는 데서, '거짓'을 나타내게 됨.	**거짓.** 假面(가면). 假名(가명). 假文書(가문서). 假飾(가식). 假傳(가전). **잠시. 임시.** 假家(가가). 假建物(가건물). 假縫(가봉). 假說(가설). **빌리다.** 假託(가탁). 假借(가차).
街 거리 가 (行부-6획)	形聲. 行+圭. '行'은 네 거리를 본 떠 사방으로 통한다는 뜻하고, '圭'는 평탄하고 매끈한 옥으로, 평탄하고 단단하며 사방으로 통하는(行) 큰 길을 나타냄.	**거리.** 街道(가도). 街頭(가두). 街路燈(가로등). 街路樹(가로수). 商街(상가). 市街(시가).
加 더할 가 (力부-3획)	會意. 원래는 쟁기를 들고 일하는(力은 쟁기) 사람은 칭찬(口)을 듣게 된다는 의미로, 나중에 힘(力) 있게 말한다는(口) 것으로 많다, 더하다'를 나타냄.	**더하다.** 加減(가감). 加熱(가열). 走馬加鞭(주마가편). 增加(증가). 添加(첨가). 追加(추가). **들다.** 加擔(가담). 加盟(가맹). 加入(가입). 參加(참가).
可 옳을 가 (口부-2획)	形聲. '丁'은 예쁘다는 뜻을 지니며, '口'는 입 모양을 가리킴. 어떤 일을 좋다고 말하는(口) 것으로 '허가하다'는 의미를 나타냄.	**옳다.** 可決(가결). 可否(가부). 可票(가표). 不可(불가). **허락하다.** 許可(허가). 不可思議(불가사의). 不可抗力(불가항력). **가히. 할 만하다.** 可恐(가공).
價 값 가 (人부-13획)	形聲. 人+賈. '賈'는 물건을 사고파는 것이며, 사람들이 값을 따져 물건을 사고판다는(賈) 데서, 값을 나타나게 됨.	**값.** 價格(가격). 價值觀(가치관). 減價償却(감가상각). 單價(단가). 代價(대가). 原價(원가). 低價(저가). 定價(정가). 株價(주가).

家 집 가 (宀부-7획)	形聲. 집(宀) 아래에 돼지(豕)를 그려서, 사람이 돼지를 키우며 사는 곳을 나타내 '집'을 의미하게 됨.	집. 家計(가계). 家事(가사). 家庭(가정). 家族(가족). 家訓(가훈). 자기(집). 家兒(가아). 家親(가친). 전문가. 大家(대가). 佛家(불가). 作家(작가). 畵家(화가). 好事家(호사가).
歌 노래 가 (欠부-10획)	形聲. 欠+哥. '欠'은 입을 벌리고 숨을 길게 내쉬는 것을 나타내며, 哥는 노래하다를 뜻함. 입을 벌리고(欠) 소리를 길게 내서 노래하는(哥) 것을 의미.	노래하다. 歌曲(가곡). 歌舞(가무). 歌詞(가사). 歌謠(가요). 高聲放歌(고성방가). 四面楚歌(사면초가). 詩歌(시가). 愛國歌(애국가). 流行歌(유행가). 祝歌(축가).
刻 새길 각 (刀부-6획)	形聲. 刀+亥. 돼지(亥)가 주둥이로 땅을 파헤치며 앞으로 나가듯이 칼(刀)로 나무를 파서 글자를 새긴다는 데서, '새기다'를 나타냄.	새기다. 刻苦(각고). 刻舟求劍(각주구검). 浮刻(부각). 深刻(심각). 모질다. 刻薄(각박). 시각. 頃刻(경각). 時刻(시각). 一刻(일각). 正刻(정각). 卽刻(즉각).
覺 깨달을 각 (見부-13획)	形聲. 見+學. 사람이 잠을 자다가 눈을 떠서 사물을 보면(見) 그것이 무엇인지를 깨달아서 알게(學) 된다는 데서, '이해하다' '깨닫다'를 나타냄.	깨닫다. 覺書(각서). 覺悟(각오). 警覺心(경각심). 先覺(선각). 知覺(지각). 드러나다. 發覺(발각). 느낌. 感覺(감각). 味覺(미각). 視覺(시각). 聽覺(청각). 觸覺(촉각).
各 각각 각 (口부-3획)	會意. 동굴 입구(口)로 발 하나가 다가오는(夂) 모습으로 오다, 이르다를 나타내게 되었고 후에 언덕에서 돌(口←石의 획 줄임)이 하나씩 굴러 내리는(夂) 것으로 '각각'의 의미를 지님.	각각. 各各(각각). 各界(각계). 各國(각국). 各其(각기). 各論(각론). 各自(각자). 各種(각종).
角 뿔 각 (角부-0획)	象形. 살(冉로 나타냄.) 위로 뿔이 솟은(勹) 모습을 본떠서, '뿔'을 나타냄.	뿔. 角膜(각막). 角質(각질). 矯角殺牛(교각살우). 鹿角(녹각). 頭角(두각). 다투다. 角逐(각축). 모. 角度(각도). 角木(각목). 對角線(대각선). 死角(사각). 銳角(예각).

干 방패 간 (干부-0획)	象形. 두 갈래진(∨) 칼날에 손잡이(十)가 달린 창을 본떠서, '찌르다' '막다'를 나타냄.	**방패**. 干城(간성). 干支(간지). **범하다**. 干涉(간섭). 干與(간여). **마르다**. 干滿(간만). 干潟地(간석지). 干潮(간조). 干拓地(간척지). **얼마**. 若干(약간). 如干(여간).
看 볼 간 (目부-4획)	會意. 손(手)을 눈(目) 위에 올려 먼 곳을 보는 모습을 그려서, 자세하게 살펴보는 것을 나타냄.	**보다**. 看過(간과). 看病(간병). 看守(간수). 看做(간주). 看破(간파). 看板(간판). 看護員(간호원). 走馬看山(주마간산).
簡 편지 간 (竹부-12획)	形聲. 竹+間. 종이가 없었을 때 대나무 조각(竹)을 일정하게 간격을(間) 두어 나란히 늘어놓고 거기에 글이나 편지를 써서 전했던 데서, 죽간(竹簡)을 나타냄.	**편지**. 簡牘(간독). 簡策(간책). 內簡(내간). 書簡(서간). 竹簡(죽간). **간략하다**. 簡潔(간결). 簡略(간략). 簡素(간소). 簡易(간이). 簡便(간편). **분별하다**. 簡拔(간발).
間 사이 간 (門부-4획)	會意. 문(門) 틈으로 햇빛(日) 들어온다 해서, '사이' '틈'을 나타냄.	**사이**. 間接(간접). 空間(공간). 期間(기간). 民間(민간). 時間(시간). 人間(인간). 暫間(잠간). **이간하다**. 間言(간언). 離間(이간). **엿보다**. 間諜(간첩).
敢 감히 감 (攴부-8획)	形聲. 攻+甘. 본래는 맹수(工 원래는 爪의 형태.)를 한 손으로 잡은(攴) 것을 그려 용감한 행동을 나타낸 글자임. 글자의 형태가 변하여 예서(隸書)에 이르러 지금의 글자꼴이 됨.	**감히**. 敢死(감사). 焉敢生心(언감생심). **용감하다**. 敢鬪精神(감투정신). 敢行(감행). 果敢(과감). 勇敢(용감).
甘 달 감 (甘부-0획)	指事. 입(口) 안에 무엇을 물고 있는(一) 것을 본떴는데, 맛있는 것을 입에 넣고 있는 것에서, '달다'를 나타냄.	**달다**. 甘味料(감미료). 甘受(감수). 甘酒(감주). 甘呑苦吐(감탄고토). 苦盡甘來(고진감래).

減 덜 감 (水부-9획)	形聲. 氵(水)+咸. '咸'은 본래 도끼(戊)를 휘두를 때 입(口)에서 내는 소리를 뜻하며, 도끼질할 때 입에서 소리가 빠져 나가듯이(咸) 물(水)이 줄어드는 데서 '줄다' '빠지다'를 나타냄.	**덜다. 빠지다.** 減量(감량). 減免(감면). 減稅(감세). 減少(감소). 減速(감속). 減點(감점). 減縮(감축). 削減(삭감). 節減(절감). 增減(증감). 差減(차감).
監 볼 감 (皿부-10획)	會意. '臣·人·一·皿'이 합쳐진 것으로, 사람(人)이 눈을 크게 뜨고(臣←目) 그릇(皿)에 가득 찬(一) 물에 비치는 모습을 보는 형태로 '거울'을 나타냄. 나중에 '자세히 살펴보다'의 의미로 전환됨.	**보다.** 監督(감독). 監査(감사). 監事(감사). 監修(감수). 監視(감시). **감옥.** 監禁(감금). 監獄(감옥). 收監(수감). 移監(이감). 入監(입감). **벼슬.** 校監(교감). 教育監(교육감).
感 느낄 감 (心부-9획)	形聲. 心+咸. '咸(다 함)'은 '일치되다'라는 의미로 남을 감동시켜서 남과 나의 마음(心)이 일치되도록(咸) 하는 데서, 감동하다를 나타냄.	**느끼다. 느낌.** 感情(감정). 豫感(예감). 靈感(영감). 直感(직감). 快感(쾌감). **감동하다.** 感激(감격). 感動(감동). **고맙게 여기다.** 感謝(감사). 感泣(감읍). 反感(반감).
甲 갑옷 갑 (田부-0획)	象形. 싹(丨)이 처음 돋아날 때 씨앗의 껍질(曰)을 쓰고 나오는 것을 본 떠, 씨앗의 껍질이 싹을 덮는 '덮개'를 나타냈고, 후에 덮어서 보호하는 '갑옷'을 나타냄.	**갑옷. 껍질.** 甲殼(갑각). 甲骨(갑골). 甲板(갑판). 機甲(기갑). 遁甲(둔갑). **첫째 천간.** 甲年(갑년). 同甲(동갑). 進甲(진갑). 華甲(화갑). 還甲(환갑). **첫째.** 甲科(갑과). 甲勤稅(갑근세).
降 내릴 강 (阜부-6획)	會意. 언덕(阝←阜)에서 걸어 내려오는 두 개의 발(본래는 夂 두 개를 위아래로 늘어놓음)을 그려서 높은 곳에서 낮은 곳으로 내려가는 것과 항복하는 것을 나타내게 됨.	**내리다(강).** 降等(강등). 降臨(강림). 降神(강신). 降雨(강우). 降下(강하). 昇降機(승강기). **항복하다(항).** 降服(항복). 降書(항서). 投降(투항).
康 편안할 강 (广부-8획)	會意. 곡식을 때려서 터는 농기구(庚)와 그 밑에 떨어진 곡식의 껍질(氺으로 나타냄)을 합친 글자로 본래 겨를 나타냈으나 추수해서 먹을 것이 풍부해지면 마음이 편안하다는 의미로 가차됨.	**편안하다.** 小康(소강). **몸이 튼튼하다.** 康寧(강령). 康福(강복). 健康(건강). **오거리.** 康衢煙月(강구연월).

講 익힐 강 (言부-10획)	會意. 짤 구(冓)와 말씀 언(言)의 결합으로 이루어진 글자로 물고기(冓로 나타냄)가 머리를 맞대고 (冓) 말하듯(言)에서 화해하다, 강론하다를 나타냄.	**강론하다. 익히다.** 講壇(강단). 講堂(강당). 講師(강사). 講座(강좌). 開講(개강). 休講(휴강). **화해하다.** 講和(강화). **꾀하다.** 講究(강구).
強 강할 강 (弓부-9획)	形聲. '弘(넓을 홍)'과 '虫(벌레 훼)'의 합성자로 벌레(虫)의 큰(弘) 껍질이 단단하다는 데서 단단하다, 강하다를 나타냄. 또는 경계 강(彊)을 간략하게 쓴 것이라고도 함.	**굳세다.** 強健(강건). 強國(강국). 強度(강도). 強力(강력). 強弱(강약). **강제하다.** 強盜(강도). 強壓(강압). 強要(강요). 強奪(강탈). 牽強附會(견강부회).
江 강 강 (水부-3획)	形聲. 氵(水)+工. 물(水)이 공(工) 모양으로 콸콸 흐르는 데서 양자강을 지칭하는 고유명사였으며, 후에 큰 강을 가리키는 일반명사로 사용됨.	**강.** 江南(강남). 江邊(강변). 江山(강산). 江村(강촌). 江幅(강폭). 江湖(강호). 渡江(도강).
個 낱 개 (人부-8획)	形聲. 人+固. 사람(人)마다 건강하기(固)를 절실하게 바란다는 데서 '저마다' '한 사람' 혹은 물건을 세는 헤아리는 단위로 쓰임.	**낱.** 個當(개당). 個別的(개별적). 個性(개성). 個人(개인). 個體(개체). 別個(별개).
改 고칠 개 (攴부-3획)	形聲. 攵(攴)+己. 무릎을 꿇고 있는 아이(己로 나타냄)를 한 손에(又) 회초리를(十) 들고(攵는 회초리와 손이 합쳐진 것) 잘못을 고치도록 한다는 의미로 '고치다', '바로잡다'를 나타내게 됨.	**고치다.** 改閣(개각). 改過遷善(개과천선). 改名(개명). 改善(개선). 改作(개작). 改編(개편). 改憲(개헌). 改革(개혁). 朝變夕改(조변석개). 悔改(회개).
開 열 개 (門부-4획)	形聲. 문(門) 안에서 두 손(廾)으로 문을 연다는 데서 열다를 나타내게 됨. 열다. 시작하다.	**열다. 시작하다.** 開講(개강). 開始(개시). 開閉(개폐). 開票(개표). **깨우치다.** 開明(개명). 開眼(개안). **개척하다.** 開墾(개간). 開發途上國(개발도상국). 開拓(개척).

客 손 객 (宀부-6획)	會意. 집(宀)에 이르러(夂) 안에다 자기의 이름을 말하는(口) 사람으로 손님을 나타냄.	**나그네.** 客席(객석). 客室(객실). 客地(객지). 顧客(고객). 觀客(관객). 賀客(하객). **과거.** 客年(객년). **쓸데없다.** 客氣(객기). 客談(객담).
居 살 거 (尸부-5획)	形聲. 사람이 옆으로 눕거나(尸) 무릎을 펴고 앉은 모습(古)을 그려서 사람이 한 장소에서 편히 살다, 편하게 머물다는 의미를 나타냄.	**살다.** 居室(거실). 居住(거주). 居處(거처). 同居(동거). 別居(별거). 占居(점거). 住居(주거). **있다.** 居間(거간). 居喪(거상).
巨 클 거 (工부-2획)	象形. 목수가 네모를 그릴 때 쓰는 커다란 자(工)를 손(ㅋ)에 들고 측량하는 모습으로 땅을 측량하는 커다란 자를 나타냄. 후에 크다, 많다 등의 의미로 가차되자 본래 의미는 곱자 구(矩)로 나타냄.	**크다.** 巨軀(거구). 巨金(거금). 巨木(거목). 巨物(거물). 巨視(거시). 巨額(거액).
拒 막을 거 (手부-5획)	形聲. 클 거(巨)는 측량하는 도구로 기준에 맞게 한다는 뜻이 내포되어 있어, 손(手)으로 바로 잡아(巨) 잘못되지 않도록 막는다는 의미를 지니게 됨.	**막다. 맞서다.** 拒逆(거역). 螳螂拒轍(당랑거철). 抗拒(항거). **물리치다.** 拒否(거부). 拒否權(거부권). 拒絶(거절).
據 의지할 거 (手부-13획)	形聲. 거(豦)는 돼지가 머리를 맞대고 싸우는 것을 본떠서 만든 글자로, 힘이 비슷하다는 의미를 지님. 힘이 비슷하다는 것(豦)을 믿고 손으로 들어 대적한다는 데서 믿다, 의지하다를 나타내게 됨.	**의지하다.** 據點(거점). 根據(근거). 論據(논거). 占據(점거). 準據(준거). 證據(증거).
去 갈 거 (厶부-3획)	象形. 동굴(厶←口)밖에 사람(土←大←人)을 그려서, 사람이 동굴에서 '떠나가다', '지나가다'를 나타냄.	**떠나가다. 지나가다.** 去來(거래). 去處(거처). 過去(과거). 逝去(서거). 退去(퇴거). **없애다.** 去頭截尾(거두절미). 去勢(거세). 除去(제거). 撤去(철거).

擧 들 거 (手부–14획)	會意. 여럿이 함께(與) 마음을 합하여 무거운 것을 손(手)으로 든다는 데서 '들다'를 나타냄.	**들다. 일으키다.** 擧動(거동). 擧事(거사). 擧行(거행). 輕擧妄動(경거망동). **뽑다.** 擧名(거명). 檢擧(검거). 科擧(과거). 選擧(선거). 列擧(열거). **온통. 다.** 擧皆(거개). 擧國(거국).
車 수레 거 (車부–0획)	象形. 수레의 차축에 꿰인 바퀴를 본떠서 수레'를 나타냄.	**수레(거).** 車馬費(거마비). 人力車(인력거). 自轉車(자전거). **수레(차).** 車輛(차량). 汽車(기차). 列車(열차).
件 사건 건 (人부–4획)	會意. 사람(人)이 소(牛)를 잡아서 부위 별로 나눈다는 데서 나누다는 의미가 생김. 후에 소를 부위 별로 나누면 각각 독립된 것이 되므로 독립된 존재를 나타내는 접미사나 독립된 존재를 세는 단위로 사용됨.	**사건.** 物件(물건). 事件(사건). 案件(안건). 與件(여건). 要件(요건). 用件(용건). 條件(조건). **사물을 세는 단위. 건.** 一件書類(일건서류).
健 튼튼할 건 (人부–9획)	形聲. 건(建)은 서다를 뜻하며, 사람(人)이 품성과 지능과 체력을 모두 고르게 갖추어 흠이 없게 되려면 바르게 설 수 있다는(建) 데서 '튼튼하다', '굳세다'를 나타냄.	**튼튼하다.** 健康(건강). 健實(건실). 健壯(건장). 健全(건전). 保健(보건). 穩健(온건). **잘.** 健忘症(건망증). 健勝(건승). 健鬪(건투).
建 세울 건 (廴부–6획)	會意. 행동(廴)의 법률처럼 기준을 세운다는(聿)데서 '세우다'를 나타내게 됨. 행동을 표시하는 조금 걸을 척(彳)과 발 지(止)를 합쳐서 쉬엄쉬엄 갈 착(辵)이 되었고 이것은 길게 걸을 인(廴)으로 바뀜.	**세우다.** 建國(건국). 建立(건립). 建物(건물). 建設(건설). 建議(건의). 建造(건조). 建築(건축). 假建物(가건물). 創建(창건).
傑 뛰어날 걸 (人부–10획)	形聲. 해 걸(桀)은 우뚝 솟은 나무를 뜻하며, 빼어나고 튼튼하다는 지님. 재주가 남들보다 빼어나고 견실한(桀) 사람(人)으로 호걸을 지칭함.	**뛰어나다.** 傑物(걸물). 傑作(걸작). 傑出(걸출). **호걸.** 怪傑(괴걸). 女傑(여걸). 人傑(인걸). 豪傑(호걸).

儉 검소할 검 (人부-13획)	形聲. 첨(僉)은 모든 방면을 뜻한다. 사람(人)은 사치함을 버리고 마땅히 모든 부분(僉)에서 검소하게 살아야 한다는 것을 의미함.	검소하다. 儉素(검소). 儉約(검약). 勤儉(근검).
檢 검사할 검 (木부-13획)	形聲. 첨(僉)은 거둘 렴(斂)의 획 줄임, 서류를 모아서(僉) 나무(木) 함에 넣고 서명한다는 의미로 '서명하다'를 나타냄. 후에 검사하여 서류를 찾는다는 의미를 갖게 됨.	검사하다. 檢擧(검거). 檢問(검문). 檢事(검사). 檢索(검색). 檢疫(검역). 檢閱(검열). 檢證(검증). 檢診(검진). 點檢(점검).
擊 칠 격 (手부-13획)	形聲. 手+毄. 격(毄)은 몽둥이(殳)와 차 축(車와 口의 합성자)을 두드려 양쪽 바퀴가 똑같이 돌아가도록 조절하는 것을 뜻함. 바퀴를 조절하기 위해 손(手)에 몽둥이를 들고 차축을 두들긴다는(毄) 데서 '치다'를 나타냄.	치다. 攻擊(공격). 反擊(반격). 射擊(사격). 襲擊(습격). 進擊(진격). 追擊(추격). 衝擊(충격). 눈이 마주치다. 目擊(목격).
激 격할 격 (水부-13획)	形聲. 氵(水)+敫 노래할 교(敫)는 햇빛(白)이 사방으로 내쏘이는(放) 것을 본뜬 글자로, 사방으로 날아간 햇빛이 사물에 '부딪치다'는 의미를 내포함. 즉 물(水)이 흐르다가 장애물에 부딪치면(敫) 사방으로 물방울을 튀긴다는 데서 '물결이 부딪치다'를 나타냄.	급격하다. 激怒(격노). 激突(격돌). 激動(격동). 激勵(격려). 激論(격론). 激戰(격전). 물결이 부딪치다. 激浪(격랑). 激流(격류).
格 격식 격 (木부-6획)	形聲. 各(각)은 따로따로란 의미로, 다른 줄기나 가지와 엉키지 않고 자란 곧고 키가 큰 나무를 뜻함. 후에 곧게 자란 나무로 길이를 재는 자를 만들었다는 데서 자, 격식을 나타냄.	격식. 자격. 格式(격식). 格言(격언). 骨格(골격). 規格(규격). 同格(동격). 이르다. 格納庫(격납고). 格物致知(격물치지). 대적하다. 格鬪技(격투기).
堅 굳을 견 (土부-8획)	會意. 땅(土)은 물기만 빠지면 굳어져(臣과 又의 합성) 단단하게 된다는 데서 '굳다'를 나타내게 됨.	굳다. 굳세다. 堅固(견고). 堅實(견실). 堅持(견지). 中堅(중견). 中堅作家(중견작가).

犬 개 견 (犬부-0획)	象形. 꼬리를 감아올린 개의 옆모습을 본떠 '개'를 나타냄.	개. 犬馬之勞(견마지로). 軍犬(군견). 名犬(명견). 愛犬(애견). 忠犬(충견). 鬪犬(투견).
見 볼 견 (見부-0획)	會意. 사람(儿)이 눈을 크게 뜨고(目) 앞을 바라보는 모습을 그려서 '보다'를 나타냄.	보다(견). 見聞(견문). 見本(견본). 目不忍見(목불인견). 發見(발견). 의견(견). 見解(견해). 所見(소견). 識見(식견). 意見(의견). 異見(이견). 偏見(편견).
潔 깨끗할 결 (水부-12획)	會意. 삼베(丰)를 칼(刀)로 베어 삼베 실(糸)을 만들고 물(水)에 빨면 깨끗해지는 데서 '깨끗하다'를 나타냄.	깨끗하다. 조촐하다. 潔白(결백). 簡潔(간결). 不潔(불결). 純潔(순결). 淨潔(정결). 淸潔(청결).
缺 이지러질 결 (缶부-4획)	會意. 그릇(缶)이 터졌다는(夬) 것으로, 제대로 이루어지지 않고 잘못되었음이나 흠을 나타냄.	이지러지다. 흠. 缺損家庭(결손가정). 缺點(결점). 缺陷(결함). 모자라다. 비다. 缺講(결강). 缺席(결석). 缺員(결원). 缺乏(결핍). 缺航(결항). 病缺(병결).
決 결단할 결 (水부-4획)	形聲. 氵(水)+夬 결(夬)은 활(弓)과 손(又)의 합성으로 활시위를 손으로 당겨서 화살을 쏘는 것을 나타낸 데서 화살을 놓다(放)는 의미를 나타내게 됨. 즉 물의 흐름을 막은 제방 가운데 일부를 열어 놓아서(夬) 물(水)이 흘러가도록 한다는 데서 '끊다', '결단하다'를 나타내게 됨.	정하다. 決斷(결단). 決心(결심). 決戰(결전). 決定(결정). 表決(표결). 解決(해결). 끊다. 決裂(결렬). 自決(자결). 剔決(척결).
結 맺을 결 (糸부-6획)	形聲. 糸+吉. 둘 이상의 물건을 실(糸)로 묶어서 하나가 되게(吉) 한다는 것에 '맺다'를 나타내게 됨.	맺다. 結果(결과). 結論(결론). 結末(결말). 結成(결성). 結實(결실). 結緣(결연). 結晶(결정). 結草報恩(결초보은). 結婚(결혼). 妥結(타결).

傾 기울 경 (人부–11획)	形聲. 人+頃. 사람(人)의 머리가 잠깐 기울어지는 것을 그려서 '기울어지다'를 나타냄.	**기울다.** 傾倒(경도). 傾斜(경사). 傾注(경주). 傾聽(경청). 傾向(경향). 急傾斜(급경사). **위태롭다.** 傾國之色(경국지색).
更 고칠 경 (日부–3획)	形聲. 병(丙) 아래에 복(攵)이 붙은 형태로, 병(丙)은 발음을 표시하고 복(攵)은 잘못한 아이를 손(又)에 든 매(十)로 때리며 잘못을 고친다는 의미.	**고치다(경).** 更張(경장). 更迭(경질). **시간(경).** 更點(경점). 五更(오경). **다시(갱).** 更年期(갱년기). 更生(갱생). 更新(갱신). 更紙(갱지).
鏡 거울 경 (金부–11획)	形聲. 金+竟. 경(竟)은 지경 경(境)의 본래자로 경계선이 명확하게 그어져 있는 모습으로 '명확하다'는 의미를 내포함. 사물의 모습을 분명하게(竟) 보기 위해 청동(金)으로 거울을 만들어 사용함.	**거울.** 鏡鑑(경감). 鏡臺(경대). 瑤池鏡(요지경). 破鏡(파경). **안경.** 望遠鏡(망원경). 水鏡(수경). 眼鏡(안경). 潛望鏡(잠망경). 顯微鏡(현미경).
驚 놀랄 경 (馬부–13획)	形聲. 馬+敬. 敬은 개가 두 귀를 쫑긋 세운 것을 본떠 '조심스럽다', '놀라다'는 의미를 지님. 말은 아주 잘 놀라는 동물로 말(馬)처럼 쉽게 놀란다는(敬) 뜻을 나타냄.	**놀라다.** 驚愕(경악). 驚異(경이). 驚天動地(경천동지). 驚歎(경탄). 驚惶(경황). **경기.** 驚氣(경기).
境 지경 경 (土부–11획)	形聲. 土+竟. 한 나라의 땅(土)이 끝나고(竟) 다른 나라의 땅과 만나는 곳으로 '경계선'을 나타냄.	**지경.** 境界(경계). 境內(경내). 邊境(변경). 仙境(선경). 越境(월경). **형편.** 境遇(경우). 境地(경지). 困境(곤경). 死境(사경). 心境(심경). 地境(지경). 環境(환경).
慶 경사 경 (心부–11획)	會意. 옛날에는 남에게 좋은 일이 있을 때에는 그곳에 가서(攵) 사슴 가죽(鹿에서 比의 획 줄임)을 바치고 진심(心)으로 그것을 축하했으므로, '축하하다', '축하할 만한 기쁜 일'을 나타냄.	**경사.** 慶事(경사). 慶弔(경조). 慶祝日(경축일). 慶賀(경하). 國慶日(국경일).

暇 겨를 가								
假 거짓 가								
街 거리 가								
加 더할 가								
可 옳을 가								
價 값 가								
家 집 가								
歌 노래 가								
刻 새길 각								
覺 깨달을 각								
各 각각 각								
角 뿔 각								
干 방패 간								
看 볼 간								
簡 편지 간								

間 사이 간							
敢 감히 감							
甘 달 감							
減 덜 감							
監 볼 감							
感 느낄 감							
甲 갑옷 갑							
降 내릴 강							
康 편안할 강							
講 익힐 강							
强 강할 강							
江 강 강							
個 낱 개							
改 고칠 개							
開 열 개							

客 손 객									
居 살 거									
巨 클 거									
拒 막을 거									
據 의지할 거									
去 갈 거									
擧 들 거									
車 수레 거									
件 사건 건									
健 튼튼할 건									
建 세울 건									
傑 뛰어날 걸									
儉 검소할 검									
檢 검사할 검									
擊 칠 격									

激								
격할 격								
格								
격식 격								
堅								
굳을 견								
犬								
개 견								
見								
볼 견								
潔								
깨끗할 결								
缺								
이지러질 결								
決								
결단할 결								
結								
맺을 결								
傾								
기울 경								
更								
고칠 경								
鏡								
거울 경								
驚								
놀랄 경								
境								
지경 경								
慶								
경사 경								

1. 다음 한자어의 독음(讀音)을 쓰시오.

(1) 可否	(2) 可否	(3) 家族	(4) 歌謠
(5) 浮刻	(6) 干支	(7) 看過	(8) 書簡
(9) 監督	(10) 感動	(11) 甲殼	(12) 强國
(13) 江邊	(14) 開閉	(15) 觀客	(16) 居住
(17) 巨軀	(18) 抗拒	(19) 事件	(20) 健康
(21) 檢索	(22) 攻擊	(23) 堅固	(24) 愛犬
(25) 淸潔	(26) 缺點	(27) 傾斜	(28) 更迭
(29) 驚愕	(30) 境界		

2. 다음 한자의 훈(訓)과 음(音)을 쓰세요.

(31) 假	(32) 街	(33) 敢	(34) 去
(35) 擧	(36) 甘	(37) 個	(38) 格
(39) 改	(40) 加	(41) 暇	(42) 覺
(43) 各	(44) 角	(45) 間	(46) 據
(47) 慶	(48) 減	(49) 康	(50) 車
(51) 建	(52) 降	(53) 講	(54) 激
(55) 見	(56) 決	(57) 傑	(58) 儉
(59) 結	(60) 鏡		

3. 다음 빈칸에 알맞은 한자를 써 넣으시오.

(61) 不( )思議	(62) 高聲放( )	(63) ( )舟求劍	(64) 矯( )殺牛
(65) 焉( )生心	(66) 苦盡( )來	(67) ( )過遷善	(68) ( )頭截尾
(69) 輕( )妄動	(70) ( )物致知	(71) ( )草報恩	(72) ( )國之色

4. 다음 한자의 부수를 쓰시오.

(73) 驚	(74) 缺	(75) 潔	(76) 檢
(77) 激	(78) 健	(79) 件	(80) 車
(81) 講	(82) 個	(83) 居	(84) 據
(85) 監	(86) 降	(87) 康	(88) 覺
(89) 暇	(90) 假		

經 경서 경 (糸부-7획)	形聲. 糸+巠. 경(巠)은 베틀(一과 工)에 세로로 놓인(巛) 실이 걸려 있음을 뜻함. 날줄(巠)을 가로질러 북이 지나야 옷감이 짜진다는 데서 '지나다'를 나타냈고, 날줄이 직물의 근간이 된다는 데서 '사물의 근본'이란 의미가 파생됨.	**경서.** 經書(경서). 經典(경전). 佛經(불경) **날줄.** 經度(경도). 經緯(경위). 神經(신경) **떳떳하다.** 經常(경상). **지나다.** 經過(경과). 經歷(경력). **다스리다.** 經國之才(경국지재). 經營(경영)
警 깨우칠 경 (言부-13획)	形聲. 言+敬. '敬'은 두 귀를 쫑긋 세운 개처럼 조심하고 경계하도록 말[言]로 깨우친다는 뜻.	**경계하다.** 警戒(경계). 警報(경보). 警備(경비). 警察(경찰). 警護(경호). 巡警(순경). **깨우치다.** 警句(경구). 警世(경세).
景 볕 경 (日부-8획)	形聲. 日+京. 해(日)가 성벽 높이(京) 솟아 만물을 밝게 비추게 된다는 의미로 '밝다'를 나타냄. 후에 세상 만물이 다 보인다는 데서 '경치'를 나타내게 됨.	**상황.** 景氣(경기). 景況(경황). 情景(정경). 珍風景(진풍경). **경치.** 景觀(경관). 景光(경광). 景致(경치). 夜景(야경). 絶景(절경). **크다.** 景品(경품). 景福宮(경복궁).
競 겨룰 경 (立부-15획)	會意. 얼굴(口)에 노예의 표식(辛)을 새긴 사람(儿)이 서로 붙잡고 겨루는 것을 그려 '겨루다'를 나타냄.	**겨루다.** 競技(경기). 競馬(경마). 競賣(경매). 競演(경연). 競爭(경쟁). 競走(경주). 競合(경합).
輕 가벼울 경 (車부-7획)	形聲. 車+巠. 지하수 경(巠)에는 물이 질펀하게 빨리 흐른다는 뜻으로 수레(車)가 가벼우면 빨리(巠) 달릴 수 있다는 데서 '가볍다'를 나타내게 됨.	**가볍다.** 輕工業(경공업). 輕量(경량). 輕水爐(경수로). 輕油(경유). **경솔하다.** 輕擧妄動(경거망동). 輕妄(경망). 輕薄(경박). 輕率(경솔). **업신여기다.** 輕蔑(경멸). 輕視(경시).
敬 공경할 경 (攴부-9획)	會意. 苟(구)는 두 귀를 쫑긋 세운(艹는 바로 선 귀) 개가 땅에 쪼그리고 앉은(句는 쪼그리고 앉은 개) 모습으로, 삼가다, 공경하다를 나타냄.	**공경하다. 삼가다.** 敬禮(경례). 敬慕(경모). 敬拜(경배). 敬愛(경애). 敬語(경어). 敬畏(경외). 敬意(경의). 敬稱(경칭). 敬歎(경탄). 恭敬(공경). 尊敬(존경).

京 서울 경 (亠부-6획)	象形. 지배자의 집이나 신전이 있는 성(城)을 본뜬 것으로 뾰족한 지붕(亠)과 성루(口)와 성의 담장(小)이 있는 곳인 서울을 나타냄.	**서울.** 京畿(경기). 京釜線(경부선). 京城(경성). 京鄕(경향). 歸京(귀경). 上京(상경). **크다.** 京觀(경관). **수의 단위.** 億兆京(억조경).
季 계절 계 (子부-5획)	會意. 벼(禾) 가운데 어린(子) 것을 나타냄. 형제 가운데 가장 어린 '막내'와 끝을 나타내게 됨.	**끝. 막내.** 季嫂(계수). 季氏(계씨). **계절.** 季刊(계간). 季節(계절). 四季(사계). 夏季(하계).
戒 경계할 계 (戈부-3획)	會意. 두 손(廾)으로 무기(戈)를 받쳐 들고 경계한다는 데서, '경계하다'를 나타냄.	**경계하다.** 戒嚴(계엄). 戒律(계율). 警戒(경계). 十戒(십계). 懲戒(징계). 訓戒(훈계). **재계하다.** 沐浴齋戒(목욕재계).
系 이을 계 (糸부-1획)	指事. 한 손(丿) 혹은 막대에 명주실(糸)을 잡거나 매단 모습을 본떠 '매다', '연결시키다'를 나타냄. 여기서 '계승하다', 계통'의 의미가 파생됨.	**잇다. 맺다.** 系連(계련). **계통.** 系譜(계보). 系列(계열). 系統(계통). 家系(가계). 傍系(방계). 父系(부계). 體系(체계).
繼 이을 계 (糸부-14획)	形聲. 여러 타래의 실(幺)이 아래 위로 이어져 있는 것을 일(一)과 'ㄴ'을 더해서 나타냈음. 후에 '糸(가는 실 멱)'을 덧붙여 그 의미를 명확하게 함.	**잇다.** 繼母(계모). 繼父(계부). 繼續(계속). 繼承(계승). 繼走(계주). 引繼引受(인계인수).
階 섬돌 계 (阜부-9획)	形聲. 阝(阜)+皆. '皆'는 '나란히 서다(比)'와 '말하다(白)'의 합성으로 모두가 똑같음을 뜻함. 즉 언덕(阜)처럼 비스듬하며 턱과 턱 사이가 똑같은(皆) 데서 '계단'을 나타냄.	**섬돌. 계단.** 階段(계단). **사다리.** 階梯(계제). **차례.** 階級(계급). 階層(계층). 段階(단계). 位階(위계). 音階(음계). 層階(층계). 品階(품계).

鷄 닭 계 (鳥부-10획)	形聲. 鳥+奚. '奚'는 系와 大가 합쳐져서 이루어진 글자로, 어디에 묶어 놓는다는 의미. 도망가지 못하도록 묶어 놓은(奚) 새(鳥)로 '닭'을 나타냄.	닭. 鷄肋(계륵). 鷄卵(계란). 群鷄一鶴(군계일학). 烏骨鷄(오골계). 鬪鷄(투계).
係 맬 계 (人부-7획)	形聲. 人+系. '系'는 '繫'의 획 줄임으로 사람(人)이 여러 개의 삼대를 모아서 줄로 둘러서 묶는다는(系) 데서, '줄로 묶다' '매다'를 나타냄.	걸리다. 관계되다. 係累(계루). 係數(계수). 關係(관계). 계. 係員(계원). 係長(계장).
界 지경 계 (田부-4획)	形聲. 田+介. 밭과 밭(田) 사이에 있는(介) 경계선으로 '밭두둑'을 나타냄.	지경. 境界(경계). 別世界(별세계). 世界(세계). 視界(시계). 外界(외계). 분야. 各界(각계). 經濟界(경제계). 文化界(문화계). 財界(재계). 政界(정계). 學界(학계).
計 꾀 계 (言부-2획)	會意. 사람이 물건을 셀 때는 열 스물 서른과 같이 열(十)을 단위로 하여 소리를 내서(言) 헤아린다는 데서, '셈하다'를 나타냄.	셈하다. 計算(계산). 計座(계좌). 時計(시계). 集計(집계). 總計(총계). 꾀하다. 計巧(계교). 計略(계략). 計劃(계획). 大計(대계). 生計(생계).
孤 외로울 고 (子부-5획)	會意. '瓜'는 넝쿨에 오이 하나가 달려 있는 것으로 '하나만 있다'는 의미를 지님. 즉 부모 없이 혼자(瓜) 남아 있는 자식(子)을 나타냄.	외롭다. 孤軍奮鬪(고군분투). 孤獨(고독). 孤立無援(고립무원). 孤寂(고적). 부모가 없다. 孤兒(고아). 鰥寡孤獨(환과고독).
庫 곳집 고 (广부-7획)	會意. 수레(車)를 두는 집(广)으로, '창고'를 나타냄.	곳집. 창고. 國庫(국고). 金庫(금고). 文庫(문고). 寶庫(보고). 氷庫(빙고). 書庫(서고). 入庫(입고). 車庫(차고). 倉庫(창고). 出庫(출고).

故 옛 고 (攵부-5획)	形聲. 攵(攴)+古. 옛 일(古)을 들추어(攵) 까닭을 캐낸다는 것으로 '연고', '까닭'을 나타냄.	연고. 故國(고국). 故障(고장). 故鄕(고향). 無故(무고). 緣故(연고). 옛. 故事(고사). 溫故知新(온고지신). 죽다. 故人(고인). 忌故(기고). 짐짓. 故意(고의).
固 굳을 고 (口부-5획)	形聲. 口+古. '口'은 주위를 둘러싼 것으로 오래도록(古) 꽉 막혀 있다는(口) 데서 '사방이 꽉 막히다'를 뜻하고 후에 '단단하다'의 의미가 파생됨.	굳다. 단단하다. 固守(고수). 固着(고착). 固體(고체). 堅固(견고). 固執(고집). 頑固(완고). 진실로. 固辭(고사). 固所願(고소원). 이미. 固有(고유).
考 생각할 고 (老부-2획)	形聲. '老'의 변형. 노인(老)은 생각이 깊고 교묘하다는 의미에서 '생각하다'를 뜻함.	헤아리다. 考慮(고려). 考試(고시). 考察(고찰). 論考(논고). 長考(장고). 죽은 아버지. 先考(선고). 祖考(조고). 顯考(현고). 늙다. 考終命(고종명).
告 알릴 고 (口부-4획)	會意. 소(牛)가 여물통에 입(口)을 대고 있는 모습을 그려서 '외양간'을 나타냄. 후에 신에게 희생물(牛)를 바치고 자기의 소원을 말한다는(口) 것으로 '보고하다', '알리다'를 나타내게 됨.	알리다(고). 告示(고시). 公告(공고). 廣告(광고). 勸告(권고). 報告(보고). 고소하다(고). 告發(고발). 告訴(고소). 誣告(무고). 原告(원고). 被告(피고). 뵙고 청하다(곡). 出必告(출필곡).
古 예 고 (口부-2획)	會意. '十(열 십)'은 방패를 그린 것으로 '전쟁'을 뜻하고 아래의 '口(입 구)'는 '말하다'를 뜻함. 즉 옛날의 전쟁(十)에 관해 말한다는(口) 데서 '옛날'을 나타냄.	옛. 古宮(고궁). 古今(고금). 古代(고대). 古木(고목). 古蹟(고적). 古典(고전). 古稀(고희). 萬古不變(만고불변). 復古(복고).
苦 쓸 고 (艸부-5획)	會意. 오래도록(古) 보관한 약초(艸)는 쓰다는 데서 '쓰다'를 의미. 본래는 풀을 나타내는 '艹'와 손을 나타내는 '右'가 합쳐서 손으로 뜯는 '채소'를 나타냈음.	쓰다. 苦味(고미). 苦杯(고배). 甘呑苦吐(감탄고토). 辛苦(신고). 괴롭다. 苦難(고난). 苦悶(고민). 苦生(고생). 苦心(고심). 苦戰(고전). 苦痛(고통). 勞苦(노고).

高 높을 고 (高부-0획)	象形. 뾰족한 지붕(亠) 아래 건물의 벽(口)과 성벽(冂)과 성문(口)이 있는, 높이 솟은 누각을 본떠서 '높다'를 나타냄.	**높다.** 高貴(고귀). 高級(고급). 高度(고도). 高熱(고열). 高潮(고조). **비싸다.** 高價品(고가품). 高金利(고금리). 高利貸金(고리대금). **뛰어나다.** 高潔(고결). 高尙(고상).
穀 곡식 곡 (禾부-10획)	形聲. 禾+𣫈. 껍질(𣫈)의 획 줄임으로 껍질로 덮여 있는 '곡물'을 나타냄.	**곡식.** 穀氣(곡기). 穀類(곡류). 穀物(곡물). 穀食(곡식). 糧穀(양곡). 雜穀(잡곡). **좋다.** 穀旦(곡단). 穀日(곡일).
曲 굽을 곡 (日부-2획)	象形. 목수들이 사용하는 직각으로 굽은(乚) 자(尺)를 본떠 '굽다'를 나타냄. 또는 대나무로 엮은 바구니의 윗부분이 둥그렇게 굽어 있는 데서 '굽다'를 나타낸다고도 함.	**굽다.** 曲線(곡선). 曲折(곡절). **가락.** 曲目(곡목). 曲調(곡조). **항오.** 坊坊曲曲(방방곡곡). **재주.** 曲馬團(곡마단). 曲藝(곡예). **자세하다.** 曲禮(곡례). 曲盡(곡진).
困 괴로울 곤 (口부-4획)	會意. 사방이 담으로 둘러싸인 곳(口)에 가로 질러 있는 나무(木)로 '문지방'을 나타냈음. 후에 문지방 때문에 출입에 제한을 받는다는 데서 '곤란을 당하다'를 나타냄.	**피곤하다.** 勞困(노곤). 食困症(식곤증). 春困(춘곤). 疲困(피곤). **괴롭다.** 困境(곤경). 困窮(곤궁). 困馬(곤마). 困惑(곤혹). **가난하다.** 困乏(곤핍). 貧困(빈곤).
骨 뼈 골 (骨부-0획)	會意. 해골과 거기에 이어지는 척추 뼈를 가리키는 '咼(와)'에서 'ㅁ'가 빠지고 '肉'이 더해져서, '살이 붙어 있는 뼈'를 나타냄.	**뼈.** 骨格(골격). 骨髓(골수). 骨折(골절). 肋骨(늑골). 骸骨(해골). 貴骨(귀골). 武骨(무골). **단단한 것. 요긴한 것.** 骨材(골재). 弱骨(약골). 換骨奪胎(환골탈태).
孔 구멍 공 (子부-1획)	象形. 아기(子)가 젖(乙의 변형으로 불룩하게 솟은 젖을 그림)을 빨고 있는 모습으로 본래 '젖 구멍'을 나타냄. 후에 '구멍'을 나타내게 됨.	**구멍.** 孔穴(공혈). 九孔炭(구공탄). 氣孔(기공). 瞳孔(동공). 穿孔(천공). **매우.** 孔劇(공극).

攻 칠 공 (攴부-3획)	形聲. 攵(攴)+工. ‘工’에는 정교하다는 뜻이 있어 적을 공격하다는(攵) 의미가 더해져 ‘공격하다’를 나타냄.	**치다.** 攻略(공략). 攻駁(공박). 攻守(공수). 攻襲(공습). 强攻(강공). 速攻(속공). 侵攻(침공). **닦다.** 專攻(전공).
公 공변될 공 (八부-2획)	會意. 물건(厶←口←品)을 고루 나눈다는(八) 것으로, ‘공평하다’를 나타냄.	**공평하다.** 公明(공명). 公正(공정). **여럿.** 公開(공개). 公告(공고). **귀인.** 公卿大夫(공경대부). 公爵(공작). 公主(공주). 貴公子(귀공자). **높임말.** 犬公(견공). 牛公(우공).
共 한 가지 공 (八부-4획)	會意. 위의 세 획 ‘廿’은 제기(祭器)를 본뜬 것이고, 아래의 세 획은 ‘廾(두 손으로 받들 공)’으로 두 손(廾)이 함께 물건이나 제기(廿)를 함께 받들어서 바친다는 뜻에서 바치다, 함께 등을 나타냄.	**함께. 한가지로.** 共感帶(공감대). 共同(공동). 共犯(공범). 共生(공생). 共有(공유). 共和國(공화국). 天人共怒(천인공노). 平和共存(평화공존).
功 공 공 (力부-3획)	形聲. 力+工. ‘工’은 본래 장인들이 사용하는 자를 본떠서 만든 글자로 ‘법규’라는 의미를 지님. 일이 법규에 맞도록(工) 힘(力)을 다했다는 것으로 ‘나라를 위해 힘쓰다’를 나타냄.	**공.** 功過(공과). 功勞(공로). 功名心(공명심). 功臣(공신). 成功(성공). 戰功(전공). **상복을 입다.** 大功(대공).
工 장인 공 (工부-0획)	象形. 자(尺)을 본뜬 글자로 본래는 ‘연장’을 나타냈음. 후에 연장을 가지고 일하는 ‘장인(匠人)’ ‘공업’으로 의미가 확장됨.	**장인. 일. 일하다.** 工團(공단). 工事(공사). 工業(공업). 加工(가공). 竣工(준공). 着工(착공). **교묘하다.** 工巧(공교).
空 빌 공 (穴부-3획)	形聲. 穴+工. 옛날에는 도구(工)로 땅을 파고(穴) 살았다는 것으로 ‘굴’을 나타냄.	**텅비다.** 空間(공간). 空洞(공동). 空白(공백). 空砲(공포). **하늘.** 空軍(공군). 空氣(공기). 空襲(공습). 對空砲(대공포). 領空(영공). **부질없다.** 空想(공상). 空虛(공허).

課 매길 과 (言부-8획)	形聲. 言+果. '果'는 따 먹는 과일이므로 '따다' '취하다'라는 의미를 지님. 말(言)에 대한 대답을 듣고 재주 있는 사람을 취한다는(果) 데서 본래는 '시험하다'를 나타냈음.	**매기다.** 課目(과목). 課業(과업). 課題(과제). 公課金(공과금). **몫. 일.** 課外(과외). 考課(고과). 賦課(부과). 日課(일과). **부서.** 課長(과장). 庶務課(서무과).
過 지날 과 (辶부-9획)	形聲. 辶(辵)+咼. '咼(입 비뚤어질 와)'와 '辵'의 결합으로, 입이 비뚤어진 사람(咼)이 말을 잘못 하듯이 똑바로 걷지 못하고 비뚤어지게 잘못 간다(辵)는 데서 '잘못'을 나타냄.	**지나다.** 過去事(과거사). 過程(과정). 看過(간과). 經過(경과). **허물.** 過失(과실). 過誤(과오). **넘치다. 지나치다.** 過激(과격). 過多(과다). 過勞(과로).
果 실과 과 (木부-4획)	象形. 나무(木) 위에 열매가 많이 열린 것(田)을 그려서, '과일'을 나타냄.	**과일.** 果糖(과당). 果木(과목). 果樹園(과수원). 果實(과실). 果汁(과즙). **결과.** 結果(결과). 成果(성과). 因果應報(인과응보). 戰果(전과). **결단하다.** 果敢(과감).
科 과목 과 (禾부-4획)	會意. 벼와 같은 곡식(禾)의 분량을 말(斗)로 잰다는 데서 '재다'를 나타냄. 양을 재면서 품질을 구분한다는 데서 '구분하다' '등급' 등의 의미가 파생됨.	**과목. 조목.** 科目(과목). 科學(과학). 內科(내과). 眼科(안과). 理科(이과). **형벌.** 前科(전과). 罪科(죄과). **시험.** 科擧(과거). 科落(과락). 登科(등과).
管 주관할 관 (竹부-8획)	形聲. 竹+官. 본래 대나무(竹)에 여섯 개의 구멍을 뚫어 각각의 소리를 내게 하는 피리를 뜻함. 후에 관청(官)에서 각각 담당하는 바가 다르다는 점에서 맡은 바 직무를 나타내게 됨.	**대롱.** 管絃樂(관현악). 氣管支(기관지). 配管(배관). 眞空管(진공관). **주관하다. 관리하다.** 管內(관내). 管理(관리). 保管(보관). 所管(소관). 主管(주관).
官 벼슬 관 (宀부-5획)	會意. 위의 '宀'은 집이고, 아래의 '呂'은 여러 개의 방을 그린 것으로 방이 많은 집을 나타냄.	**벼슬. 관리.** 官權(관권). 官界(관계). 官僚(관료). 官吏(관리). 官職(관직). 官廳(관청). 外交官(외교관). 長官(장관). 貪官汚吏(탐관오리).

觀 볼 관 (見부-18획)	形聲. 見+雚. '雚'는 물속의 물고기를 잡아 먹는 새로, 황새(雚)가 먹이를 잘 살피듯이 자세하게 본다는(見) 데서 '자세하게 살펴보다'를 나타냄.	**보다.** 觀客(관객). 觀光(관광). 觀相(관상). 觀測(관측). **생각.** 觀點(관점). 觀照(관조). 價値觀(가치관). 客觀(객관). 史觀(사관). **경치.** 景觀(경관). 美觀(미관).
關 빗장 관 (門부-11획)	회의·形聲. 문(門) 안에 고리모양의 자물쇠 두 개(糸糸)와 나무 빗장 두 개(卄)를 그려서, '빗장' '문을 닫다' '관문' 등을 나타냄.	**빗장.** 關鍵(관건). **닫다.** 요새. 關門(관문). 關北(관북). 關稅(관세). 難關(난관). 稅關(세관). **관계하다.** 關係(관계). 關聯(관련). 關與(관여). 關節(관절). 相關(상관).
鑛 쇳돌 광 (金부-15획)	形聲. 金+廣. '廣'은 '荒'과 같은 의미로 '아직 제련되지 않았음'을 뜻함. 아직 제련되지 않은(廣) 쇠붙이(金)로, '광석'을 나타냄. 본래 金 대신 石이 쓰인 '礦(쇳돌 광)'이 있음.	**쇳돌.** 鑛工業(광공업). 鑛口(광구). 鑛物(광물). 鑛夫(광부). 鑛山(광산). 鑛石(광석). 鑛業所(광업소). 金鑛(금광). 採鑛(채광). 炭鑛(탄광). 廢鑛(폐광).
廣 넓을 광 (广부-12획)	形聲. 广+黃. '黃'은 옛날에는 '橫(가로 횡)'과 통용되었음. 집(广)이 옆으로 길게 뻗어 있으면(黃) 탁 트이고 넓다는 데서 '탁 트이고 넓다'를 나타냄.	**넓다.** 廣告(광고). 廣大(광대). 廣範圍(광범위). 廣野(광야). 廣域(광역). 廣義(광의). 廣場(광장). 廣闊(광활). 長廣舌(장광설).
光 빛 광 (儿부-4획)	會意. 첫 네 획은 '火'의 변형으로 '빛'을 뜻하고, '儿'는 '무릎을 꿇은 사람'을 뜻해서 '밝다' '빛나다'를 나타냄.	**빛. 빛나다.** 光明(광명). 光復(광복). 光澤(광택). 光合成(광합성). **영화. 영화롭다.** 光臨(광림). 榮光(영광). **경치.** 光景(광경). 風光(풍광).
橋 다리 교 (木부-12획)	形聲. 木+喬. '喬'에는 '높고 굽었다'는 의미가 있음. 개울 위에 가운데가 높고 양옆은 낮아서 구부러지게(喬) 나무(木)를 걸쳐 놓아 다리를 만들었으므로 '다리'를 나타냄.	**다리.** 橋脚(교각). 橋頭堡(교두보). 橋梁(교량). 架橋(가교). 浮橋(부교). 石橋(석교). 烏鵲橋(오작교). 陸橋(육교). 人道橋(인도교). 鐵橋(철교).

交 사귈 교 (亠부-4획)	象形. 맨 위의 '亠(두 돼지해밑 두)'는 머리(丶)와 양 팔(一), 아래의 '父'는 무릎을 구부려 종아리를 교차시키고 앉아 있는 모습임. 종아리를 교차시키고 앉아 있는 데서 '교차하다'를 나타냄.	사귀다. 交涉(교섭). 交友(교우). 오고 가다. 交感(교감). 交流(교류). 바꾸다. 交代(교대). 交信(교신). 交易(교역). 交戰(교전). 交換(교환). 흘레하다. 交尾(교미). 交雜(교잡).
教 가르칠 교 (攴부-7획)	會意. 왼쪽의 첫 네 획 '爻(효 효)'는 발음 부호이고, 오른쪽의 '攵←攴'은 한 손(又)에 회초리(十)를 들고 때리는 것을 뜻함. 선생이 손에 회초리를 들고(攴) 아이(子)를 때려 가르친다는 것을 나타냄.	가르치다. 教權(교권). 教師(교사). 教授(교수). 教養(교양). 教育(교육). 종교. 教理(교리). 教勢(교세). 教派(교파). 基督教(기독교). 佛教(불교). 說教(설교).
校 학교 교 (木부-6획)	形聲. 木+交. 구부러진 나무(木)를 바로잡아 곧게 자라게 하듯이 사람들로 하여금 서로 사귀며(交) 바르게 자라도록 해 주는 '학교'를 나타내게 됨.	학교. 校歌(교가). 校內(교내). 校長(교장). 校訓(교훈). 開校(개교). 교정보다. 校閱(교열). 校正(교정). 校訂(교정). 장교. 將校(장교).
構 얽을 구 (木부-10획)	形聲. 木+冓. 나무(木)를 가로세로로 겹치게 엮어 짜는(冓) 것으로 '얽다'를 나타냄.	얽다. 構文論(구문론). 構想(구상). 構成(구성). 構造(구조). 構築(구축). 虛構(허구). 꾀하다. 構圖(구도). 건물. 조직체. 構內(구내). 機構(기구).
句 글귀 구 (口부-2획)	會意. 본래는 못(口가 나무에 박힌 못의 윗부분)에 걸려 굽은 노끈(勹)을 본떠서, '굽다'란 의미를 지님. 후에 '口'는 말을, '勹'는 싸는 것으로, 단숨에 읽을 수 있는 글의 분량인 '구절'을 나타내게 됨.	글귀. 句讀點(구두점). 句節(구절). 結句(결구). 警句(경구). 文句(문구). 美辭麗句(미사여구). 語句(어구). 一言半句(일언반구). 字句(자구). 絶句(절구).
求 구할 구 (水부-2획)	象形. 목마른 사람은 여러 곳(十)에서 물(水)을 찾는다는 것으로 보아 '찾다' '구하다'를 나타냄.	구하다. 탐내다. 求乞(구걸). 求職(구직). 求婚(구혼). 急求(급구). 緣木求魚(연목구어). 要求(요구). 請求書(청구서). 促求(촉구). 追求(추구). 探求(탐구).

究 연구할 구 (穴부–2획)	形聲. 穴+九. '九'는 숫자의 끝을 뜻하며 그 의미가 확대되어 '모든 것의 끝'을 뜻함. 구멍(穴) 속의 보이지 않는 끝(九)까지 다 살핀다는 데서 '연구하다'를 나타냄.	**연구하다.** 究明(구명). 講究(강구). 窮究(궁구). 推究(추구). 研究(연구). 學究熱(학구열). **끝.** 究竟(구경). 究極(구극).
救 건질 구 (攴부–7획)	形聲. 攵(攴)+求. 무기를 들고(攴) 적을 공격하다가 항복하면 살려 준다는(求) '구하다'를 나타낸다고 함.	**구원하다. 돕다.** 救國(구국). 救急藥(구급약). 救命運動(구명운동). 救援(구원). 救濟(구제). 救助(구조). 救出(구출). 救護(구호). 自救(자구).
具 갖출 구 (八부–6획)	會意. 위의 '目'은 '鼎(솥 정)'의 획 줄임으로 음식물이 가득 담긴 솥을, 그 아래의 세 획 '廾(대 기)'는 두 손으로 들어 바치는 것을 그려 먹을 것을 '준비하다' '갖추다'를 나타냄.	**갖추다.** 具備(구비). 具色(구색). 具眼(구안). 具體化(구체화). 具現(구현). **그릇.** 家具(가구). 工具(공구). 道具(도구). 裝身具(장신구). 寢具(침구). 筆記具(필기구).
舊 예 구 (臼부–12획)	會意. 새(隹)가 풀(艸)을 물어다가 절구(臼) 같은 집을 지으려면 오랜 시간이 걸린다는 데서 '오래되다', '옛날'의 의미가 생김.	**옛. 오래다.** 舊官(구관). 舊面(구면). 舊石器(구석기). 舊式(구식). 舊習(구습). 舊態依然(구태의연). 復舊(복구). 送舊迎新(송구영신). 親舊(친구).
區 구분할 구 (匚부–9획)	會意. 선반(ㄴ)에 그릇 세 개(品)를 올려놓은 모습을 그린 것으로 물건(品)을 칸(匚)에 따라 나누어 두는 행동이나 장소로 보아 '구역' '구분하다'를 나타냄.	**구역.** 區間(구간). 區內(구내). 區域(구역). 區廳(구청). 地區(지구). 地域區(지역구). **나누다.** 區別(구별). 區分(구분). **조그마하다.** 區區(구구).
球 공 구 (玉부–7획)	形聲. 王(玉)+求. '玉'은 다듬어서 둥글게 만든 아름다운 옥을 구한다는 것으로, 본래는 '구슬'을 나타냈다. 지금은 주로 '공'의 의미로 쓰임.	**둥글다.** 球菌(구균). 北半球(북반구). 眼球(안구). 赤血球(적혈구). 電球(전구). 地球(지구). **공.** 球技(구기). 籠球(농구). 排球(배구). 野球(야구). 直球(직구).

經 경서 경								
警 깨우칠 경								
景 볕 경								
競 겨룰 경								
輕 가벼울 경								
敬 공경할 경								
京 서울 경								
季 계절 계								
戒 경계할 계								
系 이을 계								
繼 이을 계								
階 섬돌 계								
鷄 닭 계								
係 맬 계								
界 지경 계								

計 꾀 계									
孤 외로울 고									
庫 곳집 고									
故 옛 고									
固 굳을 고									
考 생각할 고									
告 알릴 고									
古 예 고									
苦 쓸 고									
高 높을 고									
穀 곡식 곡									
曲 굽을 곡									
困 괴로울 곤									
骨 뼈 골									
孔 구멍 공									

攻								
칠 공								
公								
공변될 공								
共								
한 가지 공								
功								
공 공								
工								
장인 공								
空								
빌 공								
課								
매길 과								
過								
지날 과								
果								
실과 과								
科								
과목 과								
管								
주관할 관								
官								
벼슬 관								
觀								
볼 관								
關								
빗장 관								
鑛								
쇳돌 광								

廣 넓을 광									
光 빛 광									
橋 다리 교									
交 사귈 교									
敎 가르칠 교									
校 학교 교									
構 얽을 구									
句 글귀 구									
求 구할 구									
究 연구할 구									
救 건질 구									
具 갖출 구									
舊 예 구									
區 구분할 구									
球 공 구									

1. 다음 한자어의 독음(讀音)을 쓰시오.

(1) 敬拜   (2) 輕量   (3) 季節   (4) 警戒
(5) 系譜   (6) 關係   (7) 世界   (8) 國庫
(9) 故國   (10) 固體   (11) 考察   (12) 勸告
(13) 古典   (14) 疲困   (15) 骨格   (16) 氣孔
(17) 共感帶   (18) 成功   (19) 工業   (20) 果實
(21) 眼科   (22) 配管   (23) 官廳   (24) 廣場
(25) 光合成   (26) 陸橋   (27) 要求   (28) 研究
(29) 寢具   (30) 校訓

2. 다음 한자의 훈(訓)과 음(音)을 쓰세요.

(31) 經   (32) 繼   (33) 競   (34) 鑛
(35) 交   (36) 京   (37) 階   (38) 區
(39) 球   (40) 計   (41) 鷄   (42) 孤
(43) 高   (44) 警   (45) 景   (46) 攻
(47) 公   (48) 空   (49) 課   (50) 過
(51) 觀   (52) 句   (53) 救   (54) 苦
(55) 關   (56) 敎   (57) 構   (58) 穀
(59) 曲   (60) 舊

3. 다음 빈칸에 알맞은 한자를 써 넣으시오.

(61) ( )擧妄動   (62) 群( )一鶴   (63) ( )軍奮鬪   (64) 溫( )知新
(65) 萬( )不變   (66) 甘呑( )吐   (67) 一言半( )   (68) 換( )奪胎
(69) 因( )應報   (70) 貪( )汚吏   (71) 緣木( )魚   (72) 送( )迎新

4. 다음 한자의 부수를 쓰시오.

(73) 究   (74) 區   (75) 敎   (76) 構
(77) 觀   (78) 鑛   (79) 橋   (80) 課
(81) 科   (82) 空   (83) 穀   (84) 困
(85) 功   (86) 考   (87) 係   (88) 庫
(89) 競   (90) 季

口 입 구 (口부-0획)	象形. 입 벌린 모양을 본떠 '입'을 나타냄.	**입.** 有口無言(유구무언). 異口同聲(이구동성). 耳目口鼻(이목구비). **말하다.** 口述(구술). 口號(구호). **어귀.** 突破口(돌파구). 窓口(창구).). **인구.** 家口(가구). 食口(식구).
九 아홉 구 (乙부-1획)	指事. 열(十)에서 하나가 모자라는 것을 획을 구부려 표시함.	**아홉. 많다.** 九曲肝腸(구곡간장). 九死一生(구사일생). 九牛一毛(구우일모). 九折羊腸(구절양장). 九折坂(구절판). 九重宮闕(구중궁궐). 十中八九(십중팔구).
局 판 국 (尸부-4획)	會意. 장기의 말(尺의 변형)과 장기판에 그어진 선(口)을 합쳐 '장기판'을 나타냄. 후에 '형세'로 의미가 확장됨.	**판. 형편.** 局面(국면). 對局(대국). 時局(시국). 政局(정국). 破局(파국). **부분.** 局地戰(국지전). 局限(국한). 放送局(방송국). 藥局(약국). **도량.** 局量(국량).
國 나라 국 (口부-8획)	會意. '或'은 아래위에 담(一)이 있는 마을(口)을 무기(戈)를 들고 지키는 것을 뜻하며, 그 마을들을 둘러싸면(口) 나라가 되므로 '나라'를 나타냄.	**나라.** 國歌(국가). 國境線(국경선). 國慶日(국경일). 國軍(국군). 國權(국권). 國旗(국기). 國民(국민). 國法(국법). 國史(국사). 國益(국익). 救國(구국). 歸國(귀국). 護國(호국).
君 임금 군 (口부-4획)	會意. 손(ㅋ)에 지팡이(ノ로 나타냄)를 잡고 명령하는(口) 사람으로 '임금'을 나타냄.	**임금.** 君師父一體(군사부일체). 君臣有義(군신유의). 君主(군주). **남편. 자네.** 郎君(낭군). 夫君(부군). **군자.** 君子(군자). 四君子(사군자). **봉작.** 大君(대군). 大院君(대원군).
群 무리 군 (羊부-7획)	形聲. 羊+君. 백성이 무리를 잘 짓는 양(羊)처럼 임금(君)을 따른다는 데서 '떼' '무리'를 나타냄.	**무리. 떼.** 群鷄一鶴(군계일학). 群島(군도). 群落(군락). 群舞(군무). 群像(군상). 群衆心理(군중심리). 拔群(발군). 症候群(증후군). 學群(학군).

郡	形聲. 阝(邑)+君. 임금(君)의 명으로 다스려지는 마을(邑)로, 행정 단위인 '군'을 나타냄. 고을.	**고을.** 郡界(군계). 郡内(군내). 郡民(군민). 郡守(군수). 郡廳(군청).
고을 군 (邑부-7획)		

軍	會意. 맨 위의 '冖'을 통해 전차(車)를 둘러싸고(冖) 진형을 갖춘 것을 표현함.	**군사.** 軍紀(군기). 軍隊(군대). 軍政(군정). 軍縮(군축). 軍艦(군함). 强行軍(강행군). 國軍(국군). 叛軍(반군). 白衣從軍(백의종군). 我軍(아군). 進軍(진군). 行軍(행군).
군사 군 (車부-2획)		

屈	形聲. 尸+出. 혈거생활(穴居生活)을 할 때에 동굴 밖으로 나가기(出) 위해 몸(尸)을 굽히는 모습을 그려 '굽다'를 나타냄.	**굽다.** 屈曲(굴곡). 屈服(굴복). 屈辱(굴욕). 屈折(굴절). 百折不屈(백절불굴). 卑屈(비굴). **강하다.** 屈强(굴강).
굽힐 굴 (尸부-5획)		

窮	形聲. 穴+躬. 몸(躬)이 구멍(穴)에 끼여 움직이기 곤란한 데서 '곤란하다'를 나타냄.	**다하다.** 窮極(궁극). 窮地(궁지). 窮乏(궁핍). 困窮(곤궁). 追窮(추궁). 春窮期(춘궁기). **궁리하다.** 窮究(궁구). 窮理(궁리). 窮塞(궁색).
다할 궁 (穴부-10획)		

宮	會意. 집(宀)에 여러 개의 방(呂)들이 잇달아 있는 것을 그려 '방'을 나타냄.	**집, 궁궐.** 宮闕(궁궐). 宮女(궁녀). 宮城(궁성). 宮殿(궁전). 古宮(고궁). 東宮(동궁). **소리.** 宮調(궁조). 宮商角徵羽(궁상각징우).
집 궁 (宀부-7획)		

券	形聲. 윗부분은 한 손에 쥘 수 있는 분량의 책을 나타내어 '웅큼'을 뜻하는 데서 약속을 새긴 나뭇조각을 칼(刀)로 두 조각내서 서로 하나씩 움켜쥐고 간직하는 것으로 '증서'를 나타냄.	**문서, 증서.** 發券(발권). 福券(복권). 食券(식권). 旅券(여권). 株券(주권). 有價證券(유가증권). 債券(채권). 割引券(할인권). 回數券(회수권).
문서 권 (刀부-6획)		

勸	形聲. 力+雚. 황새(雚)는 물을 거슬러 올라가면서 물고기를 잡아먹으므로, '힘써 위로 올라 간다'는 의미를 지님. 여기서 어떤 일을 힘쓰도록(力) 권한다는 데서 '권하다'를 나타냄.	권하다. 勸告(권고). 勸善懲惡(권선징악). 勸誘(권유). 勸奬(권장). 强勸(강권).

권할 권
(力부-18획)

卷	形聲. 윗부분은 죽간으로 된 책을 둘둘 말아 한 손에 쥘 수 있는 분량을 나타내고, 'ㅁ'은 '印'이 간략화된 것임. 여기서 '책'을 나타내게 됨.	책. 卷末(권말). 卷數(권수). 上卷(상권). 手不釋卷(수불석권). 壓卷(압권). 下卷(하권). 접다. 말다. 卷尺(권척). 卷軸(권축). 席卷(석권).

책 권
(ㅁ부-6획)

權	形聲. 木+雚. 나무에 황새들이 내려앉은 모습이 저울과 닮았다는 데서 '저울'을 나타내게 되었으며, 여기서 '권세'등의 의미가 파생됨.	권세. 權力(권력). 權利(권리). 權勢(권세). 拒否權(거부권). 商權(상권). 방편. 權道(권도). 權謀術數(권모술수). 저울. 權度(권도). 權量(권량).

권세 권
(木부-18획)

歸	會意. 왼쪽 부분은 신하(臣)와 발(止)의 합성이고, 오른쪽은 婦(며느리 부)의 획 줄임. 신하(臣)가 임금을 따르듯이(止), 부인(帚←婦)이 남편의 집으로 돌아간다는 의미.	돌아오다. 돌아가다. 歸京(귀경). 歸納法(귀납법). 歸省(귀성). 歸還(귀환). 復歸(복귀). 따르다. 歸屬(귀속). 歸順(귀순). 歸化(귀화). 事必歸正(사필귀정).

돌아갈 귀
(止부-14획)

貴	形聲. 윗부분은 '臼'의 변형으로 손(크)이 좌우로 맞보는 모습을 그림. 귀한 재물(貝)을 두 손(臼)으로 소중하게 받드는 모습을 그려서, '귀하다'를 나타냄. 혹은 삼태기(臾)에 재물(貝)을 많이 쌓아 놓은 '부자'를 나타낸다고도 함.	귀하다. 貴賓(귀빈). 貴族(귀족). 貴賤(귀천). 貴下(귀하). 尊貴(존귀). 稀貴(희귀). 값이 비싸다. 貴金屬(귀금속). 貴重品(귀중품). 騰貴(등귀). 珍貴(진귀).

귀할 귀
(貝부-5획)

規	會意. '夫'가 '矩(곱자 구)→矢(화살 시)→夫'의 과정으로 변한 것으로 보아 자(夫)처럼 정확하여 본보기(見)가 되는 '법'이나 '기준'을 나타냄.	법도. 기준. 規格(규격). 規模(규모). 規範(규범). 規律(규율). 規則(규칙). 바로잡다. 잘못을 경계하다. 規戒(규계). 規諫(규간). 規制(규제). 계략. 꾀. 規圖(규도). 規略(규략).

법 규
(見부-4획)

均 고를 균 (土부-4획)	形聲. 土+勻. '勻'에는 공평하게 둘로 나눈다는 뜻이 있으므로, '똑같다'는 의미를 지님. 땅(土)을 높낮이가 없이 가지런하게(勻) 한다는 것으로, '고르다' '평평하다'를 나타냄.	고르다. 평평하다. 均等(균등). 均配(균배). 均分(균분). 均一(균일). 均質(균질). 均衡感覺(균형감각). 平均臺(평균대).
劇 심할 극 (刀부-13획)	形聲. 刂(刀)+豦. '豦'는 호랑이(虍←虎)와 산돼지(豕)가 싸우는 것을 본뜬 글자로 '힘을 다 한다'는 의미를 지님. 여기에 칼(刀)이 더해져 '심하다'를 나타냄.	심하다. 劇藥(극약). 연극. 劇團(극단). 劇場(극장). 悲劇(비극). 史劇(사극). 新派劇(신파극). 演劇(연극).
極 다할 극 (木부-9획)	形聲. 木+亟. '亟'이 본래자임. 위아래의 '二'은 하늘과 땅, 좌우의 '口(입 구)'와 '又(또 우)'는 몸을 움츠린 사람의 손을 그린 것으로, 사람의 머리가 하늘에 닿았다는 데서 '극한' '정점'을 나타냄. 여기에 사람보다 키가 큰 나무(木)를 더하여 '높다'는 뜻을 강조.	다하다. 極力(극력). 極言(극언). 極盡(극진). 極讚(극찬). 窮極(궁극). 지극하다. 極度(극도). 極小(극소). 極致(극치). 極限(극한). 消極(소극). 끝. 極端(극단). 極東(극동).
勤 부지런할 근 (力부-11획)	形聲. 力+堇. '堇'은 '黃(누를 황)'과 '土(흙 토)'의 합성자로 '매우 미세하다'는 의미를 지님. 고운 황토(堇)처럼 세심하게 힘쓴다는(力) 데서 '부지런하다'를 나타냄.	부지런하다. 勤儉(근검). 勤勉(근면). 勤實(근실). 勤學(근학). 근무하다. 勤勞(근로). 皆勤(개근). 缺勤(결근). 內勤(내근). 外勤(외근). 退勤(퇴근).
根 뿌리 근 (木부-6획)	形聲. 木+艮. '艮'은 '退'의 획 줄임으로, '거꾸로'라는 의미를 지님. 위로 자라는 나무(木)의 본성과는 반대로 거꾸로(艮) 자라는 부분으로, 땅 밑으로 파고 들어가는 '뿌리'를 나타냄.	뿌리. 根幹(근간). 球根(구근). 毛根(모근). 草根木皮(초근목피). 着根(착근). 齒根(치근). 근본. 根據(근거). 根本(근본). 根性(근성). 根源(근원). 根絶(근절).
近 가까울 근 (辶부-4획)	形聲. 辶(辵)+斤. '斤'은 내리쳐서 나무를 쪼개는 도구로 '부딪치다'라는 의미를 지님. 여기서 가서(辵) 도끼로 내리칠(斤) 수 있을 거나 들러붙을 수 있을 것처럼 '가깝다'라는 의미.	가깝다. 近郊(근교). 近年(근년). 近代(근대). 近來(근래). 近墨者黑(근묵자흑). 近方(근방). 近視眼(근시안). 近日(근일). 近海(근해). 附近(부근). 接近(접근). 最近(최근).

禁 금할 금 (示부-8획)	形聲. 示+林. '示'는 주로 '신(神)'이나 '제단'을 뜻하고, '林(수풀 림)'은 나무가 많이 모여 있는 형상. 신(示)이 내리는 재앙을 피하기 위해서 부정탈만한 많은 것(林)을 꺼림을 나타냄.	금하다. 금지하다. 禁忌(금기). 禁食(금식). 禁止(금지). 監禁(감금). 拘禁(구금). 대궐. 禁軍(금군). 禁中(금중).
今 이제 금 (人부-2획)	會意. 모임(合에서 口의 획 줄임)에 시간에 맞추어 참석하는 데서 '이제', '지금'을 나타냄.	이제. 오늘. 今年(금년). 今明間(금명간). 今昔之感(금석지감). 今時(금시). 今月(금월). 今日(금일). 今週(금주). 今後(금후). 古今(고금). 方今(방금). 昨今(작금).
金 쇠 금 (金부-0획)	會意. 흙(土) 속에 반짝이는(丶丶) 금이 묻혀 있는 것을 본떠서 '금'을 나타내는데, '今(이제 금)'이 발음을 표시한다.	쇠. 금. 金石文(금석문). 金鑛(금광). 돈(금). 金額(금액). 金融(금융). 金品(금품). 賞金(상금). 誠金(성금). 노란색(금). 金髮(금발). 金色(금색). 성(김). 金氏(김씨).
給 줄 급 (糸부-6획)	形聲. 糸+合. '糸'과 실을 합쳐서 하나로 이어주는 데서 '주다'를 나타냄.	주다. 給料(급료). 給水(급수). 給食(급식). 給與(급여). 給油(급유). 供給(공급). 基本給(기본급). 發給(발급). 配給(배급). 補給(보급). 俸給(봉급). 需給(수급).
急 급할 급 (心부-5획)	形聲. 心+及. '及'에는 '쫓기다'라는 의미가 내포됨. 품이 좁은 옷을 입으면 쫓기는(及) 사람의 심정(心)과 같다는 데서 본래는 '품이 좁다'를 나타냈고, 후에 쫓기는 사람의 심정처럼 '급하다'를 나타냄.	급하다. 急報(급보). 急死(급사). 急速(급속). 急派(급파). 急行(급행). 危急(위급). 중요하다. 急所(급소).
級 등급 급 (糸부-4획)	形聲. 糸+及. '及'에는 '앞과 뒤의 거리가 가깝다'는 의미가 내포됨. 실(糸)을 등급에 따라 잇달아(及) 늘어놓는다는 데서 본래는 '실의 등급'을 나타냄.	등급. 級數(급수). 高級(고급). 等級(등급). 昇級(승급). 留級(유급). 학급. 級友(급우). 級訓(급훈). 同級生(동급생). 學級(학급). 목. 首級(수급).

奇 기이할 기 (大부-5획)	形聲. 大+可. '大'는 보통의 것과는 다르다는 의미를 지님. 일반적인 것과(可)는 크게 다르다는(大)데서 '뛰어나다' '기이하다'를 나타냄.	**기이하다.** 奇妙(기묘). 奇異(기이). 奇人(기인). 奇蹟(기적). 奇智(기지). 神奇(신기). **홀수.** 奇數(기수). **운수 사납다.** 奇薄(기박).
寄 부칠 기 (宀부-8획)	形聲. 宀+奇. '奇'는 '倚(의지할 의)'의 획 줄임. 외로운 사람이 남의 집(宀)에 몸을 맡겨 의지한다는(奇) 것으로, '맡기다'를 나타냄.	**부치다. 맡기다.** 寄稿(기고). 寄附金(기부금). 寄與(기여). 寄贈(기증). **의지하다.** 寄居(기거). 寄宿舍(기숙사). 寄留(기류). 寄生蟲(기생충). 寄港(기항).
機 틀 기 (木부-12획)	形聲. 木+幾. '幾'는 '매우 세밀하다'는 의미를 지님. 나무(木)로 틀을 만들고 세밀한(幾) 정성과 노력을 기울여 베를 짠다는 데서 '베틀'을 나타냄. 옛날에는 베틀이 대표적인 기계였으므로 후에 '기계'를 나타냄.	**기계. 틀.** 機械(기계). 機關(기관). 機具(기구). 機構(기구). 機能(기능). **실마리. 때.** 機微(기미). 機先(기선). 機運(기운). 機會(기회). 契機(계기). 時機(시기).
紀 벼리 기 (糸부-3획)	形聲. 糸+己. 사물 기록을 위해 매듭을 지은 끈을 본떠서 '기록하다'를 나타낸 '己'에 노끈을 나타내는 '糸'을 덧붙여 뜻을 더 분명히 함.	**벼리. 규율.** 紀綱(기강). 紀律(기율). 軍紀(군기). 官紀(관기). 黨紀(당기). **기록하다.** 늑記. 紀念(기념). 紀傳體(기전체). 紀行文(기행문). **해.** 紀元前(기원전). 今世紀(금세기).
器 그릇 기 (口부-13획)	會意. 개고기(犬)를 담아두는 그릇들(口)로 '그릇'을 나타냄.	**그릇.** 器樂(기악). 陶瓷器(도자기). 木器(목기). 食器(식기). 容器(용기). **도구.** 器具(기구). 計器(계기). 計量器(계량기). 武器(무기). 兵器(병기). **재능.** 器量(기량). 才器(재기).
起 일어날 기 (走부-3획)	形聲. 走+己. 달아나기(走) 위해 몸(己)을 일으켜야 한다는 데서 '일어나다'를 나타냄. 일어나는 것이 시작이라는 데서 '시작하다'라는 의미가 파생됨.	**일어나다.** 起居(기거). 起立(기립). 起重機(기중기). 蜂起(봉기). 再起不能(재기불능). **시작하다.** 起工(기공). 起訴(기소). 起案(기안). 起因(기인). 起點(기점).

技 재주 기 (手부-4획)	形聲. '支'는 손에 쥔 대나무 가지를 본뜬 글자로 '가늘고 섬세하다'는 의미가 내포됨. 손(手)으로 무엇을 정밀하게(支) 다루는 것은 재주이므로, '재주'를 나타냄.	재주. 재능. 技工(기공). 技巧(기교). 技能(기능). 技士(기사). 技法(기법). 技藝(기예). 競技(경기). 球技(구기). 妙技(묘기). 神技(신기). 實技(실기). 演技(연기).
期 기약할 기 (月부-8획)	形聲. 月+其. '其'는 '箕'의 획 줄임. 키(其)를 만들 때 대나무를 둥글게 엮어나가면 제자리에 돌아오듯이 달(月)이 지구를 한 바퀴 돌고 제자리로 오는 것, 즉 '주기'를 나타냄.	기약하다. 期待(기대). 期成(기성). 期約(기약). 期必(기필). 所期(소기). 기간. 때. 期間(기간). 期限(기한). 短期(단기). 同期(동기). 末期(말기). 일년. 期年(기년).
基 터 기 (土부-8획)	形聲. 土+其. '其'는 '箕'의 획 줄임. 건물을 지으려면 대나무 그릇에 흙을 담아서 날라다가 높게 쌓은 뒤에 다져서 토대를 만들었다는 데서 대나무 그릇(其)에 담아서 나른 흙(土)으로 '토대', '바탕'을 나타냄.	터. 바탕. 基金(기금). 基本權(기본권). 基數(기수). 基因(기인). 基底(기저). 基調演說(기조연설). 基準(기준). 基地(기지). 基礎工事(기초공사).
己 몸 기 (己부-0획)	象形. 문자가 없었을 때는 끈에 매듭을 지은 결승(結繩)으로 사물을 기록함. 끈에 매듭을 지으면 끈이 꾸부려지는데 네 개의 매듭이 있는 새끼줄을 그려서 본래는 '기록하다'를 나타냈음. 후에 일인칭 대명사로 가차되자 본래 의미는 '糸'을 더해 '紀'를 만들어서 나타내게 됨.	몸. 자기. 克己訓鍊(극기훈련). 利己主義(이기주의). 自己(자기). 知己(지기). 여섯째 천간. 己卯士禍(기묘사화). 己未運動(기미운동).
旗 기 기 (方부-10획)	形聲. 깃대에 매달린 깃발(方)이 바람에 휘날리는(人으로 나타냈음) 모습을 본떠서 '깃발'을 나타냄. 후에 '其'를 더해 발음을 표시.	깃발. 旗手(기수). 旗章(기장). 旗幟(기치). 旗幅(기폭). 國旗(국기). 反旗(반기). 半旗(반기). 白旗(백기). 五輪旗(오륜기). 弔旗(조기). 太極旗(태극기).
氣 기운 기 (气부-6획)	形聲. 气+米. '气'의 본래 형태는 '공기의 흐름'을 그린 '三(석 삼)'이었는데, 나중에 '三'과 구별하기 위해 '气'로 쓰게 됨. 쌀(米)로 밥을 지을 때면 증기가 날아오르고 그 밥을 먹으면 힘이 난다는 데서 '힘'도 나타내게 됨.	힘. 氣量(기량). 氣力(기력). 기분. 분위기. 氣分(기분). 氣質(기질). 숨. 氣孔(기공). 氣管支(기관지). 기체. 氣球(기구). 氣流(기류). 날씨. 氣候(기후). 感氣(감기).

記 기록할 기 (言부-E3획)	形聲. 言+己. 말(言)을 기록하는(己) 것으로, '기록하다'를 나타냄.	**기록하다. 기록.** 記錄(기록). 記事(기사). 記述(기술). 記入(기입). 記者(기자). 記號(기호). 登記(등기). **기억하다.** 記念(기념). 記憶喪失(기억상실). 暗記(암기).
吉 길할 길 (口부-3획)	會意. 신을 모셔두는 자리(口)에 옥으로 만든 신위패(士←圭)를 놓으면 좋은 일이 있다는 데서 '좋다' '상서롭다'를 나타냄. 선비(士)의 입(口)에서는 좋은 말만 나온다는 데서 '좋다'를 나타낸다고도 함.	**길하다. 상서롭다.** 吉年(길년). 吉禮(길례). 吉夢(길몽). 吉報(길보). 吉運(길운). 吉日(길일). 吉兆(길조). 吉鳥(길조). 吉凶(길흉). 不吉(불길). 立春大吉(입춘대길).
暖 따뜻할 난 (日부-9획)	形聲. 日+爰. '爰'은 본래 '끌어당기다'를 뜻함. 햇빛(日)이 사람을 끌어당길(爰) 정도의 따뜻함을 만물에게 제공한다는 데서 '따뜻하다'를 나타냄.	**따뜻하다.** 暖帶(난대). 暖冬(난동). 暖流(난류). 暖房(난방). 溫暖(온난).
難 어려울 난 (隹부-11획)	形聲. 隹+堇. 왼쪽은 '堇'의 변형. 새(隹)가 진흙(堇)에 빠지면 날아가기 어렵다는 데서 '어렵다'를 나타냄.	**어렵다.** 難關(난관). 難民(난민). 險難(험난). 災難(재난). 難色(난색). 難易度(난이도). **나무라다.** 非難(비난). 詰難(힐난).
男 사내 남 (田부-2획)	會意. 밭일(田)에 힘쓰는(力) 사람으로 '사내'를 나타냄.	**사내.** 男性(남성). 男妹(남매). 男尊女卑(남존여비). 南男北女(남남북녀). **아들.** 男妹(남매). 男兒選好(남아선호). 得男(득남). 長男(장남). **작위.** 男爵(남작).
南 남녘 남 (十부-7획)	象形. 남쪽 사람들이 사용하던 악기인, 끈(十)에 매달린 종의 둘레(冂)와 거기에 새겨진 무늬(羊)를 본뜬 글자로 '남쪽 오랑캐의 악기'를 나타냄. 후에 '남쪽'을 나타내게 됨.	**남녘.** 南道(남도). 南山(남산). 南洋(남양). 南進(남진). 南侵(남침). 南派(남파). 南風(남풍). 南行(남행). 南向(남향). 越南(월남). 以南(이남). 指南鐵(지남철).

納 바칠 납 (糸부-4획)	形聲. 糸+內. 본래 '宀'의 변형인 '冂(먼데 경)'으로 들어간다는(入) 것을 뜻하는 '內(안 내)'가 된 것임. 여기서 '받아들이다' '수용하다'를 뜻하게 됨.	**받다. 바치다.** 納得(납득). 納稅(납세). 納品(납품). 歸納法(귀납법). 半納(반납). 上納(상납). 完納(완납). 容納(용납). 出納(출납). 獻納(헌납).
內 안 내 (入부-2획)	會意. '冂'은 '宀'의 변형. 집(冂) 안으로 들어온다는 (入) 것으로 '안'을 나타냄.	**안. 속.** 內科(내과). 內陸(내륙). 內面 (내면). 內部(내부). 內申(내신). **나라.** 內閣(내각). 內亂(내란). 內需 (내수). 內戰(내전). **부녀자.** 內命婦(내명부). 內助(내조).
女 계집 녀 (女부-0획)	象形. 두 손을 모아 가슴에 댄 채 무릎을 꿇고 앉은 여자의 모습을 본떠 '여자'를 나타냄.	**계집.** 女史(여사). 美女(미녀). 仙女 (선녀). 少女(소녀). 淑女(숙녀). **딸.** 母女(모녀). 父女(부녀). 養女(양 녀). 子女(자녀). 長女(장녀). 次女(차 녀). 孝女(효녀).
年 해 년 (干부-3획)	象形. 사람(人)이 벼(禾)를 짊어진 모습을 그린 '秊' 이 본래자이며 '人'이 '千'으로 바뀜. 곡식이 일 년 에 한 번씩 익는다는 데서 '한 해'를 나타냄.	**해.** 今年(금년). 來年(내년). 忘年會 (망년회). 每年(매년). 昨年(작년). **나이.** 同年輩(동년배). 老年(노년). 晚 年(만년). 末年(말년). 成年(성년). 壯 年(장년). 中年(중년). 青少年(청소년).
念 생각할 념 (心부-4획)	形聲. 心+今. 지금(今)의 시점에서 미래에 대해 마 음(心)에서 생겨나는 데서 '생각하다'를 나타내게 됨.	**생각하다.** 念頭(염두). 念慮(염려). 黙 念(묵념). 想念(상념). 餘念(여념). **소리내어 글을 읽다.** 念佛(염불). 空念 佛(공염불). **스물.** 念日(염일).
努 힘쓸 노 (力부-5획)	形聲. 力+奴. 전쟁 포로나 죄를 짓고 종(奴)이 된 사람은 힘을(力) 다해 일해야만 했던 데서 '힘쓰다' 를 나타냄.	**힘쓰다. 힘들이다.** 努力(노력).

怒 성낼 노 (心부-5획)	形聲. 心+奴. 손(又)에 붙잡힌 여자(女)를 본뜬 '奴'는 '여자 노비'를 뜻하는데, 여자 노비는 성적 노리개였으므로 '희롱당하는 여자'라는 의미를 지님. 희롱당하는 여자(奴)의 마음(心)을 표현한 것으로 분하고 화나는 데서 '성내다' '분노'를 나타내게 됨.	**성내다.** 怒氣(노기). 激怒(격노). 憤怒(분노). 大怒(대노). 震怒(진노). 天人共怒(천인공노). **힘차다.** 怒濤(노도). 怒號(노호).
農 농사 농 (辰부-6획)	會意. 본래는 '林' 밑에 '辰'이 있는 형태였으나 '林'이 '田→曲'의 순서로 바뀌어 지금의 글자꼴이 됨. 숲(林, 개간할 곳)이나 밭(田, 개간이 끝난 곳), 또는 밭이랑(曲)에서 농기구(辰)를 들고 농사를 짓는다는 데서 '농사짓다' '일하다'를 나타냄.	**농사. 농사짓다.** 農耕(농경). 農産物(농산물). 農藥(농약). 農業(농업). 農作物(농작물). 農場(농장). 農村(농촌). 農土(농토). 歸農(귀농). 營農(영농).
能 능할 능 (肉부-6획)	象形. '熊'의 본래자로, 곰을 본떠서 만듦. 곰은 덩치가 크고 힘이 세다는 데서 '능력' 등의 의미로 가차되었고, 본래 의미는 따로 '熊'을 만들어서 나타내게 됨.	**능하다. 재능.** 能力(능력). 能率(능률). 能事(능사). 可能(가능). 機能(기능). 多才多能(다재다능). 不能(불능). 性能(성능). 才能(재능). 全能(전능). 效能(효능).
多 많을 다 (夕부-3획)	會意. 저녁이 한없이 계속된다는 데서 '많다'를 나타냄. 또는 '夕(저녁 석)'은 '肉(고기 육)'의 변형이라고도 함. 이를 반복해서 '많음'을 나타냄.	**많다.** 多感(다감). 多寡(다과). 多讀(다독). 多量(다량). 多少(다소). 多樣(다양). 多幸(다행). 博學多識(박학다식). 千萬多幸(천만다행). 最多(최다). 許多(허다). 好事多魔(호사다마).
段 층계 단 (殳부-5획)	形聲. 殳+𠂤. 언덕(글자의 왼쪽, 厓의 변형)에서 손(又)에 망치(几)를 들고 돌을 쪼는 것을 그려 '조각하다' 또는 '돌을 쪼아서 만든 층계'를 나타냄.	**층계.** 段階(단계). 階段(계단). **조각.** 段落(단락). 文段(문단). **수단.** 手段(수단). **등급. 단위.** 段數(단수). 上段(상단). 昇段(승단). 初段(초단). 下段(하단).
單 홑 단 (口부-9획)	象形. 두 갈래진(∨) 나무 끝에 돌(口)을 매달아 만든 무기를 본뜬 글자로 그 무기를 한 차례씩 잘 사용한다는 데서 '하나'를 나타냄.	**홑(단).** 單獨(단독). 單線(단선). 單數(단수). 單純(단순). 單語(단어). **외롭다(단).** 孤單(고단). **단자(단).** 單子(단자). 名單(명단). **오랑캐 임금(선).** 單于(선우).

口 입 구										
九 아홉 구										
局 판 국										
國 나라 국										
君 임금 군										
群 무리 군										
郡 고을 군										
軍 군사 군										
屈 굽힐 굴										
窮 다할 궁										
宮 집 궁										
券 문서 권										
勸 권할 권										
卷 책 권										
權 권세 권										

歸 돌아갈 귀								
貴 귀할 귀								
規 법 규								
均 고를 균								
劇 심할 극								
極 다할 극								
勤 부지런할 근								
根 뿌리 근								
近 가까울 근								
禁 금할 금								
今 이제 금								
金 쇠 금								
給 줄 급								
急 급할 급								
級 등급 급								

奇 기이할 기									
寄 부칠 기									
機 틀 기									
紀 벼리 기									
器 그릇 기									
起 일어날 기									
技 재주 기									
期 기약할 기									
基 터 기									
己 몸 기									
旗 기 기									
氣 기운 기									
記 기록할 기									
吉 길할 길									
暖 따뜻할 난									

難 어려울 난
男 사내 남
南 남녘 남
納 바칠 납
內 안 내
女 계집 녀
年 해 년
念 생각할 념
努 힘쓸 노
怒 성낼 노
農 농사 농
能 능할 능
多 많을 다
段 층계 단
單 홀 단

1. 다음 한자어의 독음(讀音)을 쓰시오.

(1) 口述
(2) 九牛一毛
(3) 破局
(4) 郡廳
(5) 國軍
(6) 古宮
(7) 旅券
(8) 勸奬
(9) 壓卷
(10) 均等
(11) 悲劇
(12) 根幹
(13) 近郊
(14) 禁止
(15) 今年
(16) 賞金
(17) 寄贈
(18) 機能
(19) 紀綱
(20) 期待
(21) 基本權
(22) 利己主義
(23) 國旗
(24) 災難
(25) 男妹
(26) 內面
(27) 震怒
(28) 歸農
(29) 能力
(30) 多幸

2. 다음 한자의 훈(訓)과 음(音)을 쓰세요.

(31) 國
(32) 吉
(33) 屈
(34) 窮
(35) 權
(36) 君
(37) 群
(38) 歸
(39) 規
(40) 努
(41) 段
(42) 極
(43) 貴
(44) 給
(45) 勤
(46) 急
(47) 女
(48) 年
(49) 起
(50) 級
(51) 奇
(52) 技
(53) 氣
(54) 記
(55) 暖
(56) 器
(57) 南
(58) 納
(59) 念
(60) 單

3. 다음 빈칸에 알맞은 한자를 써 넣으시오.

(61) 異( )同聲
(62) ( )死一生
(63) ( )鷄一鶴
(64) ( )善懲惡
(65) 手不釋( )
(66) ( )謀術數
(67) 事必( )正
(68) ( )憶喪失
(69) 立春大( )
(70) 南( )北女
(71) 克( )訓鍊
(72) 好事( )魔

4. 다음 한자의 부수를 쓰시오.

(73) 能
(74) 段
(75) 努
(76) 納
(77) 暖
(78) 氣
(79) 技
(80) 奇
(81) 器
(82) 級
(83) 今
(84) 均
(85) 根
(86) 規
(87) 宮
(88) 國
(89) 窮
(90) 券

斷
끊을 단
(斤부-14획)

會意. 왼쪽 부분은 각각의 실타래(幺)와 그것을 잇는 형상(一와 乚)으로 이어짐을 나타냄. 이렇게 이어진 물건을 도끼(斤)로 끊는다는 데서 '끊다'를 의미하게 됨.

끊다. 斷念(단념). 斷面(단면). 斷水(단수). 斷食(단식). 斷電(단전).
판단하다. 斷行(단행). 剛斷(강단). 速斷(속단). 勇斷(용단). 診斷(진단). 判斷力(판단력).

檀
박달나무 단
(木부-13획)

形聲. 木+亶. '亶'은 지붕(宀)과 창(回)과 높은 벽(旦)이 있는 '창고'를 뜻함. 건축에 쓰이는 단단한 나무(木)라는 데서 '박달나무'를 나타냄.

박달나무. 檀君(단군). 檀紀(단기). 檀木(단목). 震檀(진단).

端
끝 단
(立부-9획)

形聲. 立+耑. 갓 돋아난 새싹(屮←屮)과 그 뿌리(而)를 본떠서 '일의 시작'을 나타낸 '耑(시초 단)'이 본래자. 후에 '立(설 립)'을 더해 그 의미를 더욱 확실하게 함.

끝. 가. 末端(말단). 上端(상단). 兩端(양단). 尖端(첨단). 下端(하단).
단정하다. 바르다. 端雅(단아). 端午(단오). 端正(단정). 異端(이단).
실마리. 端緒(단서). 多端(다단).

壇
단 단
(土부-13획)

形聲. 土+亶. '亶'은 지붕(宀)과 창(回)과 높은 벽(旦)이 있는 '창고'를 뜻함. 제단은 흙(土)을 창고(亶)처럼 높게 쌓은 곳으로 '제단'을 나타냄.

단. 壇上(단상). 講壇(강단). 敎壇(교단). 野壇法席(야단법석). 演壇(연단).
사회. 집단. 登壇(등단). 文壇(문단). 樂壇(악단).
뜰. 花壇(화단).

團
둥글 단
(口부-11획)

形聲. 口+專. '專'은 방추(글자의 윗부분)를 손(寸)으로 돌려서 실을 만드는 것을 본뜬 글자로 '둥글다'와 '돌다'는 의미가 내포되어 있음. 둥글게(專) 둘러싼다는(口) 데서 '둥글다'를 나타거나 사람이 모여 빙 둘러앉는다는 데서 '모이다'라는 의미가 생김.

둥글다. 團扇(단선). 大團圓(대단원).
모이다. 團結(단결). 團員(단원). 團長(단장). 團體(단체). 財團(재단). 集團(집단).
단속하다. 團束(단속).

短
짧을 단
(矢부-7획)

形聲. 矢+豆. 화살을 자로 삼아 짧은 물건의 길이를 재거나 받침이 있는 그릇(豆)으로 적은 양을 측정했다는 데서 '짧다'를 나타내게 됨.

짧다. 短距離(단거리). 短劍(단검). 短期(단기). 短信(단신). 短縮(단축). 短篇(단편).
허물. 短見(단견). 短點(단점).

達 통달할 달 (辶부-9획)	形聲. 辶(辵)+羍. 새끼 양(羍의 변형임)이 천천히 가서(辵) 어미양이 있는 곳에 이른다는 데서 '목표에 이르다'를 나타냄.	**통달하다. 깨닫다.** 達觀(달관). 達辯(달변). 達人(달인). 達筆(달필). **이르다.** 達成(달성). 到達(도달). 未達(미달). 速達(속달). 送達(송달). **출세하다.** 乾達(건달). 先達(선달).
擔 멜 담 (手부-13획)	形聲. 扌(手)+詹. '詹'은 '儋'의 획 줄임. 손(手)으로 짐을 잡아서 어깨에 멘다는(詹) 데서 '메다'를 나타냄.	**메다. 지다.** 擔當(담당). 擔保(담보). 擔任(담임). 加擔(가담). 負擔(부담). 分擔(분담). 自擔(자담). 全擔(전담).
談 말씀 담 (言부-8획)	形聲. 言+炎. '炎'은 '淡'의 획 줄임. 서로 담담하게(炎) 이것 저것에 대해 말한다는(言) 데서 '말하다'를 나타냄.	**말하다. 말씀.** 談論(담론). 談笑(담소). 談話(담화). 懇談會(간담회). 怪談(괴담). 弄談(농담). 對談(대담). 德談(덕담). 面談(면담). 美談(미담). 密談(밀담). 相談(상담). 俗談(속담).
答 대답 답 (竹부-6획)	회의·形聲. 옛날에는 종이가 없어 죽간(竹簡)에 글을 적었는데 그것을 모아 답글을 쓴다는 데서 '답장을 쓰다' '대답하다'를 나타냄.	**대답하다.** 答辯(답변). 答信(답신). 答狀(답장). 對答(대답). 問答(문답). 應答(응답). **갚다.** 答禮(답례). 報答(보답).
黨 무리 당 (黑부-8획)	形聲. 黑+尙. 어두운 것(黑)을 숭상한다는(尙) 데서 본래는 '또렷하지 않다'를 나타냄. 후에 좋지 않은 것(黑)을 숭상하여(尙) 이익을 채우려는 '무리'를 나타내게 됨.	**무리.** 黨費(당비). 黨舍(당사). 黨員(당원). 黨爭(당쟁). 黨派(당파). 分黨(분당). 朋黨(붕당). 新黨(신당). 野黨(야당). 與黨(여당). 政黨(정당). 脫黨(탈당).
當 마땅할 당 (田부-8획)	形聲. 田+尙. '尙'에는 '합당하다'는 뜻이 있음. 밭(田)을 구하려면 거기에 합당한(尙) 재화가 요구되는 데서 '알맞다', '상당하다'를 나타냄.	**마땅하다.** 當然(당연). 穩當(온당). 應當(응당). 適當(적당). 正當(정당). **당하다. 맡다.** 當番(당번). 當直(당직). **전당잡히다.** 當座(당좌). **이. 그.** 當年(당년). 當代(당대).

堂 집 당 (土부-8획)	形聲. 土+尙. 흙(土)을 높게(尙) 쌓은 것으로 '집터'를 나타냄. 후에 '집'이나 한 집에 기거하는 '혈족'을 나타내게 됨.	**집. 대청.** 講堂(강당). 別堂(별당). 書堂(서당). 聖堂(성당). 食堂(식당). **번듯하다.** 堂堂(당당). 步武堂堂(보무당당). 正正堂堂(정정당당). **가까운 친척.** 堂內(당내). 堂叔(당숙).
帶 띠 대 (巾부-8획)	會意. 허리장식(글자의 윗부분)으로 쓰는 겹친 천(冖과 巾)으로, '허리띠'를 나타냄.	**띠.** 熱帶(열대). 溫帶(온대). 玉帶(옥대). 腰帶(요대). 地帶(지대). 寒帶(한대). 革帶(혁대). **데리다.** 帶同(대동). 帶妻僧(대처승).
隊 무리 대 (阜부-9획)	會意. 덕(阜)에서 사람이 거꾸로 떨어지는(왼쪽 위의 八이 발이고 그 아래가 팔과 몸체) 모습을 그려, '떨어지다'를 나타냄. 후에 '무리' 등의 의미로 가차되자 본래 글자는 '土(흙 토)'를 더해 '墜(떨어질 추)'로 사용.	**떼. 무리.** 隊列(대열). 隊員(대원). 隊長(대장). 軍隊(군대). 部隊(부대). 先發隊(선발대). 除隊(제대). 探險隊(탐험대). 編隊(편대). 橫隊(횡대). 後發隊(후발대).
代 대신할 대 (人부-3획)	形聲. 人+弋. '弋'은 줄에 매단 화살로 교대 표식으로 사용함. 교대하라는 표식(弋)을 지닌 사람(人)이라는 데서 '대신하다'를 나타냄.	**대신하다.** 代理(대리). 代役(대역). **번갈다.** 代田(대전). 交代(교대). **시대.** 古代(고대). 時代(시대). **일생. 세대.** 累代(누대). 萬代(만대). **값.** 代價(대가). 代金(대금).
對 대답할 대 (寸부-11획)	會意. 글자의 왼쪽부분은 촛불(⼁灬—火)이 켜진 촛대를, 오른쪽의 '寸'은 촛대를 쥔 손을 각각 뜻한다. 손으로 촛대를 쥐고 있는 모습을 그려서 '향하다' '마주보다'를 나타냄. 후에 묻는 말에 마주한다는 의미로 '대답하다'를 나타내게 됨.	**대답하다.** 對價(대가). 對答(대답). 對等(대등). 對應(대응). 對策(대책). **마주보다.** 對決(대결). 對局(대국). 對立(대립). 對面(대면). 對美(대미). **짝. 적수.** 對偶(대우). 相對(상대).
待 기다릴 대 (彳부-6획)	形聲. 彳+寺. '寺'는 '관청'을 뜻함. 관청(寺)에 가서(彳) 일을 처리하려면 기다려야 한다는 데서 '기다리다'를 나타냄.	**기다리다.** 待望(대망). 待合室(대합실). 企待(기대). 期待(기대). 鶴首苦待(학수고대). **대접하다.** 待遇(대우). 待接(대접). 冷待(냉대). 招待狀(초대장). 歡待(환대).

大 큰 대 (大부-0획)	指事. 사람이 두 팔을 벌리고 서 있는 모습을 본 떠 '크다'를 나타냄.	**크다.** 大家(대가). 大驚失色(대경실색). 大規模(대규모). 大吉(대길). 大同小異(대동소이). 大量(대량). **대개.** 大綱(대강). 大概(대개). 大略(대략). 大部分(대부분). 大要(대요).
德 큰 덕 (彳부-12획)	形聲. 彳+悳. 마음(心)이 정직함(直)을 향해서 간다는(行) 것으로, '덕' '은혜'를 나타냄. '悳'은 정직한(直) 마음(心)을 나타내는 '惪'과 같은 글자.	**덕.** 德望(덕망). 德行(덕행). 功德(공덕). 美德(미덕). 變德(변덕). 惡德(악덕). 厚德(후덕). **은혜.** 德分(덕분). 德澤(덕택). 聖德(성덕). 頌德碑(송덕비). 恩德(은덕).
徒 무리 도 (彳부-7획)	形聲. 彳+走. '走'는 '土'와 '止'의 합성자로, '땅 위를 걸어가다'를 뜻함. 여기에 '彳(조금 걸을 척)'을 덧붙이고, 길을 다닐 때 사람들이 무리지어 다녔던 데서 '무리'라는 의미가 파생됨.	**무리.** 敎徒(교도). 叛徒(반도). 生徒(생도). 聖徒(성도). 信徒(신도). **걸어 다니다.** 徒步(도보). **다만.** 徒勞(도로). **형벌의 한 가지.** 徒刑(도형).
盜 훔칠 도 (皿부-7획)	形聲. 그릇(皿)에 담겨 있는 것을 보고 욕심이 나서 벌어진 입(欠)에서 침(水)이 흐르게 된다는 데서 '훔치다'를 나타냄.	**훔치다. 도둑.** 盜掘(도굴). 盜難(도난). 盜癖(도벽). 盜用(도용). 盜賊(도적). 强盜(강도). 竊盜(절도). 捕盜大將(포도대장).
逃 달아날 도 (辶부-6획)	形聲. 辶(辵)+兆. 슬금슬금 가는(辵) 것은 도망가는 조짐(兆)이라는 데서 '달아나다'를 나타냄.	**달아나다. 도망하다.** 逃亡(도망). 夜半逃走(야반도주). 現實逃避(현실도피).
導 이끌 도 (寸부-13획)	形聲. 寸+道. 법도(寸)에 따라 바른 길(道)로 이끌어 목적지에 이르게 한다는 데서 '이끌다'를 나타냄.	**이끌다.** 導入(도입). 導出(도출). 導火線(도화선). 先導(선도). 善導(선도). 領導者(영도자). 誤導(오도). 誘導彈(유도탄). 引導(인도). 傳導(전도). 主導權(주도권). 指導(지도).

島 섬 도 (山부-7획)	形聲. 山+鳥. 사람은 갈 수 없고 오직 하늘을 날아다니는 새(鳥)만 갈 수 있는 바다 가운데의 산(山)으로 '섬'을 나타냄.	섬. 島嶼(도서). 群島(군도). 落島(낙도). 半島(반도). 三多島(삼다도). 絶海孤島(절해고도).
都 도읍 도 (邑부-9획)	形聲. 阝(邑)+者. '者'는 '渚'의 획 줄임. 물가(者)에 있는 고을(邑)로, '도읍'을 의미. 나라의 도읍지는 강가에 건설하거나 성 주위에 해자를 팠으므로 이런 글자가 만들어짐.	도읍. 都城(도성). 都市(도시). 모두. 都給(도급). 都賣商(도매상). 都散賣(도산매). 都下(도하). 都合(도합). 거느리다. 都承旨(도승지). 都元帥(도원수). 駙馬都尉(부마도위).
到 이를 도 (刀부-6획)	形聲. 至+ㅣ(刀). '刀'는 날카로워서 물건을 빠르게 베므로, '빨리 닿다'라는 의미를 지님. 무엇에 빠르게(刀) 이른다는(至) 데서 '이르다'를 나타냄.	이르다. 到達(도달). 到來(도래). 到着(도착). 到處(도처). 來到(내도). 當到(당도). 주밀하다. 用意周到(용의주도). 周到綿密(주도면밀).
圖 그림 도 (口부-11획)	會意. '啚'는 '鄙'의 본래자. 변경에 있는 지방(啚)까지 두루 포괄하는(口) 그림으로, '지도'를 나타냄. 여기서 '그림', '그리다', '꾀하다' 등의 의미가 파생됨.	그리다. 圖錄(도록). 圖面(도면). 圖案(도안). 圖表(도표). 圖形(도형). 꾀하다. 圖謀(도모). 圖上訓練(도상훈련). 構圖(구도). 企圖(기도). 試圖(시도). 意圖(의도).
度 법도 도 (广부-6획)	形聲. 집 안(广)에서 여러 사람(廾으로 나타냈음)이 손(又)으로 헤아리는 것을 그려서, '헤아리다'를 나타냄. 여러 사람의 일반적인 생각이란 뜻에서 '법도' 등의 의미가 파생됨.	법도. 자. 度量衡(도량형). 法度(법도). 모양. 국량. 度量(도량). 民度(민도). 節度(절도). 態度(태도). 정도. 角度(각도). 感度(감도). 건네주다. 濟度(제도).
道 길 도 (辶부-9획)	會意. 우두머리(首)가 길(辵)을 인도한다는 데서 본래는 '인도하다'를 나타냄. 후에 사람이 살아가면서 지켜야 할 '바른 이치와 도리' '길'을 나타내게 됨.	도리. 종교. 道教(도교). 道德(도덕). 길. 道路(도로). 國道(국도). 재주. 道具(도구). 道場(도장). 말하다. 道破(도파). 報道(보도). 행정 단위. 道界(도계). 道伯(도백).

毒 독 독 (毋부-4획)	會意. '⼀'와 '毒'의 합성자. '⼀'는 땅을 뚫고 솟아 나는 새싹을 본뜬 '屮'의 변형이고, '毒'는 선비(士)가 행동하지 않는다는(毋) 것으로 '해가 된다'는 의미를 지녀, 사람에게 해를 끼치는(毒) 풀(屮)로, '독초' 또는 '독'을 나타냄.	**독하다. 해치다.** 毒劇物(독극물). 毒物(독물). 毒殺(독살). 毒性(독성). 毒素(독소). 毒藥(독약). 毒草(독초). **독살스럽다.** 毒舌家(독설가). 毒種(독종). 惡毒(악독). 酷毒(혹독).
督 감독 독 (目부-8획)	形聲. 目+叔. '叔'은 '尗'의 변형. 감독하는 사람은 작은 콩(尗)을 살피듯이(目) 잘 살펴보아야 한다는 데서 '감독하다'를 나타냄.	**감독하다.** 督戰(독전). 監督(감독). 基督教(기독교). 提督(제독). 總督(총독). **재촉하다.** 督勵(독려). 督促(독촉).
獨 홀로 독 (犬부-12획)	形聲. 犭(犬)+蜀. '蜀'은 본래 눈은 크고(罒) 몸은 꼬부라진(勹) 나비 애벌레(虫)로 이루어진 글자로 '다 먹어치우다'라는 뜻. 개(犬)가 먹이를 홀로 다 먹을(蜀) 때까지 으르렁거린다는 데서 '홀로'를 나타냄.	**홀로. 외롭다.** 獨立(독립). 獨房(독방). 獨白(독백). 獨善(독선). 獨食(독식). 獨身(독신). **독일.** 獨語(독어). 獨逸(독일). 東獨(동독). 西獨(서독).
讀 읽을 독 (言부-15획)	形聲. 言+賣. 장사꾼(賣)이 소리를(言) 내지르는 것처럼 책을 읽는다는 데서 '읽다'를 나타냄.	**읽다(독).** 讀本(독본). 讀心術(독심술). 讀解力(독해력). 讀後感(독후감). 購讀(구독). 朗讀(낭독). 精讀(정독). 晝耕夜讀(주경야독). 訓讀(훈독). **귀절(두).** 句讀點(구두점). 吏讀(이두).
銅 구리 동 (金부-6획)	形聲. 金+同. 구리는 금(金)과 똑같이(同) 노란 색깔의 금속이라는 데서 '구리'를 나타냄.	**구리.** 銅鏡(동경). 銅像(동상). 銅錢(동전). 銅版(동판). 古銅色(고동색). 靑銅器(청동기).
童 아이 동 (立부-7획)	會意. '田(밭 전)'을 중심으로 하여, 윗부분은 형벌용 칼(훅←辛)로 눈(田←目의 변형)을 찔러 노예로 만드는 것을 의미하고 아랫부분은 '里(마을 리)'는 '東(동녘 동)'의 변형으로 발음을 표시한다. 노예의 표식을 한 아이라는 데서 만들어진 글자.	**아이.** 童詩(동시). 童心(동심). 童顔(동안). 童謠(동요). 牧童(목동). 三尺童子(삼척동자). 神童(신동). 兒童(아동). 惡童(악동). 玉童子(옥동자). **어리석다.** 童昏(동혼).

冬 겨울 동 (冫부−3획)	會意. 노끈 양쪽에 매듭을 지은 것을 본떠 '끝'을 나타냄. 후에 얼음(冫)이 얼면 뒤따라 일년의 끝인 겨울이 온다는(夂) 것으로 보아 일년의 끝인 '겨울'을 나타내게 됨.	**겨울.** 冬季(동계). 冬眠(동면). 冬節期(동절기). 冬至(동지). 暖冬(난동). 효冬(입동). 三冬(삼동). 嚴冬雪寒(엄동설한). 越冬(월동). 秋冬服(추동복). 夏爐冬扇(하로동선).
動 움직일 동 (力부−9획)	形聲. 力+重. 무거운(重) 것도 힘(力)을 들이면 움직인다는 데서 '움직이다'를 나타냄.	**움직이다.** 動力(동력). 動脈(동맥). 動物(동물). 動詞(동사). 動産(동산). 動植物(동식물). 動作(동작). 動向(동향). **어지럽다.** 動亂(동란). 騷動(소동). **문득.** 動輒見敗(동첩견패).
同 한가지 동 (口부−3획)	會意. '凡'과 '口'의 합성자. 대부분(凡)의 사람들이 똑같이 말한다는(口) 데서 '같은 의견', '서로 같다'를 나타냄.	**한가지. 함께.** 同感(동감). 同甲(동갑). 同格(동격). 同苦同樂(동고동락). 同級(동급). 同等(동등). 同僚(동료). 同盟(동맹). 同門(동문). 同病相憐(동병상련). 同席(동석).
洞 골 동 (水부−6획)	形聲. 氵(水)+同. 물(水)이 한 가지로 모인다는(同) 데서 '모이다'라는 의미가 내재되어 있음. 후에 여러 물줄기가 모이는(同) '골짜기'를 나타내게 됨.	**골짜기(동).** 洞窟(동굴). 空洞(공동). **깊다(동).** 華燭洞房(화촉동방). **마을. 행정 구역(동).** 洞口(동구). 洞里(동리). 洞事務所(동사무소). **꿰뚫다(통).** 洞達(통달). 洞察(통찰).
東 동녘 동 (木부−4획)	會意. 아침에 떠오르는 해(日)가 동쪽의 나무(木)에 걸려 있다는 데서 '동쪽'을 나타냄.	**동쪽.** 東國(동국). 東南亞(동남아). 東問西答(동문서답). 東北(동북). 東奔西走(동분서주). 東西古今(동서고금). 東海(동해). 關東(관동). 極東(극동). 近東(근동). 嶺東(영동).
斗 말 두 (斗부−0획)	象形. 자루(十)가 달린 말(匸)을 본떠서, '말'을 나타냄. 별자리 모양이 斗처럼 생겼다고 해서 별자리 이름으로도 쓰임.	**말.** 斗穀(두곡). 斗量(두량). 斗酒不辭(두주불사). **우뚝 솟다.** 斗起(두기). **별 이름.** 斗牛星(두우성). 北斗七星(북두칠성). 泰斗(태두). 泰山北斗(태산북두).

豆 콩 두 (豆부-0획)	會意. 뚜껑(一)과 물건 담는 그릇(口)과 발(丷)이 달린 나무로 만든 제기(祭器)를 본뜬 글자. 한(漢)나라 이후부터는 주로 '콩'을 담는 그릇이라는 의미에서 콩을 뜻하게 됨.	콩. 豆腐(두부). 豆油(두유). 豆乳(두유). 豆太(두태). 綠豆(녹두). 大豆(대두).
頭 머리 두 (頁부-7획)	形聲. 頁+豆. '豆(콩 두)'는 나무로 만든 제기를 본뜬 글자로 발음을 표시하고 '頁'(머리 혈)은 首경의 변형으로 머리를 의미함.	머리. 頭蓋骨(두개골). 頭巾(두건). 우두머리. 頭領(두령). 頭目(두목). 앞. 頭角(두각). 去頭截尾(거두절미). 짐승을 세는 단위. 頭數(두수). 百頭(백두).
得 얻을 득 (彳부-8획)	會意. 여기저기 돌아다니면서(彳) 돈이나 진귀한 물건('日'은 '貝'의 변형)을 손(寸)에 쥔다는 데서 '얻다'를 나타냄.	얻다. 得勢(득세). 得點(득점). 國民所得(국민소득). 所得(소득). 拾得(습득). 깨닫다. 得道(득도). 納得(납득). 說得(설득). 習得(습득). 體得(체득). 가능. 不得不(부득불).
燈 등잔 등 (火부-12획)	形聲. 火+登. 불(火)을 높은 곳(登)에 켜 놓고 주위를 밝힌다는 것으로 '등잔'을 나타냄.	등잔. 燈臺(등대). 燈油(등유). 燈盞(등잔). 燈下不明(등하불명). 燈火可親(등화가친). 街路燈(가로등). 消燈(소등). 電燈(전등). 風前燈火(풍전등화).
等 무리 등 (竹부-6획)	會意. 관청(寺)에서 서류(竹←簡)를 같은 것끼리 가지런하게 묶어 둔다는 데서 '무리짓다', '가지런히 하다'를 나타냄.	무리. 吾等(오등). 何等(하등). 등급. 等級(등급). 等數(등수). 가지런하다. 等高線(등고선). 均等(균등). 對等(대등). 越等(월등). 기다리다. 等待(등대). 等閑(등한).
登 오를 등 (癶부-7획)	會意. '癶'의 좌우측은 발(止)을 그린 것으로 '걷다'를 뜻하여 제기(豆)를 들고 제단으로 걸어(癶) 올라가야 한다는 데서 '오르다'를 나타냄.	오르다. 登科(등과). 登極(등극). 登山(등산). 登用(등용). 登龍門(등용문). 나아가다. 登校(등교). 登壇(등단). 기록에 올리다. 登記(등기). 登錄(등록). 登載(등재).

羅 그물 라 (网부-14획)	會意. 실(糸)로 엮은 그물(网)에 새(隹)가 걸려 있는 모습을 그려 '새를 잡는 그물'을 나타냄. 후에 펼쳐진 그물과 같은 비단에서 '비단'과 '펼치다'의 의미가 파생됨.	**벌이다.** 羅列(나열). 羅針盤(나침반). 綺羅星(기라성). 森羅萬象(삼라만상). **그물.** 羅網(나망). 網羅(망라). 總網羅(총망라). **비단.** 羅紗(나사). 綾羅(능라).
落 떨어질 락 (艸부-9획)	會意. 물방울(水)이 떨어지듯이 가을에는 나뭇잎(艸)이 따로따로(各) 떨어진다는 데서 '떨어지다'를 나타냄.	**떨어지다. 죽다. 지다.** 落膽(낙담). 落雷(낙뢰). 落淚(낙루). 落馬(낙마). **마을.** 群落(군락). 部落(부락). 村落(촌락). 聚落(취락). **이르다.** 落成(낙성).
樂 즐길 락 (木부-11획)	會意. 큰 대(木) 위에서 두 사람(幺幺으로 나타냄)이 마주서서 커다란 북(白으로 나타냄)을 치는 것을 본떠 '북'을 나타냄. 여기서 '음악', '즐겁다'가 파생됨.	**즐기다(락).** 樂園(낙원). 苦樂(고락). **편안하다(락).** 樂勝(낙승). **풍류. 음악(악).** 樂曲(악곡). **좋아하다(요).** 樂山樂水(요산요수). 仁者樂山(인자요산).
亂 어지러울 란 (乙부-12획)	會意. 맨 위의 '爪'와 '又'는 손을 그렸고, 아랫부분은 '冂'을 중심으로 '幺'가 얽혀 있는 두 타래의 실을 그렸으며, 오른쪽은 '乙'의 변형으로 정리된 실을 그린 것. 두 손(爪와 又)으로 잡고 정리해야 바르게 정돈될(乙) 정도로 어지럽게 헝클어진 실(幺의 변형)으로 '헝클어지다', '어지럽다'를 나타냄.	**어지럽다.** 亂局(난국). 亂動(난동). 亂立(난립). 亂脈(난맥). 亂世(난세). 心亂(심란). **난리.** 亂離(난리). 反亂(반란). 自中之亂(자중지란). 戰亂(전란). 避亂(피란).
卵 알 란 (卩부-5획)	象形. 알 두 개를 그려서, '알'을 나타냄.	**알.** 卵生動物(난생동물). 卵細胞(난세포). 卵巢(난소). 卵子(난자). 鷄卵(계란). 排卵(배란). 産卵(산란). 無精卵(무정란).
覽 볼 람 (見부-14획)	形聲. 見+監. '보다'를 뜻하는 '監(볼 감)'과 '見(볼 견)'을 합하여 그 의미를 더욱 강조함.	**보다.** 觀覽(관람). 博覽會(박람회). 閱覽(열람). 要覽(요람). 遊覽(유람). 一覽表(일람표). 展覽會(전람회). 便覽(편람). 回覽(회람).

來 올 래 (人부-6획)	象形. 보리의 이삭(十), 흰 잎새(좌우의 人), 뿌리(아래의 人)를 본떠 '보리'를 나타냄. 하늘에서 내려온 곡식으로 여겨 '오다'를 나타내게 됨. 본래 의미는 '夂(뒤져서 올 치)'를 더해 '麥(보리 맥)'으로 나타냄.	**오다.** 來年(내년). 來歷(내력). 來賓(내빈). 來世(내세). 來往(내왕). 來日(내일). 來週(내주). 去來處(거래처). 到來(도래). 未來(미래). 本來(본래). 說往說來(설왕설래). 暗去來(암거래).
冷 찰 랭 (冫부-5획)	形聲. 冫(氷)+令. 엄한 명령(令)은 얼음(氷) 같이 차갑다는 데서 본래는 '엄하다'를 나타냄.	**차다.** 冷氣(냉기). 冷房(냉방). 冷凍(냉동). 冷水(냉수). 冷藏庫(냉장고). 冷湯(냉탕). **쌀쌀맞다.** 冷冷(냉랭). 冷待(냉대). 冷淡(냉담). 冷笑(냉소). 冷情(냉정).
略 간략할 략 (田부-6획)	形聲. 田+各. '各(각각 각)'에는 '서로 다르다'는 의미가 있음. 밭(田)에 경계선을 그어 서로 나눈다는(各) 데서 '땅을 구획하다'를 나타냄.	**간략하다.** 略圖(약도). 略歷(약력). 略述(약술). 略語(약어). 略字(약자). **꾀.** 略取(약취). 計略(계략). 謀略(모략). 戰略(전략). 智略(지략). **노략질하다.** 攻略(공략). 侵略(침략).
糧 양식 량 (米부-12획)	形聲. 米+量. '量'은 곡식을 재는 단위로 '정확하게 정해져 있다'는 의미를 지님. 나그네가 마른 쌀(米)을 정확하게 헤아려서(量) 가져간다는 데서 '나그네가 먹는 마른 양식'을 나타냄. 후에 의미가 확대되어 '양식'을 나타내게 됨.	**양식.** 糧穀(양곡). 糧食(양식). 軍糧米(군량미). 食糧(식량). 節糧(절량).
兩 두 량 (入부-6획)	象形. 저울추 두 개가 양쪽에 달려 있는 천칭 저울을 본떠 '둘'을 나타냄. 또는 쌍두마차의 말 멍에(帀)와 한 쌍의 안장(入入)을 본떠 '둘'을 나타낸다고도 함.	**둘.** 兩國(양국). 兩論(양론). 兩立(양립). 兩面(양면). 兩班(양반). 兩分(양분). 兩親(양친). **무게의 단위. 냥.** 兩半(양반). 十兩(십량).
量 헤아릴 량 (里부-5획)	會意. 밝은 햇빛(日) 아래에서 물건의 무게(重)를 측정한다는 데서, '헤아리다' '추측하다'를 나타냄.	**헤아리다.** 感慨無量(감개무량). 料量(요량). 裁量(재량). **용량.** 減量(감량). 降雨量(강우량). **부피를 재는 기구. 말.** 度量衡(도량형). **도량.** 雅量(아량).

斷 끊을 단							
檀 박달나무 단							
端 끝 단							
壇 단 단							
團 둥글 단							
短 짧을 단							
達 통달할 달							
擔 멜 담							
談 말씀 담							
答 대답 답							
黨 무리 당							
當 마땅할 당							
堂 집 당							
帶 띠 대							
隊 무리 대							

代 대신할 대								
對 대답할 대								
待 기다릴 대								
大 큰 대								
德 큰 덕								
徒 무리 도								
盜 훔칠 도								
逃 달아날 도								
導 이끌 도								
島 섬 도								
都 도읍 도								
到 이를 도								
圖 그림 도								
度 법도 도								
道 길 도								

毒 독 독								
督 감독 독								
獨 홀로 독								
讀 읽을 독								
銅 구리 동								
童 아이 동								
冬 겨울 동								
動 움직일 동								
同 한가지 동								
洞 골 동								
東 동녘 동								
斗 말 두								
豆 콩 두								
頭 머리 두								
得 얻을 득								

燈 등잔 등									
等 무리 등									
登 오를 등									
羅 그물 라									
落 떨어질 락									
樂 즐길 락									
亂 어지러울 란									
卵 알 란									
覽 볼 람									
來 올 래									
冷 찰 랭									
略 간략할 략									
糧 양식 량									
兩 두 량									
量 헤아릴 량									

1. 다음 한자어의 독음(讀音)을 쓰시오.

(1) 集團　　　　(2) 短期　　　　(3) 達人　　　　(4) 擔當
(5) 談話　　　　(6) 食堂　　　　(7) 革帶　　　　(8) 探險隊
(9) 大家　　　　(10) 德望　　　　(11) 信徒　　　　(12) 先導
(13) 半島　　　　(14) 都市　　　　(15) 到着　　　　(16) 監督
(17) 獨身　　　　(18) 朗讀　　　　(19) 動物　　　　(20) 同感
(21) 東南亞　　　(22) 斗量　　　　(23) 豆油　　　　(24) 等級
(25) 登龍門　　　(26) 羅針盤　　　(27) 鷄卵　　　　(28) 閱覽
(29) 未來　　　　(30) 冷房

2. 다음 한자의 훈(訓)과 음(音)을 쓰세요.

(31) 量　　　　(32) 斷　　　　(33) 壇　　　　(34) 黨
(35) 度　　　　(36) 道　　　　(37) 當　　　　(38) 冬
(39) 洞　　　　(40) 代　　　　(41) 樂　　　　(42) 略
(43) 糧　　　　(44) 對　　　　(45) 待　　　　(46) 盜
(47) 檀　　　　(48) 端　　　　(49) 逃　　　　(50) 圖
(51) 毒　　　　(52) 銅　　　　(53) 答　　　　(54) 童
(55) 燈　　　　(56) 落　　　　(57) 頭　　　　(58) 得
(59) 亂　　　　(60) 兩

3. 다음 빈칸에 알맞은 한자를 써 넣으시오.

(61) 正正( )( )　　(62) 鶴首苦( )　　(63) ( )同小異　　(64) 夜半( )走
(65) 駙馬( )尉　　(66) 周( )綿密　　(67) 晝耕夜( )　　(68) ( )問西答
(69) 風前( )火　　(70) 森( )萬象　　(71) 感慨無( )　　(72) 說往說( )

4. 다음 한자의 부수를 쓰시오.

(73) 糧　　　　(74) 落　　　　(75) 卵　　　　(76) 覽
(77) 登　　　　(78) 動　　　　(79) 毒　　　　(80) 督
(81) 島　　　　(82) 圖　　　　(83) 道　　　　(84) 童
(85) 德　　　　(86) 盜　　　　(87) 帶　　　　(88) 對
(89) 端　　　　(90) 擔

良 어질 량 (艮부-1획)	象形. 회랑(回廊)을 본떠 '복도'를 나타냄. 후에 그런 집은 매우 좋다는 데서 '좋다', '뛰어나다'를 나타내게 됨. 본래 의미는 '邑(고을 읍)'과 '广(집 엄)'을 덧붙인 '廊(복도 랑)'으로 나타냄.	**어질다.** 良民(양민). 良心(양심). 善良(선량). 閑良(한량). **좋다.** 良家(양가). 良識(양식). 良好(양호). 良貨(양화). 改良(개량). **잠깐.** 良久(양구).
慮 생각할 려 (心부-11획)	形聲. 思+虍. '虍'는 세로선이 일목정연하게 나 있어 '조리 있고 정연하다'는 뜻을 지님. 일에 대해 깊게 헤아리면(思) 조리있고 정연하게(虍) 된다는 데서 '깊이 생각하다'를 나타냄.	**생각하다.** 考慮(고려). 無慮(무려). 配慮(배려). 思慮(사려). 心慮(심려). 深謀遠慮(심모원려). 念慮(염려). 憂慮(우려). 千慮一失(천려일실).
麗 고울 려 (鹿부-8획)	會意. 사슴(鹿)의 뿔 두 개(丙丙)가 나란히 솟은 것을 그려서, '곱다'를 나타냄.	**곱다(려).** 麗人(여인). 美麗(미려). **붙다(려).** 麗天(여천). **나라 이름(려).** 高句麗(고구려). 高麗(고려). 高麗瓷器(고려자기). **떨어지다(리).** 魚麗(어리).
旅 나그네 려 (方부-6획)	會意. 깃발(旗에서 其가 빠진 것) 아래 두 사람(氏와 비슷한 부분은 人과 人이 합쳐짐)이 늘어서 있는 것을 그린 것으로 '군대'를 나타냄. 군대는 여기저기 돌아다니는 데서 '나그네'의 의미 파생.	**나그네.** 旅券(여권). 旅毒(여독). 旅路(여로). 旅費(여비). 旅程(여정). 旅行(여행). **군대.** 旅團(여단). **함께.** 旅進旅退(여진여퇴).
歷 지날 력 (止부-12획)	會意. 벼랑(厂) 아래에 벼를 차곡차곡 쌓듯이(禾 두 개를 늘어세움) 지나왔다는(止) 것으로 '지나가다'를 나타냄.	**지내다.** 歷任(역임). 經歷(경력). 來歷(내력). 略歷(약력). 前歷(전력). 學歷(학력). **차례차례.** 歷訪(역방). **분명하다.** 歷歷(역력). 歷然(역연).
力 힘 력 (力부-0획)	象形. 팔에 힘을 주었을 때 근육이 불끈 솟은 모양을 본떠서, '힘'을 나타냄.	**힘. 힘껏.** 力量(역량). 力不足(역부족). 力說(역설). 國力(국력). 權力(권력). 筋力(근력). 能力(능력). 兵力(병력). 勢力(세력). 速力(속력). 水力(수력). 視力(시력). 實力(실력).

連 이을 련 (辶부-7획)	會意. 수레(車)가 잇달아서 달린다는(辵→辶) 데서 '잇달아 있다', '잇다'를 나타냄.	**잇다.** 連結(연결). 連發(연발). 連續 (연속). 連鎖(연쇄). 連勝(연승). 連日 (연일). 連作(연작). 連敗(연패). 連休 (연휴). 不連續線(불연속선).
練 익힐 련 (糸부-9획)	형서문자. 糸+柬. 실(糸)을 삶아서 불순물을 가려 낸다는(柬) 데서 '삶다', '익히다'를 나타냄.	**익히다.** 練習(연습). 洗練(세련). 修練 (수련). 熟練工(숙련공). **가리다.** 練日(연일). 練擇(연택). **마전하다.** 練絲(연사). 練染(연염). **상복.** 練服(연복). 練祥(연상).
烈 매울 렬 (火부-6획)	形聲. 火+列. 칼(刀)로 살을 발라내고 뼈(歹)만 늘 어놓듯이 사악하고 부정한 것을 없애는 밝은 것(火) 으로 '밝게 빛남'을 나타냄. 또는 불길(火)이 널리 퍼져(列) 거세다는 데서 '맹렬하다'를 나타낸다고도 함.	**맵다.** 烈火(열화). 强烈(강열). **절개가 굳다.** 烈女(열녀). 烈士(열사). 先烈(선열). 貞烈(정열). 忠烈(충열). **아름답다.** 烈祖(열조). **공적.** 遺烈(유열).
列 줄 렬 (刀부-4획)	會意. 칼(刀)로 살을 발라내고 뼈(歹)만 남겨 놓는 다는 데서 '분해하다'를 나타냄. 후에 남은 뼈를 늘 어놓는다는 데서 '늘어놓다'를 나타내게 됨.	**줄.** 系列(계열). 隊列(대열). **여럿. 줄을 이루다.** 列强(열강). 列國 (열국). 列島(열도). 列傳(열전). **베풀다.** 羅列(나열). 配列(배열). **차례.** 列擧(열거). 序列(서열).
令 명령 령 (人부-3획)	會意. 커다란 지붕(合에서 口가 빠진 형태) 아래에 한 사람이 무릎을 꿇고 앉아(卩로 나타냈음) 사람 들에게 명령을 내리는 모습을 그려서, '명령하다'를 나타냄.	**명령.** 令狀(영장). 戒嚴令(계엄령). **법률.** 法令(법령). 部令(부령). **우두머리.** 司令官(사령관). **아름답다.** 令望(영망). 令息(영식). **가령.** 假令(가령). 設令(설령).
 領 거느릴 령 (頁부-5획)	形聲. 頁+令. '令(영 령)'에는 '아름답다'는 뜻이 있 어, 머리(頁)의 얼굴이 아름다운 것(令)을 귀하게 여긴다는 데서 본래는 '얼굴'을 나타냄. 후에 일을 시키는(令) 우두머리(頁)로 보아 '우두머리'를 나타 내게 됨.	**우두머리.** 領袖(영수). 敎領(교령). **다스리다.** 領空(영공). 領事(영사). **요소.** 綱領(강령). 要領(요령). **받다.** 領收(영수). 領置金(영치금). **차지하다.** 占領(점령). 橫領(횡령).

例 법식 례 (人부-6획)	形聲. 人+列. 한 떼의 사람(人)이 줄지어(列) 서 있다는 데서 '무리'를 나타냄. 여러 사람의 행동은 개인 행동의 기준이 된다는 데서 '법식', '보기'라는 의미가 파생됨.	**법식.** 例外(예외). 慣例(관례). **보기.** 例文(예문). 例示(예시). 事例(사례). 實例(실례). 用例(용례). **비율.** 比例(비례). 反比例(반비례). **대개.** 例年(예년). 例事(예사).
禮 예도 례 (示부-13획)	會意. '示'는 제단을, '豊'은 그릇(豆)에 음식이 넘치도록 담긴 것(曲으로 나타냄)을 본떠 만든 글자. 제단(示)에 제물을 가득 담은 그릇(豊)을 올려 놓고 제사지낸다는 데서 '신을 경배하다'를 나타냄.	**예절.** 禮物(예물). 禮拜(예배). 禮法(예법). 禮遇(예우). 禮儀凡節(예의범절). 禮節(예절). 缺禮(결례). 敬禮(경례). 國民儀禮(국민의례). 答禮(답례). 目禮(목례). 無禮(무례).
勞 일할 로 (力부-10획)	會意. 밤에도 불을 밝히고(熒에서 火의 획 줄임. 일한다는(力) 데서 '힘써 일하다'를 나타냄. 여기서 '지치다'라는 의미가 파생됨.	**일하다.** 勞苦(노고). 勞動組合(노동조합). 勞使(노사). 勞役(노역). 勞賃(노임). 過勞(과로). **지치다.** 勞困(노곤). 疲勞(피로). **위로하다.** 慰勞(위로).
路 길 로 (足부-6획)	形聲. 足+各. 사람은 저마다(各) 자기가 가야할 길을 걸어간다는(足) 데서 '길'을 나타냄.	**길.** 路面(노면). 路邊(노변). 路線(노선). 街路燈(가로등). 經路(경로). 高速道路(고속도로). 岐路(기로). 道路網(도로망). 線路(선로). 水路(수로). 隘路(애로). 陸路(육로).
老 늙을 로 (老부-0획)	會意. 듬성듬성한 머리가 하얗게 세고(毛) 허리가 굽은(匕) 사람(人)을 그려, '노인'을 나타냄.	**늙다.** 老年(노년). 老衰(노쇠). 老弱(노약). 老患(노환). 老後(노후). **익숙하다.** 老鍊(노련). **어른.** 元老(원로). 長老(장로). **오래되다.** 老炎(노염). 老朽(노후).
錄 기록할 록 (金부-8획)	形聲. 金+彔. 쇠붙이(金)로 대나무를 깎아(彔) 죽간을 만들어 글을 새긴다는 데서 '글을 새기다', '기록하다'를 나타냄.	**기록하다.** 錄音(녹음). 錄畵(녹화). 記錄(기록). 登錄(등록). 目錄(목록). 芳名錄(방명록). 附錄(부록). 新記錄(신기록). 實錄(실록). 語錄(어록). 回顧錄(회고록).

綠 푸를 록 (糸부-8획)	形聲. 糸+彔. 나무껍질을 벗기면(彔) 실(糸)처럼 푸른 속껍질이 나타난다는 데서 '푸르다'를 나타냄.	푸르다. 綠豆(녹두). 綠末(녹말). 綠色(녹색). 綠水靑山(녹수청산). 綠地(녹지). 綠茶(녹차). 常綠樹(상록수). 新綠(신록). 葉綠素(엽록소). 草綠同色(초록동색).
論 말할 론 (言부-8획)	形聲. 言+侖. 논의하거나 평할 때는 생각을 조리 있게(侖) 말해야(言) 한다는 데서 '논의하다', '평하다'를 나타냄.	논의하다. 평하다. 論客(논객). 論據(논거). 論考(논고). 論理(논리). 論文(논문). 論駁(논박). 論說(논설). 論述(논술). 論題(논제). 論評(논평). 講論(강론). 槪論(개론). 擧論(거론).
料 헤아릴 료 (斗부-6획)	會意. 쌀(米)의 분량을 헤아리려면 말(斗)로 재야만 한다는 데서 '헤아리다'를 나타냄.	헤아리다. 料量(요량). 思料(사료). 다스리다. 料理(요리). 料亭(요정). 재료. 飼料(사료). 原料(원료). 資料(자료). 材料(재료). 調味料(조미료). 삯. 料金(요금). 給料(급료).
龍 용 룡 (龍부-0획)	象形. 몸체(月←肉)를 세우고(立) 꼬리를 흔들어 날아오르는(글자의 오른쪽으로 나타냄) 용의 모양을 그려서, '용'을 나타냄.	용. 龍頭蛇尾(용두사미). 龍王(용왕). 龍虎相搏(용호상박). 左靑龍(좌청룡). 임금에 관한 것. 龍床(용상). 龍顔(용안). 8尺 이상이 되는 말. 龍馬(용마).
柳 버들 류 (木부-5획)	形聲. 木+卯. 버드나무의 길고 유연한 가지가 아래로 축 처진 것이 마치 움푹 파인 웅덩이(卯) 모양과 같다는 데서 '버드나무'를 나타냄.	버드나무. 柳器(유기). 楊柳(양류). 路柳墻花(노류장화). 花柳界(화류계).
留 머무를 류 (田부-5획)	會意. 농사를 잘 지어 밭(田)에서 무성한(卯) 성과를 거두기 위해서는 자주 옮기지 말고 한 곳에 정착해서 오랫동안 머물러 있어야 한다는 데서 '오래 머무르다'를 나타냄.	머무르다. 留級(유급). 留念(유념). 留保(유보). 留意(유의). 留任(유임). 留學(유학). 拘留(구류). 挽留(만류). 保留(보류). 押留(압류). 抑留(억류). 滯留(체류).

流 흐를 류 (水부-6획)	會意. 오른쪽은 몸체(宀)와 머리(厶)가 거꾸로 선 신생아가 양수(川)를 따라 자궁에서 아래로 내려오는 것을 본떠서, '위에서 아래로 내려오다'를 뜻함. 물(水)이 위에서 아래로 흐르는 데서 '흐르다'를 나타냄.	**흐르다.** 流動(유동). 流量(유량). 流星(유성). 流水(유수). 流失(유실). **내치다.** 流配(유배). 流刑(유형). **계통.** 流派(유파). 同流(동류). **등급.** 三流(삼류). 上流(상류).
類 무리 류 (頁부-10획)	形聲. '犬'과 '米', '頁'의 합성자로, 개(犬)는 생김새와 성격이 비슷한 무리하는 데서 '무리'를 나타냄.	**무리.** 部類(부류). 分類(분류). 魚類(어류). 肉類(육류). 衣類(의류). 鳥類(조류). 種類(종류). **비슷하다.** 類例(유례). 類萬不同(유만부동). 類類相從(유유상종).
陸 뭍 륙 (阜부-8획)	形聲. 언덕을 나타내는 '阜(언덕 부)'와 '坴(언덕 륙)'을 겹쳐 써서 흙이 많이 쌓인 '육지'를 나타냄.	**뭍.** 陸橋(육교). 陸軍(육군). 陸路(육로). 陸士(육사). 陸上(육상). 陸送(육송). 陸地(육지). 內陸(내륙). 大陸(대륙). 上陸(상륙). 水陸兩用(수륙양용). 着陸(착륙).
六 여섯 육 (八부-2획)	象形. 본래는 지붕(宀)과 기둥(八)만 있다는 데서 '허름한 초막(盧)'을 나타냄. 초막은 위, 아래와 사방의 여섯 방향으로 트였다는 데서 '여섯'을 나타내게 됨.	**여섯.** 六面體(육면체). 六法全書(육법전서). 六書(육서). 六曹(육조). 死六臣(사육신). 三十六計(삼십육계). 三絃六角(삼현육각). 五臟六腑(오장육부).
輪 바퀴 륜 (車부-8획)	形聲. 車+侖. 수레(車)의 부속품으로 둥글게 뭉쳐 있는(侖) 것은 여러 개의 살대로 둥글게 만들어진 수레바퀴뿐이므로, '수레바퀴'를 나타냄.	**바퀴.** 輪禍(윤화). 三輪車(삼륜차). 年輪(연륜). 五輪旗(오륜기) **둘레.** 輪廓(윤곽). **차례로 돌다.** 輪番(윤번). 輪作(윤작). 輪轉機(윤전기). 輪廻(윤회).
律 법칙 률 (彳부-6획)	形聲. 彳+聿. '彳'은 네거리(行)의 좌측 절반을 본뜬 글자로 '가야 할 방향' '행위의 기준'을 뜻하고, '聿'은 '筆'의 획 줄임. 행위의 기준(彳)을 붓(聿)으로 써 놓은 것이라는 데서 '법률'을 나타냄.	**법.** 律法(율법). 戒律(계율). **절제하다.** 自律(자율). 他律(타율). **음률.** 律動(율동). 旋律(선율). **한시 형식의 하나.** 律詩(율시). 排律(배율).

離 떠날 리 (隹부–11획)	形聲. 隹+离. 긴 손잡이가 달려 있는 그물에 걸린 새를 그려서, '새를 잡다'를 나타냄. 새로서는 재앙을 만나 무리와 헤어지게 된 것이므로, 후에 '재앙을 만나다' '떠나다'를 나타내게 됨.	**떠나다.** 離陸(이륙). 離別(이별). 離散(이산). 離脫(이탈). 離婚(이혼). 距離(거리). **밝다.** 陸離(육리). **만나다.** 離憂(이우). 亂離(난리).
利 이로울 리 (刀부–5획)	會意. 날카로운 칼(刀)로 벼(禾)를 벤다는 데서 '칼날의 날카로움', '예리함'을 나타냄. 후에 날카로운 칼이 벼를 베는데 도움이 된다는 데서 '이롭다', '이익' 등을 나타내게 됨.	**이롭다.** 利權(이권). 利得(이득). 利用(이용). 利益(이익). 利點(이점). **날카롭다.** 利劍(이검). 銳利(예리). **이자.** 利潤(이윤). 利率(이율). **이기다.** 勝利(승리). 戰利品(전리품).
李 오얏 리 (木부–3획)	形聲. 나무에게 있어 '子'는 '과일'을 뜻한다. 오얏나무는 과일(子)이 아주 많이 열리는 나무(木)라는 데서 '오얏나무'를 나타냄.	**오얏.** 李下不整冠(이하부정관). 桃李(도리). **행장.** 行李(행리). **성.** 李氏(이씨). 張三李四(장삼이사).
理 다스릴 리 (玉부–7획)	形聲. '里'는 '理'의 획 줄임. 옥(玉)은 그 결에 따라 잘 다스려야(里) 한다는 데서 '다스리다' '이치'를 나타냄.	**다스리다.** 理事(이사). 經理(경리). 管理(관리). 料理(요리). 修理(수리). **도리.** 敎理(교리). 道理(도리). **이치.** 理念(이념). 理論(이론). **결.** 大理石(대리석). 木理(목리).
里 마을 리 (里부–0획)	會意. 경작지(田)와 집을 지을 땅(土)을 갖추고 있으면 사람이 모여서 마을을 이루고 살아간다는 데서 사람이 모여 사는 곳인 '마을'을 나타냄.	**마을.** 里長(이장). 洞里(동리). 閭里(여리). 鄕里(향리). **거리 단위.** 里程標(이정표). 萬里長城(만리장성). 明沙十里(명사십리). 千里馬(천리마).
林 수풀 림 (木부–4획)	會意. 나무를 뜻하는 '木(나무 목)'을 두 개 늘어 놓아, 나무들이 빽빽하게 있는 '수풀'을 나타냄.	**수풀.** 林業(임업). 密林(밀림). 山林(산림). 森林(삼림). 樹林(수림). 原始林(원시림). **빽빽하다.** 林立(임립).

立 설 립 (立부-0획)	象形. 팔을 벌린 사람을 본뜬 '大(큰 대)' 아래에 땅을 뜻하는 '一(한 일)'이 있는 형태. 사람(大)이 땅(一) 위에 서 있다는 데서 '서다'를 나타냄.	**서다. 세우다.** 立法(입법). 立案(입안). 立證(입증). 立地(입지). 建立(건립). 起立(기립). **곧바로.** 立刻(입각). 立卽(입즉).
馬 말 마 (馬부-0획)	象形. 말의 머리와 갈기털과 네 다리와 꼬리를 본떠 말을 나타냄.	**말.** 馬耳東風(마이동풍). 馬車(마차). 馬牌(마패). 競馬(경마). 落馬(낙마). 名馬(명마). **벼슬.** 駙馬(부마). 駙馬都尉(부마도위).
滿 찰 만 (水부-11획)	形聲. 氵(水)+㒼. '㒼(속일 만)'의 획 줄임으로 '평평하다'를 뜻함. 물(水)이 그릇에 가득차면 그릇의 높이와 평평하게(㒼) 된다는 데서 '가득차다'를 나타냄.	**가득차다.** 滿期(만기). 滿了(만료). 滿朔(만삭). 滿船(만선). 滿員(만원). **넉넉하다.** 滿開(만개). 滿發(만발). 滿足(만족). 不滿(불만). 圓滿(원만). **밀물.** 滿潮(만조). 干滿(간만).
萬 일만 만 (艸부-9획)	象形. 두 집게손(艹)과 몸통(전)과 다리(冂)와 꼬리(厶)와 같이 전갈의 모습을 본떠 '전갈'을 나타냄. 후에 '일만'의 의미로 가차되자, 본래 의미는 '虫(벌레 충)'을 더해 '䗪(전갈 채)'를 만들어 나타냄.	**일만. 많다.** 萬感(만감). 萬古不變(만고불변). 萬年(만년). 萬能(만능). 萬民(만민). 萬歲(만세). 萬壽無疆(만수무강). 萬全(만전). 危險千萬(위험천만). 千差萬別(천차만별).
末 끝 말 (木부-1획)	指事. 나무(木)의 위쪽에 점(一)을 찍어, '나무의 위쪽 끝'을 나타냄. '本'과 반대.	**끝.** 末期(말기). 末年(말년). 末端(말단). 末路(말로). 末尾(말미). **보잘것없다.** 末技(말기). 微官末職(미관말직). 本末顚倒(본말전도). **가루.** 綠末(녹말). 粉末(분말).
亡 망할 망 (亠부-1획)	會意. 사람을 본뜬 '人'과 사람의 몸을 숨길만한 것을 본뜬 'ㄴ(隱의 옛글자임)'의 합성자로, 사람이 몸을 숨겨 보이지 않는다는 데서 본래는 '보이지 않다'를 나타냄.	**망하다.** 亡國(망국). 滅亡(멸망). **달아나다.** 亡命(망명). 逃亡(도망). **잃어버리다.** 亡失(망실). 亡羊之歎(망양지탄). 敗家亡身(패가망신). **죽다.** 亡靈(망령). 亡人(망인).

望 바랄 망 (月부-7획)	會意. 사람이 서서(壬으로 나타냈음) 달(月)을 바라보는(亡은 目의 변형) 것으로서, '멀리 바라보다'를 나타냄.	희망. 바라다. 渴望(갈망). 名望(명망). 信望(신망). 熱望(열망). **바라보다.** 望樓(망루). 觀望(관망). **원망하다.** 怨望(원망). 責望(책망). **보름.** 望月(망월). 望日(망일).
妹 누이 매 (女부-5획)	形聲. 女+未. 아직 철이 나지 않은(未) 나이어린 여자(女)로, '손아래 누이'를 나타냄.	**손아래 누이.** 妹夫(매부). 妹兄(매형). 男妹(남매). 姉妹(자매).
買 살 매 (貝부-5획)	會意. 그물(罒, 网)로 새나 물고기를 잡아 모으듯이 재물(貝)을 그러담는다는 데서 '재물을 그러모으다'를 나타냄. 여기서 '사다'라는 의미가 파생됨.	**사다.** 買氣(매기). 買收(매수). 買受(매수). 買食(매식). 買入(매입). 買占賣惜(매점매석). 購買(구매). 賣買(매매). 不買(불매). 收買(수매). 豫買(예매). 換買(환매).
賣 팔 매 (貝부-8획)	會意. 윗부분의 '士(선비 사)'는 '出(날 출)'의 변형. '買(살 매)'는 본래 '팔고 사는 것' 모두를 뜻했는데, 여기에 물건을 내보낸다는 '士(←出)'을 더해서 '팔다'를 나타냄.	**팔다.** 賣國奴(매국노). 賣買(매매). 賣物(매물). 賣店(매점). 賣盡(매진). 賣出(매출). 競賣(경매). 急賣(급매). 都賣(도매). 密賣(밀매). 發賣(발매). 豫賣(예매).
每 매양 매 (毋부-3획)	象形. 머리에 장식을 꽂고 젖가슴을 드러낸 채 무릎을 꿇고 앉아있는 여자를 본떠서, '어머니'를 나타냄. 후에 새싹(위의 두 획은 屮의 변형임)이 잇달아(母) 나온다는 것으로 보아, '매양' '항상'을 나타내게 됨.	**매양. ~마다.** 每年(매년). 每番(매번). 每事(매사). 每樣(매양). 每月(매월). 每人(매인). 每日(매일). 每週(매주). 每回(매회).
脈 줄기 맥 (肉부-6획)	會意. 사람의 몸(肉) 안에서 물처럼 갈라져(派의 氵획 줄임) 흐르는 것으로 '혈맥', '맥박'을 나타냄.	**맥.** 氣盡脈盡(기진맥진). 動脈(동맥). 命脈(명맥). 靜脈(정맥). 診脈(진맥). **줄기.** 鑛脈(광맥). 山脈(산맥). 水脈(수맥). 人脈(인맥). 一脈相通(일맥상통).

勉 힘쓸 면 (力부-7획)	形聲. 力+免. 일에서 벗어나기(免) 위해 힘(力)을 다해 노력한다는 데서 '힘쓰다' '부지런하다'를 나타냄.	**힘쓰다. 부지런하다.** 勉學(면학). 勤勉(근면).
面 낯 면 (面부-0획)	象形. 얼굴의 테두리(囗)와 눈동자 하나(目)만을 그려서, '얼굴' 전체를 나타냄.	**얼굴.** 面貌(면모). 面目(면목). **보다.** 面談(면담). 面接(면접). **겉.** 面積(면적). 圖面(도면). **행정 단위.** 面事務所(면사무소). 面長(면장). 市邑面(시읍면).
鳴 울 명 (鳥부-3획)	會意. 새(鳥)가 소리를(口) 내서 운다는 데서 '새가 울다'를 나타냄.	**울다.** 鷄鳴(계명). 共鳴(공명). 百家爭鳴(백가쟁명). 悲鳴(비명). 自鳴鐘(자명종). 春雉自鳴(춘치자명). 泰山鳴動鼠一匹(태산명동서일필).
明 밝을 명 (日부-4획)	會意. 밝은 것들인 해(日)와 달(月)을 합쳐서, '밝다'를 나타냄.	**밝다. 맑다.** 明瞭(명료). 明白(명백). **날이 새다.** 明年(명년). 明日(명일). **이승.** 幽明(유명). **시력.** 結明子(결명자). 失明(실명). **명태.** 明卵(명란). 明太(명태).
名 이름 명 (口부-3획)	會意. 저녁(夕)에는 어두워 얼굴을 볼 수 없으므로 자기 이름을 말해야(口) 누구인지 알 수 있다는 데서 '이름'을 나타냄.	**이름.** 名單(명단). 名目(명목). 名簿(명부). 名實相符(명실상부). **이름나다.** 名劍(명검). 名犬(명견). 名曲(명곡). 名馬(명마). 名望(명망). **사람 수효.** 十七名(십칠명).
命 목숨 명 (口부-5획)	會意. 커다란 지붕(亼에서 口가 빠진 형태) 아래에 무릎을 꿇고 앉은 사람(卩)이 명령하는(口) 것을 그려서, '명령하다'를 나타냄.	**목숨.** 命脈(명맥). 救命(구명). **운수.** 宿命(숙명). 運命(운명). **명령.** 命令(명령). 密命(밀명). **이름짓다.** 命名(명명). 命題(명제). **표적.** 命中(명중).

模 본뜰 모 (木부-11획)	形聲. 木+莫. '莫'은 '摹'의 획 줄임. 나무(木)와 같이 다루기 쉬운 것으로 어떤 모양의 틀을 만들어 사용한다는 데서 '틀', '본보기'를 나타냄.	**본보기**. 模範(모범). 模型(모형). **본뜨다**. 模倣(모방). 模寫(모사). 模擬(모의). 模作(모작). 模造品(모조품). **모호하다**. 模糊(모호). 曖昧模糊(애매모호).
毛 털 모 (毛부-0획)	象形. 새의 깃털을 본떠서, '털'을 나타냄.	**털**. 毛骨(모골). 毛根(모근). 毛織(모직). 毛布(모포). 毛皮(모피). **가늘다**. 毛細血管(모세혈관). **식물**. 不毛地(불모지). 二毛作(이모작).
母 어미 모 (母부-1획)	象形. 여자(女)가 젖꼭지 두 개(丶)를 드러낸 채 무릎을 꿇고 앉은 모습을 본떠 아기에게 젖을 먹이는 '어머니'를 나타냄.	**어머니**. 母女(모녀). 母性愛(모성애). 母乳(모유). 母情(모정). **늙은 여자**. 姑母(고모). 聖母(성모). **모체. 근본**. 母校(모교). 母國(모국). 母音(모음). 母胎(모태). 分母(분모).
牧 칠 목 (牛부-4획)	形聲. 牛+攵(攴). '攵'은 오른손(又)에 채찍(丨)을 들고 채찍질하는 것을 뜻함. 소(牛)와 같은 가축을 채찍질하여(攵) 몬다는 데서 '가축을 놓아기르다'를 나타냄.	**치다. 기르다**. 牧童(목동). 牧場(목장). 牧畜(목축). 牧草(목초). **다스리다**. 牧民心書(목민심서). 牧師(목사). 牧者(목자). 牧會(목회). **행정 조직**. 府牧縣(부목현).
目 눈 목 (目부-0획)	象形. 눈과 눈동자를 본떠서, '눈'을 나타냄.	**눈. 보다**. 目擊(목격). 目睹(목도). 刮目(괄목). 面目(면목). **조목**. 目錄(목록). 目次(목차). **이름**. 曲目(곡목). 科目(과목). **우두머리**. 頭目(두목).
木 나무 목 (木부-0획)	象形. 나무의 줄기(丨)와 가지(一)와 뿌리(人)를 본떠서, '나무'를 나타냄.	**나무**. 木馬(목마). 木石(목석). **오행의 하나**. 木克土(목극토). **별 이름**. 木星(목성). **뻣뻣하다**. 麻木(마목). **무명**. 木花(목화). 廣木(광목).

良 어질 량									
慮 생각할 려									
麗 고울 려									
旅 나그네 려									
歷 지날 력									
力 힘 력									
連 이을 련									
練 익힐 련									
烈 매울 렬									
列 줄 렬									
令 명령 령									
領 거느릴 령									
例 법식 례									
禮 예도 례									
勞 일할 로									

路 길 로

老 늙을 로

錄 기록할 록

綠 푸를 록

論 말할 론

料 헤아릴 료

龍 용 룡

柳 버들 류

留 머무를 류

流 흐를 류

類 무리 류

陸 뭍 륙

六 여섯 육

輪 바퀴 륜

律 법칙 률

離 떠날 리									
利 이로울 리									
李 오얏 리									
理 다스릴 리									
里 마을 리									
林 수풀 림									
立 설 립									
馬 말 마									
滿 찰 만									
萬 일만 만									
末 끝 말									
亡 망할 망									
望 바랄 망									
妹 누이 매									
買 살 매									

賣 팔 매							
每 매양 매							
脈 줄기 맥							
勉 힘쓸 면							
面 낯 면							
鳴 울 명							
明 밝을 명							
名 이름 명							
命 목숨 명							
模 본뜰 모							
毛 털 모							
母 어미 모							
牧 칠 목							
目 눈 목							
木 나무 목							

1. 다음 한자어의 독음(讀音)을 쓰시오.

(1) 經歷   (2) 勢力   (3) 連結   (4) 系列
(5) 令狀   (6) 要領   (7) 禮節   (8) 老弱
(9) 綠茶   (10) 論說   (11) 路柳墻花   (12) 陸橋
(13) 六面體   (14) 自律   (15) 距離   (16) 管理
(17) 滿足   (18) 萬能   (19) 末尾   (20) 亡命
(21) 渴望   (22) 每日   (23) 勤勉   (24) 面目
(25) 名單   (26) 命令   (27) 母情   (28) 科目
(29) 木石   (30) 洞里

2. 다음 한자의 훈(訓)과 음(音)을 쓰세요.

(31) 旅   (32) 料   (33) 明   (34) 模
(35) 龍   (36) 留   (37) 妹   (38) 買
(39) 練   (40) 烈   (41) 毛   (42) 牧
(43) 例   (44) 鳴   (45) 慮   (46) 麗
(47) 勞   (48) 路   (49) 錄   (50) 輪
(51) 良   (52) 賣   (53) 脈   (54) 林
(55) 利   (56) 李   (57) 立   (58) 馬
(59) 流   (60) 類

3. 다음 빈칸에 알맞은 한자를 써 넣으시오.

(61) 國民儀( )   (62) 高速道( )   (63) 草( )同色   (64) ( )頭蛇尾
(65) ( )( )相從 (66) 五臟( )腑   (67) 張三( )四   (68) 萬( )長城
(69) ( )耳東風   (70) ( )羊之歎   (71) 一( )相通   (72) ( )實相符

4. 다음 한자의 부수를 쓰시오.

(73) 旅   (74) 練   (75) 領   (76) 歷
(77) 論   (78) 柳   (79) 留   (80) 陸
(81) 律   (82) 離   (83) 立   (84) 萬
(85) 末   (86) 望   (87) 牧   (88) 勉
(89) 鳴   (90) 面

1. 다음 漢字語의 讀音을 쓰세요.
〈예 : 漢字 → 한자 〉
[1] 空間   [2] 親族   [3] 圖書   [4] 遠近
[5] 新聞   [6] 正答   [7] 成功   [8] 草綠
[9] 速度   [10] 班別   [11] 特使   [12] 運命
[13] 戰線   [14] 術數   [15] 反美   [16] 公開
[17] 始作   [18] 各自   [19] 失禮   [20] 市場
[21] 發現   [22] 晝夜   [23] 感動   [24] 電話
[25] 海洋   [26] 集計   [27] 西部   [28] 病弱
[29] 植樹   [30] 急死   [31] 信號   [32] 消火
[33] 神通

2. 다음 漢字의 訓과 音을 쓰세요
〈예 : 字→ 글자 자〉
[34] 自   [35] 特   [36] 夏   [37] 火
[38] 路   [39] 春   [40] 夫   [41] 半
[42] 住   [43] 時   [44] 高   [45] 出
[46] 雪   [47] 重   [48] 地   [49] 右
[50] 向   [51] 草   [52] 分   [53] 永
[54] 聞   [55] 席   [56] 野

3. 다음 밑줄 친 漢字語를 漢字로 쓰세요.
〈예 : 한국→ 韓國〉
[57] 우리는 한사람 더 앉을 공간을 만들었다.
[58] 젊은이들이 농촌을 등지고 도시로 떠난다.
[59] 차가 다니는 차도를 함부로 건너서는 안 된다.
[60] 이 보일러는 일정한 온도가 되면 자동으로 꺼진다.
[61] 그녀는 관객들의 박수 속에 무대 위로 등장했다.
[62] 조카는 내년에 초등학교를 갑니다.
[63] 연금 제도는 노후 복지를 위한 것이다.
[64] 김 선생님은 매사를 너무 쉽게 생각한다.
[65] 그는 시골집에 가서 추석을 쇠고 왔다.
[66] 각 학교 별로 대표자가 교기를 들고 입장하였다.
[67] 장군은 수만 명의 군사를 거느리고 전쟁터로 나갔다.
[68] 그녀는 편안한 옷차림을 하고 나왔다.
[69] 올해 삼촌이 대학교에 입학했다.
[70] 전화 수화기를 들고 다이얼을 돌렸다.
[71] 그는 지방에서 고등학교를 나왔다.

[72] 잠들기 <u>직전</u>에는 음식을 안 먹는 것이 좋다.

[73] 군인들이 <u>군가</u>를 부르며 지나간다.

[74] 거센 바람이 불어와 <u>초가</u>지붕을 다 날려 버렸다.

[75] 그는 <u>평시</u>보다 일찍 학교에 도착하였다.

[76] 그는 평생 써온 <u>일기</u>를 정리하여 책으로 출판하였다.

[77] 올 겨울 기온은 <u>평년</u>과 비슷하다.

[78] 그는 선산에 소나무 열 그루를 <u>식목</u>했다.

[79] 우리 사무실은 <u>시내</u>에 있는데도 참 조용하다.

[80] 약속 <u>장소</u>를 잊었다.

4. 다음 漢字語의 反對字 또는 相對字를 골라 번호를 쓰세요.

[81] 強 : ① 弱 ② 愛 ③ 多 ④ 禮

[82] 前 : ① 遠 ② 集 ③ 窓 ④ 後

[83] 戰 : ① 和 ② 下 ③ 郡 ④ 新

[84] 長 : ① 花 ② 京 ③ 林 ④ 短

[85] 強 : ① 弟 ② 弱 ③ 幸 ④ 表

5. 다음 ( )에 들어갈 漢字를 〈예〉에서 찾아 그 번호를 쓰세요.

〈예 : ① 村 ② 姓 ③ 習 ④ 用 ⑤ 公 ⑥ 海 ⑦ 樂 ⑧ 合〉

[86] 同( )同本   [87] 先行學( )   [88] 生死苦( )   [89] ( )明正大

6. 다음 漢字와 뜻이 비슷한 漢字를 골라 그 번호를 쓰세요.

[90] 急 : ① 速 ② 太 ③ 孝 ④ 植

[91] 圖 : ① 右 ② 園 ③ 畫 ④ 記

[92] 樹 : ① 光 ② 口 ③ 苦 ④ 木

[93] 算 : ① 淸 ② 孝 ③ 數 ④ 黃

[94] 午 : ① 活 ② 晝 ③ 男 ④ 色

[95] 服 : ① 住 ② 寸 ③ 省 ④ 衣

7. 다음에서 소리는 같으나 뜻 다른 漢字를 골라 그 번호를 쓰세요.

[96] 旗 : ① 急 ② 記 ③ 區 ④ 言

[97] 童 : ① 名 ② 聞 ③ 郡 ④ 洞

[98] 弱 : ① 油 ② 度 ③ 藥 ④ 邑

8. 다음 漢字語의 뜻을 풀이하세요.

〈예 國語→ 한나라의 국민이 쓰는 말〉

[99] 姓名   [100] 休日

墓 무덤 묘 (土부-11획)	형상문자. 土+莫. '莫'은 '暮'의 본래자로, 저녁에는 해가 진다는 데서 '죽다'라는 의미를 지님. 사람이 죽으면(莫) 들어가는 흙(土)이라는 데서 '무덤'을 나타냄.	**무덤.** 墓碑(묘비). 墓所(묘소). 墓域(묘역). 墓地(묘지). 墓穴(묘혈). 墳墓(분묘). 省墓(성묘).
妙 묘할 묘 (女부-4획)	形聲. 女+少. 나이가 어린(少) 여자(女)는 예쁘고 묘하다는 데서 '예쁘다' '묘하다'를 나타냄.	**묘하다.** 妙技(묘기). 妙味(묘미). 妙手(묘수). 妙案(묘안). 妙策(묘책). 絶妙(절묘). **예쁘다.** 妙態(묘태). **젊은 나이.** 妙齡(묘령).
舞 춤출 무 (舛부-8획)	會意. 본래 아래의 '舛'이 빠진 형태로 한 사람이 양 손에 소꼬리를 잡고 춤추는 모습을 그려 '춤추다'를 나타냄. 후에 '없다'라는 뜻으로 가차되면서 춤추는 두 발을 나타내는 '舛'을 더했음.	**춤추다.** 舞臺(무대). 舞踊(무용). 歌舞(가무). 劍舞(검무). 鼓舞(고무). 按舞(안무). **가지고 놀다.** 舞弄(무롱). 舞文(무문). 舞筆(무필).
務 힘쓸 무 (力부-9획)	會意. 창(矛)을 손(攵)에 들고 힘을 쓴다는(力) 데서 '힘쓰다'를 나타냄.	**힘쓰다.** 務望(무망). 務實力行(무실역행). **일.** 公務(공무). 勤務(근무). 勞務(노무). 事務室(사무실). 乘務員(승무원). 始務式(시무식).
武 호반 무 (止부-4획)	會意. 무기(戈)를 들고 싸우러 간다는(止) 데서 '무기를 들고 싸우러 가다'를 나타냄. 후에 무기를 들고 싸우러 가는 '군사', 또는 싸우러 갈 때 들고 가는 '무기' 등을 나타내게 됨.	**호반.** 武功(무공). 武官(무관). 武力(무력). 武士(무사). 武術(무술). 武藝(무예). 武裝(무장). **발자취.** 步武堂堂(보무당당).
無 없을 무 (火부-8획)	會意. 글자의 윗부분은 '풍성하다'를 뜻함. 아무리 풍성한 것(윗부분)도 불에 타면(灬) 아무것도 남지 않는다는 데서 '없다'를 나타냄.	**없다.** 無感覺(무감각). 無骨好人(무골호인). 無公害(무공해). 無關心(무관심). 無給(무급). 無氣力(무기력). 無記名(무기명). 無男獨女(무남독녀). 無能(무능). 無慮(무려). 無力(무력). 無

聞 들을 문 (耳부-8획)	形聲. 문밖에서 묻는 소리를 문(門)에 귀(耳)를 대고 듣는다는 데서 '듣다'를 나타냄.	듣다. 들리다. 見聞(견문). 所聞(소문). 新聞(신문). 聽聞會(청문회). 醜聞(추문). 風聞(풍문). 냄새 맡다. 聞香(문향). 이름나다. 聞望(문망). 名聞天下(명문
問 물을 문 (口부-8획)	形聲. 口+門. 문(門)에 대고 안에 누가 있는지 말하여(口) 물어본다는 데서 '묻다'를 나타냄.	묻다. 問答(문답). 問題(문제). 問責(문책). 問招(문초). 檢問(검문). 設問(설문). 疑問(의문). 방문하다. 問病(문병). 問喪(문상). 問安(문안). 訪問(방문). 慰問(위문).
文 글월 문 (文부-0획)	象形. 사람의 가슴에 아름다운 문신을 새겨놓은 모습을 본떠서 만든 글자로, 본래는 '무늬'를 나타냄. 후에 주로 '글'을 나타내게 됨.	글자. 서적. 文庫(문고). 文句(문구). 文盲(문맹). 文名(문명). 무늬. 文飾(문식). 文樣(문양). 문화. 文明(문명). 文物(문물). 자자하다. 文身(문신).
門 문 문 (門부-0획)	象形. 두 짝으로 된 문을 본떠서, '문'을 나타냄.	문. 출입구. 門牌(문패). 關門(관문). 집안. 門閥(문벌). 門中(문중). 동문. 門人(문인). 門下生(문하생). 전문. 門外漢(문외한). 同門(동문). 部門(부문). 專門(전문). 破門(파문).
物 물건 물 (牛부-4획)	形聲. 牛+勿. 소(牛)는 버릴(勿) 것이 없는 동물이라는 데서 '물건'을 나타냄.	물건. 物件(물건). 物心兩面(물심양면). 物資(물자). 物主(물주). 物證(물증). 物質(물질). 物體(물체). 일. 物情(물정). 보다. 살피다. 物望(물망). 物色(물색).
味 맛 미 (口부-5획)	形聲. 口+未. 입(口)에 들어가기 전(未)에는 그 맛을 알 수 없다는 데서 '맛'을 나타냄.	맛. 맛보다. 味覺(미각). 別味(별미). 五味子(오미자). 調味料(조미료). 기분. 뜻. 氣味(기미). 妙味(묘미). 性味(성미). 意味(의미). 趣味(취미). 興味(흥미).

未 아닐 미 (木부-1획)	象形. 나무(木)가 기준(一)에 이르지 않아 아직 다 자라지 않았다는 것으로 보아 '아니다'를 나타내게 됨.	**아니다.** 未納(미납). 未達(미달). 未滿(미만). 未明(미명). 未詳(미상). **여덟째 지지. 방위는 서남방, 시각 13~15시, 동물은 양에 해당.** 未時(미시). 乙未(을미).
米 쌀 미 (米부-0획)	象形. 벼 이삭(十으로 나타냈음)에 달린 알곡(ヽ)을 그려서, '쌀'을 나타냄.	**쌀.** 米穀(미곡). 米飮(미음). 供養米(공양미). 白米(백미). 精米所(정미소). 玄米(현미). **미터.** 百米競走(백미경주).
美 아름다울 미 (羊부-3획)	會意. 사람(人)이 머리에 양의 뿔(羊)과 새의 깃털로 된 장식물(一)을 꽂고 있는 모습을 본떠 '아름답다'를 나타냄.	**아름답다.** 美感(미감). 美觀(미관). 美談(미담). 美貌(미모). 美術(미술). **맛나다.** 美味(미미). 美食(미식). **미국.** 美國(미국). 美軍(미군). 美製(미제). 美貨(미화).
民 백성 민 (氏부-1획)	會意. 눈(目의 변형)을 갈고리와 같은 흉기(오른쪽 아래로 내려 그은 획)로 찌르는 모습을 그려 '노예'를 나타냄. 후에 지금과 같은 글자꼴이 되면서 여러 성씨(氏)를 두루 포괄하는(宀) 것으로 '백성'을 나타냄.	**백성.** 民家(민가). 民間(민간). 民權(민권). 民泊(민박). 民法(민법). 民事訴訟(민사소송). 民生苦(민생고). 民俗(민속). 民心(민심). 民意(민의). 民族(민족). 民主主義(민주주의).
密 빽빽할 밀 (宀부-8획)	形聲. 山+宓. 사방의 산 가운데 삼면의 산은 높고 한쪽 산(山)은 낮으며 그 가운데는 평탄하여 사람이 편안하게(宓) 살 수 있는 곳으로, '집과 같은 모양의 산'을 나타냄. 그러한 곳에는 나무가 무성하므로, '빽빽하다' '비밀스럽다'를 나타내게 됨.	**빽빽하다.** 密度(밀도). 密林(밀림). 密集(밀집). 密閉(밀폐). 精密(정밀). **비밀스럽다.** 密告(밀고). 密談(밀담). 密賣(밀매). 密輸(밀수). 密室(밀실). **가깝다.** 密接(밀접). 密着(밀착).
拍 칠 박 (手부-5획)	形聲. 扌(手)+白. '白(흰 백)'은 '百(일백 백)'의 획줄임으로, '많다'를 뜻함. 손(手)을 가볍게 많이(白) 치는 것으로 '손뼉치다'를 나타냄. 손뼉을 쳐서 장단을 맞추므로 '장단'이라는 의미가 파생됨.	**손뼉치다.** 拍手(박수). 拍掌大笑(박장대소). 拍車(박차). **장단.** 拍動(박동). 拍子(박자).

博 넓을 박 (十부-10획)	會意. 많은 방면(十)으로 펼쳐질(尃) 만큼 넓다는 데서 '넓다'을 나타냄.	**넓다.** 博覽會(박람회). 博物館(박물관). 博識(박식). 博學多識(박학다식). 該博(해박). **노름.** 博譜將棋(박보장기). 賭博(도박).
朴 후박나무 박 (木부-2획)	會意. 나무(木)의 껍질은 점을 치려고(卜) 불에 구운 거북의 등껍질처럼 갈라졌다는 데서 '나무껍질'을 나타냄. 후에 껍질이 붙은 나무는 가공하지 않은 것이라는 데서 '자연스럽다' '순박하다'를 나타냄.	**순박하다.** 素朴(소박). 淳朴(순박). 質朴(질박). **성.** 朴氏(박씨).
半 반 반 (十부-3획)	會意. '八(여덟 팔)'은 본래 물건을 절반으로 나누어 놓은 것을 본뜬 글자로, '나누다'를 뜻함. 한 마리의 소(牛)를 절반으로 나눈다(八) 것으로, '절반'을 나타냄.	**절반.** 半減(반감). 半開(반개). 半徑(반경). 半年(반년). 半島(반도). 半分(반분). 半世紀(반세기). 半信半疑(반신반의). 半額(반액). 過半數(과반수). 北半球(북반구). 上半身(상반신).
反 돌이킬 반 (又부-2획)	會意. 언덕(厂)을 기어 올라가는 손(又)을 그려 '기어오르다'를 나타냄. 후에 손(又)을 뒤집는(厂) 것으로 보아 '반대되다'를 나타내게 됨.	**돌이키다.** 反擊(반격). 反問(반문). 反撥(반발). 反省(반성). 反映(반영). **되풀이하다.** 反復(반복). 反芻(반추). **반대하다.** 反骨(반골). 反對(반대). **뒤집다.** 反騰(반등). 反落(반락).
班 나눌 반 (玉부-6획)	會意. 두 꿰미의 옥(玉玉)을 칼(刀)로 잘라 나누는 것으로, 천자가 제후에게 서옥(瑞玉)을 주던 풍습에서 만들어진 글자. 후에 '반포하다', '서열' 등을 나타냄.	**나누다.** 班給(반급). **반.** 班常會(반상회). 班長(반장). **돌리다.** 班師(반사). **양반.** 班常(반상). 班村(반촌). 武班(무반). 文班(문반). 首班(수반).
髮 터럭 발 (髟부-5획)	形聲. 髟+犮. '犮(달릴 발)'은 '拔(뺄 발)'의 획 줄임으로, '빼어나다'를 뜻한다. 터럭(髟) 가운데 빼어나게(犮) 긴 것은 머리털이라는 데서 '머리털'을 나타냄.	**머리털.** 假髮(가발). 短髮(단발). 毛髮(모발). 白髮(백발). 削髮(삭발). 理髮所(이발소).

發 **필 발** (癶부-7획)	會意. 발을 엇갈리게 딛고(癶) 활(弓)을 손으로 잡아 당겨서 쏜다는(殳) 데서 '활을 쏘다'를 나타냄.	**피다. 일어나다.** 發光(발광). **쏘다.** 發射(발사). 發砲(발포). **떠나다.** 發散(발산). 發送(발송). **펴내다.** 發刊(발간). 發券(발권). **들추다. 드러내다.** 發覺(발각).
妨 **방해할 방** (女부-4획)	形聲. 女+方. 여자(女)가 곁(方)에 있으면 일하는데 방해가 된다는 데서 '방해하다'를 나타냄.	**방해하다.** 妨害(방해). **거리끼다.** 無妨(무방).
房 **방 방** (戶부-4획)	形聲. 戶+方. '戶'는 '거실'을 뜻하고, '方'은 '旁'의 획 줄임으로 '곁'을 뜻함. 거실(戶) 곁(方)에 있는 '방'을 나타냄.	**방.** 房貰(방세). 閨房(규방). 暖房(난방). 茶房(다방). 門間房(문간방). 文房四友(문방사우). 福德房(복덕방). 書房(서방). 新房(신방). 廚房(주방). 冊房(책방).
訪 **찾을 방** (言부-4획)	形聲. 言+方. 사람에게 의견을 묻고(言) 그것을 아울러서(方) 방책을 찾으려는 데서 '찾다', '널리 묻다'를 나타냄.	**찾다. 뵙다.** 訪問(방문). 訪韓(방한). 來訪(내방). 答訪(답방). 巡訪(순방). 尋訪(심방). **널리 묻다.** 訪議(방의).
防 **막을 방** (阜부-4획)	形聲. 阝(阜)+方. 물을 막기 위해 곁(旁)에 흙을 언덕(阝)처럼 쌓아 둑을 만든다는 데서 '둑', '막다'를 나타냄.	**막다.** 防犯(방범). 防備(방비). 防衛(방위). 防音(방음). 防止(방지). 防牌(방패). 防風(방풍). **둑.** 堤防(제방).
放 **놓을 방** (攵부-4획)	形聲. 攵(攴)+方. '회초리를 휘둘러서(攵) 강제로 먼 곳(方)으로 내쫓는다는 데서 '내쫓다'를 나타냄.	**놓다.** 放課(방과). 放免(방면). 放牧(방목). 放生(방생). 放送(방송). **내쫓다.** 放出(방출). 追放(추방). **방자하다.** 放言(방언). 放恣(방자). **내버려 두다.** 放浪(방랑). 放談(방담).

方	象形. 칼자루(㇀)가 달린 칼(刀)을 본떠서, 본래는 '칼자루'를 나타냄. 후에 배 두 척(刀와 비슷한 부분)을 선착장(㇀)에 나란히 대놓은 모습으로 보아 '나란하다' '바르다'를 나타냄. 여기서 '방향' '네모' 등의 의미가 파생됨.	**네모.** 方席(방석). 方眼紙(방안지). **방위.** 方位(방위). 方向(방향). **장소.** 方言(방언). 近方(근방). **방법.** 方法(방법). 方式(방식). **바르다.** 方正(방정).
모 방 (方부-0획)		

拜	指事. 상대방에게 경의를 표시하기 위해 두 손(手 手)을 마주 잡고 땅에 대서(下) 절하는 데서 '절하다'를 나타냄.	**절. 절하다.** 拜禮(배례). 敬拜(경배). 歲拜(세배). 禮拜(예배). 再拜(재배). 參拜(참배). **공경하다** 拜見(배견). 拜金思想(배금사상). 拜命(배명). 拜謁(배알).
절 배 (手부-5획)		

背	形聲. 月(肉)+北. 사람이 서로 등지고 있는 모습을 본떠 '배반하다'를 뜻하는 '北'이 '북쪽'을 의미하게 되자, 본래 의미는 몸을 뜻하는 '月'을 더해 '背'를 만들어서 나타내게 됨.	**등. 등지다.** 背景(배경). 背番(배번). 背水陣(배수진). 背泳(배영). 背後(배후). 向背(향배). **배반하다.** 背反(배반). 背信(배신). 背恩忘德(배은망덕). 背任(배임).
등 배 (肉부-5획)		

配	形聲. 酉+己. 사람이 술독(酉) 옆에 꿇어앉아(己) 술의 재료를 섞는 모습을 그려 '술을 배합하다'를 나타냄. 후에 '짝을 짓다'를 나타냄.	**짝. 짝짓다.** 配偶者(배우자). 配匹(배필). 交配(교배). 天定配匹(천정배필). **나누다.** 配管(배관). 配給(배급). 配達(배달). 配當(배당). 配慮(배려). **귀양 보내다.** 配所(배소). 徒配(도배).
짝 배 (酉부-3획)		

倍	形聲. 人+咅. '咅'는 '반대하다'라는 의미가 내포되어 있음. 다른 사람(人)을 반대하여(咅) 등지고 떠난다는 데서 본래는 '반대하다'를 나타냄. 후에 사람(人)의 의견(口)이 대립될(㐬) 때마다 의견의 수가 늘어나는 것으로 보아 '곱절로 늘어나다'를 나타내게 됨.	**곱. 갑절.** 倍加(배가). 倍達民族(배달민족). 倍數(배수). 倍率(배율). 公倍數(공배수). **더하다.** 倍前(배전).
곱 배 (人부-8획)		

百	形聲. 白+一. 엄지손가락처럼 으뜸(白)이 되는 숫자(一)로 '일백'을 나타냄.	**일백.** 百年(백년). 百歲(백세). 百日紅(백일홍). 百八煩惱(백팔번뇌). **많다.** 百科事典(백과사전). 百方(백방). 百戰老將(백전로장). 百戰百勝(백전백승).
일백 백 (白부-1획)		

白 흰 백 (白부-0획)	指事. 촛대(日)에 촛불(丶)이 켜진 모양을 본떠서, '밝다' '분명하다'를 나타냄.	희다. 白軍(백군). 白金(백금). 白內障(백내장). 白馬(백마). 白眉(백미). 깨끗하다. 白露(백로). 潔白(결백). 밝다. 白日夢(백일몽). 白晝(백주). 아뢰다. 白書(백서). 白話(백화).
番 차례 번 (田부-7획)	會意. 들(田)에 남겨진 짐승의 발자국(釆으로 나타냈음)을 본떠 '짐승의 발자국'을 나타냄. 후에 발자국은 차례로 난다는 데서 '차례'를 나타내게 됨.	차례. 番地(번지). 番號(번호). 局番(국번). 每番(매번). 順番(순번). 번들다. 番外(번외). 當番(당번). 不寢番(불침번). 非番(비번). 主番(주번). 週番(주번).
伐 칠 벌 (人부-4획)	會意. 사람(人)의 목을 창(戈)으로 벤다는 데서 '목을 베다'를 나타냄.	치다. 北伐(북벌). 殺伐(살벌). 征伐(정벌). 討伐(토벌). 베다. 伐木(벌목). 伐採(벌채). 伐草(벌초). 間伐(간벌). 濫伐(남벌). 공훈. 不伐不德(불벌부덕).
罰 벌할 벌 (罓부-9획)	會意. '罒'는 '罪'의 획 줄임이고, '言'은 '판결'을 뜻하고, '刀'는 '형구'를 뜻하여 '잘못을 판결하여 형벌을 가하다'를 나타냄. 무거운 죄는 '刑'로 나타냄.	벌을 주다. 罰金(벌금). 罰點(벌점). 罰則(벌칙). 賞罰(상벌). 嚴罰(엄벌). 一罰百戒(일벌백계). 重罰(중벌). 懲罰(징벌). 處罰(처벌). 天罰(천벌). 體罰(체벌). 刑罰(형벌).
犯 범할 범 (犬부-2획)	會意. 개(犭←犬)가 꿇어 앉아 있는 사람(巳)에게 덤벼드는 모습을 그려서, '침범하다'를 나타냄. 후에 '거스르다' '범죄' 등으로 그 의미가 확대됨.	범하다. 犯法(범법). 犯人(범인). 犯罪(범죄). 犯則金(범칙금). 犯行(범행). 죄. 죄인. 强力犯(강력범). 輕犯(경범). 共犯(공범). 防犯(방범). 雜犯(잡범). 再犯(재범).
範 법 범 (竹부-9획)	形聲. 笵+車. 수레(車)를 만드는 본보기(笵)라는 데서 '법' '틀'을 나타냄. 수레를 만드는 방법을 자세히 적어 죽간(竹簡)에 기록해 두었던 데서 이 글자가 만들어짐.	법. 틀. 教範(교범). 規範(규범). 模範(모범). 師範(사범). 率先垂範(솔선수범). 示範(시범). 한계. 範圍(범위). 範疇(범주). 廣範圍(광범위).

法 법 법 (水부-5획)	會意. 법은 물(水)처럼 흘러야(去) 한다는 데서 '법'을 나타냄.	법. 法官(법관). 法規(법규). 방법. 技法(기법). 論法(논법). 辯證法 (변증법). 秘法(비법). 手法(수법). 진리. 法堂(법당). 法語(법어). (설법). 본받다. 法度(법도).
壁 벽 벽 (土부-13획)	形聲. 土+辟. '辟'은 '법'을 뜻하므로, '한계'라는 의미를 지님. 자기 구역을 한계짓기(辟) 위해 흙(土)을 쌓아 벽이나 담을 만든다는 데서 '벽' '담'을 나타냄.	벽. 壁報(벽보). 壁紙(벽지). 壁畵(벽화). 奇巖絶壁(기암절벽). 防壁(방벽). 氷壁(빙벽). 石壁(석벽). 城壁(성벽). 巖壁(암벽). 胃壁(위벽). 赤壁賦(적벽부). 絶壁(절벽).
辯 말씀 변 (辛부-14획)	形聲. 言+辛辛. 좌우의 '辛'은 각각 다투는 사람의 모습. 다투는 두 사람(辛) 사이에서 옳고 그름을 따져서 말(言)로 판별한다는 데서 '따지다' '말을 잘하다'를 나타냄.	말을 잘하다. 詭辯(궤변). 達辯(달변). 答辯(답변). 言辯(언변). 熱辯(열변). 雄辯(웅변). 따지다. 辯論(변론). 辯護士(변호사).
邊 가 변 (辶부-15획)	形聲. 국경은 멀리 떨어져 있어 보이지 않으며 나라의 허락 없이는 갈 수도(辶) 없는 곳으로, '국경' '변방'을 나타냄.	가. 江邊(강변). 路邊(노변). 身邊(신변). 沿邊(연변). 底邊(저변). 국경. 邊境(변경). 邊方(변방). 이자. 邊上加邊(변상가변). 邊利(변리). 邊錢(변전). 邊之邊(변지변).
變 변할 변 (言부-16획)	形聲. '絲'와 '言'의 합성 부분은 말(言)이 실(絲)처럼 죽 이어져서 '끊임없다'를 뜻함. 끊임없이 자극을 주어(攵) 잘못된 습관을 바르게 고친다는 데서 '고치다' '변하다'를 나타냄.	변하다. 變動(변동). 變貌(변모). 變色(변색). 變數(변수). 變身(변신). 재앙. 變故(변고). 怪變(괴변). 事變(사변). 異變(이변). 政變(정변). 慘變(참변).
別 다를 별 (刀부-5획)	會意. 앞부분의 '另'와 비슷한 것은 '骨(뼈 골)'의 변형. 뼈(骨)와 살을 칼(刂←刀)로 분리한다는 데서 '가르다', '분리하다'를 나타냄.	다르다. 別途(별도). 別名(별명). 別命(별명). 別味(별미). 別種(별종). 헤어지다. 別居(별거). 別世(별세). 別添(별첨). 訣別(결별). 告別(고별). 나누다. 區別(구별). 無分別(무분별).

兵 병사 병 (八부-5획)	會意. 아래의 '一'과 '八'의 합성자는 '廾(두 손으로 받들 공)'의 변형, 즉 두 손으로 받쳐든(廾) 도끼(斤)를 그려 '무기'를 나타냄. 후에 '병사'로 의미가 확장됨.	**군사.** 兵役(병역). 兵卒(병졸). 兵務廳(병무청). 兵法(병법). 兵營(병영). **무기.** 兵戈(병과). 兵器(병기). 兵馬(병마). 白兵戰(백병전). **전쟁.** 兵亂(병란). 兵法(병법).
病 병 병 (疒부-5획)	形聲. 疒+丙. '丙'은 '남쪽'으로 햇빛이 강하다는 데서 '강하다'라는 의미를 내포하고, '疒'은 사람이 침대에 누워 땀을 흘리는 모습을 그린 글자. 증상이 심한(丙) 병(疒)으로 '중병'을 나타냄.	**병. 병들다.** 病看護(병간호). 病菌(병균). 病名(병명). 病床(병상). 病席(병석). 病勢(병세). **흠.** 病弊(병폐). 病痛(병통).
普 넓을 보 (日부-8획)	形聲. 日+並. '並'은 두 사람이 나란히 서있음을 뜻하는 '竝'의 속자로 '똑같다'라는 의미를 지님. 햇빛(日)이 만물을 차별하지 않고 두루 똑같이(並) 비춘다는 데서 '넓다' '두루'를 나타냄.	**넓다. 두루.** 普及(보급). 普通(보통). 普遍性(보편성). 普遍妥當(보편타당).
保 지킬 보 (人부-7획)	會意. 사람(人)이 어린아이를 포대기로 안고 있는(呆) 모습을 그려 '어린 아이의 옷'을 나타냄. 후에 사람(人)이 어린아이를 지켜서(呆) 보호한다는 것으로 보아 '보호하다'를 나타내게 됨.	**지키다.** 保健(보건). 保守(보수). 保身(보신). 保安(보안). 保溫(보온). **맡다.** 保菌(보균). 保留(보류). 保釋(보석). 保育(보육). 保證(보증). **심부름꾼.** 酒保(주보).
報 갚을 보 (土부-9획)	會意. 왼쪽의 '幸'은 '수갑'을 뜻하고, 오른쪽은 커다란 손(又과 비슷한 첫 두 획)이 죄인(又으로 나냈음)을 잡고 있는 모습을 그려서 '다스리다'를 뜻함. 후에 죄값을 치르게 한다는 데서 '갚다'를 나타내게 됨.	**갚다.** 報答(보답). 報復(보복). 報償(보상). 報酬(보수). 業報(업보). **알리다.** 報告(보고). 報道(보도). 急報(급보). 壁報(벽보). 悲報(비보). 豫報(예보).
寶 보배 보 (宀부-17획)	會意. 창고(宀)에 간직해 두는 그릇(缶)에 담긴 옥(玉)과 돈(貝)과 같은 귀중품들로 '보물'을 나타냄.	**보배.** 寶劍(보검). 寶庫(보고). 寶物(보물). 寶石(보석). 寶貨(보화). 七寶(칠보). **돈.** 常平通寶(상평통보). **임금에게 속한 것.** 寶座(보좌).

步 걸음 보 (止부-3획)	象形. '止'가 아래위로 겹쳐 써서 두 발(止와 止를 뒤집어 놓은 것)을 내딛어 걷는다는 데서 '걷다'를 나타냄.	걸음. 걷다. 步道(보도). 步兵(보병). 步幅(보폭). 步行(보행). 競步(경보). 驅步(구보). 걸음의 단위. 段步(단보). 五十步百步 (오십보백보). 町步(정보).
伏 엎드릴 복 (人부-4획)	會意. 개가 주인 옆에 엎드려 있다는 것으로 보아 '엎드리다' '굴복하다'를 나타내게 됨.	엎드리다. 伏乞(복걸). 伏地不動(복지부동). 起伏(기복). 숨다. 伏兵(복병). 伏線(복선). 굴복하다. 屈伏(굴복). 降伏(항복). 절후. 伏中(복중). 三伏(삼복).
複 겹칠 복 (衣부-9획)	形聲. 衣+复. '复'은 사람(宀은 人의 변형임)이 옛날에(日) 갔던(夂) 길로 되돌아가는 것을 뜻하므로, '겹치다'라는 의미를 지님. 겹(复)으로 된 옷(衤←衣)이라는 데서 본래는 '겹옷'을 나타냄. 여기서 '겹치다'라는 의미가 파생됨.	겹치다. 複道(복도). 複利(복리). 複寫(복사). 複線(복선). 複數(복수). 複式(복식). 複雜(복잡). 複製(복제). 複合(복합).
復 돌아올 복 (彳부-9획)	會意. 전에 왔었던(彳) 마을(人과 日의 합성자로 나타냈음)에 다시 온다(夂) 데서 '왔던 길을 되돌아오다'를 나타냄.	회복하다. 復權(복권). 復職(복직). 대답하다. 復命(복명). 復讐(복수). 되풀이하다. 復習(복습). 復唱(복창). 돌아오다. 復校(복교). 復歸(복귀). 다시(부). 復活(부활).
福 복 복 (示부-9획)	會意. 제단(示)에 술동이(글자의 오른쪽 부분, 복)를 바치고 복을 빈다는 데서 '복'을 나타냄.	복. 福券(복권). 福利(복리). 福音(복음). 福祉(복지). 多福(다복). 萬福(만복). 冥福(명복). 음복하다. 飮福(음복).
服 옷 복 (月부-4획)	會意. 오른쪽은 큰 손(又)으로 사람을 잡아다가 꿇어 앉혀서(卩과 유사한 부분) 복종하게 만든다는 뜻이며, 여기에 발음을 나타내는 '凡(月로 변형됨)'을 덧붙여진 글자.	옷. 상복. 服飾(복식). 服裝(복장). 일하다. 服務期間(복무기간). 복종하다. 服從(복종). 屈服(굴복). 약을 먹다. 服藥(복약). 服用(복용). 제 것으로 하다. 着服(착복).

墓 무덤 묘						
妙 묘할 묘						
舞 춤출 무						
務 힘쓸 무						
武 호반 무						
無 없을 무						
聞 들을 문						
問 물을 문						
文 글월 문						
門 문 문						
物 물건 물						
味 맛 미						
未 아닐 미						
米 쌀 미						
美 아름다울 미						

民 백성 민									
密 빽빽할 밀									
拍 칠 박									
博 넓을 박									
朴 후박나무 박									
半 반 반									
反 돌이킬 반									
班 나눌 반									
髮 터럭 발									
發 필 발									
妨 방해할 방									
房 방 방									
訪 찾을 방									
防 막을 방									
放 놓을 방									

方 모 방									
拜 절 배									
背 등 배									
配 짝 배									
倍 곱 배									
百 일백 백									
白 흰 백									
番 차례 번									
伐 칠 벌									
罰 벌할 벌									
犯 범할 범									
範 법 범									
法 법 법									
壁 벽 벽									
辯 말씀 변									

邊 가 변									
變 변할 변									
別 다를 별									
兵 병사 병									
病 병 병									
普 넓을 보									
保 지킬 보									
報 갚을 보									
寶 보배 보									
步 걸음 보									
伏 엎드릴 복									
複 겹칠 복									
復 돌아올 복									
福 복 복									
服 옷 복									

1. 다음 한자어의 독음(讀音)을 쓰시오.

(1) 武力　　　(2) 無感覺　　　(3) 見聞　　　(4) 關門
(5) 物體　　　(6) 白米　　　(7) 民俗　　　(8) 美貌
(9) 淳朴　　　(10) 半島　　　(11) 反省　　　(12) 妨害
(13) 冊房　　　(14) 訪問　　　(15) 方位　　　(16) 參拜
(17) 背後　　　(18) 配偶者　　　(19) 倍數　　　(20) 殺伐
(21) 刑罰　　　(22) 犯行　　　(23) 變數　　　(24) 別名
(25) 兵役　　　(26) 病菌　　　(27) 普通　　　(28) 七寶
(29) 步幅　　　(30) 降伏

2. 다음 한자의 훈(訓)과 음(音)을 쓰세요.

(31) 法　　　(32) 壁　　　(33) 墓　　　(34) 味
(35) 白　　　(36) 番　　　(37) 妙　　　(38) 舞
(39) 未　　　(40) 務　　　(41) 密　　　(42) 拍
(43) 範　　　(44) 複　　　(45) 服　　　(46) 博
(47) 班　　　(48) 問　　　(49) 文　　　(50) 報
(51) 髮　　　(52) 發　　　(53) 防　　　(54) 放
(55) 百　　　(56) 復　　　(57) 福　　　(58) 辯
(59) 邊　　　(60) 保

3. 다음 빈칸에 알맞은 한자를 써 넣으시오.

(61) ( )男獨女　　　(62) ( )心兩面　　　(63) ( )主主義　　　(64) ( )學多識
(65) ( )信( )疑　　　(66) ( )掌大笑　　　(67) 文( )四友　　　(68) ( )八煩惱
(69) 一( )百戒　　　(70) 率先垂( )　　　(71) 奇巖絶( )　　　(72) 五十( )百( )

4. 다음 한자의 부수를 쓰시오.

(73) 複　　　(74) 福　　　(75) 寶　　　(76) 別
(77) 壁　　　(78) 變　　　(79) 番　　　(80) 犯
(81) 拜　　　(82) 方　　　(83) 發　　　(84) 配
(85) 班　　　(86) 髮　　　(87) 美　　　(88) 密
(89) 舞　　　(90) 墓

本
근본 본
(木부-1획)

指事. 나무(木)의 아랫부분에 선(一)을 그어서, '뿌리'를 나타냄.

뿌리. 本家(본가). 本貫(본관).
원래의 것. 本名(본명). 本色(본색).
주가 되는 것. 本校(본교). 本局(본국).
자기 자신. 本官(본관). 本國(본국).
책. 稿本(고본). 異本(이본).

奉
받들 봉
(大부-5획)

會意. 두 손(廾)으로 새싹(丰)을 받들고 있는 모습을 본떠서, '받들다'를 나타냄.

받들다. 奉事(봉사). 奉仕(봉사). 奉養(봉양). 奉唱(봉창). 奉祝(봉축). 奉行(봉행). 奉獻(봉헌). 滅私奉公(멸사봉공). 信奉(신봉).

否
아닐 부
(口부-4획)

會意. 아니라고(不) 말한다는(口) 데서 '부정하다' '아니다'를 나타냄.

아니다(부). 否決(부결). 否認(부인). 否定(부정). 拒否權(거부권).
막히다(비). 否塞(부색).
나쁘다(비). 否運(부운).
괘 이름(비). 否卦(부괘).

負
질 부
(貝부-2획)

會意. 사람(人)이 재물(貝)을 등에 짊어진 것을 그려서, '짊어지다' '빚지다'를 나타냄.

지다. 負役(부역). 負債(부채).
입다. 負傷(부상).
등지다. 負約(부약).
패하다. 勝負數(승부수).
믿다. 自負心(자부심). 請負(청부).

副
버금 부
(刀부-9획)

形聲. '刀(칼 도)'와 항아리의 뚜껑(一)과 위의 오목한 곳(口)과 아래의 넓적하고 무늬 있는 부분(田)을 본떠, 항아리에 넣어둔 '재물'을 만일의 경우에 대비하여 나누어서(刀) 간직해 둔 것이라는 데서 '예비', '버금'을 나타냄.

버금. 副官(부관). 副次(부차). 副産物(부산물). 副賞(부상). 副食(부식). 副業(부업). 副作用(부작용). 正副統領(정부통령).

婦
지어미 부
(女부-8획)

形聲. 女+帚. 손에 빗자루(帚)를 들고 청소하는 등 집안일을 전담하는 여자(女)로, '결혼한 여자' '지어미'를 나타냄.

며느리. 姑婦(고부). 子婦(자부). 姪婦(질부). 孝婦(효부).
지어미. 아내. 婦人(부인). 寡婦(과부). 夫婦(부부). 新婦(신부). 姙産婦(임산부). 主婦(주부).

富 부자 부 (宀부-9획)	形聲. '宀'과 항아리의 뚜껑(一)과 위의 오목한 부분(口)과 아래의 넓적하고 무늬가 있는 부분(田)을 합쳐, 풍족한 집(宀)에는 술과 재물을 담은 항아리가 있음을 나타냄. '넉넉하다', '부자' 등의 의미가 파생됨.	가멸다. 넉넉하다. 富强(부강). 富國强兵(부국강병). 富貴(부귀). 富農(부농). 富裕(부유). 富益富(부익부). 富者(부자). 貧富(빈부). 猝富(졸부). 致富(치부). 豊富(풍부).
府 관청 부 (广부-5획)	形聲. 广+付. 백성이 납부한(付) 공물을 두는 집(广)이라는 데서 본래는 '창고'를 나타냄. 창고가 있는 곳에 관청이 있으므로, 후에 주로 '관청'을 나타내게 됨.	관청. 府使(부사). 司法府(사법부). 司憲府(사헌부). 三府要人(삼부요인). 창고. 府庫(부고). 죽은 아버지. 府君(부군). 春府丈(춘부장). 椿府丈(춘부장).
部 거느릴 부 (邑부-8획)	形聲. 각 고을(邑)을 여럿으로 나누었다는(剖) 데서 '부분'을 나타냄. 본래는 한(漢) 나라 때 특정 지역의 이름.	떼. 무리. 部落(부락). 部類(부류). 部族(부족). 구분 단위. 部隊(부대). 部門(부문). 部署(부서). 部處(부처). 部品(부품). 거느리다. 部下(부하).
夫 사내 부 (大부-1획)	會意. 상투에 비녀(一)를 꽂은 사람(大는 팔다리를 벌린 사람의 형상임)으로, '성인 남자'를 나타냄.	사내. 鑛夫(광부). 農夫(농부). 凡夫(범부). 士大夫(사대부). 丈夫(장부). 남편. 夫婦有別(부부유별). 夫妻(부처). 同夫人(동부인). 亡夫(망부). 女必從夫(여필종부).
父 아비 부 (父부-0획)	指事. 오른손(又)에 매(丨)를 들고 자식을 가르치는 사람을 그려서, '아버지'를 나타냄. 또는 손(彐)에 돌도끼(丿)를 들고 일하는 사람을 본떴다고도 함.	아버지. 父系(부계). 父權(부권). 父子有親(부자유친). 父親(부친). 伯父(백부). 義父(의부). 늙은이. 父老(부로). 漁父之利(어부지리).
北 북녘 북 (匕부-3획)	會意. 좌우측의 'ㅓ'와 'ㄴ'는 등지고 있는 두 사람(人)의 모습을 본뜬 것으로, 등졌다는 데서 본래는 '배반하다'를 나타냄. 후에 주로 남쪽을 등진 곳인 '북쪽'을 나타내게 됨.	북녘(북). 北極(북극). 北端(북단). 北斗七星(북두칠성). 北門(북문). 北方(북방). 패하다(배). 敗北(패배).

憤 분할 분 (心부-12획)	形聲. 心+賁. '賁'에는 '쌓다'라는 뜻이 있어 돈을 많이 지닌 '부유한 사람'을 뜻함. 부유한 사람(賁)은 교만하고 방종하여 남을 능멸하기 쉬워 사람들의 마음(心)에 화가 나게 한다는 데서 '화를 내다'를 나타냄.	**분하다. 성내다.** 憤慨(분개). 憤怒(분노). 憤然(분연). 憤痛(분통). 憤敗(분패). 激憤(격분). 公憤(공분). 悲憤慷慨(비분강개). 鬱憤(울분). 義憤(의분). 痛憤(통분).
粉 가루 분 (米부-4획)	形聲. 米+分. 쌀(米)을 잘게 나눈(分) 것으로, '가루'를 나타냄.	**가루.** 粉骨碎身(분골쇄신). 粉末(분말). 粉塵(분진). 粉筆(분필). **분.** 粉匣(분갑). 粉飾(분식). 粉靑沙器(분청사기). **희다.** 粉壁紗窓(분벽사창).
分 나눌 분 (刀부-2획)	會意. 윗부분의 'ㅅ'은 둥그런 물건을 둘로 나누어 놓은 것을 본뜬 글자로 '나누다'를 뜻함. 물건을 칼(刀)로 잘라 두 쪽으로(八) 나눈다는 데서 '나누다'를 나타냄.	**나누다.** 分期(분기). 分量(분량). **분별하다.** 分明(분명). 分別(분별). **시간 단위.** 時分秒(시분초). 寸分(촌분). **신분.** 德分(덕분). 名分(명분).
佛 부처 불 (人부-5획)	形聲. 人+弗. '弗'은 바르지 않은 것을 뜻하므로 '바로잡아야 할 것'이라는 의미를 지님. 굽은 사람을 바로잡아 주려는(弗) 사람(人)이라는 데서 '부처'를 나타냄.	**부처.** 佛經(불경). 佛供(불공). 佛敎(불교). 佛門(불문). 佛像(불상). 佛心(불심). **프랑스.** 佛國(불국). 佛蘭西(불란서). 佛語(불어). 佛譯(불역). 英佛(영불).
不 아닐 불 (一부-3획)	象形. 씨앗에서 나온 뿌리 세 개(小와 비슷한 부분)가 지면(一) 아래 땅 속으로 뻗은 모양을 본떠서, 본래는 '뿌리'를 나타냄. 이것이 아직 땅위로 솟아 나온 것이 아니라는 데서 후에 주로 '아니다'를 나타내게 됨.	**아니하다. 못하다. 없다(부).** 不當(부당). 不德(부덕). 不道德(부도덕). 不動(부동). 不動産(부동산). **아니하다. 못하다. 없다(불).** 不可(불가). 不感症(불감증). 不潔(불결).
批 비평할 비 (手부-4획)	形聲. 扌(手)+比. '比'는 '毗'의 획 줄임인데, 여기서는 '쓸모없다'를 뜻한다. 손(手)으로 쓸모없는 것(比)은 내친다는 데서 '손으로 치다'를 나타냄.	**비평하다.** 批點(비점). 批判(비판). 批評(비평). **손으로 치다.** 批頰(비협). **비답을 내리다.** 批准(비준).

碑 비석 비 (石부-8획)	形聲. 石+卑. 커다란 돌(石)을 작게(卑) 다듬어서 글을 새긴 것으로, '비석'을 나타냄.	**비석.** 碑銘(비명). 碑文(비문). 碑石(비석). 口碑文學(구비문학). 記念碑(기념비). 墓碑(묘비). 頌德碑(송덕비).
秘 숨길 비 (禾부-5획)	會意. '必(반드시 필)'은 '閟(문 닫을 비)'의 획 줄임으로 '가로막혀 있다'라는 의미를 지님. 사람과 신(示) 사이는 가로막혀서(必) 신의 모습을 볼 수 없어 신비롭다는 데서 '숨기다' '신비롭다'를 나타냄.	**숨기다.** 秘訣(비결). 秘密(비밀). 秘方(비방). 秘法(비법). 秘書(비서). 秘資金(비자금). **신비롭다.** 神秘(신비).
備 갖출 비 (人부-10획)	會意. 사람(人) 옆에 있는 화살통(用으로 나타냈음)에 화살을 풍성하게(苟에서 口획 줄임) 넣어 두면 무기를 충분하게 갖춘 것이라는 데서 '갖추다'를 나타냄.	**갖추다. 준비하다.** 備蓄(비축). 備品(비품). 對備(대비). 未備(미비). 防備(방비). 設備(설비). 守備(수비). 豫備(예비). 有備無患(유비무환). 整備(정비). 準備(준비).
悲 슬플 비 (心부-8획)	形聲. 心+非. '非'는 등지고 있는 새의 날개를 본뜬 글자로, '어긋나다'라는 의미를 지님. 일이 자기의 바람과 어그러지면(非) 마음(心)이 매우 슬프다는 데서 '슬프다'를 나타냄.	**슬프다. 슬퍼하다.** 悲觀(비관). 悲劇(비극). 悲鳴(비명). 悲報(비보). 悲憤慷慨(비분강개). 悲哀(비애). 悲運(비운). 悲慘(비참). 悲嘆(비탄). 悲痛(비통). 喜悲(희비).
非 아닐 비 (非부-0획)	指事. 서로 등지고 있는 새의 좌우 날개를 본떠서, 본래는 '등지다' '어긋나다'를 나타냄. 여기서 '아니다' 등의 의미가 파생됨.	**아니다.** 非賣品(비매품). 非番(비번). 非常(비상). 非正常(비정상). 似而非(사이비). **어긋나다. 어긋난 것.** 非禮(비례). 非理(비리). 非行(비행). 是非(시비).
飛 날 비 (飛부-0획)	象形. 새가 날개를 치며 날아가는 모양을 본떠서, '날다'를 나타냄.	**날다.** 飛上(비상). 飛翔(비상). 飛行(비행). 烏飛梨落(오비이락). **빠르다.** 飛報(비보). **높다.** 飛閣(비각). **떠돌다. 근거없다.** 飛語(비어).

比 견줄 비 (比부-0획)	象形. 두 사람(匕은 人의 변형임)이 한 쪽을 바라보고 앞뒤로 나란히 서 있는(匕匕) 것을 본떠서, '나란히 있다' '나란하다'를 나타냄.	**견주다.** 比較(비교). 比等(비등). 比喩(비유). 比重(비중). 對比(대비). **비례.** 比例(비례). 比率(비율). 正比例(정비례). 反比例(반비례). **나란하다.** 比肩(비견). 櫛比(즐비).
費 쓸 비 (貝부-5획)	形聲. 貝+弗. '弗'은 굽은 화살을 바로잡는 것을 본뜬 글자로 발음부이고, 의미부는 뭔가에 대한 대가로 돈(貝)을 지불한다는 데서 '돈을 지불하다'를 나타냄.	**소비하다.** 浪費(낭비). 消費(소비). 消費者(소비자). 虛費(허비). **비용.** 費用(비용). 經費(경비). 經常費(경상비). 食費(식비). 養育費(양육비). 旅費(여비).
鼻 코 비 (鼻부-0획)	形聲. 自+畀. 상형문자로 코의 모습을 본뜬 '自'로 '코'를 나타냈는데, 후에 '자기'라는 의미로 가차되자 '畀'를 더해 '鼻'를 새로 만듦.	**코.** 鼻炎(비염). 鼻音(비음). 阿鼻叫喚(아비규환). 耳目口鼻(이목구비). **처음.** 鼻祖(비조).
貧 가난할 빈 (貝부-4획)	形聲. 貝+分. 재물(貝)을 나누면(分) 재물이 그만큼 적어진다는 데서 본래는 '모자라다', '가난하다'를 나타내게 됨.	**가난하다.** 貧困(빈곤). 貧窮(빈궁). 貧民(빈민). 貧富(빈부). 貧弱(빈약). 貧村(빈촌). **모자라다.** 貧血(빈혈).
氷 얼음 빙 (水부-1획)	會意. 물(水)이 얼어서 얼음덩이(冫)가 되었다는 데서 '얼음'을 나타냄. '冫'은 물에 떠 있는 얼음이 부딪친 모습(∧을 두 개 겹친 ∧∧와 같은 형태)을 본떠서 '얼음'을 나타내는 글자.	**얼다. 얼음.** 氷庫(빙고). 氷壁(빙벽). 氷山一角(빙산일각). 氷上競技(빙상경기). 氷點(빙점). 氷板(빙판). 氷河(빙하). 解氷(해빙).
射 쏠 사 (寸부-7획)	會意. 본래자는 '弓'과 '又'의 합성자로, 화살을 활시위(弓)에 올려 놓고 손(又)으로 잡아당겨 쏜다는 데서 '쏘다'를 나타냄. 후에 '弓'은 '身(몸 신)'으로, '又'는 '寸(마디 촌)'으로 바뀜.	**쏘다(사).** 射擊(사격). 曲射砲(곡사포). 發射(발사). 反射(반사). **벼슬 이름(야).** 僕射(복야). **맞추다(석).** 射中(석중). **싫다(역).** 無射(무역).

私 사사 사 (禾부-2획)	形聲. 禾+厶. 세금을 바치고 남은 곡식(禾)은 개인이 사사롭게(厶) 가질 수 있다는 데서 '사사롭다'를 나타냄.	**사사롭다.** 私感(사감). 私兵(사병). 私服(사복). 私生活(사생활). 私席(사석). 私債(사채). **간통하다.** 私通(사통).
絲 실 사 (糸부-6획)	象形. 실타래(糸) 두 개를 겹쳐 놓고, '실'을 나타냄.	**실.** 絹絲(견사). 螺絲(나사). 綿絲(면사). 原絲(원사). 一絲不亂(일사불란). 鐵絲(철사). **현악기.** 絲管(사관). 絲竹之音(사죽지음).
辭 말씀 사 (辛부-12획)	會意. '辛'은 죄인의 몸에 문신을 새기는 도구를 본뜬 것이고, 글자의 왼쪽 부분은 '다스리다'를 뜻함. 죄인(辛)을 다스려서 죄지은 사실을 알아낸다는 데서 '죄인을 다스리다'를 나타냄. 후에 죄인을 다스릴 때는 말로 문초한다는 데서 '말'을 나타내게 됨.	**말. 글.** 辭典(사전). 功致辭(공치사). 答辭(답사). 主禮辭(주례사). **사양하다.** 辭令狀(사령장). 辭讓(사양). 辭意(사의). 辭任(사임). 辭退(사퇴). 不辭(불사).
寺 절 사 (寸부-3획)	會意. 위의 '土'는 '止'의 변형으로 '가다'를 뜻하고, 아래의 '寸'은 손을 본뜬 글자로 '꽉 잡다'를 뜻함. 일을 잡고(寸) 실천하는(土) 곳이라는 데서 '관청'을, 후에 '절'을 나타내게 됨.	**절(사).** 寺院(사원). 寺刹(사찰). 山寺(산사). **내시(시).** 寺人(시인). **관청(시).** 奉常寺(봉상시).
師 스승 사 (巾부-7획)	會意. 작은 언덕(글자의 왼쪽 부분, 발음은 추)을 빙 둘러서(帀) 진을 친 것으로, '군대'를 나타냄. 군대는 주로 조그만 언덕에 주둔하였던 데서 이 글자가 만들어짐.	**스승.** 師父(사부). 師弟(사제). 講師(강사). 敎師(교사). 恩師(은사). **군사.** 師團(사단). 出師表(출사표). **전문가.** 看護師(간호사). 牧師(목사). 料理師(요리사). 醫師(의사).
舍 집 사 (舌부-2획)	象形. 지붕(人)과 대들보와 기둥(千)과 주춧돌(口)만으로 아주 간단하게 지은 집을 그려서, '나그네가 머무는 집(客舍)'을 나타냄.	**집.** 舍宅(사택). 館舍(관사). 寄宿舍(기숙사). 幕舍(막사). 廳舍(청사). 畜舍(축사). **쉬다. 놓다.** 不舍晝夜(불사주야).

謝 사례할 사 (言부-10획)	會意. '射'는 화살이 멀리 날아가는 데서 '멀리 떠나다'라는 의미. 작별의 뜻을 말하고(言) 떠난다는(射)데서 '작별하고 멀리 떠나다'를 나타냄.	**사례하다.** 謝禮(사례). 謝恩(사은). 謝意(사의). 感謝(감사). 厚謝(후사). **사양하다. 물러나다.** 謝絕(사절). 新陳代謝(신진대사). **사죄하다.** 謝過(사과). 謝罪(사죄).
寫 베낄 사 (宀부-12획)	形聲. 宀+舃. '舃'은 '鵲'의 옛글자. 집(宀)에 까치(舃)를 놓아둔 것을 그려 '물건을 놓아두다', '방치하다'를 나타냄. 후에 '옮기다'를 나타내고 여기서 '베끼다'라는 의미가 파생됨.	**베끼다.** 寫本(사본). 寫植(사식). 謄寫(등사). 轉寫(전사). 筆寫體(필사체). **그리다.** 寫實主義(사실주의). 描寫(묘사). 複寫(복사). 映寫機(영사기). 青寫眞(청사진).
思 생각할 사 (心부-5획)	會意. 윗부분의 '田'은 '囟(정수리 신)'의 변형. 머리(田)와 심장(心)이 모두 생각하는 일을 담당하는 기관이라고 여겨, 둘을 합하여 '생각하다'를 나타내게 됨.	**생각. 생각하다.** 思慮(사려). 思想(사상). 思索(사색). 思惟(사유). 思春期(사춘기). 不可思議(불가사의). 相思病(상사병). 深思熟考(심사숙고). 易地思之(역지사지). 意思(의사).
查 조사할 사 (木부-5획)	形聲. 木+且. '且'는 제기를 포개놓은 모양을 본뜬 글자로 '포개다'라는 의미를 지님. 뭔가를 찾기 위해서는 나무(木)를 쌓아 놓은(且) 것처럼 서류를 샅샅이 찾아봐야 한다는 데서 '조사하다'를 나타냄.	**조사하다.** 檢查(검사). 踏查(답사). 搜査(수사). 審査(심사). 調査(조사). 探査(탐사). **사돈.** 查頓(사돈). 查夫人(사부인). 查丈(사장).
仕 벼슬할 사 (人부-3획)	形聲. 人+士. '士'는 육경(六經)과 육예(六藝)를 익혀서 관리가 될 준비를 하는 사람을 뜻함. 사람(人)이 벼슬을 하려면 육경과 육예를 익힌 선비(士)가 되어야만 한다는 데서 '벼슬'을 나타냄.	**벼슬. 벼슬하다.** 仕官(사관). 給仕(급사). 奉仕(봉사).
史 역사 사 (口부-2획)	會意. 손(아래의 乀으로 변형)에 붓(中으로 변형)을 들고 기록하는 벼슬아치로 '사관'을 나타냄. 여기서 '역사'라는 의미가 파생됨.	**역사.** 史觀(사관). 史記(사기). 史料(사료). 史實(사실). 史蹟(사적). 史學(사학). 略史(약사). **문인.** 女史(여사).

士 선비 사 (士부-0획)	象形. 위의 'ㅡ'은 도끼의 자루, 맨 아래의 'ㅡ'은 도끼의 날, 'ㅣ'은 자루와 연결된 부분을 그려 '옥사(獄事)를 주관하는 관리'를 나타냄. 후에 '선비'를 나타내게 됨.	**선비.** 士林(사림). 士禍(사화). **사내.** 力士(역사). 勇士(용사). **군사.** 士官(사관). 士兵(사병). **직업.** 機關士(기관사). 技士(기사). 騎士(기사). 辯護士(변호사). 樂士(악사).
使 하여금 사 (人부-6획)	會意. 벼슬아치(吏)는 임금에게 부림받고 명령을 내려서 아랫사람을 부리는 사람(人)이라는 데서 '부리다'를 나타냄.	**시키다. 부리다.** 使動(사동). 使用(사용). 使喚(사환). 驅使(구사). **사신.** 使臣(사신). 使節團(사절단). 大使(대사). 密使(밀사). 勅使(칙사). **가령.** 設使(설사).
死 죽을 사 (歹부-2획)	會意. 왼쪽의 '歹'은 '죽은 사람의 뼈'를 뜻하고, 오른쪽의 '匕(비수 비)'는 '무릎을 꿇고 애도하는 사람'을 본뜬 것임. 여기서 '목숨을 잃다', '죽다'가 됨.	**죽음. 죽다.** 死亡(사망). 死別(사별). **생기가 없다.** 死文化(사문화). 死法(사법). 死色(사색). **목숨을 걸다.** 死守(사수). 死鬪(사투). 必死的(필사적).
社 모일 사 (示부-3획)	會意. '示'는 '제단'을 본뜬 것으로, 토지(土)의 '토지신'을 나타냄. 후에 동일한 토지신을 모시는 사람끼리 모여서 무리를 이룬다는 데서 '단체' '모임' 등을 나타내게 됨.	**단체. 모이다.** 社說(사설). 社屋(사옥). 社員(사원). 社長(사장). 社會(사회). 結社(결사). **토지신.** 社稷(사직).
事 일 사 (丨부-7획)	象形. 기(一과 口로 나타냈음)가 달린 깃대(丨로 나타냈음)를 손(彐의 형태)으로 잡고 있음을 본떠서, '잡다'를 나타냄. 깃대를 잡고 있는 것은 일이라는 데서 후에 '일'을 나타내게 됨.	**일.** 事件(사건). 事故(사고). 事例(사례). 事實(사실). 事業(사업). 事由(사유). 事情(사정). **섬기다.** 事大主義(사대주의). 奉事(봉사). 不事二君(불사이군).
四 넉 사 (口부-3획)	指事. '口'은 콧구멍을, 그 안의 '儿'는 콧구멍에서 김이 나오는 것을 본떠서, 본래는 '숨을 쉬다'를 나타냄. 후에 사방을 둘러싼 것(口)을 네 부분으로 나누면(八) 넷이 된다는 데서 '넷'을 나타내게 됨.	**넷.** 四季(사계). 四顧無親(사고무친). 四面楚歌(사면초가). 四方(사방). 四分五裂(사분오열). 四書五經(사서오경). 四寸(사촌). 四通八達(사통팔달). 四海(사해). 文房四友(문방사우).

散 흩을 산 (攴부-8획)	會意. 처음 네 획(卄과 一)은 '麻'의 변형. 삼줄기에서 껍질을 벗겨내고 섬유질만 남도록 밤(月)에 막대기로 두들겼다는(攴) 데서 '분리시키다'를 나타냄.	**흩어지다.** 散漫(산만). 散在(산재). 霧散(무산). 分散(분산). 離散(이산). **한가롭다.** 散官(산관). 散步(산보). 散調(산조). 散策(산책). 陰散(음산). **산문.** 散文(산문).
産 낳을 산 (生부-6획)	形聲. 生+彦. 장차 선비(彦에서 彡획 줄임)가 될 아이를 낳는다는(生) '낳다'를 나타냄.	**낳다.** 産母(산모). 産兒制限(산아제한). 多産(다산). 順産(순산). 出産(출산). 解産(해산). **생산하다.** 産業(산업). 産油國(산유국). 減産(감산). 工産品(공산품).
算 셀 산 (竹부-8획)	會意. 竹+具. '竹'은 대나무로 만든 '산가지'를 뜻함. 대나무로 만든 산가지(竹)를 갖추어 놓고(具의 변형) 셈했으므로, '셈하다'를 나타냄.	**셈하다.** 算數(산수). 算術(산술). 加算(가산). 減算(감산). 檢算(검산). 計算(계산). **산가지.** 算筒(산통). 珠算(주산).
山 뫼 산 (山부-0획)	象形. 나란히 솟아 있는 세 개의 봉우리를 그려서, '산'을 나타냄.	**뫼.** 山間(산간). 山林(산림). 山脈(산맥). 山城(산성). 山勢(산세). 山水(산수). 山神(산신). **무덤.** 山所(산소). 先山(선산).
殺 죽일 살 (殳부-7획)	會意. 창(殳)같은 무기로 짐승을 찔러 죽인다는(글자의 왼쪽) 데서 '죽이다'를 나타냄. 왼쪽의 첫 두 획(乂)은 날카로운 무기에 찔린 짐승의 머리, '木'은 짐승의 사지(四肢)와 꼬리, 'ヽ'는 머리에서 떨어지는 피를 그린 것임.	**죽이다(살).** 殺氣(살기). 殺伐(살벌). 殺生(살생). 殺身成仁(살신성인). 殺意(살의). **감하다(쇄).** 減殺(감쇄). 相殺(상쇄). **심하다(쇄).** 殺到(쇄도). 惱殺(뇌쇄).
三 석 삼 (一부-1획)	指事. 산가지를 세 개 포개놓은 것을 그려서, '셋'을 나타냄.	**석.** 三角關係(삼각관계). 三角形(삼각형). 三綱五倫(삼강오륜). 三顧草廬(삼고초려). **거듭.** 再三(재삼).

傷 다칠 상 (人부-11획)	形聲. 오른쪽은 '人'과 '昜'의 합성자로 '남(人)에게 보일(昜) 정도로 다쳤다'를 뜻함. 사람(人)이 눈에 뜨일 정도로 다쳤다는 데서 '다치다'를 나타냄.	다치다. 傷處(상처). 凍傷(동상). 負傷(부상). 重傷(중상). 銃傷(총상). 해치다. 傷害(상해). 損傷(손상). 食傷(식상). 中傷(중상). 근심하다. 傷心(상심). 感傷(감상).
象 코끼리 상 (豕부-5획)	象形. 코끼리의 긴 코와 뚱뚱한 몸과 네 다리와 꼬리를 그려서, '코끼리'를 나타냄.	코끼리. 象牙塔(상아탑). 모습. 본뜨다. 象形文字(상형문자). 假象(가상). 觀象臺(관상대). 氣象(기상). 對象(대상).
常 항상 상 (巾부-8획)	形聲. 巾+尚. 직물(巾)로 만들어 높은 곳(尚)에 걸어놓는 것으로 '깃발'을 나타냄. 후에 사람은 옷(巾)을 숭상한다(尚)는 것으로 보아 '항상'을, 예법에 따라 옷을 입으면 '떳떳하다'는 나타내게 됨.	떳떳하다. 常道(상도). 常理(상리). 항상. 常例(상례). 常綠樹(상록수). 보통. 常識(상식). 沒常識(몰상식). 異常(이상). 人之常情(인지상정). 상사람. 常民(상민). 班常(반상).
床 상 상 (广부-4획)	形聲. 广+木. 나무(木)를 엮어서 사방이 탁 트인 집(广)처럼 만들었다는 데서 '상'을 나타냄.	상. 兼床(겸상). 獨床(독상). 酒案床(주안상). 冊床(책상). 平床(평상). 잠자리. 起床(기상). 同床異夢(동상이몽). 病床(병상). 밭. 床播(상파). 苗床(묘상).
想 생각할 상 (心부-9획)	形聲. 心+相. '相'은 눈(目)으로 나무(木)를 자세히 관찰하는 모습을 본뜬 글자로 '자세히 보다'를 뜻함. 마음(心) 속으로 바라는 것이 있으면 자세히 살펴보면서(相) 골똘하게 생각한다는 데서 '생각하다'를 나타냄.	생각하다. 想像(상상). 假想(가상). 感想(감상). 空想(공상). 構想(구상). 奇想天外(기상천외). 冥想(명상). 夢想(몽상). 無念無想(무념무상). 思想(사상). 豫想(예상). 理想(이상).
狀 형상 상 (犬부-4획)	形聲. 犬+爿. 넙죽 엎드려 있는 개(犬)의 형상이 나무 널빤지(爿) 같다는 데서 '형상'을 나타냄.	형상(상). 狀態(상태). 狀況(상황). 實狀(실상). 異狀(이상). 情狀參酌(정상참작). 罪狀(죄상). 문서(장). 狀啓(장계). 告訴狀(고소장). 拘束令狀(구속영장). 答狀(답장).

本 근본 본									
奉 받들 봉									
否 아닐 부									
負 질 부									
副 버금 부									
婦 지어미 부									
富 부자 부									
府 관청 부									
部 거느릴 부									
夫 사내 부									
父 아비 부									
北 북녘 북									
憤 분할 분									
粉 가루 분									
分 나눌 분									

佛 부처 불								
不 아닐 불								
批 비평할 비								
碑 비석 비								
秘 숨길 비								
備 갖출 비								
悲 슬플 비								
非 아닐 비								
飛 날 비								
比 견줄 비								
費 쓸 비								
鼻 코 비								
貧 가난할 빈								
氷 얼음 빙								
射 쏠 사								

私 사사 사									
絲 실 사									
辭 말씀 사									
寺 절 사									
師 스승 사									
舍 집 사									
謝 사례할 사									
寫 베낄 사									
思 생각할 사									
查 조사할 사									
仕 벼슬할 사									
史 역사 사									
士 선비 사									
使 하여금 사									
死 죽을 사									

社 모일 사								
事 일 사								
四 넉 사								
散 흩을 산								
産 낳을 산								
算 셀 산								
山 뫼 산								
殺 죽일 살								
三 석 삼								
傷 다칠 상								
象 코끼리 상								
常 항상 상								
床 상 상								
想 생각할 상								
狀 형상 상								

1. 다음 한자어의 독음(讀音)을 쓰시오.

(1) 否定   (2) 負債   (3) 司法府   (4) 部類
(5) 農夫   (6) 父親   (7) 佛像   (8) 不當
(9) 批判   (10) 碑石   (11) 似而非   (12) 飛行
(13) 比較   (14) 消費   (15) 發射   (16) 私服
(17) 寺院   (18) 教師   (19) 舍宅   (20) 舍宅
(21) 史料   (22) 士林   (23) 使用   (24) 事業
(25) 四季   (26) 算數   (27) 山水   (28) 三角形
(29) 平床   (30) 狀況

2. 다음 한자의 훈(訓)과 음(音)을 쓰세요.

(31) 本   (32) 婦   (33) 富   (34) 絲
(35) 北   (36) 傷   (37) 象   (38) 憤
(39) 粉   (40) 寫   (41) 思   (42) 分
(43) 散   (44) 備   (45) 悲   (46) 鼻
(47) 秘   (48) 貧   (49) 氷   (50) 辭
(51) 謝   (52) 奉   (53) 副   (54) 查
(55) 死   (56) 社   (57) 産   (58) 常
(59) 想   (60)殺

3. 다음 빈칸에 알맞은 한자를 써 넣으시오.

(61) ( )國强兵   (62) 女必從( )   (63) 漁( )之利   (64) 悲( )慷慨
(65) 烏( )梨落   (66) 阿( )叫喚   (67) ( )山一角   (68) 一( )不亂
(69) 不可( )議   (70) ( )顧無親   (71) ( )顧草廬   (72) 人之( )情

4. 다음 한자의 부수를 쓰시오.

(73) 狀   (74) 産   (75) 散   (76) 殺
(77) 死   (78) 寫   (79) 謝   (80) 辭
(81) 舍   (82) 費   (83) 秘   (84) 非
(85) 粉   (86) 不   (87) 部   (88) 奉
(89) 副   (90) 婦

賞 상줄 상 (貝부-8획)	形聲. 貝+尚. 공을 세운 사람에게는 물품(貝)을 상으로 주어 그 공을 숭상한다는(尚) 데서 '상주다'를 나타냄. 술 담는 그릇을 상으로 주었으므로 '商(헤아릴 상)'으로 나타냈음.	**상. 상주다.** 賞金(상금). 賞罰(상벌). 賞與金(상여금). 賞狀(상장). 賞牌(상패). 賞品(상품). **구경하다.** 賞春客(상춘객). 鑑賞(감상). 觀賞(관상). 玩賞(완상).
商 장사 상 (口부-8획)	會意. 위의 네 획은 '章'의 획 줄임으로 '밝히다'를 뜻하고 아래의 '冏(빛날 경)'은 '물건의 가치'를 뜻함. 물건의 가치(冏)를 밝혀서(章) 사고판다는 데서 '장사하다'를 나타냄.	**장사. 장사꾼.** 商去來(상거래). 商權(상권). 商法(상법). 商術(상술). 商業(상업). 商人(상인). **헤아리다.** 商量(상량). 協商(협상). **나라 이름.** 殷商(은상).
相 서로 상 (目부-4획)	會意. 나무(木)를 눈(目)으로 자세히 살펴보는 모습을 그려 '자세히 보다'를 나타냄. 후에 사람끼리 볼 때 서로 얼굴을 본다는 데서 '용모' '서로'를 나타내게 됨.	**서로.** 相見禮(상견례). 相關(상관). 相對方(상대방). 相當(상당). **모습.** 相好(상호). 骨相(골상). 觀相(관상). 實相(실상). 樣相(양상). **재상.** 相公(상공). 首相(수상).
上 위 상 (一부-2획)	指事. 일정한 기준(一)보다 위에 있다는 것을 점(丶) 하나를 찍어 표시하고 '위'를 나타냄.	**위. 높다.** 上官(상관). 上級(상급). 上納(상납). 上段(상단). 上流(상류). **앞. 첫째.** 上古(상고). 上卷(상권). **임금.** 上候(상후). 聖上(성상). **오르다. 올리다.** 上京(상경).
色 빛 색 (色부-0획)	會意. 'ク'와 비슷한 첫 두 획은 '人'의 변형이고, '巴'는 'ㅁ'의 변형. 사람(人)의 마음속에 있는 것이 얼굴빛에 신표(巴, 信標)처럼 나타나는 데서 '낯빛'을 나타냄. 후에 낯빛이 고운 사람은 여자라는 데서 '낯빛이 고운 여자'를 나타내게 됨.	**빛.** 色感(색감). 色盲(색맹). 色相(색상). 色素(색소). 色調(색조). 各樣各色(각양각색). **여색.** 色魔(색마). 色慾(색욕). 色情(색정). 色鄕(색향). 女色(여색).
生 날 생 (生부-0획)	象形. 맨 밑의 'ㅡ'로 땅을, 그 위의 네 획으로 새싹의 잎과 줄기를 각각 그려서, 새싹이 땅 위로 솟아 나온다는 데서 '낳다' '자라다'를 나타냄.	**낳다.** 生男(생남). 生母(생모). **살다.** 生計(생계). 生理(생리). **서투르다.** 生硬(생경). 生疎(생소). **싱싱하다.** 生氣(생기). 生鮮(생선). **사람.** 生徒(생도). 生員(생원).

序 차례 서 (广부-4획)	形聲. '予'는 '豫'의 획 줄임으로 '앞'을 뜻함. 집(广) 앞(予)으로 담이 늘어섰다는 데서 '담'을 나타냄. 후에 집과 담이 차례로 늘어섰다는 데서 '차례'를 나타냄.	**차례.** 序列(서열). 序次(서차). 順序(순서). 長幼有序(장유유서). **학교.** 庠序(상서). **실마리.** 序曲(서곡). 序頭(서두). 序論(서론). 序詩(서시). 序言(서언).
書 글 서 (曰부-7획)	形聲. 말(曰)을 붓(聿)으로 기록한 것이라는 데서 '글'을 나타냄.	**글. 문서.** 書庫(서고). 書堂(서당). 書類(서류). 書面(서면). 書齋(서재). **글씨.** 書記(서기). 書式(서식). 書藝(서예). 書畫(서화). 落書(낙서). **편지.** 書簡(서간). 書信(서신).
西 서녘 서 (襾부-0획)	象形. 새가 둥지에 앉아 있는 모습을 그려 '새가 둥지에 깃들다'를 나타냄. 해가 서쪽으로 질 때 새가 둥지에 깃든다는 데서 '서쪽'을 나타냄.	**서녘.** 西歐(서구). 西紀(서기). 西方淨土(서방정토). 西洋(서양). 西海(서해). 關西(관서). 東問西答(동문서답). 東奔西走(동분서주). 東西古今(동서고금). 聲東擊西(성동격서).
席 자리 석 (巾부-7획)	形聲. 巾+庶. 글자의 윗부분은 '庶'에서 'ㅗ'를 획 줄임한 것임. 여러 사람(庶)이 깔고 앉거나 잠잘 수 있도록 깔아놓은 넓은 천(巾)으로, '자리'를 나타냄.	**자리.** 席上(석상). 客席(객석). 缺席(결석). 空席(공석). 闕席裁判(궐석재판). 同席(동석). 末席(말석). 陪席(배석). 私席(사석). 上席(상석). 首席(수석). 案席(안석). 連席會議(연석회의).
石 돌 석 (石부-0획)	象形. 언덕(厂) 아래에는 돌덩이(口)가 많다는 데서 '돌'을 나타냄.	**돌.** 石工(석공). 石器時代(석기시대). 石頭(석두). 石燈(석등). 石佛(석불). 石像(석상). **섬. 곡식을 세는 단위.** 百石(백석).
夕 저녁 석 (夕부-0획)	指事. 초저녁에 달이 산 위로 떠오를 때는 달의 일부가 산에 가리워 보이지 않으므로 '月'에서 한 획을 줄여서, '저녁'을 나타냄.	**저녁.** 夕刊(석간). 夕陽(석양). 朝變夕改(조변석개). 朝夕(조석). 秋夕(추석). 七夕(칠석). **쏠리다.** 夕室(석실).

宣 배풀 선 (宀부-6획)	形聲. 宀+瓦. 제왕이 거처하는 곳은 엷은 구름이 휘감길 (瓦으로 나타냈음) 정도로 높은 집(宀)이라는 데서 본래는 '궁전'을 나타냄. 후에 궁궐(宀)에서 정사를 배풀면 햇빛(日)이 퍼져 하늘(위의 一)과 땅(아래의 一)에 이르듯이 온 세상에 이른다는 것으로 보아 '배풀다'를 나타냄.	**배풀다. 펴다.** 宣告(선고). 宣明(선명). 宣誓(선서). 宣言(선언). 宣傳(선전). 宣布(선포). **임금의 말.** 宣旨(선지). 宣傳官(선전관).
善 착할 선 (口부-9획)	會意. 글자의 윗부분은 '羊'으로 '상서롭다'를 뜻하고 아래는 '言'의 변형. 상서롭게(羊) 말하는(言) 것은 착한 것이므로, '착하다'를 나타냄.	**착하다.** 善心(선심). 善惡(선악). **훌륭하다.** 善價(선가). 改善(개선). **친하다.** 善隣(선린). 親善(친선). **잘하다.** 善用(선용). 善戰(선전). 善政(선정). 善處(선처).
船 배 선 (舟부-5획)	形聲. 舟+沿. 발음부는 '沿'의 획 줄임. 물을 따라(沿) 떠다니는 커다란 배(舟)로, '배'를 나타냄.	**배.** 船舶(선박). 船員(선원). 船長(선장). 船主(선주). 救助船(구조선). 商船(상선). 乘船(승선). 漁船(어선). 宇宙船(우주선). 造船(조선). 捕鯨船(포경선). 下船(하선). 貨物船(화물선).
選 가릴 선 (辶부-12획)	形聲. 辶(辵)+巽. '巽'은 본래 '흩다'를 뜻함. 여기저기 흩어져 있는(巽) 곳을 다니면서(辶) 마땅한 곳을 가려서 머문다는 데서 '가리다'를 나타냄.	**가리다. 뽑다.** 選擧(선거). 選拔(선발). 選別(선별). 選手(선수). 選任(선임). 選定(선정). 選出(선출). 選擇(선택). 選好度(선호도). 改選(개선). 決選投票(결선투표). 當選(당선). 本選(본선).
仙 신선 선 (人부-3획)	形聲. 人+山. 산 속은 공기가 맑고 조용하므로 옛날에 불로장생을 구하는 사람은 대개 산에 들어가 도를 닦았으므로, 산(山)에서 도를 닦아 불로장생한다는 사람(人)을 '신선'이라고 했음.	**신선.** 仙境(선경). 仙女(선녀). 仙道(선도). 仙人(선인). 仙人掌(선인장). 仙風道骨(선풍도골). 鳳仙花(봉선화). 水仙花(수선화). 詩仙(시선). 神仙(신선).
鮮 고울 선 (魚부-6획)	形聲. 魚+羊. '羊'은 '羴' 또는 '羶(누린내 전)'의 축약형으로 발음이 '선'임. 생선 냄새나는(羊) 물고기(魚)가 맛있다는 데서 '신선하다'를 나타냄.	**곱다.** 鮮明(선명). **생선.** 生鮮(생선). **싱싱하다.** 鮮度(선도). 鮮魚(선어). 鮮血(선혈). **드물다.** 鮮少(선소).

線 줄 선 (糸부-9획)	形聲. 糸+泉. 샘(泉)에서 나온 물이 실(糸)처럼 길게 흘러 줄을 이룬다는 데서 '줄'을 나타냄.	**줄. 금. 실.** 脚線美(각선미). 曲線(곡선). 光線(광선). 國境線(국경선). 對角線(대각선). 死線(사선). 水平線(수평선). 紫外線(자외선). 赤外線(적외선). 電線(전선). 點線(점선).

| 先 먼저 선 (儿부-4획) | 會意. 글자의 윗부분은 '止'의 변형이다. 다른 사람(儿)보다 발(止)이 앞섰다는 데서 '앞서다' '먼저'를 나타냄. | **앞서다.** 先見之明(선견지명). 先攻(선공). 先金(선금). 先納(선납). 先頭(선두). 先例(선례).
 돌아가신 이. 先代(선대). 先烈(선열). 先塋(선영). 先祖(선조). 先親(선친). |

| 舌 혀 설 (舌부-0획) | 象形. 입(口)과 입 밖으로 길게 나온 갈라진 뱀의 혀(千)를 본떠 '혀'를 나타냄. | **혀.** 舌端(설단). 舌音(설음).
 말. 舌戰(설전). 舌禍(설화). 口舌數(구설수). 毒舌(독설). 長廣舌(장광설). |

| 設 베풀 설 (言부-4획) | 形聲. 言+殳. '殳'는 '役'의 획 줄임. 말을 해서(言) 일을 하도록(役) 만드는 데서 '만들다', '베풀다'를 나타내게 됨. | **베풀다. 세우다.** 設計(설계). 設立(설립). 設備(설비). 設定(설정). 設置(설치). 架設(가설).
 가령. 設令(설령). 設使(설사). 設或(설혹). |

| 說 말씀 설 (言부-7획) | 會意. 言+兌. '兌'는 '悅'의 획 줄임. 일의 본질을 명료하게 풀어서 설명하면(言) 말하는 사람이나 듣는 사람 모두 즐겁다(兌) 데서 '말씀'과 '기쁘다'를 나타내게 됨. | **말하다(설).** 說敎(설교). 說得(설득). 說明(설명). 說問(설문). 說法(설법). 說話(설화).
 달래다(세). 說客(세객). 遊說(유세).
 기쁘다(열). 說樂(열락). |

| 雪 눈 설 (雨부-3획) | 形聲. 雨+彗. '雨' 밑의 'ㅋ'는 '彗'의 획 줄임으로 '쓸다'를 뜻함. 하늘에서 비(雨)처럼 내리면 빗자루로 쓸어야(彗) 되는 것으로서, '눈'을 나타냄. | **눈.** 雪景(설경). 雪上加霜(설상가상). 雪中梅(설중매). 大雪(대설). 白雪(백설). 小雪(소설).
 씻다. 雪辱(설욕). |

城 재 성 (土부-7획)	形聲. 土+成. '成'은 칼날을 크게 표시한 '戈'로 '방비하다'를 뜻함. 도읍의 사방을 방비하기(成) 위하여 쌓은 담(土)으로, '성'을 나타냄.	재. 城郭(성곽). 城主(성주). 城砦(성채). 宮城(궁성). 內城(내성). 籠城(농성). 都城(도성). 萬里長城(만리장성). 不夜城(불야성). 山城(산성). 土城(토성).
星 별 성 (日부-5획)	形聲. 日+生. 별을 나타내는 '日(해 일)' 셋과 별빛을 뜻하는 '生(날 생)'을 합쳐 써서, '별'을 나타냄.	별. 星雲(성운). 星座(성좌). 北極星(북극성). 衛星(위성). 流星(유성). 占星術(점성술). 세월. 星霜(성상).
盛 성할 성 (皿부-7획)	形聲. 皿+成. 제사 그릇(皿)에 기장을 풍성하게 담아 제사지내야 제사가 완전하게 이루어진다는(成) 데서 본래는 '제기에 담긴 기장'을 나타냄. 후에 '풍성하다'를 나타내게 됨.	성하다. 많다. 盛大(성대). 盛衰(성쇠). 盛需期(성수기). 盛業(성업). 盛行(성행). 盛況(성황). 담다. 盛水不漏(성수불루).
聖 성인 성 (耳부-7획)	會意. 맨 밑의 '壬'은 자리(土)에 앉은 사람(人)으로 '우두머리'를 뜻함. 밝은 귀(耳)와 민첩한 입(口)을 가져서 총명함이 우두머리가 되는 사람(壬)이라는 데서 '성인'을 나타냄.	성인. 聖經(성경). 聖靈(성령). 임금에 속한 사물. 聖君(성군). 聖上(성상). 聖恩(성은). 聖體(성체). 거룩하다. 聖堂(성당). 聖殿(성전). 뛰어나다. 詩聖(시성). 樂聖(악성).
聲 소리 성 (耳부-11획)	形聲. 耳+磬. '磬'의 '石'획 줄임. 경쇠(磬) 치는 소리가 귀(耳)에 들린다는 데서 '소리'를 나타냄.	소리. 聲帶(성대). 聲量(성량). 노래. 聲律(성률). 聲樂家(성악가). 명예. 聲望(성망). 名聲(명성). 밝히다. 聲明(성명). 聲討(성토). 사성. 聲調(성조). 去聲(거성).
誠 정성 성 (言부-7획)	形聲. 言+成. 정성을 다하는 사람에게는 말(言)한 대로 이루어진다는(成) 데서 '정성'을 나타냄.	정성. 誠金(성금). 誠實(성실). 誠意(성의). 不誠實(불성실). 熱誠(열성). 精誠(정성). 至誠(지성). 忠誠(충성). 孝誠(효성).

性 성품 성 (心부-4획)	形聲. 忄(心)+生. 사람이 태어날(生) 때부터 갖고 있는 욕망과 같은 천부적인 마음(心)으로, '천성', '성품'을 나타냄.	**성품.** 性格(성격). 性能(성능). 性理學(성리학). 性味(성미). 性情(성정). 性質(성질). 性品(성품). 性向(성향). **성.** 性別(성별). 性病(성병). 男性(남성). 兩性(양성). 女性(여성).
成 이룰 성 (戈부-3획)	形聲. 戊+丁. 반달 모양의 넓은 칼날(丿)이 달린 도끼(戈)인 '戊(다섯째 천간 무)'를 장정(丁)이 들고 있는 모습을 그려 '적을 진압하다'를 나타냄. 후에 혈기왕성한 장정(丁)은 뜻한 바를 무기(戊)를 들고 이룰 수 있다는 것으로 보아 '이루다'를 나타내게 됨.	**이루다. 되다.** 成功(성공). 成果(성과). 成年(성년). 成立(성립). 成分(성분). 成事(성사). 成熟(성숙). 成長(성장). 成績(성적). 成就(성취). 結成(결성).
省 살필 성 (目부-4획)	會意. 자세하게 살필 때는 눈(目)을 작게(少) 뜨고 본다는 데서 '살피다'를 나타냄.	**살피다. 보다(성).** 省墓(성묘). 省察(성찰). 反省(반성). **관청(성).** 國務省(국무성). **중국의 행정구역.** 山東省(산동성). **덜다(생).** 省略(생략). 省禮(생례).
姓 성 성 (女부-5획)	會意. 한 여자(女)에게서 태어난(生) 사람들로, 동일한 조상의 자손을 나타내는 '성'을 나타냄.	**성. 씨.** 姓名(성명). 姓氏(성씨). 姓銜(성함). 同姓同本(동성동본). 通姓名(통성명). **백성.** 百姓(백성).
勢 형세 세 (力부-11획)	形聲. 力+執. '執'는 '藝'의 본래자이다. 초목은 심어 놓기만(執) 하면 힘찬(力) 기세로 자란다는 데서 '기세'를 나타냄.	**형세. 형편.** 攻勢(공세). 病勢(병세). 事勢不得(사세부득). 勝勢(승세). **기세. 힘.** 勢道(세도). 勢力(세력). 加勢(가세). 強勢(강세). 敎勢(교세). **불알.** 去勢(거세).
稅 세금 세 (禾부-7획)	形聲. 禾+兌. 자기가 수확한 벼(禾)의 일부를 세금으로 내면 그 벼가 국가의 소유로 바뀐다는(兌) 데서 '세금'을 나타냄.	**세금.** 稅關(세관). 稅金(세금). 稅務署(세무서). 稅法(세법). 稅收(세수). 稅率(세율). 稅入(세입). 稅制(세제). 減稅(감세). 課稅(과세). 關稅(관세). 國稅廳(국세청). 納稅(납세).

細 가늘 세 (糸부-5획)	形聲. 糸+囟. '糸'와 '囟'의 합성자인데, 어린 아이의 정수리는 평소에도 미약하게 뛰는 것이 눈에 보이므로 '囟'에는 '미약하다'라는 의미가 있음. 실(糸)처럼 가늘고 미약하다는(囟) 데서 '가늘다'를 나타냄.	가늘다. 잘다. 細工(세공). 細菌(세균). 細密(세밀). 細部(세부). 細分(세분). 細心(세심). 細則(세칙). 細胞(세포). 明細書(명세서). 微細(미세). 詳細(상세). 纖細(섬세). 零細業者(영세업자).
歲 해 세 (止부-9획)	形聲. 步+戌. 시간이 흘러(步) 일년이 지나가면 다시 곡식을 베게(戌) 된다는 데서 '일년'을 나타냄. 둥근 칼날이 달린 도끼를 본뜬 글자였는데 아래 위에 止(발 지)'를 덧붙여 '자르다'를 나타냈고, 다시 '일년'을 나타내게 됨.	해. 歲拜(세배). 歲時(세시). 歲月(세월). 歲入(세입). 歲出(세출). 過歲(과세). 萬歲(만세). 나이. 年歲(연세).
洗 씻을 세 (水부-6획)	形聲. 氵(水)+先. '先'은 '跣'의 획 줄임. 맨발(先)을 물(水)에 씻는다는 데서 '씻다'를 나타냄.	씻다. 洗手(세수). 洗劑(세제). 洗車(세차). 洗滌(세척). 洗濯(세탁). 水洗式(수세식). 깨끗하다. 洗練(세련). 洗禮(세례).
世 인간 세 (一부-4획)	會意. '止'의 위 세 획을 열십 자(十) 형태로 만들고 30년으로 '한 세대'를 나타냈음.	세대. 世紀(세기). 世代(세대). 隔世之感(격세지감). 近世(근세). 세상. 世間(세간). 世界(세계). 평생. 終世(종세). 來世(내세). 맏. 世孫(세손). 世子(세자).
掃 쓸 소 (手부-8획)	會意. 손(手)에 빗자루(帚)를 들고 방이나 마당을 깨끗이 쓴다는 데서 '쓸다'를 나타냄. 본래는 '埽(쓸 소)'로 빗자루(帚)로 먼지(土)를 쓸어서 없앤다는 데서 '버리다'를 나타냈는데, 소전(小篆)에서부터 지금의 글자꼴이 됨.	쓸다. 掃滅(소멸). 掃除(소제). 掃地(소지). 掃蕩(소탕). 掃海艇(소해정). 機銃掃射(기총소사). 一掃(일소). 清掃(청소).
笑 웃을 소 (竹부-4획)	形聲. 竹+夭. '竹'은 악기를 만드는 것이므로 '소리를 내다'라는 뜻과 '夭'는 머리를 굽힌 사람을 그린 것으로 '몸을 굽히다'라는 뜻을 따다 씀. 몸을 굽히고(夭) 큰 소리를 내서(竹) 웃는다는 데서 '웃다'를 나타냄.	웃다. 笑納(소납). 可笑(가소). 假笑(가소). 苦笑(고소). 談笑(담소). 冷笑(냉소). 微笑(미소). 拍掌大笑(박장대소). 失笑(실소). 嘲笑(조소). 破顏大笑(파안대소). 爆笑(폭소). 哄笑(홍소).

素 흴 소 (糸부-4획)	會意. 위의 네 획은 '垂'의 변형으로 '밑으로 처지다'를 뜻함. 하얀 색깔의 생명주(生帛)는 올(糸)이 쉽게 아래로 처지는 데서 '생명주'를 나타냄. 후에 생명주의 색이 희다는 데서 '희다'와 흰 색이 바탕색이라는 데서 '바탕'을 나타내게 됨.	본디. 바탕. 素望(소망). 素養(소양). 素因(소인). 素材(소재). 素地(소지). 희다. 素服丹粧(소복단장). 질박하다. 素朴(소박). 儉素(검소). 채식. 素食(소식). 素饌(소찬).
消 사라질 소 (水부-7획)	形聲. 氵(水)+肖. '肖'는 '작다' '꺼지다'의 뜻이 있음. 물(水)의 양이 작아져(肖) 마침내 보이지 않게 되는 데서 '사라지다'를 나타냄.	사라지다. 끄다. 消毒(소독). 삭이다. 消化(소화). 解消(해소). 물러나다. 消極的(소극적). 거닐다. 消風(소풍). 줄어들다. 消滅(소멸). 消長(소장).
少 적을 소 (小부-1획)	指事. 점 넷으로 작은 모래 네 개를 그리고, 본래는 '모래'를 나타냄. 후에 주로 '적다'를 나타내게 됨.	적다. 少量(소량). 少數精銳(소수정예). 少額(소액). 少尉(소위). 減少(감소). 多少(다소). 젊다. 少女(소녀). 少年(소년). 老少同樂(노소동락). 靑少年(청소년).
所 바 소 (戶부-4획)	形聲. 斤+戶. 문과 집(戶)을 만들기 위해 나무를 베면(斤) 소리가 난다는 데서 본래는 '나무베는 소리'를 나타냄. 후에 나무를 베어다(斤) 사람이 살 집(戶)을 짓는다는 데서 '처소'를 나타내게 됨.	바. 것. 所感(소감). 所見(소견). 所得(소득). 所望(소망). 所産(소산). 곳. 所在(소재). 急所(급소). 便所(변소). 山所(산소). 宿所(숙소). 要所(요소). 場所(장소).
 小 작을 소 (小부-0획)	指事. 점 셋으로 작은 모래 세 개를 그려서, '작다'를 나타냄.	작다. 小規模(소규모). 小隊(소대). 小路(소로). 小賣(소매). 小說(소설). 小數(소수). 자신을 낮추는 말. 小生(소생). 小人(소인). 小子(소자).
屬 붙일 속 (尸부-18획)	形聲. 尸+蜀. 위는 '尾'의 변형으로 음부(陰部)를 가리키고, '蜀'은 '觸(닿을 촉)'의 변형으로 '이어짐'을 뜻함. 같은 여자(尾)에게 이어져서(蜀) 태어난 사람들이 무리를 이루는 데서 '속하다', '무리'를 나타냄.	붙다(속). 屬性(속성). 歸屬(귀속). 무리(속). 族屬(족속). 尊屬(존속). 글을 짓다(속). 屬文(속문). 부탁하다(촉). 屬託(촉탁). 委屬(위촉). 기울이다(촉). 屬望(촉망).

俗 풍속 속 (人부-7획)	形聲. 人+谷. 한 골짜기(谷)에 사는 사람(人)끼리는 서로 영향을 주고받아서 풍속이 같다는 데서 '풍속'을 나타냄.	풍속. 巫俗(무속). 民俗(민속). 世俗(세속). 習俗(습속). 土俗(토속). **속되다.** 俗談(속담). 俗物(속물). **(佛門에 대하여) 인간 세상.** 俗世(속세). 俗人(속인). 脫俗(탈속).
續 이을 속 (糸부-15획)	形聲. 糸+賣. '賣'는 걸어 다니면서 물건을 파는 것을 뜻하는데, 이 때 잠시도 쉬지 않고 지속한다는 데서 '끊임없다'라는 뜻을 따다 씀. 실(糸)을 이으면 끊임없이(賣) 길어진다는 데서 '잇다'를 나타냄.	**잇다.** 續開(속개). 續報(속보). 續出(속출). 續篇(속편). 續行(속행). 續會(속회). 繼續(계속). 相續(상속). 手續(수속). 連續(연속). 永續(영속). 接續(접속). 存續(존속). 持續(지속).
束 묶을 속 (木부-3획)	會意. 나무(木)를 끈으로 묶은 것(口는 끈으로 빙 두른 것을 그렸음)을 본떠서, '묶다' '묶음'을 나타냄.	**묶다.** 束縛(속박). 束手無策(속수무책). 檢束(검속). 結束(결속). 拘束(구속). 團束(단속). **약속하다.** 約束(약속).
速 빠를 속 (辶부-7획)	形聲. 辶(辵)+束. '束'에는 '감기다'라는 의미가 있음. 빨리 걸을 때는 두 다리가 휘감길(束) 정도로 걷는다는(辵) 데서 '빠르다'를 나타냄.	**빠르다.** 速決(속결). 速記(속기). 速斷(속단). 速達(속달). 速度(속도). 速力(속력). 速報(속보). 速成(속성). 速戰速決(속전속결). 速行(속행). 迅速(신속). 音速(음속).
損 덜 손 (手부-10획)	形聲. 扌(手)+員. '員'은 개수를 세는 단위. 손(手)으로 물건을 집어가면 물건의 갯수(員)가 계속 줄어든다는 데서 '줄다'를 나타냄.	**덜다. 잃다.** 損失(손실). 損財(손재). 損害(손해). 減損(감손). 缺損(결손). 耗損(모손). **상하다.** 損壞(손괴). 損傷(손상). 汚損(오손). 破損(파손).
孫 손자 손 (子부-7획)	會意. 아들(子)의 핏줄을 이은(系) 사람이라는 데서 아들의 아들인 '손자'를 나타냄.	**손자.** 孫子(손자). 世孫(세손). 外孫(외손). 子孫(자손). 宗孫(종손). 曾孫(증손). 後孫(후손). **성.** 孫氏(손씨).

松 소나무 송 (木부-4획)	形聲. 木+公. 소나무는 모든 곳에 두루(公) 살고 있는 나무(木)이며, 인간에게 널리(公) 이용되는 나무(木)라는 데서 '소나무'를 나타냄.	**소나무.** 松林(송림). 松柏(송백). 松葉(송엽). 松栮(송이). 松花(송화). 落落長松(낙락장송). 老松(노송). 靑松(청송). 赤松(적송). 菜松花(채송화).
頌 칭송할 송 (頁부-4획)	形聲. 頁+公. '公'에는 '공개하다'라는 의미. 머리(頁) 아래에 공개되어 보이는(公) 부분이라는 데서 '얼굴'을 나타냄. 후에 모든(公) 사람이 머리(頁)를 돌려 보는 것으로 보아 '칭송하다'를 나타내게 됨.	**칭송하다.** 頌歌(송가). 頌德碑(송덕비). 頌辭(송사). 頌祝(송축). 讚頌(찬송). 稱頌(칭송).
送 보낼 송 (辶부-6획)	會意. 금문(金文)에서는 '火+廾'와 '彳+止'가 합쳐진 형태로, 두 손(廾)에 불씨(火)를 들고 가는(辵) 것으로 '보내다'를 나타냄. 불씨를 소중하게 여겨 불씨를 보내는 풍습이 있었음.	**보내다.** 送舊迎新(송구영신). 送金(송금). 送年(송년). 送別(송별). 送信(송신). 送還(송환). 返送(반송). 發送(발송). 放送(방송). 輸送(수송). 郵送(우송). 運送(운송).
秀 빼어날 수 (禾부-2획)	形聲. 禾+乃. '乃'는 굽은 노끈을 그려서 '굽다'를 뜻하여 곡식(禾)의 이삭이 익어 굽었다는(乃) 데서 '곡식의 이삭이 성숙한 것'을 나타냄. 여기서 '곡식', '빼어나다'로 의미가 확장됨.	**빼어나다.** 秀麗(수려). 秀才(수재). 閨秀(규수). 優秀(우수). 俊秀(준수). **이삭. 이삭이 패다.** 秀穎(수영). 麥秀之嘆(맥수지탄).
修 닦을 수 (人부-8획)	形聲. 彡+攸. '彡'에는 더러운 것을 쓸고 닦는다는 뜻이 있음. 복장이나 행동거지에서 더럽거나 잘못된 것을 끊임없이(攸) 쓸고 닦아서(彡) 바로잡는다는 데서 '꾸미다', '닦다', '고치다'의 의미가 파생됨.	**닦다.** 修交(수교). 修女(수녀). 修道(수도). 修練(수련). 修了(수료). **꾸미다.** 修辭(수사). 修史(수사). 修飾(수식). 監修(감수). 編修(편수). **고치다.** 修理(수리). 修繕(수선).
受 받을 수 (又부-6획)	會意. 한 사람의 손(爪)에서 물건(冖으로 나타냈음)이 다른 사람의 손(又)으로 넘어가는 것을 그려 '주고받다'를 나타냄. 후에 주로 '받다'만을 의미하게 됨.	**받다.** 受講生(수강생). 受給(수급). 受納(수납). 受諾(수락). 受領(수령). 受理(수리). 受侮(수모). 受賞(수상). 受容(수용). 受益(수익). 受驗生(수험생). 受惠(수혜).

賞 상줄 상							
商 장사 상							
相 서로 상							
上 위 상							
色 빛 색							
生 날 생							
序 차례 서							
書 글 서							
西 서녘 서							
席 자리 석							
石 돌 석							
夕 저녁 석							
宣 베풀 선							
善 착할 선							
船 배 선							

選 가릴 선										
仙 신선 선										
鮮 고울 선										
線 줄 선										
先 먼저 선										
舌 혀 설										
設 베풀 설										
說 말씀 설										
雪 눈 설										
城 재 성										
星 별 성										
盛 성할 성										
聖 성인 성										
聲 소리 성										
誠 정성 성										

性 성품 성								
成 이룰 성								
省 살필 성								
姓 성 성								
勢 형세 세								
稅 세금 세								
細 가늘 세								
歲 해 세								
洗 씻을 세								
世 인간 세								
掃 쓸 소								
笑 웃을 소								
素 흴 소								
消 사라질 소								
少 적을 소								

所 바 소									
小 작을 소									
屬 붙일 속									
俗 풍속 속									
續 이을 속									
束 묶을 속									
速 빠를 속									
損 덜 손									
孫 손자 손									
松 소나무 송									
頌 칭송할 송									
送 보낼 송									
秀 빼어날 수									
修 닦을 수									
受 받을 수									

❖ **실전연습 ⑧**

1. 다음 한자어의 독음(讀音)을 쓰시오.

(1) 上流	(2) 生計	(3) 序列	(4) 落書
(5) 西洋	(6) 私席	(7) 神仙	(8) 生鮮
(9) 曲線	(10) 先頭	(11) 口舌數	(12) 星雲
(13) 盛行	(14) 聖恩	(15) 成立	(16) 省察
(17) 稅金	(18) 細分	(19) 洗濯	(20) 世代
(21) 解消	(22) 減少	(23) 所感	(24) 小賣
(25) 屬性	(26) 損害	(27) 子孫	(28) 老松
(29) 修交	(30) 受容		

2. 다음 한자의 훈(訓)과 음(音)을 쓰세요.

(31) 賞	(32) 相	(33) 說	(34) 雪
(35) 善	(36) 色	(37) 商	(38) 速
(39) 頌	(40) 夕	(41) 宣	(42) 選
(43) 設	(44) 城	(45) 聲	(46) 誠
(47) 歲	(48) 素	(49) 俗	(50) 續
(51) 性	(52) 姓	(53) 勢	(54) 船
(55) 掃	(56) 笑	(57) 束	(58) 石
(59) 送	(60) 秀		

3. 다음 빈칸에 알맞은 한자를 써 넣으시오.

(61) 長幼有( )	(62) 東奔( )走	(63) 各樣各( )	(64) ( )風道骨
(65) ( )見之明	(66) 萬里長( )	(67) 隔( )之感	(68) 拍掌大( )
(69) ( )數精銳	(70) ( )手無策	(71) 落落長( )	(72) 麥( )之嘆

4. 다음 한자의 부수를 쓰시오.

(73) 頌	(74) 修	(75) 孫	(76) 歲
(77) 素	(78) 所	(79) 屬	(80) 勢
(81) 盛	(82) 聲	(83) 星	(84) 鮮
(85) 宣	(86) 線	(87) 席	(88) 賞
(89) 商	(90) 書		

守 지킬 수 (宀부-3획)	會意. 지붕(宀) 아래에 힘을 뜻하는 주먹(寸)을 그린 형태인데 집(宀)을 지키기 위해서는 힘(寸)이 있어야 한다는 데서 '지키다'를 나타냄.	**지키다.** 守備(수비). 守衛(수위). 守護(수호). 固守(고수). 保守(보수). 死守(사수). **살피다.** 守領(수령). 看守(간수). 郡守(군수).
授 줄 수 (手부-8획)	形聲. 扌(手)+受. 본래 한 사람의 손(爪)에서 물건(宀으로 나타냈음)이 다른 사람의 손(又)으로 넘어가는 것을 그려서 '주고받다'를 나타낸 '受(받을 수)'이다. 후에 '受'가 '받다'만을 의미하자 '주다'는 '手(손 수)'를 더한 '授(줄 수)'로 나타내게 됨.	**주다.** 授賞(수상). 授受(수수). 授與(수여). 授乳(수유). 授精(수정). **가르치다.** 授業(수업). 敎授(교수). 傳授(전수).
收 거둘 수 (攴부-2획)	形聲. 攵(攴)+糾. 발음부는 '糾'의 획 줄임으로 '줄로 묶다'를 뜻한다. 죄인을 잡으면 포승으로 묶고(糾) 몽둥이로 때려서(攵) 가둔다는 데서 '잡다', '가두다'를 나타냄. 여기서 '거두다'라는 의미가 파생됨.	**거두다.** 收去(수거). 收金(수금). 收納(수납). 收拾(수습). 收養(수양). 收益(수익). **잡다.** 收監(수감).
首 머리 수 (首부-0획)	象形. 사람이나 짐승의 머리를 눈(目)과 머리카락(앞의 네 획)만으로 간략하게 그리고, '머리'를 나타냄. 후에 '우두머리' '첫째' 등으로 그 의미가 확장됨.	**머리.** 首肯(수긍). 部首(부수). 船首(선수). 自首(자수). 斬首(참수). 鶴首苦待(학수고대). **우두머리.** 首魁(수괴). 首腦(수뇌). 首都(수도). 首領(수령). 首相(수상).
樹 나무 수 (木부-12획)	形聲. 木+尌. 나무(木)를 세운다는(尌) 데서 본래는 '나무를 심다'를 나타냄. 후에 '세우다' '나무'를 의미하게 됨. '尌'는 '樹'의 본래자로서, 묘목(十)을 손(寸)으로 잡고 흙을 북돋아서(豆로 나타냄) 심는 모습을 그려서 '심다'를 나타냄. 후에 나무(木)가 붙어 지금의 글자꼴이 됨.	**나무.** 樹林(수림). 樹木(수목). 街路樹(가로수). 桂樹(계수). 常綠樹(상록수). 植樹(식수). **세우다.** 樹立(수립). 樹勳(수훈).
手 손 수 (手부-0획)	象形. 다섯 손가락을 활짝 편 모습과 손목을 그려서, '손'을 나타냄.	**손.** 手匣(수갑). 手巾(수건). **손수 하다.** 手交(수교). 手記(수기). **재주.** 手段(수단). 手法(수법). **사람.** 歌手(가수). 名手(명수). **잡다.** 手配(수배).

數	形聲. 攵(攴)+婁. 왼쪽의 '婁'는 결승한 모습을 본 뜬 것이고 오른쪽은 손가락을 굽혀 숫자를 헤아리는 것을 나타낸 글자.	**수(수)**. 數量(수량). 數式(수식). **여럿(수)** 數年(수년). 數次(수차). **운수(수)**. 命數(명수). 僥倖數(요행수). **꾀(수)**. 術數(술수). 暗數(암수). **자주(삭)**. 數數(삭삭). 數意(삭의).
셈 수 (攵부-11획)		
水	象形. 가운데의 'ㅣ'은 물줄기, 양 옆의 점 넷은 물방울이나 물결과 같이 물의 흐름을 그려서, '물'을 나타냄.	**물**. 水道(수도). 水力發電(수력발전). 水路(수로). 水墨畵(수묵화). **별 이름**. 水星(수성). **고르다**. 水準(수준). 水平(수평). 水平線(수평선).
물 수 (水부-0획)		
叔	形聲. 콩 줄기(上) 아래에 떨어져 있는 콩 세 알(小)을 그려서 '콩'을 뜻하고, 이것을 손(又)으로 줍는다는 데서 본래는 '줍다'를 나타냄. 후에 콩이 작다는 데서 아버지보다 작은(어린) '숙부'를 나타내게 됨.	**아재비**. 叔父(숙부). 叔姪(숙질). 叔行(숙항). 堂叔(당숙). 外叔母(외숙모).
아재비 숙 (又부-6획)		
肅	會意. 윗부분은 '聿'의 변형이고, 아랫부분은 '淵'의 획 줄임. 붓(聿)을 잡고 일을 처결할 때는 소용돌이치는 깊은 연못가(淵)를 걸어가듯이 엄숙히 하고 조심해야 한다는 데서, '엄숙하다' '삼가다'를 나타냄.	**엄숙하다**. 肅然(숙연). 肅正(숙정). 嚴肅(엄숙). 靜肅(정숙). **삼가다**. 肅啓(숙계). 自肅(자숙). **숙청하다**. 肅軍(숙군). 肅淸(숙청). **절하다**. 肅拜(숙배).
엄숙할 숙 (聿부-6획)		
宿	會意. 지붕(宀) 아래에 사람(人)이 돗자리(百로 나타냈음) 위에 누워 있는 모습을 그려서, '숙박하다'를 나타냄. 사람(人)을 돗자리(百) 옆에 그렸지만, 실제로는 위에 누워있음을 나타냄.	**자다(숙)**. 宿泊(숙박). 宿所(숙소). 宿食(숙식). 寄宿舍(기숙사). **지키다(숙)**. 宿主(숙주). 宿直(숙직). **오래다(숙)**. 宿命(숙명). 宿怨(숙원). **별(수)**. 星宿(성수).
잘 숙 (宀부-8획)		
純	形聲. 糸+屯. '屯'은 땅을 뚫고 돋아나는 새싹을 본 뜬 글자로 '새롭다'는 의미를 내포하며, 새(屯) 실(糸)은 때를 타거나 다른 것이 섞이지 않아 깨끗하다는 데서, '순수하다'를 나타냄.	**순수하다**. 純潔(순결). 純度(순도). 純白(순백). 純粹(순수). 純益(순익). 純種(순종). 純眞(순진). 純化(순화). 單純(단순). 不純(불순). 淸純(청순).
순수할 순 (糸부-4획)		

| 順
순할 순
(頁부-3획) | 形聲. 頁+川. '川'은 '彡'의 변형으로 '머리카락'을 뜻함. 사람 머리(頁)의 터럭(川)을 빗질할 때는 머릿결을 따라 빗어야 한다는 데서, '따르다'를 나타냄. | **온순하다.** 順産(순산). 順調(순조). 順坦(순탄). 順風(순풍). 不順(불순).
따르다. 順理(순리). 順從(순종). 順應(순응). 順天(순천). 歸順(귀순).
차례. 順番(순번). 順序(순서). |

| 術
꾀 술
(行부-5획) | 形聲. 行+朮. 약을 지을 때는 창출(朮)이 들어가야 하듯이, 사람이 살아가는 데(行)에는 꾀가 있어야 하는 데서 '꾀'를 나타냄. | **꾀.** 術法(술법). 術數(술수). 術策(술책). 權謀術數(권모술수). 道術(도술).
기술. 劍術(검술). 技術(기술). 弓術(궁술). 武術(무술). 美術(미술). 算術(산술). 商術(상술). |

| 崇
높을 숭
(山부-8획) | 形聲. 山+宗. '宗(마루 종)'은 신(示)을 모시는 집(宀)으로 '우러러보다'라는 의미를 지님. 산(山)이 우러러봐야(宗) 할 정도로 높은 데서 '높다'를 나타냄. | **높다.** 崇高(숭고). 崇慕(숭모). 崇拜(숭배). 崇尙(숭상). 尊崇(존숭). |

| 習
익힐 습
(羽부-5획) | 會意. '白'은 '百'의 획 줄임으로, '수없이 많음'을 뜻함. 새가 날기 위해 수없이(白) 날갯짓을(羽) 한다는 데서 '익히다'를 나타냄. 익숙해진 것은 버릇처럼 되므로 '버릇'을 나타내게 됨. | **익히다.** 習得(습득). 見習(견습). 敎習(교습). 復習(복습). 實習(실습).
버릇. 習慣(습관). 習性(습성). 習俗(습속). 慣習(관습). 惡習(악습). 因習(인습). 弊習(폐습). |

| 承
이을 승
(手부-4획) | 會意. 사람(위의 'フ'과 비슷한 부분)을 손 세 개(아랫부분은 '手'와 '廾'의 변형이 합쳐진 것)가 받드는 모습을 그려 '받들다'를 나타냄. 후에 윗사람의 뜻을 받들어 일을 하는 것으로 확대되어 '잇다'를 나타냄. | **잇다.** 承繼(승계). 承前(승전). 繼承(계승). 口承(구승). 傳承(전승).
받다. 承恩(승은).
받들다. 承命(승명). 承重(승중).
받아들이다. 承諾(승낙). 承服(승복). |

| 勝
이길 승
(力부-10획) | 形聲. 力+朕. '朕'은 배의 판자 사이를 메꿔 물이 들어오지 않도록 하는 것을 뜻하므로 '꼭 맞다'라는 의미. 무슨 일을 할 때는 그 일에 꼭 맞게(朕) 힘(力)을 다해야 이긴다는 데서 '이기다'를 나타냄. | **이기다.** 勝利(승리). 勝負(승부). 勝算(승산). 勝勢(승세). 勝訴(승소). 勝戰(승전).
훌륭하다. 勝景(승경). 景勝地(경승지). 名勝地(명승지). |

施 베풀 시 (方부-5획)	形聲. '方+人'과 '也'의 합성자로, 뱀이 똬리를 틀었다가 몸을 펼치는 것을 그린 글자. 여기서 '펼치다'라는 의미가 생김. 여기서 '베풀다'의 의미가 생김.	**베풀다. 주다(시).** 施工(시공). 施賞(시상). 施設(시설). 施政(시정). 施策(시책). 施行(시행). **좋아하다(이).** 施施(이이).
是 이 시 (日부-5획)	會意. 해시계(日)가 가리키는 정확한 방향을 따라간다는(止) 데서 본래는 '바르다', '곧다'를 나타냄. 후에 가차되어 '이것'을 의미하게 되었고, '止'도 '正'으로 바뀌었음.	**이.** 是日(시일). 如是我聞(여시아문). **옳다.** 是非(시비). 是認(시인). 是正(시정). 國是(국시). 亦是(역시). 必是(필시).
視 볼 시 (見부-5획)	形聲. 見+示. 신(示)에게 제사지낼 때 잘못된 것이 없는 지를 살펴보아야(見) 한다는 데서 '살피다', '보다'를 나타냄. 소전(小篆)에서부터 '不'은 '示'로, '目'은 '見'으로 바뀌어 지금의 글자꼴이 됨.	**보다. 보이다.** 視覺(시각). 視界(시계). 視力(시력). 視線(시선). 視野(시야). 視點(시점). 視差(시차). 可視距離(가시거리). 監視(감시). 輕視(경시). 無視(무시).
試 시험할 시 (言부-6획)	會意. 말(言)은 법도(式)에 맞게 써야 한다는 데서 '쓰다'를 나타냄. 후에 사람의 말(言)이 법도(式)에 맞는지를 살펴서 사람됨을 시험한다는 데서 '시험하다'를 나타내게 됨.	**시험하다.** 試圖(시도). 試料(시료). 試食(시식). 試藥(시약). 試運轉(시운전). 試飲(시음). 試驗(시험). 考試(고시). 應試(응시). 入試(입시). 筆記試驗(필기시험).
詩 시 시 (言부-6획)	形聲. 言+寺. '寺'는 관리가 임금의 뜻을 펼치고 백성이 관리에게 자기 사정을 말하는 곳이므로 '펼치다'라는 의미를 지님. 시는 마음속의 뜻을 말(言)로 펼쳐낸(寺) 것이란 데서 '시'를 나타냄.	**시.** 詩歌(시가). 詩想(시상). 詩人(시인). 詩作(시작). 詩情(시정). 詩題(시제). 詩集(시집). 詩篇(시편). 詩評(시평). 詩風(시풍). 詩學(시학). 詩畵(시화). 童詩(동시).
示 보일 시 (示부-0획)	指事. 제물(위의 一)을 제단(둘째 획 이하)에 놓은 것을 그려 신(神)과 관계되는 '신', '제단'을 나타냄.	**보이다.** 示範(시범). 示唆(시사). 示威(시위). 揭示(게시). 啓示(계시). 告示(고시). **지시하다.** 示達(시달). 教示(교시). 指示(지시). 訓示(훈시).

始 비로소 시 (女부-5획)	會意. 어머니(女) 몸에서 내(台)가 태어나면서 내 삶이 비롯되었다는 데서 '비롯하다'를 나타냄.	**비로소. 비롯하다.** 始動(시동). 始末書(시말서). 始務式(시무식). 始發(시발). 始作(시작). 始祖(시조). 始終(시종). 始初(시초). 開始(개시). 原始(원시). 創始(창시).
市 저자 시 (巾부-2획)	會意. 맨 위의 '丶'는 '之'의 획 줄임이고, 'ㅗ'는 '了'의 변형으로 '이르다'를 뜻하며, '冂'은 삼면이 담장으로 둘러싸인 '국경 도시'를 가리킴. 물건을 팔고 사는 사람들은 시장이 서는 곳이면 걸어서(丶) 국경도시(冂)에도 간다는(ㅗ) 데서 '시장'을 나타냄.	**저자.** 市價(시가). 市場(시장). 市販(시판). 市況(시황). 撤市(철시). **시가.** 市街(시가). 市內(시내). 市道(시도). 市民(시민). 市長(시장). 市廳(시청). 都市(도시).
時 때 시 (日부-6획)	形聲. 日+寺. 관청이나 절(寺)에서 해(日)의 위치로 시각을 판단하여 종을 쳐서 시각을 알려 주었다는 데서 '시각' '때'를 나타냄.	**때.** 時刻(시각). 時間(시간). 時計(시계). 時局(시국). 時急(시급). 時代(시대). 時事(시사). 時勢(시세). 時速(시속). 時日(시일). 時節(시절). 時點(시점). 時制(시제). 時差(시차).
息 숨 쉴 식 (心부-6획)	會意. '自'는 '鼻'의 옛글자. 코(自)를 통해 숨이 가슴(心)까지 들어간다는 데서 '숨 쉬다'를 나타냄.	**숨 쉬다.** 瞬息間(순식간). 喘息(천식). **쉬다.** 安息(안식). 安息處(안식처). **생존하다.** 棲息(서식). 消息(소식). **자식.** 女息(여식). 令息(영식). **이자.** 利息(이식).
識 알 식 (言부-12획)	形聲. 言+戠. 말(言)을 찰진 흙(戠)에 새겨서 기록한다는 데서 '기록하다'를 나타냄. 후에 기록을 보고 말을 알게 된다는 데서 '알다', '보다'라는 나타내게 됨.	**알다. 보다(식).** 識見(식견). 識別(식별). 識字(식자). 鑑識(감식). 見識(견식). 常識(상식). **기록하다(지).** 標識(표지). 謹識(근지).
式 법 식 (弋부-3획)	形聲. 弋+工. 장인(工)이 화살의 일종인 주살(弋)로 길이를 재서 만든다는 데서 '본', '법식'을 나타냄.	**법. 제도.** 格式(격식). 圖式(도식). 方式(방식). 法式(법식). 樣式(양식). **의식.** 式順(식순). 式場(식장). **본.** 舊式(구식). 美式(미식). **식.** 公式(공식). 方程式(방정식).

植 심을 식 (木부-8획)	形聲. 木+直. 나무(木)를 곧게(直) 세워서 심는다는 데서 '심다'를 나타냄.	**심다.** 植木日(식목일). 植物(식물). 植民地(식민지). 植字(식자). 移植(이식). **식물.** 植物(식물).
食 밥 식 (食부-0획)	象形. 위의 'ㅅ'와 유사한 세 획은 밥그릇의 뚜껑, 가운뎃부분의 '日'과 유사한 부분은 밥그릇, 맨 아랫부분은 받침대로, 음식물이 담겨진 그릇을 그려 '음식물'을 나타냄. 여기서 '먹다', '먹을 것을 주다' 등의 의미가 생김.	**먹다(식).** 食客(식객). 食困症(식곤증). 녹(식). 食祿(식록). 食邑(식읍). **속이다(식).** 食言(식언). **밥(사).** 簞食壺漿(단사호장). 疏食(소사).
申 납 신 (田부-0획)	象形. 번개를 그려 '번갯불'을 나타냄. 후에 거북(甲)이 고개를 내민 것(甲위로 솟은 것)으로 보아 주로 '펴다'를 나타내게 됨.	**아홉째 지지. 방위는 서남서, 17~19시, 동물은 원숭이에 해당.** **펴다. 말하다.** 申告(신고). 申聞鼓(신문고). 申申當付(신신당부). 申請(신청). 內申(내신).
臣 신하 신 (臣부-0획)	象形. 신하가 임금 앞에 서면 고개를 숙이고 아래를 바라보는 모습을 눈을 그려 '신하'를 나타냄.	**신하.** 臣僚(신료). 臣下(신하). 家臣(가신). 奸臣(간신). 功臣(공신). 君臣(군신). 君臣有義(군신유의). 使臣(사신). 小臣(소신). 忠臣(충신).
信 믿을 신 (人부-7획)	會意. 무릇 사람(人)의 말(言)은 정성스럽고 믿음직스러워야 한다는 데서 '믿음직스럽다', '믿다'를 나타냄.	**믿다.** 信念(신념). 信賴(신뢰). 信望(신망). 信奉(신봉). 信用(신용). **편지.** 交信(교신). 短信(단신). **표지.** 信號(신호). 赤信號(적신호). **반드시.** 信賞必罰(신상필벌).
新 새 신 (斤부-9획)	會意. 도끼(斤)로 나무(木)를 베어서(辛) 땔감으로 썼다는 데서 본래는 '땔나무'를 나타냄. 후에 새로운 나무를 베었다는 데서 '새롭다'를 나타내게 됨.	**새. 새롭다.** 新刊(신간). 新曲(신곡). 新規(신규). 新年(신년). 新郎(신랑). 新聞(신문). 新兵(신병). 新婦(신부). 新生(신생). 新鮮(신선). 新設(신설). 新世界(신세계). 新世代(신세대).

神 귀신 신 (示부-5획)	形聲. 示+申. '申'은 번개의 모습을 본떠서 만든 글자. 사람들은 번개가(申) 신(示)이 자신의 모습을 드러낸 것이라고 생각하여 '신'을 표시함.	**귀신.** 神格(신격). 神靈(신령). 神明(신명). 神父(신부). 神仙(신선). **정신.** 神經(신경). 無神經(무신경). 失神(실신). 精神(정신). **영묘하다.** 神奇(신기). 神童(신동).
身 몸 신 (身부-0획)	象形. 배가 불룩 튀어나온 여자를 그려 '임신하다'를 나타냄. 후에 의미가 '몸' '자기' 등으로 확장됨.	**몸.** 身病(신병). 身分(신분). 身上(신상). 身元照會(신원조회). 身長(신장). 身體(신체). 身土不二(신토불이). 代身(대신). 獨身(독신). 亡身(망신). 文身(문신). 半身(반신). 變身(변신).
實 열매 실 (宀부-11획)	會意. 집(宀)과 밭(田)과 돈(貝)을 그려 '부유하다'를 나타냄.	**열매.** 實果(실과). 果實(과실). **실제.** 實權(실권). 實力(실력). 實例(실례). 實錄(실록). 實利(실리). 實名(실명). 實務(실무).
失 잃을 실 (大부-2획)	會意. 손(手)에서 물건 하나가 떨어지는(乀) 것을 그려서, '잃다' '놓치다'를 나타냄.	**잃다.** 失脚(실각). 失格(실격). 失權(실권). 失望(실망). 失名(실명). 失業(실업). 失戀(실연). **잘못하다.** 失笑(실소). 失手(실수). 失言(실언). 失足(실족). 失策(실책).
室 집 실 (宀부-6획)	會意. 사람이 이르러(至) 머무는 집(宀)이라는 데서 '집' '방'을 나타냄.	**집.** 室內(실내). 居室(거실). 教室(교실). 圖書室(도서실). 別室(별실). **아내.** 室人(실인). 前室(전실). **부서.** 室長(실장). 企劃室(기획실). 秘書室(비서실). 總務室(총무실).
深 깊을 심 (水부-8획)	形聲. 중국 호남성에 있는 강의 이름. 후에 발음부를 '瘳(아득할 조)'의 획 줄임으로 보아 물(水) 아득할(瘳) 정도로 '깊다'는 것을 나타내게 됨.	**깊다.** 深刻(심각). 深度(심도). 深思熟考(심사숙고). 深深(심심). 深夜(심야). 深遠(심원). 深醉(심취). 深層(심층). 深海(심해). 深呼吸(심호흡). 深化(심화).

心 마음 심 (心부-0획)	象形. 심장의 생김새를 그려서, '심장', 마음을 나타냄.	**마음.** 心氣(심기). 心理(심리). 心性(심성). 心身(심신). 心弱(심약). **염통.** 心電圖(심전도). 右心房(우심방). 左心室(좌심실). 狹心症(협심증). **가운데.** 求心點(구심점). 都心(도심).
十 열 십 (十부-0획)	指事. 갑골문자에서는 가로선(一)을 하나씩 더 그어서 하나에서 아홉까지의 단 단위를 표시하고, 세로선(丨)으로 십 단위를 표시했으므로, 십 단위(丨) 하나(一)로 '열'을 나타냄.	**열.** 十誡命(십계명). 十里(십리). 十匙一飯(십시일반). 十二支(십이지). 十二指腸(십이지장). 十字架(십자가). 十長生(십장생). 十中八九(십중팔구). 十進法(십진법). 十八番(십팔번).
氏 성 씨 (氏부-0획)	象形. 나무 막대기에 용이나 뱀 모양의 토템이 걸려 있는 모습을 그려 고대에 귀족만이 가졌던 '종족의 이름'을 나타냄. 또는 식물의 뿌리를 그려서 '뿌리'를 나타낸다고도 함.	**성.** 氏族社會(씨족사회). 姓氏(성씨). 無名氏(무명씨). 諸氏(제씨). 宗氏(종씨). 創氏改名(창씨개명).
兒 아이 아 (儿부-6획)	象形. '臼'는 위가 벌어진 것을 그려서 정수리가 굳지 않은 머리를, '儿'은 아래를 구부리게 그려 '어린아이'를 나타냄.	**아이.** 兒童(아동). 兒名(아명). 孤兒(고아). 未熟兒(미숙아). **아들.** 家兒(가아). 豚兒(돈아). **젊은 남자.** 健兒(건아). 寵兒(총아). 悖倫兒(패륜아). 風雲兒(풍운아).
惡 악할 악 (心부-8획)	形聲. 心+亞. '亞'는 여러 갈래 길을 뜻하며, 마음(心)이 여러 갈래라는 것은 나쁘므로 '악하다', '나쁘다'를 나타냄.	**악하다.** 나쁘다(악). 惡夢(악몽). 惡習(악습). 凶惡(흉악). 奸惡(간악). **더럽다(악).** 惡名(악명). 惡臭(악취). **미워하다(오).** 憎惡(증오). 嫌惡(혐오). **병 이름(오).** 惡寒(오한).
眼 눈 안 (目부-6획)	形聲. '艮'은 두 사람이 눈(目)을 날카롭게 뜨고(比는 匕 둘이 합쳐진 형태임) 노려보는 것을 뜻하여 '대등하다'는 의미를 지님. 후에 얼굴에 눈동자(目) 두 개가 똑같이 있다는(艮) 데서 '눈'을 나타냄.	**눈.** 眼鏡(안경). 眼科(안과). 眼目(안목). 眼疾(안질). 眼下無人(안하무인). 白眼視(백안시). **요점.** 主眼(주안). 着眼(착안).

案 책상 안 (木부-6획)	形聲. 木+安. 물건을 얹어 놓기 위해 나무(木)로 움직이지 않게(安) 짜서 책상을 만든다는 데서 '책상'을 나타냄.	**책상**. 案机(안궤). 案席(안석). 書案(서안). 酒案床(주안상). **생각. 계획**. 案件(안건). 對案(대안). 方案(방안). 法案(법안). 議案(의안). **인도하다**. 案內(안내).
安 편안할 안 (宀부-3획)	會意. 여자(女)가 집 안(宀)에 앉아 있는 것을 그려 마음이 편안함을 나타냄.	**편안하다**. 安寧(안녕). 安心(안심). 安全(안전). 不安(불안). 坐不安席(좌불안석). 便安(편안). **어찌**. 安得不然(안득불연). **값이 싸다**. 安價(안가).
暗 어두울 암 (日부-9획)	形聲. 日+音. '音'은 '闇'의 획 줄임. 문이 닫히면(音) 햇빛(日)이 들어올 수 없어서 어두워진다는 데서 '어둡다'를 나타냄.	**어둠. 어둡다**. 暗鬼(암귀). 暗室(암실). 暗雲(암운). 暗黑(암흑). 明暗(명암). **분명하지 못하다**. 暗澹(암담). **남몰래**. 暗記(암기). 暗埋葬(암매장). **어리석다**. 暗君(암군). 暗昧(암매). 暗
壓 누를 압 (土부-14획)	形聲. 土+厭. 땅(土)을 누르면(厭) 꺼지게 된다는 데서 '땅이 꺼지다'를 나타냄. 후에 땅이 꺼지려면 힘껏 눌러야 하므로 '누르다'를 나타냄.	**누르다**. 壓卷(압권). 壓力(압력). 壓迫(압박). 壓縮(압축). 高血壓(고혈압). 變壓器(변압기). 水壓(수압). 抑壓(억압). 低氣壓(저기압). 電壓(전압). 制壓(제압). 指壓(지압). 血壓(혈압).
愛 사랑 애 (心부-9획)	會意. 위는 '受'의 획 줄임으로 '주고받다'를 뜻함. 서로 사랑하면 마음(心)을 주고받는(受) 행동(夊)을 하게 되는 데서 '사랑하다'를 나타냄.	**사랑하다**. 愛校(애교). 愛國(애국). 愛人(애인). 愛情(애정). 愛憎(애증). **즐기다**. 愛讀者(애독자). 愛誦(애송). 愛玩(애완). 愛用(애용). 愛稱(애칭). **아끼다**. 愛惜(애석). 愛着(애착).
額 이마 액 (頁부-9획)	形聲. 頁+客. 손님을 만나면 머리를 조아려 인사하여 손님(客)의 머리(頁)는 이마부터 보인다는 데서 '이마'를 나타냄.	**이마**. 廣額(광액). **수량**. 額數(액수). 巨額(거액). 金額(금액). 殘額(잔액). 全額(전액). 差額(차액). 總額(총액). **현판**. 額子(액자).

夜 밤 야 (夕부-5획)	形聲. 夕+亦. 발음부는 '亦'에서 아래의 세 획을 줄여 쓴 것. 저녁(夕)이 되면 또한(亦) 밤이 온다는 데서 '밤'을 나타냄.	**밤.** 夜景(야경). 夜光(야광). 夜勤(야근). 夜盲症(야맹증). 夜食(야식). 夜學(야학). 夜行(야행). 夜話(야화). 深夜(심야). 前夜祭(전야제). 除夜(제야). 晝耕夜讀(주경야독). 徹夜(철야).
野 들 야 (里부-4획)	形聲. 里+予. 곡식을 거두어들이는(予) 밭(田)과 땅(土)이라는 데서 '들'을 나타냄. 본래자는 숲(林)이 있는 땅(土)을 나타냈었는데, 소전(小篆)에서부터 지금의 글자꼴이 됨.	**들.** 野球(야구). 野生(야생). **민간.** 野圈(야권). 野談(야담). **분야.** 分野(분야). **야생.** 野蠻(야만). 野薄(야박). **거칠다.** 野望(야망). 野性(야성).
約 맺을 약 (糸부-3획)	形聲. 糸+勺. 흩어져 있는 물건을 모아서 끈(糸)으로 묶어 작은(勺) 단을 짓는다는 데서 '묶다' '맺다'를 나타냄.	**맺다.** 約束(약속). 約婚(약혼). **간추리다.** 約分(약분). 約數(약수). **검소하다.** 儉約(검약). 節約(절약). **구속하다.** 制約(제약). **대략.** 約略(약략).
弱 약할 약 (弓부-7획)	指事. 활(弓)에 빗금 두 개를 더해서 활시위가 느슨하게 풀어져 약해졌다는 데서 '약하다'를 나타냄.	**약하다.** 弱骨(약골). 弱勢(약세). 弱肉強食(약육강식). 弱點(약점). 老弱者(노약자). 虛弱(허약). **나이가 젊다.** 弱冠(약관). **조금 모자라다.** 十度弱(십도약).
藥 약 약 (艸부-15획)	形聲. ++(艸)+樂. 병을 낫게 하여 사람을 즐겁게(樂) 만드는 풀(艸)이라는 데서 '약'을 나타냄.	**약.** 藥局(약국). 藥物(약물). 毒藥(독약). 痲藥(마약). 名藥(명약). 補藥(보약). 賜藥(사약). 眼藥(안약). 洋藥(양약). 醫藥(의약). 齒藥(치약). 投藥(투약). 韓藥(한약). 火藥(화약).
樣 모양 양 (木부-11획)	形聲. 木+羕. 나무(木)에서 열리는 길쭉한(羕) 열매로, '상수리'를 나타냄. 후에 상수리는 밤과 모양이 비슷하다고 해서 '모양'을 나타내게 됨.	**모양.** 樣相(양상). 各樣各色(각양각색). 多樣(다양). 模樣(모양). 文樣(문양). 外樣(외양).

守 지킬 수									
授 줄 수									
收 거둘 수									
首 머리 수									
樹 나무 수									
手 손 수									
數 셈 수									
水 물 수									
叔 아재비 숙									
肅 엄숙할 숙									
宿 잘 숙									
純 순수할 순									
順 순할 순									
術 꾀 술									
崇 높을 숭									

習 익힐 습								
承 이을 승								
勝 이길 승								
施 베풀 시								
是 이 시								
視 볼 시								
試 시험할 시								
詩 시 시								
示 보일 시								
始 비로소 시								
市 저자 시								
時 때 시								
息 숨 쉴 식								
識 알 식								
式 법 식								

植 심을 식									
食 밥 식									
申 납 신									
臣 신하 신									
信 믿을 신									
新 새 신									
神 귀신 신									
身 몸 신									
實 열매 실									
失 잃을 실									
室 집 실									
深 깊을 심									
心 마음 심									
十 열 십									
氏 성 씨									

兒 아이 아								
惡 악할 악								
眼 눈 안								
案 책상 안								
安 편안할 안								
暗 어두울 암								
壓 누를 압								
愛 사랑 애								
額 이마 액								
夜 밤 야								
野 들 야								
約 맺을 약								
弱 약할 약								
藥 약 약								
樣 모양 양								

1. 다음 한자어의 독음(讀音)을 쓰시오.

(1) 收去   (2) 部首   (3) 水墨畵   (4) 叔父
(5) 靜肅   (6) 商術   (7) 崇尙   (8) 習得
(9) 是非   (10) 視野   (11) 始作   (12) 都市
(13) 格式   (14) 植木日   (15) 食客   (16) 申告
(17) 信念   (18) 忠臣   (19) 失業   (20) 室內
(21) 心性   (22) 十長生   (23) 姓氏   (24) 兒童
(25) 安寧   (26) 暗黑   (27) 夜景   (28) 野球
(29) 野球   (30) 弱骨

2. 다음 한자의 훈(訓)과 음(音)을 쓰세요.

(31) 守   (32) 藥   (33) 樣   (34) 授
(35) 數   (36) 惡   (37) 順   (38) 詩
(39) 示   (40) 神   (41) 身   (42) 壓
(43) 樹   (44) 手   (45) 承   (46) 勝
(47) 施   (48) 試   (49) 宿   (50) 愛
(51) 額   (52) 時   (53) 息   (54) 識
(55) 新   (56) 實   (57) 深   (58) 眼
(59) 案   (60) 純

3. 다음 빈칸에 알맞은 한자를 써 넣으시오.

(61) 權謀( )數   (62) 可( )距離   (63) ( )( )當付   (64) 君( )有義
(65) ( )賞必罰   (66) 身土不二   (67) ( )中八九   (68) ( )下無人
(69) 坐不( )席   (70) 晝耕( )讀   (71) ( )肉强食   (72) 鶴( )苦待

4. 다음 한자의 부수를 쓰시오.

(73) 肅   (74) 樹   (75) 純   (76) 順
(77) 習   (78) 崇   (79) 施   (80) 詩
(81) 始   (82) 式   (83) 新   (84) 失
(85) 深   (86) 惡   (87) 野   (88) 愛
(89) 壓   (90) 額

羊 양 양 (羊부-0획)	象形. 위에 뿔(위의 두 점)이 솟고 아래턱이 뾰족한 양의 머리 부분을 그려서, '양'을 나타냄.	**양.** 羊毛(양모). 羊頭狗肉(양두구육). 羊皮(양피). 多岐亡羊(다기망양). 綿羊(면양). 山羊(산양).
養 기를 양 (食부-6획)	形聲. 食+羊. 양(羊)을 먹여서(食) 기른다는 데서 '기르다'를 나타냄.	**기르다.** 養蜂(양봉). 養成(양성). 養育(양육). 養子(양자). 養蠶(양잠). **가르치다.** 敎養(교양). 修養(수양). **치료하다.** 養病(양병). 療養(요양). **봉양하다.** 供養(공양). 奉養(봉양).
洋 큰바다 양 (水부-6획)	形聲. 氵(水)+羊. 중국의 산동성(山東省)에서 발원하는 강의 이름. 후에 강(水)이 양(羊)의 창자처럼 길다는 것으로 보아, '큰 강' '바다'를 나타내게 됨.	**큰 바다.** 南洋(남양). 東洋(동양). 西洋(서양). 遠洋漁船(원양어선). **넓다.** 洋洋(양양). **서양.** 洋弓(양궁). 洋服(양복). 洋食(양식). 洋藥(양약). 洋裝(양장).
陽 볕 양 (阜부-9획)	形聲. 阝(阜)+昜. 제단 위로 솟은 해를 그려 '昜'로 '해'를 나타냈는데 다시 '阜(언덕 부)'를 더해 언덕 위로 솟은 '해'를 나타냄.	**햇볕.** 陽傘(양산). 陽地(양지). **양기.** 陽極(양극). 陽氣(양기). **10월.** 陽朔(양삭). **드러내다.** 陽刻(양각). **물 북쪽의 땅.** 洛陽(낙양). 漢陽(한양).
漁 고기잡을 어 (水부-11획)	會意. 물(水)에서 물고기(魚)를 잡는다는 데서 '물고기를 잡다'를 나타냄.	**물고기를 잡다.** 漁撈(어로). 漁網(어망). 漁夫(어부). 漁父(어부). 漁父之利(어부지리). 漁船(어선). 漁業(어업). 漁場(어장). 漁港(어항). 漁獲(어획). 禁漁(금어). 農漁民(농어민).
魚 고기 어 (魚부-0획)	象形. 물고기의 머리(첫 두 획)와 몸통의 비늘(田)과 꼬리(灬)를 그려서, '물고기'를 나타냄.	**물고기.** 魚頭肉尾(어두육미). 魚類(어류). 魚肉(어육). 乾魚物(건어물). 大魚(대어). 北魚(북어). 水魚之交(수어지교). 養魚(양어). 緣木求魚(연목구어). 人魚(인어). 長魚(장어).

語 말씀 어 (言부-7획)	形聲. 言+吾. 말(言)로 나 자신(吾)의 속내를 드러낸다는 데서 '말하다'를 나타냄.	말씀. 말하다. 語錄(어록). 語不成說(어불성설). 敬語(경어). 口語(구어). 國語(국어). 失語症(실어증). 言語(언어). 外國語(외국어). 外來語(외래어). 流言蜚語(유언비어). 標準語(표준어).
億 억 억 (人부-13획)	形聲. 人+意. 사람(人)이 뜻(意)대로 행동하면 마음이 편안하다는 데서 '편안하다'를 나타냄. 후에 '억'을 나타내는 말과 발음이 같아서 대신 쓰이게 됨.	억. 億劫(억겁). 億萬長者(억만장자). 億兆蒼生(억조창생).
言 말씀 언 (言부-0획)	會意. 입(口)에서 혀(辛로 나타냈음)가 밖으로 뻗어 나온 것을 그려서, 입과 혀를 놀려서 말한다는 데서, '말하다'를 나타냈음.	말씀. 말하다. 言論(언론). 言辯(언변). 言語(언어). 言中有骨(언중유골). 格言(격언). 名言(명언). 方言(방언). 宣言(선언). 豫言(예언). 有口無言(유구무언). 遺言(유언). 豪言壯談(호언장담).
嚴 엄할 엄 (口부-17획)	形聲. 윗부분의 '口'가 겹쳐 쓰인 것은 크게 소리지르다를 뜻하고 아랫부분의 'ㄏ'과 '敢'의 합성자는 산이 험준함을 뜻한다. 큰 소리로 내리는 명령은 험준한 산처럼 엄하다는 데서 '엄하다'를 나타냄.	엄하다. 혹독하다. 嚴格(엄격). 嚴密(엄밀). 嚴選(엄선). 嚴守(엄수). 嚴肅(엄숙). 威嚴(위엄). 경계하다. 戒嚴(계엄). 森嚴(삼엄).
業 업 업 (木부-9획)	象形. 악기를 걸어 두는 거(虡 쇠북을 걸어두는 기둥)를 그려 '거'를 나타냄. 후에 거를 커다란 널빤지로 만들므로 '널빤지'를, 다시 쇠북을 걸어두는 일을 담당한다는 데서 '일'을 나타내게 됨.	업. 일. 業績(업적). 企業(기업). 事業(사업). 失業(실업). 營業(영업). 卒業(졸업). 職業(직업). 선악의 행동. 業報(업보). 業人(업인).
與 줄 여 (臼부-7획)	會意. '舁'는 '廾'과 '臼'의 합성자로, 두 사람의 손넷을 그린 것이고 가운데의 '与'는 '牙(어금니 아)'의 변형. 두 사람이 손(舁)으로 상아(与)를 주고 받는 모습을 그려서, '주다'를 나타냄.	주다. 與件(여건). 給與(급여). 寄與(기여). 貸與(대여). 附與(부여). 더불어. 與黨(여당). 與民同樂(여민동락). 與否(여부). 與野(여야). 關與(관여). 參與(참여).

如 같을 여 (女부-3획)	形聲. 女+口. 주인 말(口)에 따르는 여자(女)를 그려 '따르다', '순종하다'를 나타냄. 후에 순종하여 주인의 뜻과 같이 행동하는 데서 '같다'를 나타냄. 여기서 '만약'의 의미가 파생.	**같다.** 如干(여간). 如反掌(여반장). 如實(여실). 如意珠(여의주). **어찌.** 如何(여하). 何如間(하여간). **만일.** 如或(여혹). **어조사.** 缺如(결여).
餘 남을 여 (食부-7획)	形聲. 食+余. 많이 먹어서(食) 배가 불쑥 밖으로 나왔다는(余) 데서 '배불리 먹다'를 나타냄. 배불리 먹고도 남은 음식이 있는 것으로 보아 '남다', '나머지'라는 의미가 파생됨.	**남다. 나머지.** 餘暇(여가). 餘念(여념). 餘談(여담). 餘力(여력). 餘白(여백). 餘分(여분). 餘生(여생). 餘韻(여운). 餘裕(여유). 餘恨(여한). 剩餘(잉여). 迂餘曲折(우여곡절). 殘餘(잔여).
域 지경 역 (土부-8획)	形聲. 土+或. '或'은 무기(戈)를 들고 지키는 마을(口)의 구역(口 아래 위의 一)을 뜻하는데, 후에 주로 '혹시'라는 의미로 사용됨. 본래 의미는 '土(흙 토)'를 더해 '域(지경 역)'을 만들어 나타내게 됨.	**지경.** 域內(역내). 廣域(광역). 區域(구역). 墓域(묘역). 聖域(성역). 水域(수역). 領域(영역). 異域(이역). 全域(전역). 地域(지역).
易 바꿀 역 (日부-4획)	象形. 도마뱀의 머리(日로 나타냄)와 네 다리(勿로 나타냄)로 '도마뱀'을 나타냄. 도마뱀은 몸 색깔을 쉽게 바꾼다는 데서 후에 '쉽다', '바꾸다'를 나타내게 됨.	**바꾸다(역).** 易地思之(역지사지). 交易(교역). 貿易(무역). 密貿易(밀무역). **주역(역).** 易經(역경). 易書(역서). **쉽다(이).** 簡易(간이). 安易(안이). 容易(용이).
逆 거스를 역 (辶부-6획)	形聲. '辵'과 거꾸로 선 사람의 두 다리(첫 세 획)와 두 팔(ㄴ)과 머리를 그려 '거꾸로 서다'를 나타냄. 즉 거꾸로 서서 가다라는 데서 '순종하지 않다', '거스르다'를 나타냄.	**거스르다. 어긋나다.** 逆境(역경). 逆流(역류). 逆謀(역모). 逆說(역설). 逆轉(역전). 拒逆(거역). **맞이하다.** 逆旅(역려).
延 늘일 연 (廴부-4획)	會意. '彳'과 '止'의 합성자로, 발(止)로 천천히 걸어서 가다(彳)를 뜻함. 후에 '彳'이 '廴(길게 걸을 인)'으로 바뀌고, '止'에도 'ノ'이 덧붙어 지금의 글자꼴이 되면서 '오래 가다'를 나타냄.	**늘이다. 끌다.** 延期(연기). 延命(연명). 延長(연장). 延着(연착). 蔓延(만연). 遲延(지연). **맞이하다.** 延見(연견). 延吉(연길).

燃 사를 연 (火부-12획)	**會意.** 본래자는 개(犬) 고기(月)를 불에 굽는(灬) 것을 그린 '然'이다. '然'이 '그러하다'로 가차되자 본래 의미를 밝히기 위해 '火(불 화)'를 덧붙여 '燃' 을 만듦.	**불타다.** 燃燈(연등). 燃料(연료). 燃比 (연비). 燃燒(연소). 可燃性(가연성). 內燃(내연). 不燃(불연). 再燃(재연).
緣 인연 연 (糸부-9획)	**形聲.** 糸+彖. '彖'은 가는 털이 달린 짐승을 뜻함. 가는 털이 짐승(彖)을 아름답게 장식하듯이 옷의 가장자리 를 실(糸)로 감쳐서 아름답게 장식한다는 데서 '가장자 리'를 나타냈고, 후에 헤진 옷을 실로 감치듯이 사람 은 인연으로 묶인다고 보아 '인연'을 나타내게 됨.	**인연.** 緣木求魚(연목구어). 緣分(연 분). 內緣(내연). 惡緣(악연). 因緣(인 연). 血緣(혈연). **가장자리.** 緣邊(연변). 緣飾(연식).
鉛 납 연 (金부-5획)	**形聲.** 왼쪽은 쇠붙이(金)는 의미부이고 오른쪽은 발음부로 '납'을 나타냄.	**납.** 鉛版(연판). 鉛筆(연필). 亞鉛(아 연). 黑鉛(흑연).
演 펼 연 (水부-11획)	**形聲.** 氵(水)+寅. 물(水)이 천천히(寅) 흘러서 먼 곳까지 간다는 데서 본래는 '멀리 흐르다'를 나타냄. 후에 물이 흘러 퍼지게 된다는 데서 '펴다', '넓히다' 를 나타내게 됨.	**연역하다.** 演繹(연역). **넓히다.** 演承(연승). **연습하다.** 演習(연습). **설명하다.** 演壇(연단). 演士(연사). **행하다.** 演劇(연극). 演技(연기).
煙 연기 연 (火부-9획)	**形聲.** 火+垔. 불길(火)이 막히면(垔) 연기가 난다 는 데서 '연기'를 나타냄.	**연기.** 煙氣(연기). 煙幕(연막). 無煙炭 (무연탄). 煤煙(매연). 砲煙(포연). **안개.** 煙霧(연무). 煙月(연월). **담배.** 煙草(연초). 禁煙(금연). 喫煙 (끽연). 吸煙(흡연). 愛煙家(애연가).
硏 갈 연 (石부-6획)	**會意.** 石+幵. 돌(石)을 평평하게(幵) 만들려면 갈 아야 한다는 데서 '갈다'를 나타냄.	**갈다.** 硏磨(연마). 硏修(연수). 硏鑽 (연찬). **연구하다.** 硏究(연구).

然 그럴 연 (火부-8획)	會意. 개(犬) 고기(月)를 불에 굽는(火) 것을 그려 '타다'를 나타냄. 후에 주로 '그러하다'와 '접속사'로 사용됨.	**그러하다.** 蓋然性(개연성). 偶然(우연). 悠然(유연). 一目瞭然(일목요연). 自然(자연). 必然(필연). **접속사.** 然而(연이). 然則(연즉). **사르다.** ≒燃. 然頂煉臂(연정연비).
熱 더울 열 (火부-11획)	會意. 불(火)의 형세(勢)가 뜨거운 데서 '뜨겁다'를 나타냄.	**덥다.** 熱氣(열기). 熱帶(열대). 熱量(열량). 熱風(열풍). 加熱(가열). 過熱(과열). 耐熱(내열). **쏠리다.** 熱狂(열광). 熱望(열망). 熱誠(열성). 熱心(열심). 熱愛(열애).
葉 잎 엽 (艸부-9획)	形聲. 나무(木)의 가지에 달려 있는 세 장의 잎(世)을 그려서 '잎'을 뜻함. 본래자는 가지에 붙은 잎 세 개를 그린 '世(대 세)'였으나, 여기에 '木'을 더해서 썼다가(엽), 다시 '艸'를 더해 '葉'을 만듦.	**잎(엽).** 葉綠素(엽록소). 葉書(엽서). **세대(엽).** 末葉(말엽). 中葉(중엽). **장. 종이를 세는 단위(엽).** 十葉(십엽). **사람 이름. 땅 이름(섭).** 葉公好龍(섭공호룡).
映 비칠 영 (日부-5획)	形聲. 日+央. 해(日)가 하늘의 한 가운데(央)에 있으면 햇빛이 만물을 두루 비치게 된다는 데서 '비치다'를 나타냄	**비치다.** 映寫機(영사기). 映像(영상). 映畵(영화). 反映(반영). 放映(방영). 上映(상영). 終映(종영).
營 경영할 영 (火부-13획)	會意. '熒'과 '宮'의 획 줄임이 합쳐진 글자. 여러 집(宮)이 모여 살면 등불이 환하게 비친다는(熒) 데서 '여럿이 모여 살다'를 뜻함. 여기서 '진', '경영하다'라는 의미가 파생됨.	**경영하다.** 營利(영리). 營養(영양). 營爲(영위). 經營(경영). 公營(공영). **진.** 營內(영내). 營倉(영창). 兵營(병영). 野營(야영). 入營(입영). 陣營(진영). 脫營(탈영).
迎 맞이할 영 (辶부-4획)	形聲. 辶(辵)+卬. '卬'은 무릎을 꿇은 사람(卩)이 서 있는 사람(글자의 왼쪽)을 올려 보는 것을 그려서 '향하다'를 뜻함. 맞은편에서 서로를 향하여(卬) 천천히 걸어가면(辵) 중간에서 만나게 된다는 데서 '만나다', '맞이하다'란 의미가 파생됨.	**맞이하다.** 迎賓(영빈). 迎入(영입). 迎接(영접). 送舊迎新(송구영신). 送迎(송영). 歡迎(환영).

榮 영화 영 (木부-10획)	形聲. 木+熒. 나무(木)에 등불(熒)처럼 많은 꽃이 피면 그 나무가 번성한다는 데서 '번성하다'를 나타냄.	**영화롭다.** 榮光(영광). 榮達(영달). 榮譽(영예). 榮辱(영욕). 榮轉(영전). 榮華(영화). 虛榮(허영). **성하다.** 共榮(공영). 繁榮(번영).
永 길 영 (水부-1획)	象形. 큰 강에서 작은 지류가 갈라져 나온 '⺡'와 같은 모습을 그려서, '지류'를 나타냄. 지류가 있는 강은 길다는 데서 '길다'라는 의미가 파생됨.	**길다. 오래다.** 永劫(영겁). 永訣(영결). 永久(영구). 永眠(영면). 永生(영생). 永世中立國(영세중립국). 永續(영속). 永永(영영). 永遠(영원). 永住權(영주권). 靑丘永言(청구영언).
英 꽃부리 영 (艹부-5획)	形聲. 艹(艸)+央. 꽃부리는 풀(艸)의 가장 중심(央)이 되는 부분이라는 데서 '꽃부리'를 나타냄. 꽃부리가 가장 아름답다는 데서 '재주가 뛰어나다'나 재주가 뛰어난 '영웅'을 나타내게 됨.	**꽃. 꽃부리.** 群英(군영). 落英(낙영). **재주가 뛰어나다.** 英傑(영걸). 英靈(영령). 英雄(영웅). 英才(영재). **영국의 약칭.** 英國(영국). 英美(영미). 英數(영수). 英詩(영시). 英語(영어).
豫 미리 예 (豕부-9획)	形聲. 象+予. '予'는 모든 것의 중심이 되는 존재. 한 곳에 머물러 있고(予) 앞으로 나아가지 않는 커다란 코끼리(象)에서 '미리'와 '머뭇거리다'라는 의미가 파생됨.	**미리.** 豫感(예감). 豫告(예고). 豫買(예매). 豫防(예방). 豫報(예보). 豫算(예산). 豫定(예정). **머뭇거리다.** 猶豫(유예). 起訴猶豫(기소유예). 執行猶豫(집행유예).
藝 재주 예 (艹부-15획)	會意. 초목(艹)을 심거나(埶) 말을 잘 하려면(云) 재주가 필요하다는 데서 '재주'를 나타냄. 본래자는 '埶'로 무릎을 꿇고 앉은 사람(丸)이 두 손으로 나무를 잡고 땅에 심는(坴) 것을 그려 '심다'를 나타냄.	**재주.** 藝能(예능). 藝名(예명). 藝術(예술). 曲藝(곡예). 工藝(공예). 陶藝(도예). 武藝(무예). 文藝(문예). 民藝品(민예품). 書藝(서예). 手藝(수예). 演藝(연예). 園藝(원예). 學藝(학예).
誤 그르칠 오 (言부-7획)	形聲. 言+吳. 일을 하다가 흥분해서 시끄럽게(吳) 말하게(言) 되면 일을 그르치게 된다는 데서 '그르치다'를 나타냄.	**그르치다.** 誤記(오기). 誤答(오답). 誤謬(오류). 誤發(오발). 誤報(오보). 誤算(오산). 誤審(오심). 誤用(오용). 誤診(오진). 誤差(오차). 誤判(오판). 誤解(오해). 過誤(과오). 錯誤(착오).

午 낮 오 (十부-2획)	象形. 곡식을 찧는 절구공이를 그려 '절구공이'를 나타냄. 후에 '일곱째 지지'로 가차되자 본래 의미는 '木'을 더해 '杵'를 만들어서 나타냄.	낮. 午睡(오수). 午餐(오찬). **일곱째 지지. 오행은 화(火), 남쪽, 11~13시, 말.** 午時(오시). 午前(오전). 午後(오후).
五 다섯 오 (二부-2획)	指事. 숫자를 표시할 때는 하나에서 넷까지는 가로선을 긋고, 다섯은 'Ⅹ'나 'Ⅺ' 또는 '二 안에 Ⅹ'로 표시했는데, 이것이 예서(隷書)에서부터 '五'로 바뀜.	**다섯.** 五感(오감). 五穀(오곡). 五輪(오륜). 五里霧中(오리무중). 五萬相(오만상). 五目(오목). 五味子(오미자). 五福(오복). 五臟六腑(오장육부). 三綱五倫(삼강오륜). 陰陽五行(음양오행).
玉 구슬 옥 (玉부-0획)	象形. 여러 개의 옥을 하나의 노끈에 꿴 모습을 그려 '옥'을 나타냄. 본래 '王'과 같은 형태였으나 점이 하나 덧붙어 지금의 글자꼴이 됨.	**옥.** 玉水(옥수). 玉指環(옥지환). **아름답다.** 玉骨(옥골). 玉樓(옥루). **임금의 것.** 玉顔(옥안). 玉座(옥좌). **상대방을 높이는 것.** 玉稿(옥고). 玉門(옥문).
屋 집 옥 (尸부-6획)	會意. '尸'는 집(戶)의 변형으로 사람이 이르러(至) 머무는 곳(尸)이라는 데서 '집'을 나타냄.	**집.** 屋內(옥내). 屋外(옥외). 家屋(가옥). 古屋(고옥). 社屋(사옥). 洋屋(양옥). 草屋(초옥). **덮개.** 屋上屋(옥상옥).
溫 따뜻할 온 (水부-10획)	形聲. 氵(水)+昷. 중국 사천성(四川省)에 있는 강의 이름. 후에 해(日)가 그릇(皿)에 비치면 그 안에 담긴 물(水)이 따뜻해진다는 것으로 보아 '따뜻하다'를 나타내게 됨.	**따뜻하다.** 溫氣(온기). 溫度(온도). 溫突(온돌). 溫泉(온천). 氣溫(기온). 保溫(보온). 體溫(체온). **부드럽다.** 溫順(온순). 溫柔(온유). **복습하다.** 溫故知新(온고지신).
完 완전할 완 (宀부-4획)	形聲. 宀+元. 사람의 몸은 머리(元)가 붙어 있어야 온전하고, 집(宀)에 의존해야 온전하게 보존될 수 있다는 데서 '완전하다'를 나타냄.	**완전하다.** 完結(완결). 完納(완납). 完了(완료). 完璧(완벽). 完備(완비). 完成(완성). 完熟(완숙). 完全(완전). 完製品(완제품). 完治(완치). 完快(완쾌). 未完(미완). 不完全(불완전).

往 갈 왕 (彳부-5획)	形聲. 彳+主. 여기서 '主'는 본래 '止'와 '土'의 합성자로 '땅 위를 걸어가다'를 뜻했는데 후에 '主'로 바뀜. '걷다'를 뜻하는 '彳'과 '主'를 겹쳐 '앞을 향해 걸어가다'를 강조해서 나타냄.	**가다.** 往年(왕년). 往來(왕래). 往復(왕복). 往診(왕진). 旣往(기왕). 說往說來(설왕설래). **이따금.** 往往(왕왕).
王 임금 왕 (玉부-0획)	指事. 상형문자로 넓은 날과 손잡이가 달린 도끼를 본떴는데, 도끼는 힘과 권위의 상징이었으므로 '임금'을 나타내게 됨.	**임금. 으뜸.** 王固執(왕고집). 王冠(왕관). 王國(왕국). 王陵(왕릉). **크다.** 王大人(왕대인). 王丈(왕장). **임금 노릇하다.** 王道(왕도). 王者(왕자).
外 바깥 외 (夕부-2획)	會意. 밤(夕)에 점을 친다는(卜) 데서 본래는 '예외' '뜻밖의 일'을 나타냄. 예외는 일반적인 것과는 거리가 멀다는 데서 '멀다' '밖'의 의미가 파생됨.	**바깥.** 外科(외과). 外貌(외모). **외국.** 外交(외교). 外國(외국). 外 **멀리하다.** 外面(외면). 疏外(소외). **지방.** 外方(외방). 外任(외임). **외가.** 外家(외가). 外叔(외숙).
謠 노래 요 (言부-10획)	形聲. 言+搖. 소리(言)를 높낮이를 흔들어(搖) 변화있게 만들었다는 데서 '노래'를 나타냄.	**노래.** 歌謠(가요). 農謠(농요). 童謠(동요). 民謠(민요). 俗謠(속요). **소문.** 謠言(요언).
要 종요로울 요 (襾부-3획)	象形. 여자가 손으로 허리를 잡은 모습을 그려 '허리'를 나타냄. 후에 허리가 중요한 부위라는 데서 '중요하다'를 나타냄.	**종요롭다.** 要件(요건). 要緊(요긴). **마땅하다.** 要望(요망). 要視察人(요시찰인). 要注意(요주의). **구하다.** 要求(요구). 要請(요청). **줄이다.** 要綱(요강). 要覽(요람).
浴 목욕할 욕 (水부-7획)	形聲. 氵(水)+谷. 골짜기(谷)의 물(水)에서 목욕했으므로, '목욕하다'을 나타냄.	**목욕하다.** 浴室(욕실). 沐浴湯(목욕탕). 森林浴(삼림욕). 日光浴(일광욕). 海水浴場(해수욕장).

容	會意. '谷'은 목욕하는 장소였으므로, 목욕하는(谷) 집(宀)으로 보아 '욕실'을 나타내고, 목욕하면 얼굴이 깨끗하게 되므로 '얼굴'을 나타내게 됨.	**얼굴.** 容貌(용모). 容態(용태). 美容(미용). 偉容(위용). 理容(이용). **담다.** 容器(용기). 容量(용량). **받아들이다.** 容納(용납). 容恕(용서). **쉽다.** 容易(용이).
얼굴 용 (宀부-7획)		

勇	形聲. 力+甬. '甬'은 '초목이 무성하다'를 뜻한다. 힘(力)이 무성하게(甬) 솟구친다는 데서 '용기'를 뜻함.	**날래다.** 勇敢(용감). 勇氣(용기). 勇斷(용단). 勇猛(용맹). 勇士(용사). 勇壯(용장). 勇退(용퇴). 蠻勇(만용). 武勇談(무용담). 義勇軍(의용군).
날랠 용 (力부-7획)		

用	象形. 커다란 종을 그려 '큰 종'을 나타냄. 후에 '卜'과 '中'의 합성자로 보아, 점을 쳐서(卜) 적중하면(中) 시행한다는 데서 '쓰다'를 나타내게 됨.	**쓰다.** 用器(용기). 用途(용도). 用量(용량). 登用(등용). 服用(복용). 副作用(부작용). 信用(신용). 實用的(실용적). 引用(인용). 作用(작용). 着用(착용). 採用(채용). 混用(혼용).
쓸 용 (用부-0획)		

 넉넉할 우 (人부-15획)	形聲. 人+憂. 근심이 있으면 걸음을 천천히 걷게 되므로, '憂'에는 '천천히 걷다'라는 의미가 있음. 마음이 넉넉한 사람(人)은 조급하지 않기 때문에 천천히 걷는다는(憂) 데서 '넉넉하다'를 나타냄.	**넉넉하다.** 優待(우대). 優等(우등). 優勢(우세). 優秀(우수). 優勝(우승). **품위 있다.** 優雅(우아). **광대.** 男優(남우). 俳優(배우). **머뭇거리다.** 優柔不斷(우유부단).

遇	形聲. 辶(辵)+禺. '禺'는 '偶'의 획 줄임으로 '뜻하지 아니하게'를 뜻함. 길을 가다 보면(辵) 생각지도 않은(偶) 사람을 만나게 된다는 데서 '만나다'를 나타냄.	**만나다.** 遇害(우해). 奇遇(기우). 不遇(불우). 知遇(지우). 處遇(처우). 千載一遇(천재일우). **대접하다.** 待遇(대우). 禮遇(예우).
만날 우 (辶부-9획)		

郵	會意. '垂'에는 '가' '끝'이라는 뜻이 있어 '변경'을 뜻하고, '邑'은 이에 대비되어 '도읍지'를 뜻함. 변방(垂)과 중앙(邑)의 연락을 담당하는 데서 본래는 '역(驛)'을 나타냄. 후에 여러 곳에 소식을 전하는 '우편'을 나타내게 됨.	**우편.** 郵送(우송). 郵遞局(우체국). 郵便物(우편물). 郵便番號(우편번호). 郵遞夫(우체부). 郵遞筒(우체통). 郵便(우편). 郵便囊(우편낭). 郵票(우표). 航空郵便(항공우편).
우편 우 (邑부-8획)		

牛 소 우 (牛부-0획)	象形. 위로 굽은 뿔과 옆으로 뻗은 두 귀가 달린 소의 머리를 그려서, '소'를 나타냄.	소. 牛乳(우유). 牛乳(우유). 牛耳讀經(우이독경). 牛黃(우황). 矯角殺牛(교각살우). 九牛一毛(구우일모). 肥肉牛(비육우). 鬪牛(투우). 黃牛(황우).
友 벗 우 (又부-2획)	會意. 손(又) 두 개가 포개진 것을 그려 서로 손을 맞잡을 정도로 친한 사이인, '벗'을 나타냄.	벗. 友邦(우방). 友愛(우애). 友情(우정). 交友(교우). 級友(급우). 文房四友(문방사우). 朋友(붕우). 戰友(전우). 竹馬故友(죽마고우). 親友(친우). 學友(학우). 鄕友會(향우회).
雨 비 우 (雨부-0획)	會意. 하늘(一)에 떠 있는 구름(冂)에서 떨어지는 물방울(네 개의 점으로 표시했음)을 그려 '비'를 나타냄.	비. 雨期(우기). 雨量(우량). 雨雹(우박). 雨備(우비). 雨傘(우산). 雨天(우천). 雨後竹筍(우후죽순). 降雨量(강우량). 祈雨祭(기우제). 陰雨(음우). 測雨器(측우기). 豪雨警報(호우경보).
右 옳을 우 (口부-2획)	會意. 손(첫 두 획은 手의 본래자인 ㅋ의 변형)으로 만은 모자라서 입(口)으로도 돕는다는 데서 본래는 '돕다'를 나타냈으나, 후에 주로 '오른쪽'을 나타내게 됨.	오른쪽. 右往左往(우왕좌왕). 右側(우측). 左右(좌우). 左之右之(좌지우지). 左衝右突(좌충우돌). 숭상하다. 右武(우무).
雲 구름 운 (雨부-4획)	形聲. 雨+云. 하늘에 떠 있는 구름을 그린 '云'이 후에 '이르다', '말하다'로 가차되자, '雨'를 더해 '雲(구름 운)'을 만듦.	구름. 雲母(운모). 雲集(운집). 雲海(운해). 白雲(백운). 祥雲(상운). 星雲(성운). 暗雲(암운). 戰雲(전운). 靑雲(청운). 風雲兒(풍운아).
運 운전할 운 (辶부-9획)	形聲. 辶(辵)+軍. 군사(軍)가 전차를 밀고 천천히 간다는(辵) 데서 '운전하다'를 나타냄.	운전하다. 運動場(운동장). 運送(운송). 運輸(운수). 運營(운영). 運賃(운임). 運轉(운전). 운수. 運命(운명). 不運(불운). 悲運(비운). 惡運(악운). 厄運(액운).

羊 양 양									
養 기를 양									
洋 큰바다 양									
陽 볕 양									
漁 고기잡을 어									
魚 고기 어									
語 말씀 어									
億 억 억									
言 말씀 언									
嚴 엄할 엄									
業 업 업									
與 줄 여									
如 같을 여									
餘 남을 여									
域 지경 역									

易 바꿀 역										
逆 거스를 역										
延 늘일 연										
燃 사를 연										
緣 인연 연										
鉛 납 연										
演 펼 연										
煙 연기 연										
研 갈 연										
然 그럴 연										
熱 더울 열										
葉 잎 엽										
映 비칠 영										
營 경영할 영										
迎 맞이할 영										

榮 영화 영										
永 길 영										
英 꽃부리 영										
豫 미리 예										
藝 재주 예										
誤 그르칠 오										
午 낮 오										
五 다섯 오										
玉 구슬 옥										
屋 집 옥										
溫 따뜻할 온										
完 완전할 완										
往 갈 왕										
王 임금 왕										
外 바깥 외										

謠 노래 요									
要 종요로울 요									
浴 목욕할 욕									
容 얼굴 용									
勇 날랠 용									
用 쓸 용									
優 넉넉할 우									
遇 만날 우									
郵 우편 우									
牛 소 우									
友 벗 우									
雨 비 우									
右 옳을 우									
雲 구름 운									
運 운전할 운									

1. 다음 한자어의 독음(讀音)을 쓰시오.

(1) 陽傘   (2) 漁夫   (3) 乾魚物   (4) 言語
(5) 嚴格   (6) 企業   (7) 貸與   (8) 貸與
(9) 如反掌   (10) 燃料   (11) 惡緣   (12) 鉛筆
(13) 演習   (14) 映畵   (15) 經營   (16) 永久
(17) 英雄   (18) 豫防   (19) 五感   (20) 玉座
(21) 溫泉   (22) 完了   (23) 往復   (24) 王陵
(25) 外交   (26) 日光浴   (27) 勇敢   (28) 引用
(29) 牛乳   (30) 友愛

2. 다음 한자의 훈(訓)과 음(音)을 쓰세요.

(31) 養   (32) 煙   (33) 榮   (34) 雲
(35) 語   (36) 迎   (37) 洋   (38) 域
(39) 優   (40) 遇   (41) 羊   (42) 易
(43) 逆   (44) 延   (45) 右   (46) 運
(47) 硏   (48) 然   (49) 藝   (50) 熱
(51) 億   (52) 容   (53) 葉   (54) 誤
(55) 午   (56) 謠   (57) 要   (58) 郵
(59) 雨   (60) 迎

3. 다음 빈칸에 알맞은 한자를 써 넣으시오.

(61) (　)父之利   (62) 水(　)之交   (63) 流言蜚(　)   (64) (　)中有骨
(65) 迂(　)曲折   (66) (　)木求魚   (67) (　)里霧中   (68) (　)故知新
(69) 說(　)說來   (70) 竹馬故(　)   (71) (　)後竹筍   (72) 左之(　)之

4. 다음 한자의 부수를 쓰시오.

(73) 容   (74) 勇   (75) 優   (76) 郵
(77) 謠   (78) 要   (79) 完   (80) 英
(81) 豫   (82) 藝   (83) 熱   (84) 映
(85) 鉛   (86) 硏   (87) 域   (88) 嚴
(89) 業   (90) 養

1. 다음 漢字語의 讀音을 쓰세요.

[1] 思考	[2] 序曲	[3] 合宿	[4] 材料
[5] 洗手	[6] 通過	[7] 品位	[8] 參席
[9] 都市	[10] 唱歌	[11] 體格	[12] 親切
[13] 種目	[14] 週番	[15] 任意	[16] 陸路
[17] 勇士	[18] 友愛	[19] 廣告	[20] 原始
[21] 貯金	[22] 兒童	[23] 神性	[24] 期待
[25] 美觀	[26] 鮮明	[27] 産業	[28] 終身
[29] 調査	[30] 法度	[31] 代筆	[32] 景致
[33] 果實	[34] 古物	[35] 落葉	

2. 다음 漢字語의 訓과 音을 쓰세요.

〈例 : 字 → 글자 자〉

[36] 價	[37] 偉	[38] 貯	[39] 湖
[40] 結	[41] 敬	[42] 曜	[43] 根
[44] 德	[45] 願	[46] 固	[47] 速
[48] 領	[49] 類	[50] 費	[51] 洗
[52] 遠	[53] 晝	[54] 給	[55] 耳
[56] 雲	[57] 橋	[58] 朗	

3. 다음 밑줄 친 漢字語를 漢字로 쓰세요.

[59] 비가 와서 다행입니다.
[60] 선생님은 학생들과 첫 대면입니다.
[61] 아침마다 신문을 봅니다.
[62] 사람은 신용이 있어야 합니다.
[63] 그는 휴일마다 봉사 활동을 합니다.
[64] 수업이 시작되었습니다.
[65] 우리 팀이 드디어 승리했습니다.
[66] 산림을 보호해야 합니다.
[67] 걸어서 등교하는 것이 좋습니다.
[68] 기차가 곧 출발할 것입니다.
[69] 영재교육이 필요합니다.
[70] 가정교육이 중요합니다.
[71] 태양은 지구를 돕니다.
[72] 의식생활의 건전한 풍토를 조성합니다.
[73] 자기의사를 분명히 표현하는 것이 좋습니다.

4. 다음 訓과 音에 맞는 漢字를 쓰세요.

[74] 나무 수   [75] 푸를 청   [76] 통할 통   [77] 뿌리 근

[78] 뜻 의   [79] 겨울 동   [80] 새 신   [81] 가까울 근

[82] 기름 유   [83] 옷 복   [84] 지을 작

5. 다음 ( )에 들어갈 漢字를 〈例〉에서 찾아 그 번호를 써서 漢字語를 만드세요.
〈例 : ① 綠海 ② 形局 ③ 青山 ④ 初聞 ⑤ 後事 ⑥ 夕改 ⑦ 多夕 ⑧ 不問〉

[85] ( )可知   [86] 朝變( )   [87] 今時( )   [88] ( )流水

6. 다음 漢字와 뜻이 같거나 뜻이 비슷한 漢字를 〈例〉에서 찾아 그 번호를 쓰세요.
〈例 : ① 失 ② 識 ③ 溫 ④ 止 ⑤ 案 ⑥ 冷〉

[89] 知   [90] 終   [91] 寒

7. 다음 漢字와 音은 같은데 뜻이 다른 漢字를 〈例〉에서 찾아 그 번호를 쓰세요.
〈例 : ① 救 ② 約 ③ 切 ④ 停 ⑤ 畫 ⑥ 操 ⑦ 課 ⑧ 鐵 ⑨ 着〉

[92] 具   [93] 節   [94] 調

8. 다음 뜻풀이에 맞는 漢字語를 〈例〉에서 찾아 그 번호를 쓰세요.
〈例 : ① 國史 ② 前文 ③ 軍基 ④ 國事 ⑤ 全文 ⑥ 軍旗 ⑦ 國社 ⑧ 典文 ⑨ 軍技〉

[95] 군에서 부대를 대표하는 기   [96] 글의 전체

[97] 우리나라의 역사

9. 다음 漢字의 약자(획수를 줄인 漢字)를 쓰세요.
[98] 學
[99] 醫
[100] 畫

雄
수컷 웅
(隹부-4획)

形聲. 隹+肱. 왼쪽은 '肱'에서 '月(肉)'을 획 줄임한 것. 팔뚝, 즉 날개(肱)가 강한 새(隹)는 수컷이라는 데서 '수컷의 새'를 나타냄. 후에 '수컷' 전체를 나타내게 됨.

수컷. 雄飛(웅비). 雌雄(자웅).
웅장하다. 雄據(웅거). 雄大(웅대). 雄辯(웅변). 雄壯(웅장). 大雄殿(대웅전).
뛰어나다. 奸雄(간웅). 群雄割據(군웅할거). 英雄(영웅).

怨
원망할 원
(心부-5획)

形聲. 心+夗. '夗'에는 '뜻을 굽힌 채 펴지 못한다'는 의미가 있다. 분한 마음(心)을 펴서 갚지 못하면 (夗) 마음속으로 원망하게 된다는 데서 '원망하다'를 나타냄.

원망하다. 怨望(원망). 怨聲(원성). 怨讐(원수). 怨恨(원한). 民怨(민원). 宿怨(숙원).

援
도울 원
(手부-9획)

形聲. 扌(手)+爰. '爰'은 물에 빠진 사람의 손(爪)에 쥐인 막대기(干)를 내 손(와 又)으로 잡아 당겨서 구해준다는 데서 '잡아당기다'를 나타냄. '후에 '곧'과 같은 허사(虛辭)로 가차되자 '手(손 수)'를 더해 '援'을 만듦.

돕다. 援助(원조). 孤立無援(고립무원). 救援(구원). 聲援(성원). 應援(응원). 支援(지원).
잡아당기다. 援用(원용). 援筆(원필).

源
근원 원
(水부-10획)

形聲. 氵(水)+原. 본래자는 '原'으로, 낭떠러지(厂)에서 솟아나는 샘물(泉)을 본떠서, '근원'을 나타냄. 후에 '原'이 '평원' 등으로 가차되자, '水(물 수)'를 더해 '源'을 만듦.

근원. 源泉(원천). 根源(근원). 起源(기원). 武陵桃源(무릉도원). 拔本塞源(발본색원). 發源(발원). 稅源(세원). 水源(수원). 語源(어원). 汚染源(오염원). 資源(자원). 財源(재원).

員
인원 원
(口부-7획)

形聲. 둥근 솥뚜껑(口)과 솥(貝)을 본떠 '둥글다'를 나타냄. 후에 관리가 돈을 헤아린다는 데서 둥근 (口) 돈(貝)을 세는 사람으로 보아 '관리'를 나타내게 됨.

인원. 減員(감원). 公務員(공무원). 教員(교원). 定員(정원). 從業員(종업원). 職員(직원).
둥글다. ≒圓. 員石(원석).

圓
둥글 원
(口부-10획)

形聲. 본래자는 '員'으로 둥근 솥뚜껑(口)과 솥(貝)을 본떠 '둥글다'를 나타냄. '員'이 '구성원' 등으로 가차되자, 본래 의미는 '口'을 더해 '圓'을 만들어서 나타내게 됨.

둥글다. 圓光(원광). 原盤(원반). 圓錐(원추). 圓卓(원탁). 圓筒(원통).
둘레. 團圓(단원). 一圓(일원).
온전하다. 圓滿(원만). 圓熟(원숙). 圓滑(원활).

原 언덕 **원** (厂부-8획)	會意. 낭떠러지(厂) 밑에서 샘물(泉)이 솟아나는 것을 그려 '수원(水源)', '근원'을 나타냄. 후에 물이 평평하게 퍼진다는 데서 '넓고 평탄한 땅'을 나타내게 됨.	**근원.** 原價(원가). 原稿(원고). 原動力(원동력). 原理(원리). 原本(원본). **벌판.** 原頭(원두). 高原(고원). 氷原(빙원). 草原(초원). 平原(평원). **용서하다.** 原宥(원유).
院 집 **원** (阜부-7획)	形聲. 阝(阜)+完. '完'은 담장이 빈틈없이 둘러있음을 뜻함. 집 둘레를 언덕(阜)처럼 높게 빈틈없이 둘러있다는(完) 데서 본래는 '담장'을 나타냄. 후에 담장으로 둘러싸인 '커다란 집'을 나타내게 됨.	**집.** 院長(원장). 開院(개원). 大院君(대원군). 大學院(대학원). 登院(등원). 法院(법원). 病院(병원). 書院(서원). 養老院(양로원). 醫院(의원). 入院(입원). 支院(지원). 退院(퇴원).
願 원할 **원** (頁부-10획)	形聲. 頁+原. '原'은 발음부이고, '頁'은 의미부로 항상 무엇인가를 바란다는 데서 '소원'을 나타냄.	**바라다.** 願望(원망). 願書(원서). 祈願(기원). 民願(민원). 悲願(비원). 所願(소원). 宿願(숙원). 哀願(애원). 念願(염원). 自願(자원). 志願(지원). 請願(청원). 祝願(축원). 歎願書(탄원서).
元 으뜸 **원** (儿부-2획)	會意. '二'는 사람(儿) 신체의 윗부분(二)이라는 데서 '머리'를 나타냄. 여기서 '으뜸', '근본' 등의 의미가 파생됨.	**으뜸.** 元老(원로). 元首(원수). 元帥(원수). 元子(원자). 元兇(원흉). **처음.** 元金(원금). 元年(원년). **근본.** 元氣(원기). 元素(원소). **크다.** 元勳(원훈).
園 동산 **원** (口부-10획)	形聲. 口+袁. 과일이 치렁치렁하게(袁) 열린 나무들을 울타리로 에워쌌다는(口) 데서 '과수원'을 나타냄.	**동산. 밭.** 園頭幕(원두막). 園藝(원예). 公園(공원). 樂園(낙원). **능.** 園所(원소). **기관.** 園兒(원아). 幼稚園(유치원). 學園(학원).
遠 멀 **원** (辶부-10획)	形聲. 辶(辵)+袁. '袁'은 옷이 '길다'를 뜻하여 '길다'라는 의미. 길게(袁) 걸어가야(辵) 한다는 데서 '멀다'를 나타냄.	**멀다.** 遠距離(원거리). 遠隔(원격). 遠近(원근). 久遠(구원). 望遠鏡(망원경). 疏遠(소원). **심오하다.** 遠慮(원려). 深遠(심원).

月 달 월 (月부-0획)	象形. 이지러진 초생달을 그려서, '달'을 나타냄.	**달**. 月光(월광). 月桂冠(월계관). 月蝕(월식). 月曜日(월요일). 明月(명월). 淸風明月(청풍명월). **달. 시간의 단위**. 月刊(월간). 月給(월급). 月貰(월세). 生年月日(생년월일).
危 위태할 위 (卩부-4획)	會意. '厄'은 '軶'의 획 줄임. 마차를 모는 사람(人)은 위험이 닥치면 멍에(厄)를 잡아 마차를 세운다는 데서 '위태롭다'를 나타냄.	**위태롭다**. 危急(위급). 危機(위기). 危機一髮(위기일발). 危篤(위독). 危殆(위태). 危險(위험). **두려워하다**. 危懼心(위구심). **높다**. 危空(위공). 危樓(위루).
圍 둘레 위 (囗부-9획)	形聲. 囗+韋. 손질한 가죽(韋)은 부드러워서 몸을 잘 둘러싼다는(囗) 데서 본래는 '둘러싸다'를 나타냄. 여기서 '둘레'라는 의미가 파생됨.	**둘레**. 範圍(범위). 周圍(주위). **둘러싸다**. 圍繞(위요). 雰圍氣(분위기). 包圍(포위).
委 맡길 위 (女부-5획)	形聲. 女+禾. 여인(女)은 벼이삭(禾)처럼 숙이고 순종해야 한다는 데서 '굽혀서 따르다'를 나타냄. 자신을 굽혀서 남을 따르는 것은 예속되는 것이라고 보아 '맡기다', '예속되다' 등을 나타내게 됨.	**맡기다**. 委任(위임). 委任狀(위임장). **버리다**. 委棄(위기). **자세하다**. 委細(위세). **시들다**. 委靡(위미). **쌓다**. 委積(위적).
威 위엄 위 (女부-6획)	形聲. 女+戌. 여자(女)는 무기(戌)를 보면 무서워서 벌벌 떤다는 데서 본래는 '두려워서 떨다'를 나타냄. 여기서 사람을 떨게 하는 '권세' '위엄' 등의 의미가 파생됨.	**위엄**. 威力(위력). 威勢(위세). 威信(위신). 威嚴(위엄). 權威(권위). 狐假虎威(호가호위). **으르다**. 威脅(위협).
慰 위로할 위 (心부-11획)	形聲. 心+尉. '尉'는 본래 '다림질하다'를 뜻함. 남의 마음(心)에 있는 주름살을 펴게 한다는(尉) 데서 '위로하다'를 나타냄.	**위로하다**. 慰靈祭(위령제). 慰勞(위로). 慰問(위문). 慰安(위안). 慰藉料(위자료). 自慰(자위).

爲 할 위 (爪부-8획)	會意. 사람이 한 손(爪)으로 코끼리(글자의 아랫부분, 灬는 코끼리의 네 다리를 나타냄)를 끌고 일을 시키는 것을 그려 '하다', '만들다'를 나타냄.	**하다. 되다.** 爲人(위인). 爲主(위주). 人爲的(인위적). 轉禍爲福(전화위복). 指鹿爲馬(지록위마). **위하다.** 爲國忠節(위국충절). 爲己(위기). 爲民(위민). 爲人設官(위인설관).
衛 지킬 위 (行부-10획)	會意. 가운데의 '口'는 성(城)을 그린 것이고, 상하좌우를 둘러싼 것은 각각 발(止)을 그린 것이다. 병사가 성(口) 주위를 순시하면서(止 네 개) 성을 지킨다는 데서 '지키다'를 나타냄.	**지키다.** 衛生(위생). 衛星(위성). 衛戍令(위수령). 警衛(경위). 防衛(방위). 守衛(수위). 侍衛(시위). 擁衛(옹위). 自衛(자위). 前衛藝術(전위예술). 正當防衛(정당방위). 護衛(호위).
位 자리 위 (人부-5획)	會意. 조정에서 조회를 할 때에는 벼슬에 따라서 줄지어 늘어서는데 사람(人)마다 자기의 벼슬자리에 따라 서 있다는(立) 데서 '자리' '등급'을 나타냄.	**자리. 등급.** 位置(위치). 方位(방위). 優位(우위). 卽位(즉위). 品位(품위). 下位(하위). 學位(학위). **분. 사람을 세는 단위.** 位牌(위패). 各位(각위). 單位(단위). 諸位(제위).
偉 클 위 (人부-9획)	形聲. 人+韋. '韋'는 본래 마을(口)을 중심으로 아래 위에 상반된 방향을 향한 발을 그린 것으로 '서로 다른 방향으로 가다'를 뜻함. 보통 사람(人)과는 다르다는(韋) 데서 '기이하다', '뛰어나다', '훌륭하다' 등의 의미가 파생됨.	**훌륭하다.** 偉大(위대). 偉力(위력). 偉業(위업). 偉容(위용). 偉人(위인).
乳 젖 유 (乙부-7획)	會意. 무릎을 꿇고 앉은 어머니(오른쪽의 乙)가 손(爪)으로 아이(子)를 잡고 젖을 먹이는 모습을 그려서, '젖을 먹이다'를 나타냄.	**젖.** 乳母(유모). 乳房(유방). 乳兒(유아). 乳酸菌(유산균). **젖 같은 액체.** 乳劑(유제). 豆乳(두유). **젖 같은 모양.** 乳鉢(유발). 鐘乳石(종유석).
儒 선비 유 (人부-14획)	形聲. 人+需. '需'에는 '꼭 필요하다'라는 의미가 있음. 사회가 존속하는 데에 꼭 필요한(需) 사람(人)이라는 데서 '선비'를 나타냄.	**선비.** 儒家思想(유가사상). 儒教(유교). 儒林(유림). 儒生(유생). 儒學(유학). 焚書坑儒(분서갱유).

遊 놀 유 (辶부-9획)	形聲. 辶(辵)+斿. 깃발(斿)을 들고 여기저기 다니며(辵) 논다는 데서 '놀다'를 나타냄.	**놀다.** 遊山(유산). 遊園地(유원지). 遊休(유휴). 遊興業(유흥업). **여행하다.** 遊覽(유람). 遊學(유학). **떠돌다.** 遊擊隊(유격대). 遊離(유리). **사귀다.** 交遊(교유).
遺 남길 유 (辶부-12획)	形聲. 辶(辵)+貴. 귀중품(貴)이 어디로 가버려서 (辵) 없어버렸다는 데서 '남기다', '잃다'를 의미함.	**남기다.** 遺家族(유가족). 遺稿(유고). 遺物(유물). 遺腹子(유복자). **잃다.** 遺漏(유루). 遺失(유실). **버리다.** 遺尿(유뇨). 遺棄(유기). 職務遺棄(직무유기).
油 기름 유 (水부-5획)	形聲. 氵(水)+由. 중국 호북성(湖北省)에 있는 강의 이름. 후에, 불을 일으키는(由) 액체(水)라는 데서 '기름'을 나타내게 됨.	**기름.** 油槽船(유조선). 油(석유). 送油管(송유관). 潤滑油(윤활유). 注油(주유). 重油(중유). **구름이 일어나다.** 油然(유연). 油油(유유).
由 말미암을 유 (田부-0획)	象形. 꼭지가 달린 열매를 그려, 열매는 꼭지로 말미암아 연다는 데서 '말미암다'를 나타냄.	**말미암다.** 由來(유래). 經由(경유). **까닭.** 由緒(유서). 事由(사유). 理由(이유). 事由(사유). 緣由(연유). 自由(자유).
有 있을 유 (月부-2획)	會意. 오른손(첫 두 획은 手의 획 줄임)에 고기(肉)를 쥐고 있는 것을 그려 '얻다'를 나타냄. 무엇을 얻으면 그것이 자기 손에 있게 된다는 데서 '있다'를 나타내게 됨.	**있다.** 有故(유고). 有口無言(유구무언). 有能(유능). 有利(유리). **가지다.** 有權者(유권자). 有機物(유기물). 共有(공유). 無所有(무소유). **또.** 十有五(십유오).
肉 고기 육 (肉부-0획)	象形. 베어낸 한 덩어리의 살점(冂)과 살점의 무늬(人으로 나타냈음)을 그려 '고기'를 나타냄.	**고기.** 肉類(육류). 肉膾(육회). 弱肉强食(약육강식). 魚頭肉尾(어두육미). **몸.** 肉感(육감). 肉頭文字(육두문자). 肉聲(육성). 肉身(육신). **혈연.** 肉親(육친). 血肉(혈육).

育 기를 육 (肉부-4획)	會意. 첫 세 획은 '子'가 뒤집어진 형태. 어머니의 자궁(肉)에서 아기가 머리부터 거꾸로 나오는 모습(子가 뒤집어진 것)을 그려 '아이를 낳다'를 나타냄. 아이를 낳으면 기르게 되므로 후에 '기르다'를 나타내게 됨.	**기르다.** 育成(육성). 育兒(육아). 育英(육영). 敎育(교육). 發育(발육). 保育(보육). 飼育(사육). 生育(생육). 體育(체육). 訓育(훈육).
隱 숨을 은 (阜부-14획)	形聲. 오른 부분은 '謹'의 옛글자로 '함부로 보이지 않도록 삼간다'를 뜻함. 언덕(阜)에 숨어서 남에게 보이지 않도록 조심스럽게(堇) 산다는 데서 '숨다'를 나타냄.	**숨다. 숨기다.** 隱居(은거). 隱匿(은닉). 隱遁(은둔). 隱密(은밀). 隱身(은신). 隱語(은어). **불쌍히 여기다.** 惻隱(측은).
恩 은혜 은 (心부-6획)	形聲. 心+因. '因'에는 어디서 시작하여 '점점 확대되다'는 의미가 있다. 사랑하는 마음(心)을 확대하여(因) 남에게 베푸는 것이 '은혜'임.	**은혜.** 恩功(은공). 恩德(은덕). 恩師(은사). 恩人(은인). 恩典(은전). 恩情(은정). 恩寵(은총). 恩惠(은혜). 結草報恩(결초보은). 背恩忘德(배은망덕). 忘恩(망은). 謝恩會(사은회).
銀 은 은 (金부-6획)	形聲. 金+艮. '艮'은 본래 눈을 부릅뜨고 마주보는 것을 그린 것으로, '맞대결하다'라는 의미를 지님. 금(金)에 맞대결해도 조금도 뒤지지 않는다는(艮) 데서 '은'을 나타냄.	**은.** 銀鑛(은광). 銀塊(은괴). 銀箔(은박). 銀賞(은상). 銀粧刀(은장도). **은 색깔.** 銀鱗(은린). 銀盤(은반). 銀魚(은어). 銀河水(은하수). 銀杏(은행). **돈.** 銀行(은행). 銀行員(은행원).
陰 그늘 음 (阜부-8획)	形聲. 오른 부분은 '今'과 '云'의 합성자로 '구름이 해를 가리다'를 뜻함. 응달은 언덕(阜)에 가려 햇빛이 들지 않는다는 데서 '산의 북쪽, 물의 남쪽', '그늘'을 나타냄.	**그늘.** 陰刻(음각). 陰謀(음모). **음기.** 陰氣(음기). 陰曆(음력). **생식기.** 陰莖(음경). 陰囊(음낭). 陰門(음문). 陰部(음부). 陰痿(음위). **저승.** 陰府(음부).
音 소리 음 (音부-0획)	指事. '말하다'를 뜻하는 '言'의 'ㅁ'에 가로획을 하나 그어 닫혀 있는 입에서 나오는 의미없는 말이라는 데서 '단순한 소리'를 나타냄.	**소리.** 音聲(음성). 音素(음소). 音律(음율). 音癡(음치). 音響(음향). **음악.** 音盤(음반). 音樂(음악). 音癡(음치). 歌舞音曲(가무음곡). **소식.** 音信(음신). 福音(복음).

飲 마실 음 (食부-4획)	形聲. 食+欠. '欠'은 입을 잔뜩 벌리고 숨을 들이마시는 것이므로, '입을 크게 벌리다'라는 의미를 지님. 물이나 술과 같은 음료수(食)를 입을 잔뜩 벌리고(欠) 마신다는 데서 '마시다'를 나타냄.	마시다. 飲毒(음독). 飲福(음복). 飲泣(음읍). 飲酒(음주). 過飲(과음). 試飲(시음). 暴飲(폭음). 마실 것. 飲料(음료). 飲食(음식). 米飲(미음). 食飲全廢(식음전폐).
邑 고을 읍 (邑부-0획)	會意. 일정한 테두리를 지닌 성(囗로 나타냄) 안에 무릎을 꿇은 사람(巴로 나타냄)들이 모여 산다는 데서 '고을'을 나타냄.	고을. 邑內(읍내). 邑民(읍민). 邑人(읍인). 邑長(읍장). 邑村(읍촌). 小邑(소읍). 食邑(식읍). 도읍. 都邑(도읍). 근심하다. 邑憐(읍련).
應 응할 응 (心부-13획)	形聲. 心+鷹. 매(鷹)는 주인의 생각(心)에 응하여 사냥한다는 데서 '응하다'를 나타냄.	응하다. 대답하다. 應答(응답). 應募(응모). 應試(응시). 感應(감응). 適應(적응). 呼應(호응). 응당. 應當(응당).
依 의지할 의 (人부-6획)	形聲. 人+衣. 사람(人)이 옷(衣)에 의지하여 몸을 보호한다는 데서 '의지하다'를 나타냄.	의지하다. 依據(의거). 依賴(의뢰). 依存(의존). 依支(의지). 依他心(의타심). 전과 같다. 依舊(의구). 依然(의연). 舊態依然(구태의연). 따르다. 依例(의례). 歸依(귀의).
儀 거동 의 (人부-13획)	形聲. 人+義. '義'는 일을 마땅하게 처리함을 뜻함. 사람(人)이 사물을 마땅하게(義) 판단하려면 반드시 일정한 법도를 준칙으로 삼아야 한다는 데서 '법도'를 나타냄.	거동. 儀禮(의례). 儀範(의범). 儀式(의식). 儀容(의용). 儀仗隊(의장대). 儀表(의표). 禮儀(예의). 틀. 모형. 地球儀(지구의).
疑 의심할 의 (疋부-9획)	會意. 날아가는 비수(匕)나 화살(矢)이 어디에 떨어질 줄을 알 수 없듯이 어린아이(子의 윗부분)의 발길(疋)도 어디로 향할지 알 수 없다는 데서 '의심스럽다'를 나타냄.	의심하다. 疑懼心(의구심). 疑問(의문). 疑心(의심). 疑訝(의아). 疑妻症(의처증). 疑惑(의혹). 半信半疑(반신반의). 容疑者(용의자). 質疑(질의). 被疑者(피의자). 嫌疑(혐의). 懷疑(회의).

義 옳을 의 (羊부-7획)	會意. 날이 세 개 달린 창(我)에 꽂혀 있는 양(羊)의 머리를 그려 '위엄 있는 모습'을 나타냄. 후에 나(我)의 행동이 양(羊)처럼 좋다는 것으로 보아 '옳다'를 나타내게 됨.	**옳다. 의롭다.** 義理(의리). 義務(의무). 義兵(의병). 結義(결의). 正義(정의). **대신하다.** 義父(의부). 義手(의수). 義眼(의안). 義足(의족). 義齒(의치). **뜻.** 講義(강의). 廣義(광의).
議 의논할 의 (言부-13획)	形聲. 言+義. 서로 자기의 생각을 말하여(言) 의논해서 옳은(義) 결론을 도출해 낸다는 데서 '의논하다'를 나타냄.	**의논하다.** 議決(의결). 議案(의안). 議會(의회). 建議(건의). 論議(논의). 不可思議(불가사의). 相議(상의). 審議(심의). 異議(이의). 提議(제의). 討議(토의). 合議(합의). 抗議(항의).
意 뜻 의 (心부-9획)	會意. 마음(心) 속의 뜻은 말(音)로 나타내야 한다는 데서 '뜻'을 나타냄.	**뜻.** 意見(의견). 意圖(의도). 意味(의미). 意思(의사). 意識(의식). 意慾(의욕). 意志(의지). 敬意(경의). 任意(임의). 底意(저의). 弔意(조의). 注意(주의). 合意(합의). 會意文字(회의문자).
衣 옷 의 (衣부-0획)	象形. 윗옷의 옷깃을 여민 모양을 그려서, '옷'을 나타냄.	**옷.** 衣類(의류). 衣服(의복). 衣裳(의상). 衣食住(의식주). 錦衣還鄕(금의환향). 白衣從軍(백의종군). 上衣(상의). 囚衣(수의). 壽衣(수의). 人相着衣(인상착의). 好衣好食(호의호식).
醫 의원 의 (酉부-11획)	會意. 화살(矢)이나 몽둥이(殳)를 늘어놓고 무당(巫)이 병을 고친다는 의미에서 '병을 고치다' '의사'를 나타냄. 무(巫)는 후에 술(酉)로 바뀜.	**병을 고치다. 의사.** 醫療(의료). 醫務室(의무실). 醫師(의사). 醫術(의술). 醫藥品(의약품). 醫院(의원). 東醫寶鑑(동의보감). 名醫(명의). 獸醫師(수의사). 專門醫(전문의). 主治醫(주치의).
異 다를 이 (田부-7획)	會意. 귀신의 얼굴(田으로 나타냄)과 두 손을 벌리고 선(共으로 나타냄) 사람의 모습을 그리고, 몸은 사람인데 머리는 귀신이어서 보통 사람과는 다르다는 데서 '다르다'를 나타냄.	**다르다.** 異見(이견). 異口同聲(이구동성). 異邦人(이방인). 異變(이변). 異性(이성). 異議(이의). 異蹟(이적). 異質的(이질적). 異體(이체). 怪異(괴이). 奇異(기이). 差異(차이). 特異(특이).

移　옮길 이 (禾부-6획)	形聲. 禾+多. 많은 벼(禾)를 논에 옮겨 심는다는 데서 본래는 '옮겨 심다'를 나타냄.	**옮기다.** 移監(이감). 移動(이동). 移民(이민). 移徙(이사). 移送(이송). 移植(이식). 移越(이월). 移葬(이장). 移籍(이적). 移轉(이전). 移牒(이첩). 移替(이체). 移行(이행). 變移(변이).
耳　귀 이 (耳부-0획)	象形. 귀의 모양을 그려서, '귀'를 나타냄.	**귀.** 耳目(이목). 耳目口鼻(이목구비). 耳鼻咽喉科(이비인후과). 耳順(이순). 牛耳讀經(우이독경).
以　써 이 (人부-3획)	象形. 보습을 그려 '보습'을 나타냄. 후에 농기구를 사용해서 농사를 짓는다는 데서 '쓰다', '사용하다'를 나타내다가, 주로 '~으로써' 등의 허사(虛辭)로 사용됨.	**~(로)써.** 以實直告(이실직고). **부터.** 以內(이내). 以來(이래). **까닭.** 所以(소이). 所以然(소이연). **게다가.** 深以廣(심이광). **생각하다.** 以爲(이위).
二　두 이 (二부-0획)	指事. 산가지 두 개를 나란히 늘어놓은 것을 가로 선(一) 둘로 그려서, '둘'을 나타냄.	**둘.** 二輪車(이륜차). 二毛作(이모작). 二十(이십). 二律背反(이율배반). 二人三脚(이인삼각). 二八靑春(이팔청춘). 十二支(십이지). 十二指腸(십이지장). 唯一無二(유일무이).
益　더할 익 (皿부-5획)	會意. 그릇(皿)에서 물이 넘치는(글자 윗부분의 川을 눕혀 놓은 형태) 것을 그려 '넘치다'를 나타냄. 후에 재물이 넘치는 것으로 보아 '늘어나다' '이익' 등을 나타내게 됨.	**더하다.** 益甚(익심). 老益壯(노익장). 多多益善(다다익선). 富益富(부익부). 貧益貧(빈익빈). **이익.** 公益(공익). 權益(권익). 百害無益(백해무익). 不利益(불이익).
仁　어질 인 (人부-2획)	形聲. 人+二. 두(二) 사람(人)이 잘 어울린다는 데서 '남과 친하게 지내다'를 나타냄. 후에 광범위한 의미를 지니는 유가(儒家)의 도덕적 개념으로 발전함.	**어질다.** 仁術(인술). 仁義(인의). 仁慈(인자). 仁者(인자). 殺身成仁(살신성인). **씨.** 杏仁(행인).

印 도장 인 (卩부-4획)	會意. 무릎을 꿇은 사람(卩으로 나타냈음)을 손(글자의 왼쪽은 手의 변형임)으로 내리눌러 굴복시키는 모습을 그려 '내리 누르다'를 나타냄. 후에 내리눌러서 찍는 '도장'을 나타내게 됨.	도장. 찍다. 印鑑(인감). 印象(인상). 印刷(인쇄). 印稅(인세). 印章(인장). 印朱(인주). 印出(인출). 刻印(각인). 烙印(낙인). 捺印(날인). 拇印(무인). 封印(봉인). 影印(영인). 職印(직인).
引 끌 인 (弓부-1획)	會意. 활(弓)에서 화살이 날아가려면(丨) 활시위를 당겨야 한다는 데서 '당기다'를 나타냄. 활시위를 당기면 시위가 늘어나므로 '늘리다', 시위가 늘어나면 화살이 끌려오므로 '끌다'라는 의미가 파생됨.	끌다. 引導(인도). 引力(인력). 引上(인상). 引率(인솔). 引用(인용). 늘리다. 引伸(인신). 넘겨주다. 引繼(인계). 引繼引受(인계인수). 犯人引渡(범인인도).
認 알 인 (言부-7획)	形聲. 言+忍. 남의 말(言)을 참고(忍) 다 들어야만 내용을 알고 인정할 수 있다는 데서 '알다', '인정하다'를 나타냄.	알다. 인정하다. 認可(인가). 認識(인식). 認定(인정). 認知(인지). 公認(공인). 官認(관인). 黙認(묵인). 未確認(미확인). 否認(부인). 承認(승인). 誤認(오인). 容認(용인). 自認(자인).
因 인할 인 (口부-3획)	會意. 돗자리나 요와 같은 깔개(口로 나타냄) 위에 사람이 누워 있는(大) 모습을 그려 '돗자리', '요'를 나타냄. 사람이 그렇게 누워있는 데는 그럴 만한 까닭이 있다고 보아 '까닭'을 나타내게 됨.	인하다. 因數分解(인수분해). 因習(인습). 因襲(인습). 心因(심인). 의지하다. 因人成事(인인성사). 까닭. 因果應報(인과응보). 因緣(인연). 死因(사인). 要因(요인).
 사람 인 (人부-0획)	象形. 손을 앞으로 내밀고 허리를 굽힌 사람의 옆모습을 그려서, '사람'을 나타냄.	사람. 人間(인간). 人口(인구). 人權(인권). 人德(인덕). 人道(인도). 남. 人望(인망). 人言(인언). 對人關係(대인관계). 傍若無人(방약무인). 백성. 人民(인민).
一 한 일 (一부-0획)	指事. 가로획 하나를 그어서, '하나'를 나타냄.	하나. 한번. 一家見(일가견). 一擧兩得(일거량득). 一念(일념). 一段落(일단락). 第一(제일). 오로지. 온통. 一括(일괄). 一帶(일대). 一律的(일률적). 一致(일치).

雄 수컷 웅										
怨 원망할 원										
援 도울 원										
源 근원 원										
員 인원 원										
圓 둥글 원										
原 언덕 원										
院 집 원										
願 원할 원										
元 으뜸 원										
園 동산 원										
遠 멀 원										
月 달 월										
危 위태할 위										
圍 둘레 위										

委 맡길 위								
威 위엄 위								
慰 위로할 위								
爲 할 위								
衛 지킬 위								
位 자리 위								
偉 클 위								
乳 젖 유								
儒 선비 유								
遊 놀 유								
遺 남길 유								
油 기름 유								
由 말미암을 유								
有 있을 유								
肉 고기 육								

育 기를 육									
隱 숨을 은									
恩 은혜 은									
銀 은 은									
陰 그늘 음									
音 소리 음									
飮 마실 음									
邑 고을 읍									
應 응할 응									
依 의지할 의									
儀 거동 의									
疑 의심할 의									
義 옳을 의									
議 의논할 의									
意 뜻 의									

衣											
옷 의											
醫											
의원 의											
異											
다를 이											
移											
옮길 이											
耳											
귀 이											
以											
써 이											
二											
두 이											
益											
더할 익											
仁											
어질 인											
印											
도장 인											
引											
끌 인											
認											
알 인											
因											
인할 인											
人											
사람 인											
一											
한 일											

1. 다음 한자어의 독음(讀音)을 쓰시오.

(1) 起源　　　　(2) 定員　　　　(3) 圓卓　　　　(4) 原動力
(5) 病院　　　　(6) 月光　　　　(7) 危機　　　　(8) 周圍
(9) 委任　　　　(10) 護衛　　　　(11) 卽位　　　　(12) 偉大
(13) 理由　　　　(14) 有能　　　　(15) 肉類　　　　(16) 敎育
(17) 恩惠　　　　(18) 銀行　　　　(19) 都邑　　　　(20) 儀禮
(21) 疑心　　　　(22) 義理　　　　(23) 意思　　　　(24) 衣食住
(25) 耳順　　　　(26) 所以　　　　(27) 二八靑春　　　　(28) 印刷
(29) 人間　　　　(30) 一家見

2. 다음 한자의 훈(訓)과 음(音)을 쓰세요.

(31) 怨　　　　(32) 印　　　　(33) 爲　　　　(34) 移
(35) 益　　　　(36) 認　　　　(37) 元　　　　(38) 園
(39) 援　　　　(40) 音　　　　(41) 遠　　　　(42) 威
(43) 因　　　　(44) 雄　　　　(45) 慰　　　　(46) 依
(47) 議　　　　(48) 應　　　　(49) 乳　　　　(50) 儒
(51) 遊　　　　(52) 遺　　　　(53) 油　　　　(54) 引
(55) 隱　　　　(55) 陰　　　　(56) 願　　　　(57) 飮
(58) 醫　　　　(59) 異　　　　(60) 仁

3. 다음 빈칸에 알맞은 한자를 써 넣으시오.

(61) 群( )割據　　　　(62) 孤立無( )　　　　(63) 轉禍( )福　　　　(64) 魚頭( )尾
(65) 結草報( )　　　　(66) 半信半( )　　　　(67) 多多( )善　　　　(68) 殺身成( )
(69) ( )果應報　　　　(70) 傍若無( )　　　　(71) 牛( )讀經　　　　(72) 拔本塞( )

4. 다음 한자의 부수를 쓰시오.

(73) 願　　　　(74) 危　　　　(75) 威　　　　(76) 衛
(77) 儒　　　　(78) 銀　　　　(79) 陰　　　　(80) 育
(81) 遊　　　　(82) 應　　　　(83) 依　　　　(84) 飮
(85) 醫　　　　(86) 異　　　　(87) 引　　　　(88) 移
(89) 認　　　　(90) 印

日 날 일 (日부-0획)	象形 해를 그려서, '해'를 나타냄.	**날. 하루.** 일간(日刊). 일과(日課). **해.** 일광(日光). 일광욕(日光浴). **낮.** 일야(日夜). 일직(日直). 백일몽 (白日夢). 백일장(白日場). 종 **일본의 약칭.** 일어(日語). 일제(日
任 맡길 임 (人부-4획)	形聲. 人+壬. '壬(북방 임)'은 날실을 감은 도토마리를 본뜬 글자로 '짊어지다'라는 뜻이 있다. 남(人)에게 무엇을 대신 짊어지도록(壬) 맡긴다는 데서 '맡기다'를 나타냄.	**맡기다.** 任期(임기). 任命(임명). 任務 (임무). 任員(임원). 責任(책임). 就任 (취임). 解任(해임). **마음대로 하게 하다.** 放任(방임).
入 들 입 (入부-0획)	指事. 본래자는 화살촉과 같은 날카롭고 뾰족한 물건을 본뜬 '∧' 모양이다. 뾰족한 물건은 다른 물체 속으로 쉽게 파고 들어갈 수 있다는 데서 '들어가다'를 나타냄.	**들이다. 들어가다.** 入口(입구). 入國 (입국). 入金(입금). 入養(입양). 入學 (입학). 加入(가입). 大入(대입). 導入 (도입). 沒入(몰입). 揷入(삽입). 漸入 佳境(점입가경). 出入(출입).
姉 손윗누이 자 (女부-5획)	形聲. '女'가 형, 발음부(?)는 '많다'를 뜻함. 나보다 먼저 태어나서 나이가 많은 여자(女)라는 데서, '손윗누이'를 나타냄.	**손윗누이.** 姉妹(자매). 姉妹結緣(자매 결연). 姉兄(자형). 兄弟姉妹(형제자 매).
姿 모양 자 (女부-6획)	形聲. 女+次. '次'는 '資'의 획 줄임. 여자(女)가 재질(次)을 갖추면 맵시가 아름답다는 데서 '맵시'를 나타냄.	**모양. 맵시.** 姿色(자색). 姿勢(자세). 姿態(자태). 高姿勢(고자세). 雄姿(웅 자). **성품. 바탕.** 姿質(자질).
資 재물 자 (貝부-6획)	形聲. 貝+次. 사람은 중요한 일에서부터 차례(次)로 돈(貝)을 다는 데서 '재물'을 나타냄.	**재물.** 資本(자본). 資産(자산). **밑천.** 資金(자금). 資料(자료). 資材 (자재). 軍資金(군자금). **천성.** 資質(자질). **신분.** 資格(자격).

者 놈 자 (老부-5획)	會意. 사탕수수의 줄기(土와 丿)에서 떨어지는 즙(丶)은 달다는(甘의 변형) 데서 '사탕수수'를 나타냄. 후에 나이든 사람(老)에게 말할(白) 때는 자신을 낮춘다는 것으로 보아 '놈'을 나타내게 됨.	**놈. 사람.** 結者解之(결자해지). 老弱者(노약자). 讀者(독자). 配著者(저자). 學者(학자). **것.** 近者(근자). 前者(전자). 後者(후자).
子 아들 자 (子부-0획)	象形. 두 팔을 벌리고 서 있는 아이의 모습을 그려서, '아들'을 나타냄.	**첫째 지지. 방위로는 북(北), 시각으로는 23~1시, 동물로는 쥐에 해당.** **아들.** 子女(자녀). 子孫(자손). **접미사.** 椅子(의자). 帽子(모자). **남자의 경칭.** 君子(군자). 孔子(공자).
字 글자 자 (子부-3획)	會意. 집(宀)에서 아이(子)를 낳아서 기른다는 데서 '낳아서 기르다'를 나타냄. 후에 아이를 낳아서 기르듯이 글자를 결합해서 새로운 글자를 만든다는 것으로 '문자'를 나타내게 됨.	**글자.** 字幕(자막). 金字塔(금자탑). 文字(문자). 十略字(약자). 點字(점자). 千字文(천자문). **사랑하다.** 字牧(자목). **자.** 字號(자호).
自 스스로 자 (自부-0획)	象形. 앞에서 본 코를 그려 '코'를 나타냄. 후에 손으로 코를 가리키며 자기를 지칭한다는 데서 '자기'를 나타내게 됨.	**자기. 스스로.** 自家撞着(자가당착). 自己(자기). 自動(자동). 自我(자아). **저절로.** 自激之心(자격지심). 自滅(자멸). 自明(자명). 自然(자연). **~로부터.** 自古以來(자고이래).
作 지을 작 (人부-5획)	會意. 사람(人)이 옷을 지으려면 옷깃(乍)부터 만든다는 데서 '옷을 짓다'를 나타냄. 본래자는 웃옷의 옷깃을 본뜬 '乍(잠깐 사)'로 '일하다' '만들다'를 나타냈는데, 후에 '人(사람 인)'을 더해서 씀.	**짓다. 만들다.** 作家(작가). 作別(작별). 作業(작업). 作品(작품). 改作(개작). **일으키다.** 作動(작동). 作用(작용). **작품.** 佳作(가작). 傑作(걸작). **농사.** 耕作(경작). 農作物(농작물).
昨 어제 작 (日부-5획)	形聲. 日+乍. 잠깐(乍) 전에 지나간 날(日)로 '어제'를 나타냄.	**어제.** 昨今(작금). 昨年(작년). 昨日(작일).

殘 남을 잔 (歹부-8획)	形聲. 歹+戔. 본래자는 '戔'으로 두 사람이 창(戈)을 들고 찔러 해친다는 데서 '해치다'를 나타냄. 후에 '歹'을 덧붙여, 뼈가 드러날(歹) 때까지 해칠(戔) 정도로 모질다는 데서 '모질다'와 창으로 찔러도 뼈는 남는 데서 '남다'를 나타내게 됨.	**남다.** 殘金(잔금). 殘額(잔액). 殘業(잔업). 殘餘(잔여). 殘在(잔재). **모질다.** 殘惡(잔악). 殘忍(잔인). 殘暴(잔포). 殘虐(잔학). 殘酷(잔혹). **상하게 하다.** 同族相殘(동족상잔).
雜 섞일 잡 (隹부-10획)	會意. 처음 여섯 획은 '衣'의 변형이므로, 본래자는 '襍'. 옷감(衣)을 모아서(集) 옷을 만들면 옷감이 섞여서 어수선하다는 데서 '섞이다' '어수선하다'를 나타냄.	**섞다. 섞이다.** 雜念(잡념). 雜誌(잡지). 亂雜(난잡). 複雜(복잡). 粗雜(조잡). **자질구레하다.** 雜穀(잡곡). 雜談(잡담). 雜音(잡음). 雜草(잡초). 雜貨(잡화). 醜雜(추잡).
壯 씩씩할 장 (士부-4획)	形聲. 士+爿. 무기(爿)를 손에 든 사나이(士)는 씩씩하다는 데서 '씩씩하다'를 나타냄.	**씩씩하다.** 壯年(장년). 壯談(장담). 壯丁(장정). 老益壯(노익장). **웅장하다.** 壯觀(장관). 壯大(장대). 壯元(장원). 壯版(장판). 宏壯(굉장). 悲壯(비장). 雄壯(웅장).
帳 장막 장 (巾부-8획)	形聲. 巾+長. 무엇을 가리기 위해 옷감(布)을 길게(長) 늘어뜨렸다는 데서 '장막'을 나타냄.	**장막.** 帳幕(장막). 布帳馬車(포장마차). 揮帳(휘장). **치부책.** 帳簿(장부). 臺帳(대장). 原帳(원장). 日記帳(일기장). 通帳(통장).
張 베풀 장 (弓부-8획)	形聲. 弓+長. 활(弓)을 길게(長) 잡아당기면 활시위가 늘어나는 데서 '늘이다'를 나타냄. 시위를 놓으면 화살이 날아가므로 '나아가다', '베풀다'라는 의미가 파생.	**베풀다.** 張本人(장본인). 主張(주장). 出張(출장). 擴張(확장). **늘이다.** 誇張(과장). 緊張(긴장). **장. 종이를 세는 단위.** 張數(장수). 冊張(책장).
腸 창자 장 (肉부-9획)	形聲. 月(肉)+昜. '昜'은 '햇살처럼 길다'를 뜻함. 신체 부위(肉) 가운데 가장 기다란(昜) 것으로 '창자'를 나타냄.	**창자.** 腸壁(장벽). 肝腸(간장). 腔腸動物(강장동물). 灌腸(관장). 九折羊腸(구절양장). 斷腸(단장). 大腸(대장). 盲腸(맹장). 小腸(소장). 心腸(심장). 十二指腸(십이지장). 胃腸(위장).

裝 꾸밀 장 (衣부–7획)	形聲. 衣+壯. 옷(衣)을 입은 위에 다시 다른 치장을 덧붙여서 웅장하게(壯) 보이도록 한다는 데서 '꾸미다' '갖추다' '차림새'를 나타냄.	**꾸미다.** 裝飾(장식). 裝身具(장신구). 新裝開業(신장개업). 僞裝(위장). **갖추다.** 裝備(장비). 裝着(장착). 裝置(장치). 武裝(무장). **차림새.** 男裝(남장). 變裝(변장).
獎 장려할 장 (犬부–11획)	形聲. 犬+將. 개(犬)로 하여금 사람을 물도록 한다는(將) 데서 '개에게 사람을 물도록 하다'를 나타냄. 여기서 '장려하다'라는 의미가 파생됨.	**장려하다.** 獎勵(장려). 獎學金(장학금). 勸獎(권장).
將 장수 장 (寸부–8획)	形聲. 寸+醬. '醬'의 획 줄임. 여러 가지 맛을 조화시키는 것이므로 '여러 가지를 조화시키다'라는 의미를 지님. 여러 병졸을 잘 조화시켜(醬) 법도(寸)에 맞게 지휘하는 사람이라는 데서 '장수'를 나타냄.	**장수.** 將校(장교). 將軍(장군). 將兵(장병). 將帥(장수). **장차.** 將來(장래). 將次(장차). **나아가다.** 日就月將(일취월장). **기르다.** 將養(장양).
障 막을 장 (阜부–11획)	形聲. 阝(阜)+章. '章'은 노예의 표시로 몸에 둥글게 새겨 놓은 문신을 뜻함. 노예(章)에게 마을의 언덕(阜)은 마음대로 넘어가지 못하도록 막는 한계선이라는 데서 '막다'를 나타냄.	**막다. 막히다.** 障壁(장벽). 障碍(장애). 障害(장해). 故障(고장). 綠內障(녹내장). 白內障(백내장). 保障(보장). 支障(지장).
章 글 장 (立부–6획)	會意. 형벌용 칼(辛)로 노예의 몸에 노예의 표식인 둥근 문신(曰)을 새긴다는 데서 '노예'를 나타냄. 후에 소리(音)가 완성된(十) 것으로 보아 '악장'을 나타냈고, 여기서 한 편의 완성된 글을 뜻하는 '글', '글의 단락'이란 의미가 파생됨.	**글.** 章程(장정). 文章(문장). 詞章派(사장파). 憲章(헌장). **단락.** 序章(서장). 樂章(악장). 終章(종장). 中章(중장). 初章(초장). **드러내다.** 肩章(견장). 喪章(상장).
場 마당 장 (土부–9획)	形聲. 土+昜. 햇볕이 잘 드는 양지바른(昜) 곳(土)에 마당을 만든다는 데서 '마당'을 나타냄.	**마당.** 場面(장면). 場所(장소). 開場(개장). 廣場(광장). 劇場(극장). 登場(등장). 滿場一致(만장일치). 禮式場(예식장). 運動場(운동장). 一場春夢(일장춘몽). 入場(입장). 立場(입장).

長 길 장 (長부-0획)	象形. 머리카락이 길게 자란(윗부분의 三) 노인이 지팡이(아래 왼쪽의 ㄴ과 비슷한 부분)를 짚고 허리를 굽힌(아래 오른쪽의 乚) 채 서 있는 모습을 그려 '어른'을 나타냄.	**길다.** 長距離(장거리). 長短(장단). **오래다.** 長考(장고). 長久(장구). **뛰어나다.** 長技(장기). 長點(장점). **어른.** 長成(장성). 長者(장자). **맏이.** 長子(장자). 長兄(장형).
再 두 재 (冂부-4획)	象形. 물고기 한 마리(十과 冂이 겹친 부분)를 그리고 머리와 꼬리에 가로선(一)을 덧붙여 '하나에 하나를 더한 것', '둘'을 나타냄.	**두. 거듭.** 再建(재건). 再考(재고). 再 發見(재발견). 再拜(재배). 再生(재생). 再修(재수). 再湯(재탕). 再版(재판). 再現(재현). 再婚(재혼). 再活(재활). 再會(재회). 非一非再(비일비재).
災 재앙 재 (火부-3획)	會意. 물(巛)과 불(火)로 말미암아 재앙을 입는다는 데서 '재앙'을 나타냄.	**재앙.** 災難(재난). 災殃(재앙). 災厄 (재액). 災害(재해). 災禍(재화). 官災 (관재). 三災(삼재). 水災(수재). 罹災 民(이재민). 天災地變(천재지변). 火災 (화재). 橫災(횡재).
材 재목 재 (木부-3획)	形聲. 木+才. 나무(木)가 곧아야 그 기능을 잘 해 낼 수 있다(才)는 데서 본래는 '곧은 나무'를 나타 냄. 후에 나무(木)로서의 기능을 실현할 수 있는 (才) '재목'을 나타내게 됨.	**재목.** 材木(재목). 木材(목재). 製材 (제재). **재료.** 材料(재료). 骨材(골재). 教材 (교재). 素材(소재). 藥材(약재). **재능.** 碩材(석재). 樂材(악재).
財 재물 재 (貝부-3획)	形聲. 貝+才. 사람이 살아가는 데 바탕(才)이 돈 (貝)이라는 데서 '재물'을 나타냄.	**재물.** 財界(재계). 財團(재단). 財力 (재력). 財物(재물). 財閥(재벌). 財産 (재산). 財源(재원). 財政(재정). 財貨 (재화). 家財道具(가재도구). 文化財 (문화재). 私財(사재). 損財(손재).
在 있을 재 (土부-3획)	形聲. 土+才. '才'는 지면(一) 땅 위로 갓 솟아나온 새싹을 뜻함. 새싹(才)이 땅(土)에 뿌리박고 있다는 데서 '있다', '살다'를 나타냄.	**있다. 살다.** 在庫(재고). 在來(재래). 在所者(재소자). 在野(재야). 在任中 (재임중). 在籍(재적). 在中(재중). 在 職(재직). 在學(재학). 實在(실재). 殘 在(잔재). 潛在(잠재). 存在(존재).

才 재주 재 (手부-0획)	象形. 새싹이 땅(一) 밑에 뿌리(ノ)를 내리고 땅 위로 조금 솟아나온(ㅣ) 모양을 그려 '초목의 맨 처음 모습'을 나타냄. 후에 앞으로 자랄 수 있는 가능성을 지닌 것으로 보아 '재능', '재주'를 나타내게 됨.	**재주.** 才幹(재간). 才能(재능). 才量(재량). 才弄(재롱). 才色兼備(재색겸비). 才質(재질). 才致(재치). 鬼才(귀재). 多才多能(다재다능). 鈍才(둔재). 秀才(수재). 英才(영재). 天才(천재).
爭 다툴 쟁 (爪부-4획)	會意. 두 사람의 손(爫와 彐)이 한 물건(ㅣ)을 서로 잡아당기는 것으로, '다투다'를 나타냄.	**다투다.** 爭點(쟁점). 爭取(쟁취). 競爭(경쟁). 論爭(논쟁). 戰爭(전쟁). 鬪爭(투쟁). 抗爭(항쟁). **간하다.** 爭臣(쟁신).
底 밑 저 (广부-5획)	形聲. 广+氐. '氐'는 손에 무거운 짐을 들고 있는 사람을 그려 '아래로 숙이다'를 뜻함. 집(广)의 아래(氐)라는 데서 '밑'을 나타냄.	**밑.** 底力(저력). 底流(저류). 底邊(저변). 底意(저의). 基底(기저). 心底(심저). 海底(해저). **구석.** 徹底(철저).
低 낮을 저 (人부-5획)	形聲. 人+氐. 본래자는 '氐'로 손에 무거운 짐을 들고 있는 사람을 그려 '아래로 숙이다'를 나타냄. 후에 '人(사람 인)'을 더하면서 '키가 작다', '낮다'를 나타내게 됨.	**낮다.** 低價(저가). 低級(저급). 低氣壓(저기압). 低調(저조). 低質(저질). 低下(저하). 高低(고저). **숙이다.** 低頭(저두). 低姿勢(저자세). **값이 싸다.** 低廉(저렴).
貯 쌓을 저 (貝부-5획)	形聲. 貝+宁. 재물(貝)을 저장하려면(宁) 쌓아두어야 한다는 데서 '쌓다'를 나타냄.	**쌓다.** 貯金(저금). 貯水(저수). 貯藏(저장). 貯蓄(저축). 貯炭(저탄).
積 쌓을 적 (禾부-11획)	形聲. 禾+責. 농사일에 정성을 다해 곡식(禾)을 많이 수확하기를 요구한다는(責) 데서 본래는 '많이 모으다'를 나타냄. 여기서 '쌓다'라는 의미가 파생됨.	**쌓다.** 積極的(적극적). 積金(적금). 積立(적립). 積善(적선). 累積(누적). 蓄積(축적). 堆積(퇴적). **곱하다.** 乘積(승적).

籍 문서 적 (竹부–14획)	形聲. 竹+耤. '耤'은 천자가 경작하는 땅으로 백성의 땅과는 명확히 구분되는 것이므로 '명확하게 구분짓다'라는 의미를 지님. 대나무(竹)에 무엇을 기록해서 명확하게 구분한다는(耤) 데서 '문서'를 나타냄.	**문서.** 史籍(사적). 書籍(서적). 典籍(전적). **호적.** 國籍(국적). 本籍(본적). 入籍(입적). 除籍(제적). 地籍(지적). 學籍簿(학적부). 戶籍(호적).
績 길쌈 적 (糸부–11획)	形聲. 糸+責. '責'은 '積'의 획 줄임. 실(糸)을 이어서(積) 길쌈하는 데서 '길쌈하다'를 나타냄.	**길쌈하다.** 績工(적공). 紡績(방적). **공.** 功績(공적). 成績(성적). 實績(실적). 業績(업적). 治績(치적). 行績(행적).
賊 도둑 적 (貝부–6획)	會意. 사람(가운데의 十은 人의 변형임)이 무기(戈)를 들고 귀중한 재물(貝)을 깨뜨리는 것을 그려 '깨뜨리다'를 나타냄. 그러한 사람이 도둑이고, 그러한 행동은 삶을 해치는 것이므로, 후에 '도둑' '해치다'를 나타내게 됨.	**도둑.** 賊反荷杖(적반하장). 盜賊(도적). 山賊(산적). 逆賊(역적). 義賊(의적). 海賊(해적). **해치다.** 賊心(적심).
適 갈 적 (辶부–11획)	形聲. 辶(辵)+啇. 나무의 뿌리(啇)는 꾸준히 옆으로 뻗어서(辵) 간다는 데서 '가다'를 나타냄.	**가다.** 適歸(적귀). **마땅하다.** 適期(적기). 適當(적당). **즐겁다.** 自適(자적). 悠悠自適(유유자적). 快適(쾌적). **시집가다.** 適人(적인).
敵 대적할 적 (攴부–11획)	形聲. 攵(攴)+啇. 우리 삶의 근본(啇)을 공격하는(攵) 존재라는 데서 '적'을 나타냄.	**대적하다.** 敵對感(적대감). 强敵(강적). 外敵(외적). 利敵行爲(이적행위). 天敵(천적). **대등하다.** 敵手(적수). 匹敵(필적).
赤 붉을 적 (赤부–0획)	會意. 윗부분의 '土'는 '大'의 변형이고, 아랫부분은 '火(불 화)'의 변형. 불길(火)이 크게(土←大) 솟으면 붉다는 데서 '붉다'를, 다 타고 나면 아무것도 남지 않는다는 데서 '텅 비어 있다'를 나타냄.	**붉다.** 赤軍(적군). 赤旗(적기). **비다(가진 것이 없다).** 赤貧(적빈). 赤貧如洗(적빈여세). **벌거벗다(숨긴 것이 없다).** 赤裸裸(적라라). 赤誠(적성). 赤身(적신).

的 과녁 적 (白부-3획)	形聲. 白+勺. 활을 쏠 때 흰(白) 종이에 술 뜨는 그 릇(勺)처럼 조그맣게 동그란 원을 그려서 과녁으로 삼았다는 데서 '과녁'을 나타냄.	과녁. 的中(적중). 目的(목적). 標的 (표적). 틀림없다. 的實(적실). 的確(적확). 접미사. 可及的(가급적). 公的(공적). 狂的(광적). 劇的(극적). 私的(사적).
專 오로지 전 (寸부-8획)	形聲. 'ㅗ'은 여러 가닥의 실이 하나로 모이는 것을, '申'은 실이 감긴 방추를, 'ㅿ'은 방추의 아랫부분을 각각 그린 것임. 여기에 손(寸)으로 방추를 돌리면 여러 가닥의 실이 하나로 합쳐진다는 데서 '오로지 하나만 하다'를 나타내게 됨.	오로지 하다. 專攻(전공). 專念(전념). 專門(전문). 專用(전용). 專有物(전유 물). 專任(전임). 마음대로 하다. 專斷(전단). 專制(전 제). 專橫(전횡).
轉 구를 전 (車부-11획)	形聲. 車+專. '專'은 방추(윗부분)를 손(寸)으로 돌 리는 것을 뜻함. 방추를 손으로 돌리면(專) 잘 돌아 가듯이 바퀴가 돌아서 수레(車)가 굴러간다는 데서 '구르다'를 나타냄.	구르다. 굴리다. 轉機(전기). 轉禍爲福 (전화위복). 輾轉反側(전전반측). 옮기다. 轉勤(전근). 轉送(전송). 轉業 (전업). 轉役(전역). 轉用(전용). 轉換 (전환). 移轉(이전).
錢 돈 전 (金부-8획)	形聲. 金+戔. 쇠(金)를 창(戈)처럼 날카롭게 깎아 서 줄에 꿴(戔를 열거하여 나타냄) 것으로, '돈'을 나타냄.	돈. 錢票(전표). 金錢(금전). 銅錢(동 전). 無錢旅行(무전여행). 本錢(본전). 換錢(환전). 돈. 무게의 단위로, 10분의 1냥에 해당 함. 一錢(일전).
田 밭 전 (田부-0획)	象形. 사방의 커다란 경계선(口) 안에 두렁길(十)로 나누어진 밭을 그려서, '밭'을 나타냄.	밭. 田畓(전답). 桑田碧海(상전벽해). 我田引水(아전인수). 鹽田(염전). 泥田 鬪狗(이전투구). 사냥하다. 田獵(전렵).
傳 전할 전 (人부-11획)	形聲. 人+專. '專'의 '轉(구를 전)'의 변형으로 '여기 저기 돌아다니다'라는 뜻을 따다 씀. 사람(人)이 돌 아다니면서(專) 소식을 전하는 데서 '전하다'를 나 타냄.	전하다. 傳達(전달). 傳說(전설). 傳送 (전송). 傳染(전염). 傳統(전통). 전기. 傳記(전기). 列傳(열전). 경서를 주해한 책. 經傳(경전). 역. 傳馬(전마).

典 법 전 (八부―6획)	會意. 제사상(丌으로 나타냈음)에 바친 책(冊), 또는 두 손(丌을 廾의 변형)으로 받든 책(冊)은 소중한 책이라는 데서 '법전', '경전'을 나타냄.	법. 典範(전범). 經典(경전). 책. 典籍(전적). 原典(원전). 의식. 盛典(성전). 式典(식전). 맡다. 典獄署(전옥서). 典掌(전장). 전당잡히다. 典當鋪(전당포).

| 展
펼 전
(尸부―7획) | 形聲. '尸'와 귀한 신분의 여자가 입는 붉은 옷을 기타 부분으로 이루어짐. 몸(尸)에 예복을 입고 나아가서 손님을 맞이하는 데서 '나아가다'를 나타냄. | 펴다. 展開(전개).
벌이다. 展覽會(전람회). 展示(전시).
國展(국전). 美展(미전).
살피다. 展墓(전묘). 展望(전망).
나아가다. 發展(발전). 進展(진전). |

| 戰
싸울 전
(戈부―12획) | 形聲. 戈+單. '單'은 두 갈래진(∨) 나무 끝에 돌(口)을 매달아 만든 옛날의 무기를 본떠서 만듦. 즉 무기(單)와 무기(戈)로 싸운다는 데서 '싸우다'를 나타냄. | 싸우다. 戰略(전략). 戰利品(전리품).
戰鬪(전투). 決勝戰(결승전). 騎馬戰
(기마전). 逆戰(역전).
두려워서 떨다. 戰慄(전율). 戰戰兢兢
(전전긍긍). |

| 全
온전할 전
(入부―4획) | 會意. 옥(玉)은 귀중품이므로 깊이 들여놓고(入) 간직해야만 온전할 수 있다는 데서 '온전하다'를 나타냄. | 온전하다. 全盛(전성). 健全(건전). 萬
全(만전). 保全(보전). 不全(부전). 安
全(안전). 完全(완전).
모두. 全國(전국). 全能(전능). 全滅
(전멸). 全部(전부). 全身(전신). |

| 前
앞 전
(刀부―7획) | 形聲. 위의 세 획은 '止'의 변형, '月'은 '舟'의 변형이다. 배를 묶은 밧줄을 칼(刀)로 끊으면 배(月)가 앞으로 나간다는(止) 데서 '밧줄을 끊고 앞으로 나아가다'를 나타냈는데, 후에 '앞'을 나타내게 됨. | 앞. 먼저. 前半戰(전반전). 前生(전생).
前夜(전야). 前進(전진). 紀元前(기원
전). 面前(면전). 門前成市(문전성시).
事前(사전). 生前(생전). 食前(식전).
午前(오전). 以前(이전). 從前(종전). |

| 電
번개 전
(雨부―5획) | 形聲. 雨+申. 비(雨) 올 때 하늘에서 번쩍 빛나며 빛이 퍼져나간다는(申의 변형임) 데서 '번개'를 나타냄. | 번개. 電擊(전격). 電光石火(전광석
화). 電馳(전치).
전기. 電氣(전기). 電流(전류). 電源
(전원). 電電鐵(전철). 電話(전화). 感
電(감전). 充電(충전). |

折 꺾을 절 (手부-4획)	會意. 손(手)에 도끼(斤)를 들고 나무를 찍는 데서 '꺾다'를 나타냄. 본래 '木'과 '斤'의 합성자였으나 후에 지금의 글자꼴이 됨.	**꺾다. 굽히다.** 折半(절반). 骨折(골절). 屈折(굴절). 斷切(단절). **타협하다.** 折衷(절충). **일찍 죽다.** 夭折(요절). **꾸짖다.** 面折(면절).
絶 끊을 절 (糸부-6획)	形聲. 糸+色. 본래자는 '絲'와 '刀'의 합성자로, '실을 칼로 끊다'를 나타냄. 후에 '絲'가 '糸'로 단순화 되었으나 '刀'에는 'ㅁ(병부 절)'이 붙어 사람(ㅁ)이 칼(刀)로 실(糸)을 끊음을 나타냈고 이것이 '色'으로 잘못 변하여 지금의 글자꼴이 됨.	**끊다.** 絶交(절교). 絶叫(절규). 絶斷(절단). 絶望(절망). 拒絶(거절). **뛰어나다.** 絶景(절경). 絶對(절대). 絶妙(절묘). 絶世佳人(절세가인). **한시의 종류.** 五言絶句(오언절귀).
切 끊을 절 (刀부-2획)	形聲. 刀+七. '七'은 '十'의 변형으로, '여럿'을 뜻함. 칼(刀)로 자르거나 끊어서 여럿(七)으로 나눈다는 데서 '끊다'를 나타냄.	**끊다. 끊어지다(절).** 切開(절개). 切갈다(절). 切磋琢磨(절차탁마). **몹시(절).** 切感(절감). 切迫(절박). 切實(절실). 切親(절친). 懇切(간절). **온통(체).** 一切(일체).
節 마디 절 (竹부-9획)	形聲. 竹+卽. '卽'은 '무엇을 향해 나아감'을 뜻함. 대나무(竹)가 자람(卽)에 따라 마디가 생기는 데서 '마디'를 나타냄. 본래는 꿇어앉은 사람을 그려서 무릎이 뭉쳐 있음을 강조한 'ㅁ(병부 절)'임.	**마디.** 節目(절목). 關節(관절). 句句節節(구구절절). 句節(구절). **절개. 예절.** 節介(절개). 節次(절차). **조절하다.** 節減(절감). 節水(절수). **때.** 節氣(절기). 開天節(개천절).
占 점칠 점 (卜부-3획)	會意. 점을 쳐서(卜) 길흉을 말한다는(口) 데서 '점을 쳐서 길흉을 알아보다'를 나타냄.	**점.** 占卦(점괘). 占星術(점성술). 占術(점술). **차지하다.** 占居(점거). 占據(점거). 占領(점령). 占有(점유). 寡占(과점). 獨占(독점). 買占(매점).
點 점 점 (黑부-5획)	形聲. 黑+占. '占'에는 '들러붙다'라는 의미가 있다. 검정(黑)이 흰옷에 들러붙으면(占) 얼룩이 생긴다는 데서 '점'을 나타냄.	**점.** 點線(점선). 點數(점수). 短點(단점). 視點(시점). 弱點(약점). **불을 켜다.** 點燈(점등). 點滅(점멸). 點火(점화). **검사하다.** 點檢(점검). 點呼(점호).

日 날 일								
任 맡길 임								
入 들 입								
姉 손윗누이 자								
姿 모양 자								
資 재물 자								
者 놈 자								
子 아들 자								
字 글자 자								
自 스스로 자								
作 지을 작								
昨 어제 작								
殘 남을 잔								
雜 섞일 잡								
壯 씩씩할 장								

帳 장막 장									
張 베풀 장									
腸 창자 장									
裝 꾸밀 장									
獎 장려할 장									
將 장수 장									
障 막을 장									
章 글 장									
場 마당 장									
長 길 장									
再 두 재									
災 재앙 재									
材 재목 재									
財 재물 재									
在 있을 재									

才 재주 재								
爭 다툴 쟁								
底 밑 저								
低 낮을 저								
貯 쌓을 저								
積 쌓을 적								
籍 문서 적								
績 길쌈 적								
賊 도둑 적								
適 갈 적								
敵 대적할 적								
赤 붉을 적								
的 과녁 적								
專 오로지 전								
轉 구를 전								

錢 돈 전									
田 밭 전									
傳 전할 전									
典 법 전									
展 펼 전									
戰 싸울 전									
全 온전할 전									
前 앞 전									
電 번개 전									
折 꺾을 절									
絶 끊을 절									
切 끊을 절									
節 마디 절									
占 점칠 점									
點 점 점									

1. 다음 한자어의 독음(讀音)을 쓰시오.

(1) 日課   (2) 入養   (3) 姉妹   (4) 著者
(5) 子孫   (6) 字幕   (7) 自然   (8) 昨年
(9) 胃腸   (10) 獎勵   (11) 將軍   (12) 故障
(13) 再生   (14) 災殃   (15) 材料   (16) 在庫
(17) 才致   (18) 書籍   (19) 適當   (20) 赤軍
(21) 的中   (22) 專念   (23) 鹽田   (24) 傳達
(25) 經典   (26) 前進   (27) 電話   (28) 絶叫
(29) 占卦   (30) 短點

2. 다음 한자의 훈(訓)과 음(音)을 쓰세요.

(31) 任   (32) 作   (33) 資   (34) 殘
(35) 張   (36) 轉   (37) 錢   (38) 賊
(39) 壯   (40) 章   (41) 場   (42) 切
(43) 節   (44) 長   (45) 財   (46) 爭
(47) 底   (48) 展   (49) 戰   (50) 低
(51) 貯   (52) 積   (53) 裝   (54) 績
(55) 帳   (56) 敵   (57) 全   (58) 絶
(59) 雜   (60) 姿

3. 다음 빈칸에 알맞은 한자를 써 넣으시오.

(61) 兄弟( )妹   (62) ( )家撞着   (63) 天( )地變   (64) 多( )多能
(65) ( )反荷杖   (66) 悠悠自( )   (67) 輾( )反側   (68) 無( )旅行
(69) 我( )引水   (70) ( )( )兢兢   (71) 門( )成市   (72) ( )世佳人

4. 다음 한자의 부수를 쓰시오.

(73) 點   (74) 典   (75) 籍   (76) 的
(77) 赤   (78) 敵   (79) 爭   (80) 貯
(81) 長   (82) 再   (83) 在   (84) 裝
(85) 場   (86) 雜   (87) 作   (88) 字
(89) 任   (90) 姿

店 가게 점 (广부-5획)	形聲. 广+占. '占'은 '坫'의 획 줄임, '물건을 쌓아두는 대'를 뜻함. 집(广)의 구석에 물건을 쌓아두고 (占) 파는 데서 '가게'를 나타냄.	가게. 店員(점원). 店鋪(점포). 開店(개점). 露店商(노점상). 賣店(매점). 飯店(반점). 百貨店(백화점). 本店(본점). 分店(분점). 商店(상점). 書店(서점). 連鎖店(연쇄점). 飮食店(음식점).
接 이을 접 (手부-8획)	形聲. 扌(手)+妾. '妾'은 본래 죄에 대한 벌(辛)로 관청에서 노역하는 여자(女)로 '노예'를 뜻함. 첩(妾)의 손(手)을 스스럼없이 잡고 희롱할 수 있는 데서 '잇다' '닿다'를 나타냄.	잇다. 닿다. 接頭辭(접두사). 接點(접점). 接着(접착). 隣接(인접). 皮骨相接(피골상접). 맞이하다. 接近(접근). 接待(접대). 接受(접수). 接觸(접촉). 間接(간접).
丁 장정 정 (一부-1획)	象形. 못의 머리(一)와 뾰족한 몸체(丨)를 그려 '못'을 나타냈는데, 후에 주로 네 번째 천간(天干)을 나타냄. 본래 의미는 '金(쇠 금)'을 더해 '釘(못 정)'을 만들어서 나타냄.	네째 천간. 오행으로는 화(火), 방위로는 남쪽 해당. 丁夜(정야). 丁銀(정은). 장정. 丁男(정남). 白丁(백정). 兵丁(병정). 壯丁(장정). 일꾼. 園丁(원정).
整 가지런할 정 (攴부-12획)	形聲. 敕+正. '敕'은 '勅(조서 칙)'의 본래자로 '신칙하다'라는 의미를 지님. 전후좌우가 제대로 되도록 (正) 신칙하면(敕) 가지런하게 되는 데서 '가지런하다'를 나타냄.	가지런하다. 整頓(정돈). 整列(정렬). 整理(정리). 整備(정비). 整地(정지). 調整(조정).
靜 고요할 정 (靑부-8획)	形聲. 靑+爭. '靑'은 푸른색을 뜻하므로 '선명하다'는 의미를, '爭(다툴 쟁)'은 두 사람의 손(爫와 ㅋ)이 물건(丨)을 잡아당기는 것을 본뜬 것이므로 '당기다'는 의미를 지님. 후에 푸른 숲(靑)은 고요함을 다툰다는(爭) 것으로 보아 '고요하다'를 나타내게 됨.	고요하다. 靜觀(정관). 靜脈(정맥). 靜物(정물). 靜謐(정밀). 靜肅(정숙). 靜養(정양). 靜寂(정적). 靜電氣(정전기). 靜坐(정좌). 靜中動(정중동). 動靜(동정). 安靜(안정). 鎭靜(진정).
政 정사 정 (攴부-5획)	會意. '攴'은 '가볍게 친다'는 뜻이므로 '가르치다'라는 의미를 지님. 백성을 바른길(正)로 나아가도록 가르쳐서(攴) 다스린다는 데서 '다스리다'를 나타냄.	다스리다. 政權(정권). 政黨(정당). 政府(정부). 政事(정사). 政勢(정세). 政策(정책). 政治(정치). 國政監査(국정감사). 垂簾聽政(수렴청정). 財政(재정). 參政權(참정권). 行政(행정).

程 길 정 (禾부–7획)	形聲. 禾+呈. 벼이삭(禾)이 얼마나 드러났는지를 (呈) 살핀다는 데서 본래는 '헤아리다'를 나타냄. 여기서 '거리' '양' '법'이라는 의미가 파생됨.	**길.** 路程(노정). 過程(과정). 道程(도정). 射程(사정). 旅程(여정). **법.** 規程(규정). 方程式(방정식). **분량.** 程度(정도). 工程(공정). 課程(과정). 科程(과정).
精 정할 정 (米부–8획)	形聲. 米+靑. 쌀(米)을 곱게 찧으면 푸른 빛(靑)이 날 정도가 된다는 데서 '찧다' '깨끗하다'를 나타냄.	**찧다.** 精麥(정맥). 精米所(정미소). **정성스럽다. 자세하다.** 精巧(정교). **깨끗하다. 빛나다.** 精潔(정결). **날래다.** 精兵(정병). 精銳(정예). **생식력.** 精力(정력). 精液(정액).
停 머무를 정 (人부–9획)	形聲. 人+亭. '亭'은 나그네에게 숙식을 제공하는 곳이므로 '머물러서 쉰다'는 의미를 지님. 길 가는 사람(人)이 역에 머물러 쉰다는(亭) 데서 '머무르다' '쉬다'를 나타냄.	**머무르다.** 停刊(정간). 停車場(정차장). 停年(정년). 停頓(정돈). 停電(정전). 停戰(정전). 停止(정지). 停滯(정체). 停學(정학). 停會(정회). 急停車(급정거). 營業停止(영업정지).
情 뜻 정 (心부–8획)	形聲. 忄(心)+靑. '靑'은 생물(生)이 태어날 때의 색(丹)인 새싹의 푸른색'을 뜻하며 여기서는 해가 뜨기 직전의 하늘빛으로 '또렷해서 잘 보인다'는 의미를 지님. 인간의 감정은 마음(心)에서 우러나온 것이므로 일을 행할 때 잘 드러난다는(靑) 데서 '감정'을 나타냄.	**감정.** 情緖(정서). 情熱(정열). 情誼(정의). 感情(감정). 同情(동정). **사랑.** 情分(정분). 情事(정사). 色情(색정). 煽情(선정). 戀情(연정). **형편.** 情報(정보). 情況(정황).
定 정할 정 (宀부–5획)	會意. 집 안(宀)에 단정하게(正) 앉아 있으면 마음이 안정된다는 데서 '안정시키다'를 나타냄. 여기서 '고정시키다' '결정하다' 등의 의미가 파생됨.	**정하다.** 定價(정가). 定期總會(정기총회). 定員(정원). 定足數(정족수). 定着(정착). 定改定(개정). 檢定(검정). 肯定(긍정). 豫定(예정). 認定(인정). 一定(일정). 策定(책정). 測定(측정).
庭 뜰 정 (广부–7획)	會意. 본래자는 '廷'으로 허리를 굽힌 사람(壬)이 흙을 날라다가(廴) 건축물의 기초 부분에 쌓는 것을 그리고, 건축물이 지어지는 곳인 '뜰'을 나타냄. '廷'이 '조정'을 나타내게 되자, 일반인의 집을 뜻하는 '广(집 엄)'을 덧붙여 '庭'을 만들어서 나타냄.	**뜰.** 庭球(정구). 庭園(정원). 校庭(교정). **집안.** 家庭(가정). 親庭(친정).

正 바를 정 (止부–1획)	會意. 본래자는 '口'와 '止'의 합성자로 금문(金文)에서부터 지금의 글자꼴이 됨. 적군의 성(口으로 나타냄)을 향해 걸어 나간다는(止) 데서 '공격하다'를 나타냄. 적을 공격하여 바로 잡는다는 데서 후에 '바르다'를 나타내게 됨.	**바르다.** 正規(정규). 正答(정답). **본. 주가 되는 것.** 正室(정실). **정. 직급이 위에 있는 것.** 正三品(정삼품). **처음.** 正月(정월). 正午(정오).
帝 임금 제 (巾부–6획)	象形. 나무토막을 몇 개 묶어서 만든 제단을 그려 '천자가 하늘이나 종묘에 지내는 제사'를 나타냄. 제단에 천자만 올라갈 수 있는 데서 '천자'를 나타내게 됨.	**임금.** 帝國主義(제국주의). 帝王(제왕). 帝政(제정). 反帝(반제). 日帝(일제). 天帝(천제). 皇帝(황제).
制 절제할 제 (刀부–6획)	會意. 왼쪽부분은 '未'의 변형. 가지가 무성한 나무(未)로 물건을 만들려면 가지를 칼(刂)로 끊어내야 한다는 데서 '자르다'를 나타냄. 후에 나무를 자르다에서 '법', '규제'의 의미가 파생됨.	**절제하다.** 制壓(제압). 制約(제약). **제도.** 制度(제도). 官制(관제). **정하다.** 制帽(제모). 制服(제복). 制定(제정). 制憲(제헌). **천자의 말.** 制書(제서). 制勅(제칙).
提 끌 제 (手부–9획)	形聲. 扌(手)+是. '是'에는 '진실되다'라는 의미가 있다. 진실로(是) 자신의 물건이라면 손(手)에 지니고 다닐 수 있다는 데서 본래는 '지니다'를 나타냄. 여기서 '끌다'라는 의미가 파생됨.	**끌다.** 提高(제고). 提供(제공). 提起(제기). 提督(제독). 提燈行列(제등행렬). 提訴(제소). 提示(제시). 提案(제안). 提言(제언). 提議(제의). 提請(제청). 提出(제출). 提携(제휴).
濟 건널 제 (水부–14획)	形聲. 氵(水)+齊. 물(水)을 잘 다스리면(齊) 물을 건너갈 수 있다는 것으로 보아, '건너다'를 나타내게 됨.	**건너다.** 濟度(제도). **구제하다.** 濟世(제세). 經世濟民(경세제민). 決濟(결제). 經濟(경제). **이루다.** 濟美(제미). **많다.** 濟濟多士(제제다사).
祭 제사 제 (示부–6획)	會意. 제물(月←肉)을 손(又)으로 들어서 제사상(示)에 올려놓고 제사지내는 데서 '제사'를 나타냄.	**제사.** 祭器(제기). 祭禮(제례). 祭物(제물). 祭祀(제사). 祭需(제수). 冠婚喪祭(관혼상제). 祈雨祭(기우제). 忌祭(기제). 時祭(시제). 藝術祭(예술제). 慰靈祭(위령제). 前夜祭(전야제).

製 지을 제 (衣부-8획)	形聲. 衣+制. '制'는 무성한 나뭇가지(未)를 칼(刂)로 끊어내는 것을 뜻함. 천을 잘라(制) 옷(衣)을 만든다는 데서 '만들다'를 나타냄.	**짓다. 만들다.** 製菓(제과). 製圖(제도). 製本(제본). 製藥(제약). 製作(제작). 製材(제재). 製造(제조). 製鐵(제철). 製品(제품). 複製(복제). 縫製(봉제). 私製(사제). 新製品(신제품).
除 덜 제 (阜부-7획)	形聲. 阝(阜)+余. '阜'는 땅의 울퉁불퉁한 언덕을 본뜬 글자이고, '余'는 나무 위에 지은 집이므로 '사람이 사는 곳'이라는 의미를 지님. 사람이 사는 곳(余)의 울퉁불퉁한 땅(阜)은 평평하게 깎아 없애야 하다는 데서 '덜다' '버리다'를 나타냄.	**덜다. 버리다.** 除去(제거). 除隊(제대). 除外(제외). 除籍(제적). 免 **나눗셈하다.** 除法(제법). 加減乘除(가감승제). **벼슬을 주다.** 除授(제수).
際 사이 제 (阜부-11획)	形聲. 阝(阜)+祭. '祭'에는 '신과 인간이 만나다'라는 의미가 있는데, 여기서는 '만나다'라는 뜻을 따다 씀. 언덕(阜)과 언덕이 서로 만나는(祭) 곳으로, '사이' '끝'을 나타냄.	**가. 끝.** 際涯(제애). 國際(국제). **즈음.** 實際(실제). 此際(차제). **사귀다.** 交際(교제). **만나다.** 際遇(제우). 際會(제회).
第 차례 제 (竹부-5획)	會意. 실을 차례대로 감듯이(弟의 획 줄임) 죽간(竹)을 차례로 늘어놓는다는 데서 '차례'를 나타냄.	**차례.** 第三者(제삼자). 第五列(제오열). 第一(제일). **집.** 第舍(제사). 第宅(제택). 本第入納(본제입납). 鄕第(향제). **과거시험.** 及第(급제). 落第(낙제).
題 제목 제 (頁부-9획)	形聲. 頁+是. 이마는 머리(頁)에서 평평하고 반듯한(是) 부분이라는 데서 '이마'를 나타냄.	**제목.** 題目(제목). 論題(논제). **이마.** 題額(제액). 題言(제언). **글자를 쓰다.** 題書(제서). 題字(제자). **물음.** 課題(과제). 難題(난제). **값을 매기다.** 題品(제품).
弟 아우 제 (弓부-4획)	會意. 활(弓)을 메고 화살(丿)을 타고 노는 어린아이(丫)로 보아, '아우'를 나타내게 됨.	**아우.** 弟嫂(제수). 難兄難弟(난형난제). 子弟(자제). 妻弟(처제). 兄弟(형제). 呼兄呼弟(호형호제). **제자.** 弟子(제자). 師弟(사제). 首弟子(수제자).

條 가지 조 (木부-7획)	會意. '攸'는 '아득하다'는 뜻으로 '가늘고 멀다'라는 의미를 지님. 가지는 나무(木)에서 멀리까지 뻗어나간(攸) 것이라는 데서 '가지'를 나타냄.	가지. 枝條(지조). 鐵條網(철조망). 체계. 條理(조리). 教條(교조). 信條(신조). 不條理(부조리). 항목. 條件(조건). 條例(조례). 條目(조목). 條文(조문). 條約(조약).
潮 조수 조 (水부-12획)	會意. 물(水)이 조회하듯이(朝) 바다로 밀려든다는 데서 '물이 바다로 흘러들어오다'를 나타냄. 후에 물(水)이 조회하듯이(朝) 밀려왔다 밀려가는 것으로 보아 '조수'를 나타내게 됨.	밀물. 썰물. 潮流(조류). 干潮(간조). 高潮(고조). 滿潮(만조). 防潮堤(방조제). 赤潮(적조). 월경. 初潮(초조).
組 짤 조 (糸부-5획)	形聲. 糸+且. '且'는 제기를 포개 놓은 모양의 위패를 본뜬 글자로, 혼을 불러 '모으다'라는 의미를 지님. 실(糸)을 겹겹이 모아서(且) 천을 짜거나 끈을 만든다는 데서 '짜다' '끈'을 나타냄.	짜다. 만들다. 組閣(조각). 組立(조립). 組成(조성). 組長(조장). 組織(조직). 組合(조합). 끈. 組紱(조불).
助 도울 조 (力부-5획)	形聲. 力+且. '且'는 제기를 포개 놓은 모양의 위패를 본뜬 글자로 '조상의 혼'을 뜻함. 옛날에는 커다란 일이 있으면 조상에게 제사를 지내고, 조상(且)이 힘껏(力) 도와주기를 청했다는 데서 '돕다'를 나타냄.	돕다. 助教(조교). 助詞(조사). 助産(조산). 助手(조수). 助言(조언). 助長(조장). 救助(구조). 內助(내조). 補助(보조). 扶助(부조). 相扶相助(상부상조). 援助(원조). 贊助(찬조).
早 이를 조 (日부-2획)	會意. '十'은 '甲'의 변형. 해(日)가 갑옷(十)을 비치는 것을 그리고, 군사(十)는 해(日)가 뜨는 새벽에 일찍 일어난다는 데서 '일찍'을 나타냄.	이르다. 일찍. 早期(조기). 早起蹴球(조기축구). 早老(조로). 早漏(조루). 早晚間(조만간). 早産(조산). 早速(조속). 早熟(조숙). 早失父母(조실부모). 早朝割引(조조할인). 早退(조퇴).
造 지을 조 (辶부-7획)	形聲. 辶(辵)+告. 일을 다 이루었거나 물건을 다 만들었음을 알리기(告) 위해 간다는(辵) 데서 '이루다' '만들다'를 나타냄.	짓다. 만들다. 造船(조선). 造作(조작). 造花(조화). 改造(개조). 構造(구조). 模造(모조). 이루다. 造詣(조예). 갑자기. 造次間(조차간).

鳥 새 조 (鳥부-0획)	象形. 위로부터 부리와 머리, 깃과 여러 개의 발톱 등으로 새의 모습을 그려 '새'를 나타냄.	**새.** 鳥瞰圖(조감도). 鳥類(조류). 鳥獸(조수). 鳥足之血(조족지혈). 吉鳥(길조). 白鳥(백조). 不死鳥(불사조). 一石二鳥(일석이조). 七面鳥(칠면조). 駝鳥(타조). 候鳥(후조).
操 잡을 조 (手부-13획)	形聲. 扌(手)+喿. 손(手)에 힘을 가득 주어 힘껏 (喿) 잡는다는 데서 '잡다'를 나타냄.	**잡다.** 操身(조신). 操心(조심). 操業(조업). 操作(조작). 操筆(조필). **부리다.** 操練(조련). 操縱(조종). 體操(체조). **지조.** 貞操(정조). 志操(지조).
調 고를 조 (言부-8획)	形聲. 言+周. 여러 사람이 주장하는 말(言)을 두루 (周) 듣고 조사하여 고르게 조절한다는 데서 '고르다' '조사하다'를 나타냄.	**고르다.** 調練(조련). 調味料(조미료). 調節(조절). 調整(조정). **조사하다.** 調査(조사). 調書(조서). 取調(취조). **가락.** 高調(고조). 曲調(곡조).
朝 아침 조 (月부-8획)	形聲. 해(日)가 풀(十) 사이로 떠오르는 것과 서쪽에는 아직 달(月)이 남아 있다는 데서 '아침'을 나타냄. 아침에 조정에 출근하므로 '조정', '왕조' 등의 의미가 파생됨.	**아침.** 朝刊新聞(조간신문). 朝禮(조례). 朝飯(조반). 朝鮮(조선). **조정.** 朝貢(조공). 朝服(조복). **임금을 뵙다.** 朝見(조현). 朝會(조회). **왕조.** 王朝(왕조).
祖 할아비 조 (示부-5획)	形聲. 示+且. '且'는 위패의 모습을 본떠서 만든 글자로 '조상'을 뜻함. 조상(且)에게 제사지낸다는(示) 데서 '사당'을 나타냄. 후에 시조신(示)으로부터 여러 겹(且)으로 누적되어 내려온 것으로 보아, '조상 전체'를 나타내게 됨.	**할아버지.** 祖母(조모). 祖父(조부). 高祖父(고조부). **조상.** 祖國(조국). 祖上(조상). 祖宗(조종). 開祖(개조). 鼻祖(비조). **시초.** 元祖(원조).
族 겨레 족 (方부-7획)	會意. 동일 종족은 항상 한 깃발(方+人, 발음은 언) 아래서 힘을 합쳐 활을 쏘며(矢) 적과 싸웠다는 데서 '종족'을 나타냄.	**겨레.** 族屬(족속). 同族(동족). 民族(민족). 白衣民族(백의민족). **친족.** 族譜(족보). 家族(가족). 貴族(귀족). 滅族(멸족). 遺族(유족). **무리.** 水族(수족). 魚族(어족).

足 발 족 (足부-0획)	象形. 무릎(口)과 그 아랫부분(止)을 그려서, '발'을 나타냄.	**발.** 足跡(족적). 發足(발족). 蛇足(사족). 手足(수족). 失足(실족). 義足(의족). 烏足之血(조족지혈). **넉넉하다.** 滿足(만족). 不足(부족). 力不足(역부족). 自給自足(자급자족).
存 있을 존 (子부-3획)	會意. 천진난만한 어린아이(子)는 갓 솟아나온 새싹(才)처럼 보호해야 할 대상이므로 안부를 묻는 데서 '묻다'를 나타냄. 후에 아이(子)에게는 발휘될 재질(才)이 잠재되어 있는 것으로 보아 '있다'를 나타내게 됨.	**있다.** 存廢(존폐). 共存(공존). 保存(보존). 生存(생존). 依存(의존). 殘存(잔존). 現存(현존). **묻다.** 存問(존문). 存恤(존휼).
尊 높을 존 (寸부-9획)	會意. 술(酋)을 손으로(寸) 받쳐 든 모습을 그려 '공경하는 마음으로 술을 바치다'를 나타냄. 받는 상대방은 높으므로 '높다', 공경하는 마음으로 바치므로 '공경하다'라는 의미가 파생됨.	**높다.** 尊貴(존귀). 尊嚴(존엄). 男尊女卑(남존여비). 唯我獨尊(유아독존). **어른.** 尊長(존장). **공경하다.** 尊敬(존경). 尊重(존중). **상대방을 높이는 말.** 尊啣(존함).
卒 군사 졸 (十부-6획)	會意. 노예나 군사가 입는, 표시(一)가 붙어 있는 옷(衣)을 그려서, '군사'를 나타냄.	**군사.** 卒兵(졸병). 軍卒(군졸). 兵卒(병졸). 烏合之卒(오합지졸). **갑자기.** 卒倒(졸도). 卒然(졸연). **마치다.** 卒哭(졸곡). 卒業(졸업). **죽다.** 卒逝(졸서).
 從 좇을 종 (彳부-8획)	會意. 한 사람(人)이 걸어간(止) 길을 다른 사람(人)이 따라서 걸어간다는(彳) 데서 '좇다'를 나타냄.	**좇다.** 從屬(종속). 從業員(종업원). **~로부터.** 從來(종래). **조용하다.** 從容(종용). **다음 가는 것.** 從犯(종범). 從一品(종일품). 從兄弟(종형제). 姨從(이종).
鐘 쇠북 종 (金부-12획)	形聲. 金+童. 쇠붙이(金)로 만들어서 아이(童)의 울음소리와 비슷하게 소리 내도록한다는 데서, '종'을 나타냄.	**쇠북. 종.** 鐘閣(종각). 鐘樓(종루). 鐘乳石(종유석). 警鐘(경종). 掛鐘時計(괘종시계). 梵鐘(범종). 自鳴鐘(자명종). 超人鐘(초인종). 打鐘(타종).

宗	會意. 집(宀) 안에 신에게 제사지내는 제단(示)이 있다는 데서 '사당'을 나타냄.	**근원.** 宗家(종가). 宗教(종교). 宗團(종단). 宗孫(종손). 宗主國(종주국). 改宗(개종). 儒宗(유종). **사당.** 宗廟(종묘). **일족.** 宗氏(종씨). 宗族(종족).
마루 종 (宀부-5획)		
終	形聲. 糸+冬. 결승문자에서 노끈의 양쪽 끝에 매듭을 묶어서(冬) '끝나다', '마치다'를 나타냄. 후에 '冬'이 계절의 끝인 '겨울'을 뜻하게 되자 '糸(가는 실 멱)'을 더해 '終'을 만들어서 나타내게 됨.	**마치다.** 終刊(종간). 終結(종결). 終了(종료). 終熄(종식). 終映(종영). **죽다.** 終焉(종언). 臨終(임종). **끝.** 終講(종강). 終禮(종례). 至 **마침내.** 終乃(종내).
마칠 종 (糸부-5획)		
種	形聲. 禾+重. '重'은 '童'의 변형으로 벼 포기(禾)가 어렸을 때(童) 옮겨 심는 데서 '심다'를 나타냄. 후에 물에 가라앉는 무거운(重) 벼(禾)를 볍씨로 썼다는 것에서 '씨'를 나타내게 됨.	**씨.** 種豚(종돈). 種子(종자). **종족.** 種族(종족). **부류.** 種類(종류). 種目(종목). 別種(별종). 業種(업종). 人種(인종). **심다.** 種痘(종두). 種藝(종예).
씨 종 (禾부-9획)		
座	會意. 집(广) 안에 사람이 앉을(坐) 수 있는 곳이라는 데서 '자리'를 나타냄.	**자리.** 座談(좌담). 座上(좌상). 座席(좌석). 座右銘(좌우명). 座中(좌중). 座標(좌표). 座向(좌향). 講座(강좌). 計座(계좌). 口座(구좌). 權座(권좌). 當座手票(당좌수표). 上座(상좌).
자리 좌 (广부-7획)		
左	會意. 애초 '一'과 'ノ'의 합성자인 'ナ'의 형태였는데, 금문(金文)에서부터 'エ'이 덧붙어 지금의 글자꼴이 됨. 오른손(ナ)이 하는 일(エ)을 돕는다는 데서 '돕다'를, 목수가 일을 할 때 자(エ)를 쥐는 손(ナ)이라는 데서 '왼손'을 나타냄.	**왼쪽.** 左邊(좌변). 左之右之(좌지우지). 左衝右突(좌충우돌). **증거.** 證左(증좌). **낮은 곳으로 내치다.** 左遷(좌천). **옳지 않다.** 左言(좌언).
왼 좌 (エ부-3획)		
罪	會意. 법망(罒)에 걸려들 정도로 옳지 않은(非) 행동이라는 데서 '죄'를 나타냄. 본래는 '自'와 '辛'의 합성자로, 형벌용 칼(辛)로 코(自)를 베이는 것을 그려서 '죄'를 나타냈는데, 후에 지금의 글자꼴로 바뀜.	**허물.** 罪名(죄명). 罪目(죄목). 罪狀(죄상). 罪悚(죄송). 罪囚(죄수). 罪惡(죄악). 罪人(죄인). 罪責感(죄책감). 無罪(무죄). 犯罪(범죄). 謝罪(사죄). 贖罪(속죄). n完全犯罪(완전범죄).
허물 죄 (罒부-8획)		

周 두루 주 (口부–5획)	會意. '冂'과 '土'의 합성자로 식물이 빽빽하게 자라서 땅(土)을 뒤덮고 있는(冂) 모습을 그려 '두루 세밀하다', '골고루 퍼지다'를 나타냄. 후에 '口'를 더했음.	**두루.** 周到(주도). 周到綿密(주도면밀). 周旋(주선). 周知(주지). **둘레.** 週期(주기). 周年(주년). **자세하다.** 周密(주밀). **나라 이름.** 周易(주역).
朱 붉을 주 (木부–2획)	指事. '木'에 중심을 나타내는 '一'을 더해 '중심부가 붉은 나무'를 나타냄. 후에 '붉은 색'을 나타냄.	**붉다.** 朱木(주목). 朱門(주문). 朱書(주서). 朱錫(주석). 朱紅(주홍). 朱黃(주황). 印朱(인주).
酒 술 주 (酉부–3획)	會意. 술(酉)에 물(水)을 더해 뜻을 분명히 함.	**술.** 酒客(주객). 酒量(주량). 酒類(주류). 酒幕(주막). 酒邪(주사). 酒色雜技(주색잡기). 酒店(주점). 酒酊(주정). 酒造(주조). 甘酒(감주). 禁酒(금주). 淸酒(청주). 濁酒(탁주).
走 달릴 주 (走부–0획)	會意. 사람(土는 大의 변형)이 발(아래는 止의 변형)을 빨리 놀려서 달려간다는 데 '달리다'를 나타냄.	**달아나다.** 逃走(도주). 脫走(탈주). 敗走(패주). **달리다.** 走馬看山(주마간산). 走馬燈(주마등). 走行(주행). 東奔西走(동분서주). 疾走(질주).
州 고을 주 (巛부–3획)	會意. 시냇물에 둘러싸인 삼각주를 그려 '한정된 지역'을 나타냄. 후에 행정구역의 명칭으로 사용됨. 본래 의미는 '水'를 더해 '洲'를 만들어서 나타냄.	**고을.** 州郡(주군).
晝 낮 주 (日부–7획)	會意. 해(日)가 떠서 질 때까지의 경계선(一)을 붓(聿)으로 그어두면 사이가 낮이라는 데서 '낮'을 나타냄.	**낮.** 晝間(주간). 晝耕夜讀(주경야독). 晝夜(주야). 白晝(백주). 不撤晝夜(불철주야).

注 물댈 주 (水부-5획)	形聲. 氵(水)+主. '主'는 손님이 모여드는 중심점. 물(水)이 한쪽으로 모여들도록(主) 물꼬를 터서 물을 댄다는 데서 '물을 대다'를 나타냄.	**물을 대다.** 注文(주문). 注射(주사). 注油(주유). 注入(주입). 傾注(경주). **정신을 쏟다.** 注目(주목). 注視(주시). **주석하다.** 늑註. 注解(주해). 脚注(각주).
主 주인 주 (丶부-4획)	象形. 초(王로 나타냈음)의 심지(丶)에 불이 붙어 있는 것, 또는 횃대(王)에 불(丶)이 붙어 있는 것을 그려 '불'을 나타냄. 불씨는 우두머리가 보관했으므로, '우두머리'를 나타내게 됨.	**주인.** 主人(주인). 主從(주종). **임금.** 主上(주상). 君主(군주). **우두머리.** 教主(교주). 喪主(상주). **주가 되다.** 主管(주관). 主觀(주관). **위패.** 神主(신주).
住 살 주 (人부-5획)	形聲. 人+主. '主'처럼 횃대에 불이 머물러 있다는 데서 '한곳에 완전히 머물러 있다'는 의미를 지님. 사람(人)이 움직이지 않고 머물러 있다는(主) 데서 '살다' '머무르다'를 나타냄.	**살다.** 住居地(주거지). 住民(주민). 住所(주소). 住宅(주택). 居住(거주). 安住(안주). 永住權(영주권). 原住民(원주민). 衣食住(의식주). 移住(이주). 入住(입주). 現住所(현주소).
竹 대 죽 (竹부-0획)	象形. 아래로 쳐진 대나무 잎 두 개를 그려서, '대나무'를 나타냄.	**대나무.** 竹刀(죽도). 竹林七賢(죽림칠현). 竹馬故友(죽마고우). 竹夫人(죽부인). 竹筍(죽순). 竹槍(죽창). 松竹(송죽). 雨後竹筍(우후죽순). 破竹之勢(파죽지세). 爆竹(폭죽). 合竹扇(합죽선).
準 준할 준 (水부-10획)	形聲. 氵(水)+隼. 새매(隼)가 물(水) 위를 수평으로 날아간다는 데서 '평평하다'를 나타냄. 물은 곧 새매가 날아가는 기준이 되어 '기준'의 의미를 갖게 됨.	**준하다.** 準據(준거). 準備(준비). 準用(준용). 準決勝(준결승). **법도.** 準則(준칙). 規基準(기준). **水고르다.** 照準(조준). 平準(평준). **콧마루.** 隆準(융준).
衆 무리 중 (血부-6획)	會意. 해(日) 아래 서 있는 사람(人)들을 그려 '많은 사람'을 나타냄. '日'이 '血'로 바뀜	**무리.** 公衆(공중). 觀衆(관중). 群衆(군중). 大衆(대중). 民衆(민중). 聽衆(청중). 出衆(출중). **많다.** 衆寡不敵(중과부적). 衆口難防(중구난방). 衆生(중생). 衆人(중인).

店 가게 점									
接 이을 접									
丁 장정 정									
整 가지런할 정									
靜 고요할 정									
政 정사 정									
程 길 정									
精 정할 정									
停 머무를 정									
情 뜻 정									
定 정할 정									
庭 뜰 정									
正 바를 정									
帝 임금 제									
制 절제할 제									

提 끌 제									
濟 건널 제									
祭 제사 제									
製 지을 제									
除 덜 제									
際 사이 제									
第 차례 제									
題 제목 제									
弟 아우 제									
條 가지 조									
潮 조수 조									
組 짤 조									
助 도울 조									
早 이를 조									
造 지을 조									

鳥 새 조									
操 잡을 조									
調 고를 조									
朝 아침 조									
祖 할아비 조									
族 겨레 족									
足 발 족									
存 있을 존									
尊 높을 존									
卒 군사 졸									
從 좇을 종									
鐘 쇠북 종									
宗 마루 종									
終 마칠 종									
種 씨 종									

座 자리 좌								
左 왼 좌								
罪 허물 죄								
周 두루 주								
朱 붉을 주								
酒 술 주								
走 달릴 주								
州 고을 주								
晝 낮 주								
注 물댈 주								
主 주인 주								
住 살 주								
竹 대 죽								
準 준할 준								
衆 무리 중								

1. 다음 한자어의 독음(讀音)을 쓰시오.

(1) 商店   (2) 壯丁   (3) 政府   (4) 過程
(5) 策定   (6) 庭園   (7) 正答   (8) 皇帝
(9) 濟度   (10) 祭祀   (11) 製造   (12) 除去
(13) 交際   (14) 滿潮   (15) 組織   (16) 操作
(17) 調節   (18) 蛇足   (19) 現存   (20) 從屬
(21) 打鐘   (22) 宗家   (23) 座談   (24) 左邊
(25) 逃走   (26) 州郡   (27) 主從   (28) 竹刀
(29) 大衆   (30) 住所

2. 다음 한자의 훈(訓)과 음(音)을 쓰세요.

(31) 接   (32) 弟   (33) 條   (34) 整
(35) 制   (36) 提   (37) 靜   (38) 第
(39) 題   (40) 情   (41) 精   (42) 助
(43) 終   (44) 種   (45) 周   (46) 朱
(47) 酒   (48) 鳥   (49) 朝   (50) 族
(51) 尊   (52) 卒   (53) 停   (54) 早
(55) 造   (56) 祖   (57) 罪   (58) 晝
(59) 注   (60) 準

3. 다음 빈칸에 알맞은 한자를 써 넣으시오.

(61) 皮骨相( )   (62) 垂簾聽( )   (63) 經世( )民   (64) 加減乘( )
(65) ( )失父母   (66) 鳥( )之血   (67) 唯我獨( )   (68) ( )衝右突
(69) ( )到綿密   (70) ( )馬看山   (71) ( )馬故友   (72) ( )口難防

4. 다음 한자의 부수를 쓰시오.

(73) 晝   (74) 朱   (75) 準   (76) 罪
(77) 宗   (78) 卒   (79) 鐘   (80) 鳥
(81) 族   (82) 朝   (83) 條   (84) 潮
(85) 際   (86) 題   (87) 帝   (88) 程
(89) 靜   (90) 整

重 무거울 중 (里부-2획)	會意. 사람(人)이 무거운 자루(東)를 짊어졌다는 데서 '무겁다'를 나타냄. '東(동녘 동)'은 물건을 불룩하게 넣고 끈(一)으로 동여맨(東) 자루를 본떠서 만든 글자.	**무겁다.** 重厚(중후). 重工業(중공업). 重量(중량). 重力(중력). **심하다.** 重罰(중벌). 重傷(중상). **중요하다.** 重要(중요). 重大(중대). **거듭하다.** 重複(중복). 二重(이중).
中 가운데 중 (丨부-3획)	指事. 둥그런 원(口) 안에 깃대(丨)가 세워져 있는 것을 그려서, '가운데'를 나타냄.	**가운데.** 中間(중간). 中國(중국). **안.** 中心(중심). 中耳炎(중이염). **법도에 맞다.** 中庸(중용). 中正(중정). **맞다.** 中毒(중독). 中風(중풍). 命中(명중). 百發百中(백발백중).
證 증명할 증 (言부-12획)	形聲. 言+登. 높은 곳에 올라가(登) 모든 사람들에게 사실을 말하여(言) 증명한다는 데서 '증명하다'를 나타냄.	**증명하다.** 證據(증거). 證明(증명). 證言(증언). 證人(증인). 干證(간증). 檢證(검증). 考證(고증). 公證(공증). 物證(물증). 傍證(방증). 心證(심증). 領收證(영수증). 認證(인증). 立證(입증).
增 더할 증 (土부-12획)	形聲. 土+曾. '曾'에는 '거듭하다'의 뜻이 있다. 흙(土) 위에 흙을 거듭(曾) 쌓아 더한다는 데서 '더하다'를 나타냄.	**더하다.** 增加(증가). 增減(증감). 增大(증대). 增産(증산). 增殖(증식). 增員(증원). 增資(증자). 增進(증진). 增築(증축). 增便(증편). 增幅(증폭). 激增(격증). 急增(급증). 漸增(점증).
持 가질 지 (手부-6획)	形聲. 扌(手)+寺. '寺'에는 '일을 맡아서 처리하다'는 의미가 있다. 손(手)이 맡은 일(寺)은 물건을 쥐는 것이라는 데서 '지니다'를 나타냄.	**갖다. 지니다.** 持久力(지구력). 持久戰(지구전). 持論(지론). 持病(지병). 持分(지분). 持續性(지속성). 持參(지참). 堅持(견지). 矜持(긍지). 保持(보지). 所持(소지). 維持(유지). 支持(지지).
智 슬기 지 (日부-8획)	形聲. 日+知. '日'은 '白'의 획 줄임. 아는 것(知)을 계속 밝혀나가면(白) 슬기롭게 된다는 데서 '슬기'를 나타냄.	**슬기.** 智德體(지덕체). 智略(지략). 智謀(지모). 智慧(지혜). 奇智(기지). 銳智(예지). 叡智(예지). 理智(이지). 仁義禮智信(인의예지신). 衆智(중지).

誌 기록할 지 (言부-7획)	形聲. 言+志. '志'는 마음을 온통 기울이는 것을 뜻하므로, '기억하다'라는 의미를 지님. 어떤 말(言)을 마음에 두어(志) 잊지 않으려면 기록해야 한다는 데서 '기록하다'를 나타냄.	**기록하다.** 誌齡(지령). 誌面(지면). 誌文(지문). 誌上(지상). 校誌(교지). 貴誌(귀지). 墓誌文(묘지문). 外誌(외지). 日誌(일지). 雜誌(잡지). 會誌(회지).
志 뜻 지 (心부-3획)	會意. 본래자는 '止'와 '心'의 합성자로 마음(心)이 지향하여 가는(止) 것이라는 데서 '희망'과 '포부'를 나타냄.	**뜻.** 志願(지원). 志操(지조). 志向(지향). 同志(동지). 意志(의지). 初志一貫(초지일관). 鬪志(투지). **기록하다.** 三國志(삼국지).
指 손가락 지 (手부-6획)	形聲. 扌(手)+旨. 손(手) 가운데 음식(旨)을 맛보는 것은 손가락이라는 데서 '손가락'을 나타냄.	**손가락.** 指紋(지문). 指壓(지압). 指章(지장). 斷指(단지). 十二指腸(십이지장). 中指(중지). **가리키다.** 指導(지도). 指向(지향). 指針(지침). 指稱(지칭).
支 지탱할 지 (支부-0획)	會意. 대나무 가지(十)를 손(又)으로 받치고 있는 모습을 그려 '가지'를 나타냄. 후에 '버티다', 가지가 갈라진 데서 '갈라지다' '간지' 등으로 널리 가차됨.	**버티다.** 支配(지배). 支援(지원). **헤아리다.** 度支(탁지). **갈려나다.** 支部(지부). 支社(지사). **주다.** 支給(지급). 支拂(지불). **지지.** 十二支(십이지). 地支(지지).
至 이를 지 (至부-0획)	指事. 위로부터 화살의 깃(첫 세 획), 화살촉(十), 땅(맨 아래의 一)을 가리킴. 화살이 땅에 꽂힌 것을 그려 화살이 목표에 닿았다는 데서 '이르다'를 나타냄.	**이르다.** 至今(지금). 乃至(내지). 踏至(답지). 遝至(답지). 甚至於(심지어). **지극하다.** 至極(지극). 至當(지당). 至毒(지독). 至上(지상). 至誠(지성). **동지.** 冬至(동지). 夏至(하지).
止 그칠 지 (止부-0획)	象形. 발뒤꿈치(아래의 긴 一)와 발가락 세 개(작은 一은 엄지발가락)로 발을 그려 '발'을 나타냄. 후에 가던 것을 그치고 멈춘다는 데서 '그치다' '멈추다'를 나타내게 됨.	**그치다.** 止揚(지양). 止熱劑(지열제). 止血(지혈). 停止(정지). **막다.** 禁止(금지). 防止(방지). 抑止(억지). 沮止(저지). 制止(제지). **머무르다.** 明鏡止水(명경지수).

知 알 지 (矢부-3획)	會意. 진리를 아는 사람만이 화살(矢)이 과녁을 맞히듯이 말할(言) 수 있다는 데서 '알다'를 나타냄.	**알다.** 知覺(지각). 知性(지성). 知識(지식). 知人(지인). 公知事項(공지사항). 無知(무지). **주관하다.** 知事(지사). 道知事(도지사).
地 땅 지 (土부-3획)	形聲. 土+也. 땅(土)의 모습이 꿈틀거리는 뱀(也)처럼 울퉁불퉁하다는 데서 '땅'을 나타냄.	**땅.** 地球(지구). 地圖(지도). 地理(지리). 地方(지방). 墓地(묘지). **입장.** 地位(지위). 見地(견지). 窮地(궁지). 死地(사지). 立地(입지). **바탕.** 服地(복지). 素地(소지).
紙 종이 지 (糸부-4획)	形聲. 糸+氏. '氏'는 '砥'의 획 줄임. 나무의 섬유질(糸)을 숫돌처럼 평평하게(砥) 펼쳐서 종이를 만든다는 데서 '종이'를 나타냄.	**종이.** 紙物鋪(지물포). 紙幣(지폐). 更紙(갱지). 壁紙(벽지). 用紙(용지). **편지.** 別紙(별지). 便紙(편지). **신문.** 紙齡(지령). 紙面(지면). 紙上(지상). 外紙(외지).
織 짤 직 (糸부-12획)	形聲. 糸+戠. 찰진 흙(戠)을 모아서 그릇을 빚듯이 실(糸)을 모아서 옷감을 짠다는 데서 '짜다'를 나타냄.	**짜다.** 織女星(직녀성). 織物(직물). 織婦(직부). 織造(직조). 牽牛織女(견우직녀). 絹織(견직). 綿織物(면직물). 毛織(모직). 紡織(방직). 手織(수직). 染織(염직). 組織(조직). 編織物(편직물).
職 직분 직 (耳부-12획)	形聲. 耳+戠. '戠'는 '識(알 식)'의 획 줄임. 말을 귀(耳)로 듣고 말하는 이의 심리를 알아낸다는(戠) 데서 '미묘한 것을 알아내다'를 나타냄. 후에 귀(耳)로 들은 것을 흙(戠)에 기록하는 일을 맡은 관리로 보아 '벼슬', '직분'을 나타냄.	**직분.** 職務(직무). 職分(직분). 職業(직업). 職員(직원). 職責(직책). 兼職(겸직). 教職(교직). 求職(구직). 賣官賣職(매관매직). 殉職(순직). 失職(실직). 就職(취직). 退職(퇴직).
直 곧을 직 (目부-3획)	會意. 많은(十) 사람이 보고(目) 있으므로 사실을 숨기지 못하고 바르게 드러낸다는 데서 '바르다' '곧다'를 나타냄.	**곧다.** 直徑(직경). 直流(직류). 直線(직선). 直進(직진). 硬直(경직). 率直(솔직). 正直(정직). **바로. 곧장.** 直感(직감). 直去來(직거래). 直結(직결). 直面(직면).

珍 보배 진 (玉부–5획)	形聲. '彡'은 머리터럭이 빽빽하게 나 있다는 데서 '세밀하다'를 뜻함. 석질이 세밀한 옥(玉)은 보배롭다는 데서 '보배'를 나타냄.	**보배.** 珍貴(진귀). 珍技(진기). 珍奇(진기). 珍味(진미). 珍羞盛饌(진수성찬). 珍珠(진주). 珍重(진중). 珍風景(진풍경). 山海珍味(산해진미).
盡 다할 진 (皿부–9획)	會意. 한 손으로 수세미(聿로 나타냈음)를 잡고 그릇(皿)의 먼지(灬로 나타냈음)를 씻는 모습을 그려 음식을 다 먹었음을 보여주고, '다하다', '끝내다'를 나타냄.	**다하다.** 盡心(진심). 盡忠報國(진충보국). 極盡(극진). 氣盡脈盡(기진맥진). 賣盡(매진). 無窮無盡(무궁무진). 未盡(미진). 消盡(소진). 一網打盡(일망타진). 縱橫無盡(종횡무진). 脫盡(탈진).
陣 진칠 진 (阜부–7획)	會意. 언덕(阜)에 수레(車)를 늘어놓고 진을 친다는 데서 '진'을 의미함. 군사가 평지에 진칠 때 주변에 수레를 늘어놓아 적병이 접근하는 것을 방지하는 성벽으로 이용하였음.	**진치다.** 陣頭(진두). 陣營(진영). 陣地(진지). 陣痛(진통). 對陣(대진). 背水陣(배수진). 一陣狂風(일진광풍). 長蛇陣(장사진). 敵陣(적진). 出陣(출진). 退陣(퇴진). 布陣(포진).
眞 참 진 (目부–5획)	會意. 사방팔방 어느 곳(八)에서 보더라도 올바르다는(直) 데서 '진리'를 나타냄.	**참.** 眞價(진가). 眞談(진담). 眞理(진리). 眞實(진실). 眞心(진심). 眞品(진품). 純眞(순진). **초상.** 眞影(진영). 寫眞(사진).
進 나아갈 진 (辶부–8획)	形聲. 辶(辵)+隹. 새(隹)가 날기 위해 앞으로 걸어간다는(辵) 데서 '앞으로 나아가다'를 나타냄.	**나아가다.** 進路(진로). 進步(진보). 進入(진입). 急進(급진). 突進(돌진). **오르다.** 進級(진급). 進士(진사). 昇進(승진). 十進法(십진법). 特進(특진). **올리다.** 進上(진상). 進言(진언).
質 바탕 질 (貝부–8획)	形聲. 貝+斦. '斦'은 나무를 도끼로 패거나 톱으로 자를 때 밑에 괴어놓는 받침을 뜻함. 재물(貝)은 사람이 살아가는 데 있어서 모탕(斦)과 같은 바탕이 된다는 데서 '바탕'을 나타냄.	**바탕.** 質量(질량). 物質(물질). 變質(변질). 本質(본질). 性質(성질). **질박하다.** 質朴(질박). **묻다.** 質問(질문). 質疑(질의). **볼모.** 質權(질권). 言質(언질).

集 모일 집 (隹부-4획)	會意. 새(隹)가 나무(木)에 앉아서 쉬는 것을 그려 '쉬다'를 나타냄. 후에 나무(木)에 새들(隹)이 모이는 것으로 보아 '모이다'를 나타내게 됨.	**모이다.** 集團(집단). 集約(집약). 集中(집중). 集合(집합). 集會(집회). 募集(모집). 文集(문집). 密集(밀집). 蒐集(수집). 詩集(시집). 凝集(응집). 全集(전집). 徵集(징집). 採集(채집).
差 다를 차 (工부-7획)	會意. '羊'처럼 생긴 부분은 '麥'의 변형, 'ノ'은 손을 뜻하는 'ㄐ'의 변형. 보리(羊)를 손(ノ)으로 간다는(工) 데서 본래 '갈다'를 뜻함. '羊'을 '垂(드리울 수)'의 획 줄임으로 보아, 좌우(左)로 늘어진(垂) 보리 이삭이 가지런하지 않음을 나타냄.	**다르다(차).** 差等(차등). 差別(차별). **빼다(차).** 差減(차감). 差益(차익). **부리다(차).** 差使(차사). 差押(차압). **병이 낫다(차).** 差度(차도). **가지런하지 않다(치).** 參差(참치).
次 버금 차 (欠부-2획)	會意. 길을 가다 피곤해(欠) 쉬는 곳은 두 번째(二) 출발점이어서 '다음'을 나타냄. 여기서 '차례' '번'의 의미가 파생됨. 사람됨이 모자라(欠) 앞에 나지 못하고 둘째(二)에 머묾을 뜻하기도 함.	**버금. 다음.** 次官(차관). 次期(차기). 次男(차남). 次席(차석). **차례.** 次例(차례). 目次(목차). 席次(석차). 年次(연차). 漸次(점차). **번.** 屢次(누차). 數次(수차).
着 붙을 착 (目부-6획)	會意. 양(羊)은 눈(目)을 마주볼 정도로 붙어 다닌다는 데서 '붙다'를 나타냄.	**붙다.** 密着(밀착). 附着(부착). 自家撞着(자가당착). 接着(접착). 定着(정착). **입다.** 着帽(착모). 着服(착복). **이르다.** 着陸(착륙). 着地(착지). **시작하다.** 着工(착공). 着手(착수).
讚 기릴 찬 (言부-19획)	形聲. 言+贊. 남을 칭찬하는 것은 말(言)로 도와주는(贊) 것이라는 데서 '기리다'를 나타냄.	**기리다.** 讚歌(찬가). 讚美(찬미). 讚辭(찬사). 讚頌歌(찬송가). 讚揚(찬양). 讚嘆(찬탄). 過讚(과찬). 極讚(극찬). 禮讚(예찬). 自畵自讚(자화자찬). 稱讚(칭찬).
察 살필 찰 (宀부-11획)	形聲. 宀+祭. '宀'은 주로 지붕을 뜻하므로, '위'라는 의미를 내포함. '祭'는 중요한 일로, 제물을 차림에 잘못이 없는지를 여러 사람이 위(宀)에서 내려다보며 세심하게 살펴야 한다는 데서 '살피다'를 나타냄.	**살피다.** 監察(감찰). 檢察(검찰). 警察(경찰). 考察(고찰). 觀察(관찰). 不察(불찰). 査察(사찰). 省察(성찰). 巡察(순찰). 視察(시찰). 偵察(정찰). 診察(진찰). 洞察(통찰).

參 참여할 **참** (厶부-9획)	會意. '厶'는 '日'의 변형으로 '별', 가운데 '人'은 사람, 아래의 '彡'은 별빛을 나타냄. 여러 개의 별이 사람 머리 위에서 빛나는 점에서 본래 '별의 이름(參星)'을 뜻함. 이후 별과 빛이 셋이라는 데서 '셋'을 나타냄.	**참여하다(참)**. 參加(참가). 參見(참견). 參觀(참관). 參與(참여). 不參(불참). **뵙다(참)**. 參拜(참배). 參詣(참예). 參禮(참례). **살피다(참)**. 參考(참고). 參酌(참작).
創 비롯할 **창** (刀부-10획)	形聲. 刂(刀)+倉. 창고(倉)를 짓는 일은 나무를 깎는(刀) 데서 비롯된다는 점에서 '비롯하다'를 나타냄.	**비롯하다**. 創立(창립). 創作(창작). 創製(창제). 創造(창조). 創出(창출). 獨創的(독창적). **칼날에 다치다**. 創傷(창상). 滿身創痍(만신창이).
唱 부를 **창** (口부-8획)	形聲. 口+昌. 노래 부르려면 평상시보다 소리(口)를 크게(昌) 내야 한다는 데서 '노래 부르다'를 나타냄.	**노래 부르다**. 唱歌(창가). 歌唱(가창). 名唱(명창). 愛唱曲(애창곡). 再唱(재창). 合唱(합창). **인도하다**. 唱導(창도). 復唱(복창). 夫唱婦隨(부창부수). 主唱(주창).
窓 창 **창** (穴부-6획)	形聲. 穴+悤. 빛(悤)을 받기 위해 벽에 낸 구멍(穴)이란 데서 '창'을 뜻함. 금문(金文)에는 창틀과 창살을 그린 '囪', 소전(小篆)에는 '囪', 예서(隸書)에는 '窗'로 표기하다가, 해서(楷書)에서 '窓'으로 고정됨. 본래는 '지붕으로 난 창', 예서 이후로 '벽에 낸 창'을 나타냄.	**창**. 窓口(창구). 窓門(창문). 窓戶紙(창호지). 同窓(동창). 東窓(동창). 封窓(봉창). 北窓(북창). 紗窓(사창). 書窓(서창). 琉璃窓(유리창). 車窓(차창). 鐵窓(철창). 學窓時節(학창시절).
採 캘 **채** (手부-8획)	形聲. 손(手)으로 나무뿌리를 캔다는(采) 데서 '캐다'를 나타냄. 본래자는 손(爪)으로 나무(木)를 뿌리째 캐는 '采(캘 채)'인데, '采'가 '따다'와 '캐다'를 의미하므로 '手(손 수)'를 덧붙여 '캐다'를 나타냄.	**캐다**. 採鑛(채광). 採掘(채굴). 採石(채석). 採油(채유). 採炭(채탄). **가려내다**. 採用(채용). 採點(채점). 採集(채집). 採取(채취). 採擇(채택). 公採(공채). 特採(특채).
冊 책 **책** (冂부-3획)	象形. 글씨를 쓴 대나무 조각(竹簡)을 실로 꿰어 묶은 모양으로, '간책(簡冊)'을 나타냄. 간책은 책과 같은 것으로 '책'을 나타냄.	**책**. 冊曆(책력). 冊名(책명). 冊房(책방). 冊床(책상). 冊子(책자). 冊張(책장). 冊欌(책장). **세우다**. 冊立(책립). 冊封(책봉).

責 꾸짖을 **책** (貝부-4획)	形聲. 貝+束. 발음부는 '束'의 변형. 꿔간 돈(貝)을 갚으라고 가시(束)로 찌르듯이 권하거나 꾸짖는다는 데서 '권하다' '꾸짖다'를 나타냄.	**꾸짖다.** 責望(책망). 呵責(가책). 免責(면책). 問責(문책). 自責(자책). **책임.** 責務(책무). 責任(책임). 無責任(무책임). 重責(중책). 職責(직책). **권하다.** 責善(책선).
處 곳 **처** (虍부-5획)	會意. 호랑이(虎)가 걸음을 멈추고(夂) 걸터앉아 있다는(几) 데서 '곳'을 나타냄. 예서(隸書)에서부터 '虍(호피 무늬 호)'를 더해 지금의 글자꼴이 됨.	**곳.** 各處(각처). 去來處(거래처). 居處(거처). 近處(근처). 傷處(상처). **살다.** 處女(처녀). 處暑(처서). 處 **처리하다.** 處理(처리). 處方(처방). 處罰(처벌). 假處分(가처분). 難處(난처).
泉 샘 **천** (水부-5획)	象形. 물이 구멍(白으로 나타냈음)에서 솟아 시내(川로 물의 흐름을 그렸음)를 이루는 모습을 그려, '샘'을 나타냄.	**샘.** 泉石膏肓(천석고황). 鑛泉(광천). 冷泉(냉천). 溫泉(온천). 源泉(원천). 硫黃泉(유황천). **돈.** 泉布(천포). **저승.** 九泉(구천). 黃泉(황천).
千 일천 **천** (十부-1획)	指事. '千'과 '人'의 중국 발음이 비슷하므로, '人'에 '一'을 더해 '천'을 나타냄. 갑골문에서는 '人'에 '一二三'과 같이 획을 그어서 천 단위를 표시함.	**일천.** 千金(천금). 千里馬(천리마). 千里眼(천리안). 千萬多幸(천만다행). 千辛萬苦(천신만고). 千字文(천자문). 千載一遇(천재일우). 千差萬別(천차만별). 千秋(천추). 一攫千金(일확천금).
天 하늘 **천** (大부-1획)	會意. 큰 것(大) 위에 '一'을 더해 더없이 큰 것이란 데서 '하늘'을 나타냄. 지사문자로 보아, 사람(大)이 우러러보는 곳(一)으로, '하늘'을 가리킨다고도 함.	**하늘.** 天干(천간). 天高馬肥(천고마비). 天下(천하). 開天節(개천절). **하느님.** 天國(천국). 天罰(천벌). **자연.** 天性(천성). 天敵(천적). **임금.** 天恩(천은). 天子(천자).
川 내 **천** (巛부-0획)	象形. 시냇물이 구불구불하게 흐르는 모양을 그려서, '시내'를 나타냄.	**내.** 川獵(천렵). 川邊風景(천변풍경). 乾川(건천). 山川(산천). 山川草木(산천초목). 晝夜長川(주야장천). 河川(하천).

鐵 쇠 철 (金부-13획)	形聲. '金'이 형에 해당함. 발음부(鐵에서 金을 뺀 부분)는 '날카롭다'를 뜻함. 예리한(철) 무기를 만드는 단단한 쇠붙이(金)라는 데서 '쇠'를 나타냄.	쇠. 鐵鋼(철강). 鐵器(철기). 鐵道(철도). 鐵面皮(철면피). 電鐵(전철). 무기. 寸鐵殺人(촌철살인). 변하지 않는 것. 鐵壁(철벽). 鐵則(철칙).
廳 관청 청 (广부-22획)	形聲. 广+聽. 백성의 말을 듣고(聽) 시시비비를 가려주는 집(广)이라는 데서 '관청'을 나타냄.	관청. 廳舍(청사). 官廳(관청). 道廳(도청). 兵務廳(병무청). 市廳(시청). 特許廳(특허청). 마루. 大廳(대청). 醮禮廳(초례청).
聽 들을 청 (耳부-16획)	會意. 아첨의(壬) 말보다 덕 있는(悳의 변형) 사람이 충고하는 말을 듣고(耳) 따라야 한다는 데서 '듣다' '따르다'를 나타냄. 후에 지금의 글자꼴로 바뀌며 '따르다', '심리하다'는 의미가 붙음.	듣다. 聽覺(청각). 聽衆(청중). 公聽會(공청회). 盜聽(도청). 傍聽(방청). 垂簾聽政(수렴청정). 심리하다. 聽訟(청송).
請 청할 청 (言부-8획)	形聲. 言+靑. '靑'은 푸른 소나무처럼 '곧게 절개를 지키다'를 뜻함. 아첨하지 않고 곧은(靑) 말(言)로 정당하게 요구한다는 데서 '청하다'를 나타냄.	청하다. 請求(청구). 請負(청부). 請約(청약). 請誘(청유). 請牒(청첩). 請託(청탁). 請婚(청혼). 懇請(간청). 不請客(불청객). 申請(신청). 要請(요청). 自請(자청). 提請(제청). 招請(초청).
清 맑을 청 (水부-8획)	形聲. 氵(水)+靑. '靑'은 맑은 하늘의 빛깔로, '맑고 깨끗하다'라는 의미. 물(水)이 맑고 깨끗하다는(靑) 데서 '맑다'를 나타냄.	맑다. 깨끗하다. 淸潔(청결). 淸廉(청렴). 淸掃(청소). 淸純(청순). 끝맺다. 淸算(청산). 나라 이름. 淸料理(청요리). 淸日戰爭(청일전쟁).
靑 푸를 청 (靑부-0획)	形聲. 丹+生. '丹'은 '색깔'을 뜻함. 생물(生)이 태어날 때의 색깔(丹), 즉 봄에 싹이 돋아날 때의 '푸른색'을 나타냄. 푸른 새싹은 어리다는 데서 '젊다'라는 의미가 파생됨.	푸르다. 靑果(청과). 靑寫眞(청사진). 靑山(청산). 靑瓷(청자). 靑天霹靂(청천벽력). 丹靑(단청). 젊다. 靑年(청년). 靑孀(청상). 靑少年(청소년). 靑春(청춘).

體 몸 체 (骨부-13획)	形聲. 骨+豊. 많은(豊) 뼈(骨)로 이루어진 것이라는 데서 '몸'을 나타냄.	**몸.** 體格(체격). 體力(체력). **몸소.** 體感(체감). 體得(체득). **근본.** 體言(체언). 主體(주체). **격식.** 體系(체계). 體面(체면). **물질.** 個體(개체). 固體(고체).
招 부를 초 (手부-5획)	會意. 손(手)을 흔들어 사람을 부른다는(召) 데서 '부르다'를 나타냄.	**부르다.** 招待(초대). 招待狀(초대장). 招來(초래). 招聘(초빙). 招請(초청). 招致(초치). 招魂(초혼). 問招(문초). 自招(자초).
初 처음 초 (刀부-5획)	會意. 옷감을 칼(刀)로 재단하는 것이 옷(衣)을 만드는 시작이라는 데서 '시작' '처음'을 나타냄.	**처음.** 初級(초급). 初期(초기). 初面 (초면). 初盤(초반). 初步(초보). 初志 一貫(초지일관). 初版(초판). 初婚(초 혼). 今時初聞(금시초문). 自初至終(자 초지종). 最初(최초).
草 풀 초 (艸부-6획)	形聲. 艹(艸)+早. 이른(早) 봄에 싹(艸)이 돋는 데서 '풀'을 나타냄. 본래는 '屮' 하나만 썼고, 소전(小篆)에서 '艸'로 바꼈다가, 예서(隸書)부터 '草'가 됨.	**풀.** 草食(초식). 乾草(건초). **엉성하다.** 草略(초략). 草率(초솔). **초잡다.** 草稿(초고). 草案(초안). 起 **시작하다.** 草創期(초창기). **초서.** 草書(초서). 行草(행초).
村 마을 촌 (木부-3획)	形聲. 木+寸. 커다란 나무(木) 아래 가까운 촌수(寸)의 사람들이 마을을 이뤄 모여 산다는 데서 '마을'을 나타냄. 본래자는 '邨'인데, 예서(隸書)에서부터 지금의 글자꼴로 바뀜.	**마을.** 村落(촌락). 村婦(촌부). 村長 (촌장). 江村(강촌). 農村(농촌). 富 村(부촌). 貧村(빈촌). 寺下村(사하촌). 山村(산촌). 散村(산촌). 漁村(어촌). 地球村(지구촌). 集姓村(집성촌).
寸 마디 촌 (寸부-0획)	指事. 손목(十으로 나타냈음) 끝의 맥박이 뛰는 곳(丶)을 표시하고, 손바닥 끝에서부터 그곳까지의 길이 '한 치'를 나타냄. 이후 엄지손가락으로 동맥을 눌러 짚어 헤아린다는 데서 '헤아리다'의 의미도 가지게 됨.	**작다.** 寸刻(촌각). 寸劇(촌극). **치.** 길이의 단위로, 1/10尺(3. 03cm)에 **해당함.** 寸寸(촌촌). 方寸(방촌). **헤아리다.** 寸度(촌탁). **촌수.** 寸數(촌수). 四寸(사촌).

總 거느릴 총 (糸부-11획)	形聲. 糸+悤. '悤'은 '빠르다'라는 의미. 가는 실은 쉽게 엉키므로, 여러 가닥의 실(糸)을 빨리(悤) 하나로 묶어야 한다는 데서 '묶다'를 나타냄. 여기서 '모으다' '모두' '거느리다' 등의 의미가 파생됨.	**거느리다.** 總理(총리). 總務(총무). 總長(총장). 總責(총책). 總販(총판). **모으다.** 總括(총괄). 總論(총론). **묶다.** 總角(총각). **모두.** 總點(총점). 總體(총체).
銃 총 총 (金부-6획)	形聲. 金+充. 무엇을 끼울(充) 수 있도록 쇠붙이(金)에 만들어진 구멍으로, 본래는 '자루를 끼우는 도끼 구멍'을 나타냄. 후에 총 구멍이 도끼 구멍과 같다는 데서 '총'을 나타냄.	**총.** 銃劍(총검). 銃擊(총격). 銃器(총기). 銃殺(총살). 銃傷(총상). 銃聲(총성). 銃彈(총탄). 銃砲(총포). 拳銃(권총). 機關銃(기관총). 機銃掃射(기총소사). 小銃(소총). 獵銃(엽총).
最 가장 최 (曰부-8획)	會意. '曰'은 모자를 본뜬 것임. 남의 모자(曰)를 무례히 빼앗는다는(取) 데서 '훔치다'를 나타냄. 후에 일을 성취한(取) 공로가 으뜸(曰)이라고 보아 '가장 큰 공을 세운 사람'을 나타냄. 여기서 '가장'이라는 의미가 파생됨.	**가장.** 最强(최강). 最高(최고). 最近(최근). 最多(최다). 最大(최대). 最善(최선). 最小(최소). 最新(최신). 最惡(최악). 最優秀(최우수). 最適(최적). 最終(최종). 最初(최초). 最後(최후).
推 밀 추 (手부-8획)	形聲. 扌(手)+隹. '隹'는 둥지에서 밖으로 날아가는 것을 즐김으로 '밖을 향하다'라는 의미를 내포함. 밖을 향해(隹) 손(手)으로 힘차게 민다는 데서 '밀다'를 나타냄.	**밀다(추).** 推進(추진). **천거하다(추).** 推戴(추대). 推仰(추앙). **옮기다(추).** 推移(추이). **미루어 헤아리다(추).** 推論(추론). **밀다(퇴).** 推稿(퇴고).
秋 가을 추 (禾부-4획)	形聲. 禾+火. 가을은 벼(禾)를 거두어서 말리는(火) 계절이라는 데서 '가을'을 나타냄.	**가을.** 秋季(추계). 秋穀(추곡). 秋夕(추석). 秋收(추수). 秋風落葉(추풍낙엽). 秋毫(추호). **해.** 春秋(춘추). 存亡之秋(존망지추). 千秋(천추).
縮 줄일 축 (糸부-11획)	形聲. 糸+宿. '宿'에는 '오래되다'라는 뜻이 있음. 옷감(糸)을 물에 오래도록(宿) 담았다가 꺼내면 줄어든다는 데서 '줄다' '오그라들다'를 나타냄.	**줄다. 오그라들다.** 縮小(축소). 縮尺(축척). 縮(농축). 伸縮性(신축성). 壓縮(압축). 凝縮(응축). **모자라다. 축나다.** 縮米(축미).

重 무거울 중							
中 가운데 중							
證 증명할 증							
增 더할 증							
持 가질이지							
智 슬기 지							
誌 기록할이지							
志 뜻 지							
指 손가락 지							
支 지탱할이지							
至 이를이지							
止 그칠이지							
知 알이지							
地 땅 지							
紙 종이 지							

織 짤 직									
職 직분 직									
直 곧을 직									
珍 보배 진									
盡 다할 진									
陣 진칠 진									
眞 참 진									
進 나아갈 진									
質 바탕 질									
集 모일 집									
差 다를 차									
次 버금 차									
着 붙을 착									
讚 기릴 찬									
察 살필 찰									

參 참여할 참								
創 비롯할 창								
唱 부를 창								
窓 창 창								
採 캘 채								
冊 책 책								
責 꾸짖을 책								
處 곳 처								
泉 샘 천								
千 일천 천								
天 하늘 천								
川 내 천								
鐵 쇠 철								
廳 관청 청								
聽 들을 청								

請 청할 청									
清 맑을 청									
靑 푸를 청									
體 몸 체									
招 부를 초									
初 처음 초									
草 풀 초									
村 마을 촌									
寸 마디 촌									
總 거느릴 총									
銃 총 총									
最 가장 최									
推 밀 추									
秋 가을 추									
縮 줄일 축									

1. 다음 한자어의 독음(讀音)을 쓰시오.

(1) 重量   (2) 命中   (3) 志向   (4) 指壓
(5) 支援   (6) 至極   (7) 止揚   (8) 知識
(9) 地球   (10) 正直   (11) 珍味   (12) 賣盡
(13) 眞實   (14) 差別   (15) 次席   (16) 附着
(17) 背水陣   (18) 合唱   (19) 冊床   (20) 責望
(21) 千里眼   (22) 淸掃   (23) 靑寫眞   (24) 最初
(25) 乾草   (26) 地球村   (27) 寸數   (28) 秋收
(29) 天性   (30) 山川

2. 다음 한자의 훈(訓)과 음(音)을 쓰세요.

(31) 證   (32) 智   (33) 聽   (34) 請
(35) 誌   (36) 紙   (37) 最   (38) 職
(39) 進   (40) 質   (41) 集   (42) 持
(43) 織   (44) 銃   (45) 察   (46) 窓
(47) 採   (48) 處   (49) 泉   (50) 鐵
(51) 體   (52) 招   (53) 廳   (54) 讚
(55) 增   (56) 參   (57) 創   (58) 總
(59) 推   (60) 縮

3. 다음 빈칸에 알맞은 한자를 써 넣으시오.

(61) 百發百( )   (62) 明鏡( )水   (63) 山海( )味   (64) 無窮無( )
(65) 自畵自( )   (66) ( )載一遇   (67) 晝夜長( )   (68) 寸( )殺人
(69) 今時( )聞   (70) ( )風落葉   (71) ( )高馬肥   (72) 仁義禮( )信

4. 다음 한자의 부수를 쓰시오.

(73) 增   (74) 誌   (75) 支   (76) 至
(77) 職   (78) 陳   (79) 質   (80) 地
(81) 集   (82) 差   (83) 創   (84) 採
(85) 冊   (86) 泉   (87) 廳   (88) 最
(89) 草   (90) 縮

築 쌓을 축 (竹부-10획)	形聲. 木+筑. '筑'은 대나무 가지로 두들겨서 소리를 내는 악기이므로, '두들기다'라는 의미를 내포함. 대나무로 축(筑)을 두드리듯 나뭇공이(木)로 두드려 땅을 다진 뒤에 집을 짓는다는 데서 '짓다'를 나타냄.	**쌓다. 짓다.** 築臺(축대). 築城(축성). 築造(축조). 築港(축항). 改築(개축). 建築(건축). 構築(구축). 新築(신축). 增築(증축).
蓄 모을 축 (艸부-10획)	形聲. ++(艸)+畜. 가축을 기르기 위해서는 많은 풀(艸)을 쌓아놓아야(畜) 한다는 데서 '쌓다'를 나타냄.	**쌓다.** 蓄膿症(축농증). 蓄積(축적). 蓄電池(축전지). 備蓄(비축). 貯蓄(저축). 電含蓄(함축). **거느리다.** 蓄妾(축첩).
祝 빌 축 (示부-5획)	會意. 제단(示) 앞에 무릎을 꿇고 앉은 사람(儿)이 소원을 말한다는(口) 데서 '빌다' '기도하다'를 뜻함. 본래는 '제사지낼 때 대표로 신에게 기원하는 사람'을 나타냄.	**빌다.** 祝歌(축가). 祝杯(축배). 祝福(축복). 祝祭(축제). 祝賀(축하). 慶祝(경축). 自祝(자축). **끊다.** 祝髮(축발).
春 봄 춘 (日부-5획)	會意. 위의 다섯 획은 '艸'와 '屯'의 합성자. 햇볕(日)을 받아 풀(艸) 싹(屯)이 돋는 데서 '봄'을 뜻함. 본자는 새싹(屮)이 땅(一)을 뚫고 나오는 모습의 '屯'인데, 나중에 '日(해 일)'과 '艸(풀 초)'를 덧붙임.	**봄.** 春困(춘곤). 春秋(춘추). 春風(춘풍). 一場春夢(일장춘몽). 早春(조춘). 靑春(청춘). **정사.** 春情(춘정). 賣春(매춘). 思春期(사춘기). 回春(회춘).
出 날 출 (凵부-3획)	會意. 동굴 입구(凵)에서 발(止)이 나오는 모습을 그려 '안에서 밖으로 나가다'를 나타냄. 소전(小篆)에서부터 '止'가 '屮'로 바뀌어 지금의 글자꼴이 됨.	**낳다.** 出産(출산). 出生(출생). **나가다.** 出發(출발). 出入(출입). **뛰어나다.** 出世(출세). 出衆(출중). **나타나다.** 出席(출석). 出處(출처). **내놓다.** 出捐(출연). 出版(출판).
忠 충성 충 (心부-4획)	形聲. 心+中. 사리사욕에 치우치지 않고(中) 자기 직분에 전념하는 마음(心)에서 '공경하다'를 뜻함. 게으르지 않은 게 공경(恭敬)인데, 그리 하려면 마음을 다 해야 한다는 데서 '心'을, 사리사욕에 치우치지 않아야 한다는 데서 '中'을 따라 씀.	**충성.** 忠犬(충견). 忠告(충고). 忠僕(충복). 忠誠(충성). 忠臣(충신). 忠實(충실). 忠心(충심). 忠言(충언). 忠義(충의). 忠節(충절). 忠魂(충혼). 忠孝(충효). 不忠(불충). 顯忠日(현충일).

蟲 벌레 충 (虫부-12획)	會意. '虫' 셋을 합쳐 써서, '벌레' 전체를 나타냄.	**벌레.** 蟲災(충재). 蟲齒(충치). 昆蟲(곤충). 寄生蟲(기생충). 毒蟲(독충). 病蟲害(병충해). 殺蟲劑(살충제). 爬蟲類(파충류). 害蟲(해충).
充 채울 충 (儿부-3획)	會意. 위의 네 획은 '育'의 획 줄임. 사람(儿)을 기르려면(育) 정신과 육체를 채워야한다는 데서 '채우다'를 나타냄.	**채우다.** 充當(충당). 充員(충원). 充位(충위). 補充(보충). 擴充(확충). **가득하다.** 充滿(충만). 充分(충분). 充實(충실). 充足(충족). 充血(충혈). 不充分(불충분).
就 나아갈 취 (尢부-9획)	會意. 멀고 높은 곳에 있는 서울(京)까지 절름거리며(尢) 걸어간다는 데서 '나아가다'를 나타냄.	**나아가다.** 就業(취업). 就任(취임). 就職(취직). 就寢(취침). 就學(취학). 日就月將(일취월장). **이루다.** 成就(성취). 所願成就(소원성취).
趣 뜻 취 (走부-8획)	形聲. 走+取. 무엇을 얻기(取) 위해서는 빨리 달려가야만(走) 한다는 데서 '빨리 가다'를 뜻함. 얻고자 하는 것은 곧 그 사람이 마음으로 생각하던 것이란 데서 '뜻'의 의미가 파생됨.	**뜻.** 趣味(취미). 趣旨(취지). 趣向(취향). 惡趣味(악취미). 情趣(정취). 興趣(흥취). **빨리 가다.** 趣舍(취사).
取 가질 취 (又부-6획)	會意. 귀(耳)를 손(又)으로 잡은 것을 그려, '갖다'를 나타냄. 옛날에는 전쟁에서 이기면 포로나 죽은 적의 귀를 잘라 가졌던 풍습에서 이 글자가 만들어짐.	**갖다.** 取得(취득). 取消(취소). 取食(취식). 取材(취재). 取調(취조). 喝取(갈취). 攝取(섭취). 受取人(수취인). 略取(약취). 爭取(쟁취). 進取的(진취적). 搾取(착취). 採取(채취).
測 헤아릴 측 (水부-9획)	形聲. 氵(水)+則. 물(水)의 깊이를 일정한 법칙(則)에 따라 헤아린다는 데서 '헤아리다'를 나타냄.	**헤아리다.** 測量(측량). 測雨器(측우기). 測定(측정). 測候所(측후소). 計測(계측). 觀測(관측). 怪常罔測(괴상망측). 目測(목측). 實測(실측). 臆測(억측). 豫測(예측). 推測(추측).

層 층 층 (尸부-12획)	形聲. 尸(屋)+曾. '尸'는 '屋'의 획 줄임이고, '曾'은 시루를 본뜬 글자이므로 솥 위에 시루가 놓이듯이 '거듭됨'을 뜻함. 집(屋) 위에 집이 거듭된다는(曾) 데서 '층'을 나타냄.	층. 層階(층계). 層巖絶壁(층암절벽). 各層(각층). 階層(계층). 基層(기층). 單層(단층). 上層(상층). 庶民層(서민층). 成層圈(성층권). 深層(심층). 中産層(중산층). 知識層(지식층).
治 다스릴 치 (水부-5획)	形聲. 氵(水)+台. '台'는 '怡'의 본래자. 물의 본성은 아래로 흘러가는 것인데, 물(水)을 잘 다스려서 아래로 흘러가게 만들면 마음이 기쁘다는(台) 데서 '다스리다'를 나타냄.	다스리다. 治國(치국). 治安(치안). 治粧(치장). 以熱治熱(이열치열). 고치다. 治療(치료). 治癒(치유). 萬病通治(만병통치). 完治(완치). 主治醫(주치의). 退治(퇴치).
置 둘 치 (网부-8획)	形聲. 罒(网)+直. 새 잡는 그물(网)을 바르게(直) 펴서 설치한다는 데서 '설치하다' '베풀다'를 나타냄.	두다. 베풀다. 置簿(치부). 置重(치중). 代置(대치). 倒置(도치). 放置(방치). 配置(배치). 備置(비치). 設置(설치). 安置(안치). 位置(위치). 留置場(유치장). 裝置(장치). 措置(조치).
齒 이 치 (齒부-0획)	會意. 세월이 흐를수록(止) 입(口) 안에 있는 울퉁불퉁 솟은 것(ㅆ)이 늘어간다는 데서 '이빨'을 나타냄. 해마다 이빨이 하나씩 늘어난다는 데서 '나이'를 나타냄. 소전(小篆)에서부터 지금의 글자꼴이 됨.	이. 齒科(치과). 齒牙(치아). 齒藥(치약). 齒列(치열). 齒痛(치통). 脣亡齒寒(순망치한). 蟲齒(충치). 나이. 齒德(치덕). 年齒(연치). 늘어서다. 齒齒(치치). 不齒(불치).
致 이를 치 (至부-4획)	會意. 말을 채찍질하면(攵) 목적지에 이르게(至) 된다는 데서 '이르다'를 나타냄.	보내다. 致詞(치사). 致誠(치성). 이루다. 致富(치부). 景致(경치). 이르다. 致命傷(치명상). 그만두다. 致仕(치사). 뜻. 極致(극치). 滿場一致(만장일치).
則 법칙 칙 (刀부-7획)	會意. '貝'는 '鼎'의 변형. 옛날에는 사람들에게 법도가 될 만한 글귀를 솥(貝)에다 칼(刂)로 새겨놓았다는 데서 '법도' '법칙'을 나타냄.	법칙(칙). 規則(규칙). 反則(반칙). 法則(법칙). 原則(원칙). 鐵則(철칙). 學則(학칙). 곧(즉). 然則(연즉).

親 친할 친 (見부-9획)	形聲. '見'이 형에 해당. 발음부는 '榛'의 본래자로, 뾰족한 가시(초은 후의 획 줄임)가 많은 나무(木)를 뜻함. 한 줄기에서 나온 가시가 서로 보호한다는 의미로, 한 조상에서 나와 보호하며 마주하고(見) 산다는 데서 '친척' '친하다'를 뜻함.	**친하다.** 親交(친교). 親舊(친구). 親近(친근). 親密(친밀). 親分(친분). **어버이.** 親家(친가). 親權(친권). **몸소.** 親書(친서). 親政(친정). **친척.** 親眷(친권). 親族(친족).
七 일곱 칠 (一부-1획)	指事. 다섯을 나타내는 손바닥(一)에 둘(乚)을 더해 '일곱'을 나타냄. 본래자는 '十'이었는데, 열을 나타내는 'ㅣ'이 '十'으로 변하자, 소전(小篆)에서부터 혼동을 피하기 위해 아랫부분을 오른쪽으로 굽혀 '七'로 씀.	**일곱.** 七面鳥(칠면조). 七寶(칠보). 七夕(칠석). 七旬(칠순). 七言詩(칠언시). 七月(칠월). 七音(칠음). 七顚八起(칠전팔기). 七情(칠정). 七縱七擒(칠종칠금). 北斗七星(북두칠성).
寢 잠잘 침 (宀부-11획)	會意. 집(宀)의 침대(爿)를 손(又)에 든 비(帚)로 쓸고 잠잔다는 데서 '잠자다'를 나타냄. 본래자는 '宀(집 면)'과 帚의 합성자인데, 후에 '人'이 덧붙고, 해서(楷書)에는 '人' 대신 '爿'이 덧붙어 지금의 글자꼴이 됨.	**잠자다.** 寢囊(침낭). 寢臺(침대). 寢床(침상). 寢食(침식). 寢室(침실). 同寢(동침). 就寢(취침). **그치다.** 寢息(침식).
針 바늘 침 (金부-2획)	形聲. 金+十. '鍼'의 속자(俗字). '十'이 한 자리 숫자의 총체를 뜻하므로 '咸(다 함)' 대신 씀. 의료용 '침'과 구분해 재봉용 '바늘'을 지칭함.	**바늘.** 針線(침선). 針小棒大(침소봉대). 毒針(독침). 分針(분침). 時針(시침). 秒針(초침). **침.** ≒鍼 針灸(침구). 針術(침술). 頂門一針(정문일침).
侵 침범할 침 (人부-7획)	會意. 사람(人)이 비(帚의 획 줄임)를 오른손(又)에 들고 땅을 쓸며 조금씩 앞으로 나간다는 데서 '차차 나아가다'를 뜻함. 자기 땅에서 차차 나아가면 남의 땅을 침범하게 되므로, 후에 '침범하다'를 나타냄.	**침범하다.** 侵攻(침공). 侵掠(침략). 侵略(침략). 侵犯(침범). 侵入(침입). 侵奪(침탈). 侵害(침해). 南侵(남침). 來侵(내침). 不可侵(불가침). 再侵(재침).
稱 일컬을 칭 (禾부-9획)	形聲. '禾'가 형에 해당함. 발음부(칭)는 손(爫)으로 물고기(冉)를 들고 무게를 닮을 뜻함. 곡식(禾)의 무게를 단다는(칭) 데서 '저울질하다'를 나타냄. 저울질하면 소리 질러 그 무게를 알린다는 데서 '일컫다' '칭찬하다' 등의 의미가 파생됨.	**일컫다.** 稱號(칭호). 改稱(개칭). 名稱(명칭). 自稱(자칭). 尊稱(존칭). **저울질하다.** 稱量(칭량). **칭찬하다.** 稱頌(칭송). 稱讚(칭찬). **알맞다.** 稱情(칭정). 稱職(칭직).

快
쾌할 쾌
(心부-4획)

形聲. 忄(心)+夬. '夬'은 활시위(弓)을 손(又)으로 당겨 화살을 쏘는 데서, '당기다(引), 놓다(放), 열리다(開)'의 의미를 내포함. 기쁜 마음(心)이 드러나 얼굴에 웃음이 번진다는(夬) 데서 '상쾌하다'를 나타냄.

상쾌하다. 시원하다. 快樂(쾌락). 快差(쾌차). 輕快(경쾌). 不快(불쾌). 愉快(유쾌). 痛快(통쾌).
빠르다. 快速船(쾌속선). 快走(쾌주).
잘 들다. 快刀(쾌도).

他
다를 타
(人부-3획)

形聲. 人+也. '也'는 머리를 치켜든 뱀을 본뜸. 뱀(也)과 사람(人)은 다르다는 데서 '다르다'를 나타냄. 본래자는 '人'과 '它'의 합성자로, '짊어지다'를 나타냈는데, 예서(隸書)에서부터 지금의 글자꼴이 됨.

남. 他界(타계). 他國(타국). 他動詞(타동사). 他方面(타방면). 他山之石(타산지석). 他殺(타살). 他姓(타성). 他律(타율). 他人(타인). 他鄕(타향). 其他(기타). 排他(배타). 餘他(여타).

打
칠 타
(手부-2획)

形聲. 扌(手)+丁. 못(丁)을 박으려면 손(手)에 망치를 들고 힘껏 쳐야 한다는 데서 '치다'를 나타냄.

치다. 打擊(타격). 打撲傷(타박상). 打樂器(타악기). 打鐘(타종). 亂打(난타). 安打(안타).
타. 물품을 세는 단위. 十打(십타).

卓
높을 탁
(十부-6획)

會意. 그물(早로 나타냈음)로 새(上로 나타냈음)를 잡는 것을 그려서, 본래는 '새를 잡다'를 나타냈음. 나중에 일찍(早) 일어나는 사람이 뜻을 높이(上) 세운다는 것으로 보아 '높다'를 나타내게 됨.

높다. 卓立(탁립). 卓然(탁연).
뛰어나다. 卓見(탁견). 卓越(탁월).
책상. 卓球(탁구). 卓上空論(탁상공론). 卓子(탁자). 食卓(식탁). 圓卓(원탁).

彈
탄알 탄
(弓부-12획)

形聲. 弓+單. 화살을 쏘는 활(弓)과 돌을 매달아 던지는 무기(單)을 겹쳐 써서 '튕기다'를 나타냄. 본래자는 '弓(활 궁)'과 'ㅁ(입 구)'의 합성자로 '탄알(ㅁ)을 쏘는 활(弓)'을 나타내는데, 소전(小篆)에서부터 지금과 같은 글자가 됨.

탄알. 彈丸(탄환). 手榴彈(수류탄).
튕기다. 彈力(탄력). 彈性(탄성).
연주하다. 彈琴(탄금). 彈奏(탄주).
탄핵하다. 彈劾(탄핵). 糾彈(규탄).
떨다. 彈冠(탄관).

歎
탄식할 탄
(欠부-11획)

形聲. 欠+嘆. 발음부는 '嘆'의 획 줄임. 하품하듯이(欠) 입을 크게 벌리고 숨을 내쉬며 탄식한다는(嘆) 데서 '탄식하다'를 나타냄.

탄식하다. 恷歎. 歎息(탄식). 歎願書(탄원서). 慨歎(개탄). 晚時之歎(만시지탄). 恨歎(한탄).
기리다. 歎服(탄복). 歎聲(탄성). 感歎(감탄). 敬歎(경탄). 驚歎(경탄).

炭 숯 탄 (火부-5획)	會意. 산(山)처럼 높은 언덕(厂)에 숨겨져 있는 땔 감(火)이란 데서 '석탄'을 나타냄.	**숯.** 木炭(목탄). **석탄.** 炭鑛(탄광). 九孔炭(구공탄). 無 煙炭(무연탄). 白炭(백탄). 石炭(석탄). **원소 이름.** 炭酸(탄산). 炭素(탄소). 炭 化水素(탄화수소).
脫 벗을 탈 (肉부-7획)	形聲. 月(肉)+兌. 벌레가 허물을 벗으면 몸(肉)이 바뀐다는(兌) 데서 '벗다'를 나타냄.	**벗다.** 脫殼(탈각). 脫穀(탈곡). 脫毛 (탈모). 脫帽(탈모). 脫衣(탈의). **벗어나다.** 脫線(탈선). 脫獄(탈옥). **빠뜨리다.** 脫落(탈락). 脫色(탈색). **소홀하다.** 脫略(탈략). 疏脫(소탈).
探 찾을 탐 (手부-8획)	會意. 扌(手)+深. 발음부는 '深'의 획 줄임. 손(手) 을 보이지 않는 곳에 깊이(深) 넣고 무엇을 찾는다 는 데서 '찾다'를 나타냄.	**찾다.** 探究(탐구). 探求(탐구). 探問 (탐문). 探訪(탐방). 探査(탐사). 探索 (탐색). 探情(탐정). 探偵(탐정). 探照 燈(탐조등). 探知(탐지). 探險(탐험). 內探(내탐). 廉探(염탐). 偵探(정탐).
態 모습 태 (心부-10획)	會意. 마음(心)에 있는 정신은 행동거지를 통해 능 히(能) 그 모습을 겉으로 드러낸다는 데서 '모습'을 나타냄.	**모습.** 態度(태도). 嬌態(교태). 動態 (동태). 舊態依然(구태의연). 事態(사 태). 狀態(상태). 世態(세태). 實態(실 태). 容態(용태). 擬態(의태). 姿態(자 태). 千態萬象(천태만상). 形態(형태).
太 클 태 (大부-1획)	指事. 'ヽ(점 주)'는 반복의 의미로 사용됨. 큰 것 (大)을 거듭 써서(ヽ으로 나타냈음) '아주 큰 것'을 나타냄. 본래자는 '大'를 아래위로 겹쳐 썼으나, 반 복된다는 'ヽ(점 주)'를 덧붙여 표시함.	**크다.** 늑泰. 太白(태백). 太陽(태양). 太平(태평). 太平聖代(태평성대). **심하다.** 太半(태반). 太不足(태부족). **처음.** 太極(태극). 太極旗(태극기) **콩.** 豆太(두태). 明太(명태).
擇 가릴 택 (手부-13획)	形聲. 扌(手)+睪. 물건의 허실을 눈으로 엿보아(睪) 손(手)으로 좋은 것을 가려낸다는 데서 '가리다'를 나타냄.	**가리다.** 擇一(택일). 選擇(선택). 兩者 擇一(양자택일). 取捨選擇(취사선택). 採擇(채택).

宅 집 택 (宀부-3획)	形聲. 宀+乇. 사람이 의지하고(乇) 사는 집(宀)이라는 데서 '주택'을 나타냄. 집에 머무른다는 데서 '거주하다' '있다' 등의 의미가 파생됨.	집(택). 家宅(가택). 舍宅(사택). 社宅(사택). 自宅(자택). 邸宅(저택). 무덤(택). 宅兆(택조). 幽宅(유택). 남이나 남의 집을 높여 부르는 말(댁). 宅內(댁내). 大田宅(대전댁).
討 칠 토 (言부-3획)	形聲. 言+寸. 법도(寸)에 맞게 말하여(言) 잘못한 사람을 다스린다는 데서 '다스리다'를 나타냄.	치다. 討伐(토벌). 討罪(토죄). 聲討(성토). 궁구하다. 討論(토론). 討議(토의). 檢討(검토). 구하다. 討索(토색).
土 흙 토 (土부-0획)	象形. 땅(一) 위에 흙을 쌓은 모양(十)을 그려 '흙'을 나타냄.	흙. 土器(토기). 土城(토성). 土壤(토양). 土質(토질). 領土(영토). 고향. 土俗(토속). 土着(토착). 오행의 하나. 土生金(토생금). 별 이름. 土星(토성).
痛 아플 통 (疒부-7획)	形聲. 疒+甬. '甬(길 용)'은 꽃이 무성한 것을 본뜬 글자로, '무성하게 솟아오르다'는 의미. 꽃이 피거나 물이 솟아오르듯이(甬) 상처(疒)가 부풀어 올라 아프다는 데서 '아프다'를 나타냄.	아프다. 痛感(통감). 苦痛(고통). 頭痛(두통). 腹痛(복통). 陣痛(진통). 원통하다. 痛憤(통분). 憤痛(분통). 상하다. 痛心(통심). 몹시. 痛哭(통곡). 痛駁(통박).
統 거느릴 통 (糸부-6획)	形聲. 糸+充. 누에가 토하는 한 줄기의 실(糸)이 누에의 몸 둘레를 채워(充) 고치를 만드는데, 그 실이 누에고치 전체를 거느리므로 '거느리다'를 나타냄.	거느리다. 統監(통감). 統率(통솔). 統帥權(통수권). 統長(통장). 統制(통제). 계통. 家統(가통). 系統(계통). 합치다. 統計(통계). 統括(통괄).
通 통할 통 (辶부-7획)	形聲. 辶(辵)+甬. '甬(길 용)'은 양쪽에 담이 쌓인 골목길을 뜻함. 골목길(甬)을 따라 걸어가면(辵) 결국 큰 길로 통한다는 데서 '통하다'를 나타냄.	통하다. 通過(통과). 通念(통념). 오가다. 通勤(통근). 通禁(통금). 알리다. 通報(통보). 通事情(통사정). 정을 통하다. 通情(통정). 姦通(간통). 통. 履歷書一通(이력서일통).

退 물러날 **퇴** (辶부-6획)	會意. '艮(어긋날 간)'은 시간(日)이 거꾸로 간다는 (夊) 데서 '후퇴하다' '내려오다'를 뜻함. 뒤로 물러나(艮) 간다는(辶) 데서 '물러가다'를 나타냄.	**물러나다.** 退勤(퇴근). 退院(퇴원). 退場(퇴장). 一進退兩難(진퇴양난). **물리치다.** 退却(퇴각). 退治(퇴치). 擊退(격퇴). **바래다.** 退色(퇴색).
投 던질 **투** (手부-4획)	形聲. 扌(手)+殳. '殳(창 수)'는 전차 앞에 걸었다가 장애물을 미는데 사용하던 장대를 뜻하는데, '길다'는 데서 '멀다'라는 뜻을 파생됨. 물건을 손(手)으로 집어 민다는(殳) 데서 '던지다'를 뜻함.	**던지다.** 投球(투구). 投射(투사). **보내다.** 投稿(투고). 投書(투서). **버리다.** 投賣(투매). **머무르다.** 投機(투기). 投宿(투숙). **맞다.** 意氣投合(의기투합).
鬪 싸울 **투** (鬥부-10획)	形聲. 鬥+斲. 발음부는 '斲(깎을 착)'의 변형. 서로 상처 내며(착) 싸운다는(鬥) 데서 '싸우다'를 뜻함. 본래자는 머리에 깃털(王)을 꽂은 무사(丨) 두 사람이 서로 싸우는 모습을 그린 '鬥(싸울 투)'인데, 예서(隸書)에서는 '豆斤', 그 후에는 '豆寸'이 덧붙음.	**싸우다.** 鬪犬(투견). 鬪技(투기). 鬪病(투병). 鬪牛(투우). 鬪爭(투쟁). 鬪志(투지). 鬪魂(투혼). 健鬪(건투). 格鬪(격투). 孤軍奮鬪(고군분투). 拳鬪(권투). 泥田鬪狗(이전투구). 戰鬪(전투).
特 특별할 **특** (牛부-6획)	會意. 관청(寺)에서 제사지낼 때 희생물로 쓰는 소(牛)는 특별히 우수하다는 데서 '특별하다' '특히'를 나타냄. 옛날에는 벼슬아치가 제사를 주관했고, 제사에는 좋은 소를 골라 희생물로 썼던 데서 이 글자가 만들어짐.	**특별하다.** 特講(특강). 特權(특권). 特技(특기). 特別(특별). 特殊(특수). 特徵(특징). 特許(특허). **홀로.** 特有(특유). 特異(특이). 獨特(독특).
派 갈래 **파** (水부-6획)	形聲. '水'는 형에 해당함. 강물(水)이 지류로 나눠 흐른다는 데서 '갈래'를 나타냄. 발음부는 큰 강줄기(厎)에서 갈라져 나온(一) 지류를 표시한 것으로 '派'의 본래자인데, 의미를 확실히 하기 위해 '水'를 덧붙임.	**갈래.** 派生(파생). 黨派(당파). 新派(신파). 流派(유파). 一派(일파). **보내다.** 派遣(파견). 派兵(파병). 派出婦(파출부). 派出所(파출소). 急派(급파). 特派(특파).
波 물결 **파** (水부-5획)	形聲. 氵(水)+皮. 물(水)이 벗겨 놓은 가죽(皮)처럼 울퉁불퉁하게 움직인다는 데서 '물결'을 나타냄.	**물결. 흐름.** 波濤(파도). 波動(파동). 波紋(파문). 萬頃蒼波(만경창파). **진동.** 波動(파동). 高周波(고주파). **눈빛.** 秋波(추파). **어수선함.** 世波(세파). 餘波(여파).

破 깨뜨릴 **파** (石부-5획)	形聲. 石+皮. '皮'는 동물 껍질을 벗기는 것을 뜻하는데, 껍질을 벗기면 몸체와 껍질이 분리되므로 '나뉘다'는 의미를 내포함. 한 덩어리 돌(石)을 잘게 나눈다는(皮) 데서 '깨뜨리다'를 나타냄.	**깨뜨리다.** 쪼개다. 늑裂. 破格(파격). 破壞(파괴). 破損(파손). **破竹之勢(파죽지세).** 爆破(폭파). **다하다.** 늑盡. 破産(파산). 看破(간파). 讀破(독파). 突破(돌파). 說破(설파).
判 판단할 **판** (刀부-5획)	形聲. 刂(刀)+半. 물건의 절반(半)을 칼(刀)로 자르듯이 일을 명쾌하게 판단한다는 데서 '판단하다'를 나타냄.	**판단하다.** 判決(판결). 判斷(판단). 判事(판사). 批判(비판). 審判(심판). **아주.** 判無識(판무식). 判異(판이). **반쪽.** 菊判(국판). 倍判(배판). 四六判(사륙판).
板 널빤지 **판** (木부-4획)	形聲. 木+反. 나무(木)를 얇게 켜서 마주보도록(反) 만들었다는 데서 '널빤지'를 나타냄.	**널빤지.** 板書(판서). 板子(판자). 看板(간판). 氷板(빙판). 鐵板(철판). **판목.** 늑版. 板刻(판각). 板木(판목). 板本(판본). 經板(경판). 京板(경판). 完板(완판).
八 여덟 **팔** (八부-0획)	指事. 물건을 두 쪽으로 나누어(‖) 양쪽에서 잡아당기는(丿과 乀) 것을 그려 '나누다'를 나타냄. 후에 네 손가락씩 펴고 있는 두 손을 그린 것으로 보아, '여덟'을 나타냄.	**여덟.** 八道(팔도). 八等身(팔등신). 八方美人(팔방미인). 百八煩惱(백팔번뇌). 四柱八字(사주팔자). 十中八九(십중팔구). 十八番(십팔번). 二八靑春(이팔청춘). 七顚八起(칠전팔기).
敗 패할 **패** (攴부-7획)	形聲. 攵(攴)+貝. 한 손에 막대기를 잡고(攴) 귀한 그릇(貝는 鼎의 변형임)을 때리는 것을 그려 '부수다'를 나타냄. 후에 적에 의해 부수어지는 것으로 보아 '패하다'를 나타냄.	**패하다.** 敗北(패배). 敗訴(패소). 不敗(불패). 勝敗(승패). 失敗(실패). **무너지다.** 敗家亡身(패가망신). **썩다.** 敗血症(패혈증). 腐敗(부패). 酸敗(산패).
篇 책 **편** (竹부-9획)	形聲. 竹+扁. '扁'은 본래 '편액'을 뜻하는데, 편액은 주인의 이름을 밝히는 것이므로 '밝히다'라는 의미를 내포함. 대나무 조각(竹)에 글씨를 써서 무엇에 대해 밝힌다는(扁) 데서 '책'을 나타냄.	**책.** 短篇(단편). 詩篇(시편). 玉篇(옥편). 長篇(장편). 全篇(전편). 前篇(전편). 後篇(후편). **편.** 글의 숫자를 헤아리는 단위. 篇數(편수). 千篇一律(천편일률).

便 편할 편 (人부-7획)	會意. 사람(人)은 불편함을 고쳐(更) 편리하게 만드는 데서 '편리하다'를 나타냄.	편리하다(편). 便覽(편람). 便利(편리). 계제(편). 便乘(편승). 便紙(편지). 쪽(편). 相對便(상대편). 男便(남편). 아첨하다(편). 便佞(편녕). 똥 오줌(변). 便器(변기). 便秘(변비).
評 평할 평 (言부-5획)	形聲. 言+平. 사물이나 사건에 대해 선악이나 시비를 공평하게(平) 말한다는(言) 데서 '평론하다'를 나타냄.	평론하다. 評價(평가). 評論(평론). 評傳(평전). 評點(평점). 評判(평판). 論評(논평). 漫評(만평). 批評(비평). 詩評(시평). 再評價(재평가). 定評(정평). 總評(총평). 品評(품평). 好評(호평).
平 평평할 평 (干부-2획)	指事. 一+兮. '兮'의 아랫부분은 '柯의 본래자로 '도끼자루'를, 'ハ'은 도끼를 휘두르면 소리가 울려 퍼지는 것을 뜻하므로, '兮'는 놀람과 감탄을 표시하는 감탄사로 쓰임. 놀라거나 감탄하여 기운이 멈췄다가(兮) 가라앉아 평평해진다는(一) 데서 '평평하다' '평온하다'를 나타냄.	평평하다. 平均(평균). 平等(평등). 다스리다. 平亂(평란). 平定(평정). 평온하다. 平安(평안). 平穩(평온). 보통 상태. 平價(평가). 平民(평민). 평성. 平聲(평성).
閉 닫을 폐 (門부-3획)	會意. 문(門)과 문을 닫을 때 쓰는 빗장(才으로 그림)을 합쳐 써서, '문을 닫다'를 나타냄. 빗장은 '十'에서 '丰'으로 그렸다가 해서(楷書)에서부터 '才'로 바뀜.	닫다. 閉校(폐교). 閉門(폐문). 閉店(폐점). 開閉(개폐). 막다. 閉塞(폐색). 閉鎖(폐쇄). 閉蟄(폐칩). 密閉(밀폐). 幽閉(유폐). 마치다. 閉講(폐강). 閉幕(폐막).
胞 세포 포 (肉부-5획)	會意. '包(쌀 포)'는 본래 태아를 그려서 '임신하다'를 뜻함. 임신한 아이(包)를 둘러싸고 있는 얇은 막(肉)이라는 데서 '태'를 나타냄.	태보. 胞宮(포궁). 僑胞(교포). 同胞(동포). 세포. 胞子(포자). 單細胞(단세포). 多細胞(다세포). 細胞(세포). 癌細胞(암세포).
包 쌀 포 (勹부-3획)	象形. 본래는 태아(人)가 태반(○)에 있는 모습을 그려 '임신하다'를 나타냄. 예서(隸書)에서부터 구부린 사람(巳)을 감싼(勹) 형태로 바뀌면서, '싸다'를 나타냄.	싸다. 包括(포괄). 包袋(포대). 包攝(포섭). 包容(포용). 包圍(포위). 包裝(포장). 包含(포함). 꾸러미. 小包(소포).

築 쌓을 축								
蓄 모을 축								
祝 빌 축								
春 봄 춘								
出 날 출								
忠 충성 충								
蟲 벌레 충								
充 채울 충								
就 나아갈 취								
趣 뜻 취								
取 가질 취								
測 헤아릴 측								
層 층 층								
治 다스릴 치								
置 둘 치								

齒 이 치

致 이를 치

則 법칙 칙

親 친할 친

七 일곱 칠

寢 잠잘 침

針 바늘 침

侵 침범할 침

稱 일컬을 칭

快 쾌할 쾌

他 다를 타

打 칠 타

卓 높을 탁

彈 탄알 탄

歎 탄식할 탄

炭 숯 탄									
脫 벗을 탈									
探 찾을 탐									
態 모습 태									
太 클 태									
擇 가릴 택									
宅 집 택									
討 칠 토									
土 흙 토									
痛 아플 통									
統 거느릴 통									
通 통할 통									
退 물러날 퇴									
投 던질 투									
鬪 싸울 투									

特 특별할 특

派 갈래 파

波 물결 파

破 깨뜨릴 파

判 판단할 판

板 널빤지 판

八 여덟 팔

敗 패할 패

篇 책 편

便 편할 편

評 평할 평

平 평평할 평

閉 닫을 폐

胞 세포 포

包 쌀 포

1. 다음 한자어의 독음(讀音)을 쓰시오.

(1) 春秋   (2) 出發   (3) 忠告   (4) 取得
(5) 測量   (6) 層階   (7) 景致   (8) 原則
(9) 就寢   (10) 秒針   (11) 快樂   (12) 排他
(13) 彈丸   (14) 慨歎   (15) 石炭   (16) 自宅
(17) 討伐   (18) 土器   (19) 投球   (20) 鬪牛
(21) 特許   (22) 派遣   (23) 波紋   (24) 看板
(25) 四柱八字 (26) 便利   (27) 平等   (28) 閉校
(29) 細胞   (30) 包裝

2. 다음 한자의 훈(訓)과 음(音)을 쓰세요.

(31) 築   (32) 脫   (33) 探   (34) 充
(35) 蓄   (36) 祝   (37) 就   (38) 統
(39) 通   (40) 趣   (41) 治   (42) 評
(43) 置   (44) 蟲   (45) 齒   (46) 七
(47) 侵   (48) 稱   (49) 親   (50) 態
(51) 太   (52) 篇   (53) 打   (54) 卓
(55) 擇   (56) 痛   (57) 退   (58) 破
(59) 判   (60) 敗

3. 다음 빈칸에 알맞은 한자를 써 넣으시오.

(61) 以熱( )熱   (62) 滿場一( )   (63) ( )上空論   (64) 晩時之( )
(65) 千( )萬象   (66) ( )平聖代   (67) 進( )兩難   (68) 萬頃蒼( )
(69) 一場( )夢   (70) 怪常罔( )   (71) ( )方美人   (72) 千( )一律

4. 다음 한자의 부수를 쓰시오.

(73) 胞   (74) 便   (75) 破   (76) 敗
(77) 蟲   (78) 趣   (79) 築   (80) 畜
(81) 祝   (82) 投   (83) 特   (84) 討
(85) 統   (86) 脫   (87) 擇   (88) 快
(89) 寢   (90) 稱

1. 다음 漢字語의 讀音을 쓰시오.
[1] 餘暇   [2] 裝置   [3] 範圍   [4] 領域
[5] 看破   [6] 支持   [7] 抗辯   [8] 延着
[9] 敢請   [10] 就航   [11] 屈伏   [12] 郵票
[13] 拒逆   [14] 誤判   [15] 憤痛   [16] 隱密
[17] 眼鏡   [18] 暴君   [19] 省墓   [20] 配慮
[21] 傾聽   [22] 鐵筋   [23] 投射   [24] 缺損
[25] 雜穀   [26] 段階   [27] 宣布   [28] 殘額
[29] 保管   [30] 嚴禁

2. 다음 漢字의 訓과 音을 쓰시오.
[31] 暇   [32] 就   [33] 投   [34] 派
[35] 歡   [36] 候   [37] 篇   [38] 態
[39] 寢   [40] 縮   [41] 持   [42] 儀
[43] 遺   [44] 案   [45] 肅   [46] 洗
[47] 碑   [48] 粉   [49] 普   [50] 舞
[51] 留   [52] 糧   [53] 擔   [54] 檀
[55] 納

3. 다음 漢字語 중 첫 音節이 길게 發音 되는 單語 셋을 골라 그 번호를 쓰시오.
① 寶物 ② 保證 ③ 包裝 ④ 簡略 ⑤ 針線
⑥ 美國 ⑦ 模範 ⑧ 未來 ⑨ 射擊 ⑩ 思考

4. 다음 漢字를 널리 쓰이는 略字로 고쳐 쓰시오.
[59] 戰   [60] 體   [61] 禮

5. 다음 漢字어의 뜻을 풀이 하시오.
[62] 無敵   [63] 乳兒   [64] 童謠

6. 다음 문장에서 밑줄 친 漢字語를 漢字(正字)로 쓰시오.
[65] 옳은 지 그른 지 객관적으로 판단하여야 한다.
[66] 아버지는 기르던 농우를 팔아 학비를 마련하셨다.
[67] 같은 약이라도 사람마다 효과가 다를 수 있다.
[68] 정부에서는 외국인의 취업을 허가하였다.
[69] 그는 자타가 인정하는 컴퓨터 실력자이다.
[70] 이 산은 빼어난 경치를 자랑하고 있다.
[71] 그녀는 천만 원을 장학 재단에 기탁했다.

[72] 설날에는 세배를 드리고 <u>덕담</u>을 나눈다.

7. 다음 각 글자와 뜻이 같거나 비슷한 **漢字**를 ( )속에 적어 **單語**를 **完成**하시오.

[73] 堅( )   [74] ( )慮   [75] ( )覽   [76] 停( )

[77] 認( )   [78] ( )備   [79] 希( )   [80] 座( )

[81] ( )志   [82] ( )擊

8. 다음 **四字成語**가 완성되도록 ( ) 속의 말을 **漢字**로 바꾸어 쓰시오.

[78] (풍전)燈火   [79] 功過(상반)   [80] (필유)曲折

[81] 嚴冬(설한)   [82] (남남)北女

9. 다음 빈칸에 알맞은 **漢字**를 적어 **四字成語**를 **完成**하시오.

[83] ( )以孝 : 효도로써 어버이를 섬김.

[84] ( )博識 : 들은 것이 많고 아는 것이 많음.

[85] 溫故( ) : 옛것을 익히고 새것을 앎.

[86] 富( )天 : 부귀를 누리는 일은 하늘의 뜻에 달려 있음.

[87] ( )曲折 : 반드시 무슨 까닭이 있음.

10. 다음 **單語**의 **同音異義語**를 **漢字**로 쓰되 제시된 뜻에 맞추시오.

[88] (指標) : 지구의 표면 또는 땅의 겉면

[89] (舊俗) : 투수가 던지는 공의 속도

[90] (端身) : 짤막하게 전하는 뉴스

[91] (勞勉) : 길바닥

[92] (醫師) : 무엇을 하고자 하는 생각

11. 다음 글의 ( ) 속에 들어갈 알맞은 말을 쓰시오.

‘降’은 “내릴( )[98]”과 “( )[99] 항”으로 읽히는 **一字多音字**이다. ‘惡’은 “나쁠 악”과 “미워할( )[100]”로 읽히는 글자이다.

布 베 포 (巾부-2획)	形聲. 巾+父. 첫 두 획은 '父'의 획 줄임. 아버지는 자식을 훌륭하게 키우려고 매질한다는 데서 '매질 하다'라는 의미를 내포함. 아버지(父)가 매질하듯이 옷감(巾)을 다듬질했다는 데서 '베'를 나타냄.	**베.** 布袋(포대). 布木(포목). 布帳(포장). 麻布(마포). 毛布(모포). 濕布(습포). 瀑布(폭포). **베풀다.** 布告(포고). 公布(공포). 發布(발포). 配布(배포). 分布(분포). 流布
爆 터질 폭 (火부-15획)	形聲. 火+暴. 불(火)이 일어나며 갑자기(暴) 터진 다는 데서 '터지다'를 나타냄.	**터지다.** 爆擊(폭격). 爆發(폭발). 爆死(폭사). 爆笑(폭소). 爆藥(폭약). 爆竹(폭죽). 爆彈(폭탄). 爆破(폭파). 起爆劑(기폭제). 猛爆(맹폭). 原爆(원폭). 自爆(자폭). 戰爆機(전폭기).
暴 사나울 폭 (日부-11획)	會意. '共은 두 손으로 물건을 든 모습을 본뜸. 햇빛 (日) 아래 무엇을 두 손에 들고(共) 물기(氺)를 뺀다는 데서 '햇볕에 쬐어 말리다'를 나타냄. 여기서 '드러내다' 는 의미가 파생됨. 후에 '氺'가 '本'으로 바뀌어, 열(十) 사람(人)의 힘을 합친 것처럼 힘이 셈을 뜻하기도 함.	**사납다(폭).** 暴君(폭군). 暴力(폭력). **지나치다(폭).** 暴利(폭리). 暴飮(폭음). **갑자기(폭).** 暴騰(폭등). 暴落(폭락). **드러내다(폭).** 暴露(폭로). **사납다(포).** 暴惡(포악). 暴虐(포학).
標 표할 표 (木부-11획)	形聲. 木+票. '票'는 '불길이 치솟다'는 뜻이 있는 데, 여기서는 '위'란 의미. 나무(木) 위쪽(票)이라는 데서 '나무꼭대기의 가지' '우듬지'를 나타냄. 후에 나무(木) 윗부분(票)을 깎아 경계선을 표시하거나 이정표를 나타냈으므로 '표시'를 나타냄.	**표시.** 標記(표기). 標榜(표방). 標本(표본). 標示(표시). 標語(표어). 標的(표적). 標題(표제). 標準(표준). 目標(목표). 浮漂(부표). 商標(상표). 音標(음표). 里程標(이정표). 座標(좌표).
票 표 표 (示부-6획)	會意. '覀'는 '要'의 획 줄임이고, '示'는 '二(←上)'과 '不(←火)'의 합성자. 불(火)은 위(上)로 올라가려 (要) 한다는 데서 '불길이 치솟다'를 나타냄. 후에 자세히 살필(示) 것이 요구된다고(要) 보아 '작은 쪽지'를 나타냄.	**표. 쪽지.** 票決(표결). 記票所(기표소). 得票(득표). 賣票所(매표소). 郵票(우표). 投票(투표). **가볍게 솟아오르다.** 票然(표연).
表 겉 표 (衣부-2획)	會意. 짐승의 가죽(毛)으로 만든 옷(衣)이란 데서 본래 '갖옷'을 나타냄. 짐승 가죽으로 만든 옷은 주 로 겉옷이어서 '겉' '표면'이란 의미가 파생됨.	**겉. 거죽.** 表裏(표리). 表面(표면). **밝히다.** 表決(표결). 表示(표시). **모범.** 代表(대표). 師表(사표). **문체의 하나.** 表文(표문). 表箋(표전). **표.** 價格表(가격표). 情表(정표).

品 물건 품 (口부−6획)	指事. 그릇(口으로 나타냄) 세 개를 그리고, 그릇이 많아 담을 물건도 많다는 데서 '많다'를 뜻함. 후에 물건을 담은 그릇이 많으니 물건 종류도 많다고 보아 '물건' '종류' '등급' 등을 나타냄.	**물건.** 品目(품목). 品切(품절). 名品(명품). 返品(반품). 食品(식품). **등급.** 品階(품계). 品數(품수). **품성.** 品格(품격). 品詞(품사). **비평하다.** 品評會(품평회).
豊 풍년 풍 (豆부−6획)	象形. '豐'의 속자. 제사용 그릇(豆)에 제수품(丰)이 산(山)처럼 풍성하게 쌓여있다는 데서 '풍성하다'를 나타냄.	**풍년들다.** 豊年(풍년). 豊作(풍작). 時和年豊(시화연풍). **풍성하다.** 豊滿(풍만). 豊富(풍부). 豊盛(풍성). 豊饒(풍요).
風 바람 풍 (風부−0획)	形聲. 虫+凡. 애벌레(虫)는 모든(凡) 바람을 쐬어야 생겨난다는 데서 '바람'을 나타냄. 옛날 중국에서는 여덟 종류의 바람이 있고, 벌레는 8일간에 걸쳐 이 바람을 모두 쐬어야 생겨날 수 있다고 믿었음.	**바람.** 風樹之嘆(풍수지탄). 屛風(병풍). 扇風機(선풍기). 消風(소풍). **풍속.** 風物(풍물). 風俗(풍속). **모습.** 風格(풍격). 風景(풍경). **병 이름.** 風齒(풍치). 驚風(경풍).
疲 지칠 피 (疒부−5획)	形聲. 疒+皮. 사람이 너무 지치면 피부(皮)에 병든(疒) 기색이 보인다는 데서 '지치다'를 나타냄.	**지치다.** 疲困(피곤). 疲勞(피로). 疲弊(피폐).
避 피할 피 (辶부−13획)	形聲. 辶(辵)+辟. '辟'이 꿇어앉은 사람(글자의 왼쪽)을 형벌용 칼(辛)로 처벌하는 것으로 본래는 '법'을 뜻함. 법(辟)에 맞게 살아가면(辵) 형벌을 피할 수 있다는 데서 '피하다'를 나타냄.	**피하다.** 避難(피난). 避難民(피난민). 避暑(피서). 避暑地(피서지). 避身(피신). 避姙(피임). 避雷針(피뢰침). 忌避(기피). 待避(대피). 逃避(도피). 所避(소피). 回避(회피).
必 반드시 필 (心부−1획)	會意. 말뚝(弋)을 박아 경계선(八)을 표시하면 틀림없다는 데서 '반드시'를 나타냄. 본래자는 도구의 자루를 뜻하는 '주의 좌우에 물방울(丶) 둘을 그린 형태로, 물푸는 구기의 '자루'를 나타냄. 소전(小篆)에서는 '戈과 ' ㅣ'의 합성자로 변했다가, 예서(隸書)에서부터 지금의 글자꼴이 됨.	**반드시.** 必讀書(필독서). 必死的(필사적). 必須(필수). 必需品(필수품). 必勝(필승). 必然(필연). 必要(필요). 期必(기필). 不必要(불필요). 事必歸正(사필귀정). 生必品(생필품).

筆 붓 필 (竹부-6획)	會意. 본래자는 '聿(붓 율)'로, 손(彐)으로 털(二)이 달린 긴 대(丨)를 잡은 모습을 그리고, '붓'을 나타냄. 나중에 '聿'이 주로 '어조사'로 사용되자, 붓대롱의 재료인 '竹(대 죽)'을 덧붙여 본래 의미를 명확히 함.	**붓.** 筆筒(필통). 粉筆(분필). 色鉛筆(색연필). 鉛筆(연필). **글씨.** 筆記(필기). 筆記具(필기구). 筆法(필법). 筆順(필순). 筆體(필체). **글.** 筆名(필명). 筆者(필자).
河 물 하 (水부-5획)	形聲. 氵(水)+可. '可'는 웃음소리를 뜻하는 의성어. 황하는 바다에 모래와 진흙이 많아 물(水)이 웃는 것처럼 껄껄(可可) 소리를 내며 흐른다는 데서 본래는 돈황(敦煌)의 곤륜산(昆崙山)에서 발원한 '황하'를 나타냄. 후에 '강'을 뜻하는 일반명사가 됨.	**물. 강.** 河口(하구). 河馬(하마). 河床(하상). 河川(하천). 河海(하해). 大河小說(대하소설). 渡河(도하). 百年河淸(백년하청). 氷河(빙하). 山河(산하). 運河(운하). 銀河水(은하수).
下 아래 하 (一부-2획)	指事. 일정한 위치(一) 아래에 점(丶)을 찍고, '아래'를 나타냄. 소전(小篆)에서부터 지금의 글자꼴이 됨.	**아래.** 下落(하락). 下位(하위). **아랫사람.** 下待(하대). 下問(하문). **나중. 뒤.** 下卷(하권). 下半期(하반기). **내리다. 내려가다.** 下棺(하관). **물리치다.** 却下(각하).
夏 여름 하 (夂부-7획)	會意. 본래자는 머리와 팔 다리 등을 다 갖춘 사람을 그려 '중국사람'을 뜻함. 예서(隸書)에서부터 머리(頁의 획 줄임)와 다리(夂)만 써서 지금의 글자꼴이 됨. 여름에는 날이 더워 머리와 발을 다 드러낸다고 보아 '여름'을 나타냄.	**여름.** 夏季(하계). 夏服(하복). 夏節期(하절기). 夏至(하지). 立夏(입하). 春夏秋冬(춘하추동). **나라 이름.** 夏桀(하걸). 夏禹氏(하우씨). 華夏(화하).
學 배울 학 (子부-13획)	會意. 어둠에 덮인(冖) 무지몽매한 어린아이(子)가 좋은 것을 두 손(臼)으로 받들고 본받는다는(爻) 데서 '배우다'를 나타냄. 본래는 집 위에 손 두 개만 그린 형태였는데, 금문(金文)에서부터 지금의 글자꼴이 됨.	**배우다.** 學力(학력). 學文(학문). 學習(학습). 學院(학원). 學用品(학용품). **학문.** 學科(학과). 學說(학설). 學者(학자). 學派(학파). 學風(학풍). **학교.** 學校(학교). 學年(학년).
恨 한 한 (心부-6획)	形聲. 忄(心)+艮. '艮'은 화가 나 눈(目)을 비수(匕)처럼 치켜뜬 것을 본떠 '흘겨보다'를 뜻함. 마음(心)에 지극한 원한이 맺히면 화가 나서 눈을 치켜뜬다는(艮) 데서 '한'을 나타냄.	**한. 한하다.** 恨歎(한탄). 餘恨(여한). 遺恨(유한). 怨恨(원한). 痛恨(통한). 悔恨(회한).

閑 한가할 한 (門부-4획)	會意. 목장 출입구(門)를 막대기(木)로 막는다는 데서 '나무로 만든 우리' '마굿간'을 나타냄. 후에 '막다'로 의미가 확장되고, 문이 막히면 오가는 사람이 없다는 데서 '한가하다'를 나타냄.	**한가하다.** ≒閒. 閑暇(한가). 閑良(한량). 閑散(한산). 閑人(한인). 閑寂(한적). 農閑期(농한기). **등한하다.** =閒. 等閑視(등한시). **막다.** 閑邪(한사).
限 한계 한 (阜부-6획)	形聲. 阜(阝)+艮. 언덕(阜)이 사람(人)의 눈길(目)을 가로막는 것을 그린 형태로, '가로막다' '한계'를 나타냄. 예서(隸書)에서부터 '目'과 '人'의 합성자가 '艮'으로 바뀌어 지금의 글자꼴이 됨.	**한계.** 限界(한계). 限度(한도). 限定(한정). 局限(국한). 權限(권한). 極限(극한). 期限(기한). 無制限(무제한). 無限量(무한량). 無限定(무한정). 上限(상한). 時限(시한). 有限(유한).
寒 찰 한 (宀부-9획).	會意. 집 안(宀)에서 볏짚(井 비슷한 부분)을 덮은 사람(八←儿)이 얼음(冫) 위에 서있는 것을 그려 '차다' '춥다'를 나타냄.	**차다.** 寒氣(한기). 寒冷(한냉). 寒波(한파). 耐寒(내한). **떨다.** 惡寒(악한). **가난하다.** 寒微(한미). 寒村(한촌). 貧寒(빈한).
漢 한수 한 (水부-11획)	形聲. 氵(水)+堇. 본래는 중국 섬서성(陝西省)에서 발원하는 양자강 상류를 지칭함. 발음부는 '堇'의 변형. 진흙(堇)이 섞여 물(水)이 노랗다는 데서 지어진 이름.	**한수.** 漢水(한수). **나라와 종족 이름.** 漢文(한문). **은하수.** 銀漢(은한). **사나이. 놈.** 巨漢(거한). 怪漢(괴한). **한강.** 漢江(한강). 漢城(한성).
韓 한국 한 (韋부-8획)	形聲. '韋'가 형에 해당함. 발음부는 계속 그 형태가 바뀜. 풀(위의 十)이 무성한 낭떠러지(韋) 아래 있는 제단(아래의 十) 위로 해(日)가 반짝이는 것을 그려 '나라 이름'을 나타냄.	**나라 이름.** 韓王(한왕). **종족 이름.** 韓半島(한반도). 韓方(한방). 韓服(한복). 韓食(한식). 韓紙(한지). 大韓民國(대한민국). **성.** 韓氏(한씨).
合 합할 합 (口부-3획)	會意. '스'는 손잡이가 달린 뚜껑을, '口'는 그릇을 각각 본떠 '닫다'를 나타냄. 뚜껑을 닫으면 그릇과 합쳐 하나가 되므로, '합하다' '모이다' '하나가 되다'라는 의미가 파생됨. 세 방면(△)에서 모인 사람의 의견(口)이 하나로 일치한다는 데서 '맞다' '합하다'를 나타내게 됨.	**합하다.** 合倂(합병). 團合(단합). 待合室(대합실). 複合(복합). 統合(통합). **맞다.** 合格(합격). 合當(합당). **홉. 양을 되는 단위.** 斗升合勺(두승합작).

抗 겨룰 항 (手부-4획)	形聲. 扌(手)+亢. '亢'은 머리와 가슴을 이어주는 데로, '법통을 이어 적을 막고 어지럽히는 것을 친다'는 뜻으로 쓰임. 질서를 교란하는 내부 외부의 적을 손(手)으로 쳐서(亢) 막는다는 데서 '겨루다' '막다'를 나타냄.	겨루다. 막다. 抗議(항의). 抗爭(항쟁). 抗體(항체). 對抗(대항). 反抗(반항). 抵抗(저항). 들다. 抗告(항고). 抗訴(항소). 抗手(항수).
港 항구 항 (水부-9획)	形聲. 氵(水)+巷. '巷'은 '마을 안의 거리'를 뜻함. 사람이 걸어 다니는 길(巷)처럼 배가 다니는 물(水) 길이라는 데서 '뱃길'을 나타냄. 후에 배가 그 길을 따라 가서 도착하는 '항구'를 나타냄.	항구. 港口(항구). 開港(개항). 空港(공항). 歸港(귀항). 漁港(어항). 入港(입항). 出港(출항). 뱃길. 港圖(항도).
航 배 항 (舟부-4획)	形聲. 舟+亢. 배(舟)가 돛대를 높이(亢) 세웠다는 데서 '큰 배'를 나타냄. 옛날 큰 배는 돛대를 달아 운항하고, 작은 배는 노를 저어 운항했기에 이 글자가 만들어짐. 후에 배가 돛대를 높이 세우면 바람을 타고 운항하게 된다고 보아 '운항하다'를 나타냄.	운항하다. 航空機(항공기). 航路(항로). 航海(항해). 缺航(결항). 歸航(귀항). 難航(난항). 渡航(도항). 密航(밀항). 巡航(순항). 外航船(외항선). 運航(운항). 直航(직항). 出航(출항).
解 풀 해 (角부-6획)	會意. 칼(刀)로 소(牛)의 뼈(角)와 몸뚱이를 갈라 나눈다는 데서 '가르다' '풀다'를 나타냄.	풀다. 解決(해결). 解答(해답). 解讀(해독). 解釋(해석). 見解(견해). 理解(이해). 和解(화해). 가르다. 解剖(해부). 흩다. 解散(해산).
害 해칠 해 (宀부-7획)	會意. 가운데의 '丯'은 본래 '풀이 무성한 모양'을 뜻함. 입(口)을 어지럽게(丯) 놀려 함부로 말하면 집(宀)의 화목을 해친다는 데서 '해치다'를 나타냄.	해치다. 百害無益(백해무익). 損害(손해). 利害(이해). 災害(재해). 방해하다. 妨害(방해). 障害(장해). 沮害(저해). 요새지 要害(요해).
海 바다 해 (水부-7획)	形聲. 氵(水)+每. '每'는 새싹이 무성하게 싹트는 것을 본뜬 글자로, '많다'라는 의미를 내포함. 바다는 모든 물(水)을 다 받아들여 수량이 엄청나게 많은(每) 곳이라는 데서 '바다'를 나타냄.	바다. 海軍(해군). 海邊(해변). 海洋(해양). 海外(해외). 桑田碧海(상전벽해). 航海(항해). 널리. 海諒(해량). 海恕(해서).

核 씨 핵 (木부-6획)	形聲. 木+亥. 나무(木)의 씨는 돼지(亥)처럼 검은 빛깔을 띠고 있다는 데서 '씨'를 나타냄.	씨. 核果(핵과). 核子(핵자). 結核(결핵). 果核(과핵). 肺結核(폐결핵). 중심. 核心(핵심). 핵. 核武器(핵무기). 核發電(핵발전). 核分裂(핵분열). 核實驗(핵실험).
幸 다행 행 (干부-5획)	會意. 위의 '土'는 '夭'의 변형이고, 그 나머지는 '逆(거스를 역)'의 본래자. 일찍 죽는 것(夭)을 거슬러서(逆) 죽지 않게 되면 좋다는 데서 '좋다'를 나타냄.	다행. 幸福(행복). 幸運(행운). 幸運兒(행운아). 多幸(다행). 不幸(불행). 바라다. 幸冀(행기). 임금의 행차. 行幸(행행). 사랑하다. 幸姬(행희).
行 다닐 행 (行부-0획)	象形. 네거리(⼗)를 그려 '길'을 나타냄. 후에 회의문자로 보아, 왼발을 내딛고(彳) 오른발을 내딛으면서(亍을 뒤집어 쓴 것) 걸어간다고 보아, '걷다' '다니다'를 나타냄.	다니다(행). 行人(행인). 行進(행진). 행하다(행). 行動(행동). 行事(행사). 오행(행). 五行(오행). 글씨체(행). 行書(행서). 상점(행). 行員(행원). 行長(행장).
鄕 시골 향 (邑부-10획)	會意. 마주앉은 두 사람(본래는 좌우 모두 邑임)이 가운데 있는 음식(皀)을 먹는 모습을 그려 '술과 음식을 차려 손님을 초대하다'를 나타냄. 시골 사람은 빙 둘러앉아 음식을 나누어 먹는다는 데서 '시골' '고향'을 나타냄.	시골. 鄕歌(향가). 鄕軍(향군). 鄕樂(향악). 鄕村(향촌). 鄕土(향토). 고향. 鄕愁(향수). 鄕友會(향우회). 故鄕(고향). 歸鄕(귀향). 落鄕(낙향). 고장. 鄕校(향교). 鄕約(향약).
香 향기 향 (香부-0획)	會意. '日'은 '甘'의 변형. 달콤한(日) 기장(禾)은 향기로워 먹기에도 좋다는 데서 '향기' '냄새가 좋다'를 나타냄.	향기. 香氣(향기). 香爐(향로). 香料(향료). 香水(향수). 香辛料(향신료). 香油(향유). 香火(향화). 墨香(묵향). 芳香劑(방향제). 焚香(분향). 麝香(사향).
向 향할 향 (口부-3획)	象形. 집(丶와 冂)과 창문(口)을 그려 '북쪽으로 난 창'을 뜻함. 이후 창이 북쪽을 향했다는 데서 '향하다'를 뜻함.	향하다. 傾向(경향). 方向(방향). 性向(성향). 意向(의향). 志向(지향). 나아가다. 向上(향상). 向學烈(향학렬). 접때. 向時(향시). 向前(향전).

虛 빌 허 (虍부-6획)	形聲. 虍+丘. 발음부는 '丘'의 변형. 호랑이(虍)가 사는 언덕(丘)에는 사람이나 다른 짐승이 살지 않아 텅 빈다는 데서 '비다'를 나타냄.	**비다.** 虛空(허공). 虛構(허구). 虛飢(허기). 虛實(허실). 虛數(허수). **헛되다.** 虛妄(허망). 虛無(허무). 虛無孟浪(허무맹랑). 虛僞(허위). **약하다.** 虛氣(허기). 虛弱(허약).
許 허락할 허 (言부-4획)	形聲. 言+午. '午'는 '杵'의 획 줄임. 방아를 찧을 때는 서로 소리 매겨 박자를 맞추는데, 그 소리는 상대에게 절구공이를 내리쳐도 좋다는 표시임. 소리(言)를 내서 상대에게 방아를 찧도록(杵) 허락한다는 데서 '허락하다'를 나타냄.	**허락하다.** 許可(허가). 許諾(허락). 許容(허용). 免許(면허). 無許可(무허가). **가량.** 幾許(기허). 十里許(십리허). **매우.** 許多(허다). **의문사. 어느.** 何許人(하허인).
憲 법 헌 (心부-12획)	會意. 우산(宀과 丰으로 나타냄) 아래 눈(罒)을 그려 '햇볕을 가리는 수레의 휘장'을 나타냄. 소전(小篆)에서부터 '心(마음 심)'을 덧붙여, 해로운(害의 획 줄임) 일을 하지 못하도록 밝은 눈(罒)과 마음(心)으로 감시한다고 보아, '법령', '전범'을 나타냄.	**법.** 憲法(헌법). 憲章(헌장). 憲政(헌정). 改憲(개헌). 違憲(위헌). 入憲(입헌). 制憲(제헌). **관청.** 憲兵(헌병). 官憲(관헌). 司憲府(사헌부).
險 험할 험 (阜부-13획)	形聲. 阝(阜)+僉. '僉'은 '險'의 획 줄임. 언덕(阜)이 험준하면(僉) 길을 가기 어렵다는 데서 '험하다'를 나타냄.	**험하다.** 險難(험난). 險惡(험악). 險峻(험준). 冒險(모험). 保險(보험). 危險(위험). 探險(탐험). **간악하다.** 險口(험구). 險談(험담).
驗 시험할 험 (馬부-13획)	形聲. 馬+僉. 말(馬)은 여러 사람이 모두(僉) 시험해 봐야만 좋은 말인지의 여부를 판단할 수 있다는 데서 '시험하다'를 나타냄.	**시험하다.** 受驗(수험). 試驗(시험). 實驗(실험). **겪다.** 經驗(경험). 先驗(선험). 證驗(증험). 體驗(체험). **보람.** 靈驗(영험). 效驗(효험).
革 가죽 혁 (革부-0획)	會意. 머리(一과 凵)와 몸통(口)과 꼬리(十)가 다 붙은 짐승 가죽을 그려 '가죽'을 나타냄. 짐승 가죽을 벗겨 무두질한다는 데서 '제거하다' '고치다'라는 의미가 파생됨.	**가죽.** 革帶(혁대). 革細工(혁세공). 皮革(피혁). **고치다.** 革命(혁명). 革新(혁신). 軍事革命(군사혁명). 改革(개혁). 變革(변혁). 沿革(연혁).

顯 나타날 **현** (頁부-14획)	形聲. '頁'이 형에 해당함. 가는 실(絲)은 밝은 태양(日) 아래에서만 사람(人)의 눈(目)에 분명히 드러난다는 데서 '분명하게 드러나다'를 나타냄. 소전(小篆)에서부터 '人'과 '目'이 합쳐져 '頁(머리 혈)'로 바뀜.	**나타나다.** 顯微鏡(현미경). 顯著(현저). 顯忠日(현충일). **높다.** 顯達(현달). 顯職(현직). **돌아가신 이의 경칭.** 顯考(현고). 顯考學生府君(현고학생부군). 顯妣(현비).
賢 어질 **현** (貝부-8획)	形聲. '貝(조개 패)'가 형에 해당함. 어질고 솜씨 있는(又) 신하(臣)는 국가 재물(貝)을 낭비 않고 잘 지킨다는 데서 '어질다'를 나타냄. 본래자는 발음부(간)인데, 내리뜬 눈(臣)과 손(又)을 그려 잘 순종하고 솜씨 있음을 보여주어, '훌륭한 머슴'을 나타냄.	**어질다.** 賢明(현명). 賢母良妻(현모양처). 賢淑(현숙). 賢愚(현우). 賢人(현인). 賢者(현자). 名賢(명현). 先賢(선현). 聖賢(성현). 竹林七賢(죽림칠현). 集賢殿(집현전).
現 나타날 **현** (玉부-7획)	形聲. 王(玉)+見. 옥(玉)이 빛나서 사람의 눈길(見)을 끈다는 데서 '옥빛'을 나타냄. 후에 옥(玉)은 조금만 갈아도 금방 아름다운 빛이 나타난다고(見) 보아 '나타나다' '이제'를 나타냄.	**나타나다.** 現夢(현몽). 現象(현상). 具現(구현). 實現(실현). 再現(재현). **이제.** 現代(현대). 現狀(현상). 現實(현실). 現場(현장). 現在(현재). 現存(현존). 現況(현황).
血 피 **혈** (血부-0획)	會意. 제사용 그릇(皿)에 담긴 피(丶)를 그려 '피'를 나타냄. 옛날에 산 짐승의 피를 바치는 제사인 혈제(血祭)에서 이 글자가 만들어짐.	**피.** 血管(혈관). 血氣(혈기). 血糖(혈당). 血淚(혈루). 血眼(혈안). 血壓(혈압). 血液(혈액). 血緣(혈연). 血肉(혈육). 血統(혈통). 血痕(혈흔). 貧血(빈혈). 出血(출혈). 獻血(헌혈).
協 화할 **협** (十부-6획)	形聲. 十+劦. 본래자는 '劦'으로, 쟁기를 본뜬 '力'을 세 개 합쳐 여러 사람이 함께 일한다는 데서 '함께'를 나타냄. 소전(小篆)에서부터 '十'을 더해 의미를 명확히 함. 여럿이 함께 일한다는 데서 '화합하다' '서로 맞다' 등의 의미가 파생됨.	**화하다.** 協同(협동). 協同組合(협동조합). 協力(협력). 協商(협상). 協心(협심). 協約(협약). 協協議(협의). 協定(협정). 協助(협조). 協調(협조). 協贊(협찬). 不協和音(불협화음).
刑 형벌 **형** (刀부-4획)	形聲. 刂(刀)+井. 우물(井)을 칼을 차고(刀) 지킨다는 데서 '다스리다'를 뜻함. 사람을 형벌로 다스린다고 보아, 후에 '형벌'을 나타냄. 옛날 칼을 찬 관리를 파견해 물을 긷는 사람들의 질서를 유지하고 분쟁을 방지했던 데서 글자가 만들어짐.	**형벌.** 刑罰(형벌). 刑務所(형무소). 刑法(형법). 減刑(감형). 絞首刑(교수형). 求刑(구형). 極刑(극형). 死刑(사형). 實刑(실형). 終身刑(종신형). 斬刑(참형). 處刑(처형). 體刑(체형).

形 모양 형 (彡부-4획)	形聲. 彡+幵. '彡'은 털 만든 붓을, '幵(평평할 견)'은 '두 개가 합쳐져 하나가 됨'을 뜻함. 붓(彡)으로 사물과 하나인 것(幵)처럼 똑같은 모양을 그린다는 데서 '모양'을 나타냄.	**모양.** 形象(형상). 形成(형성). 形式(형식). 形態(형태). 奇形(기형). **얼굴.** 形色(형색). **나타나다.** 形言(형언). 形容(형용). **상황.** 形局(형국). 形勢(형세).
兄 형 형 (儿부-3획)	會意. 입(口)을 크게 벌린 사람(儿)을 그렸는데, 입은 '명령'을 뜻함. 이것저것 많은 일을 시키는(口) 사람(儿)이란 데서 '형'을 뜻함.	**형.** 兄夫(형부). 兄嫂(형수). 兄弟姉妹(형제자매). 難兄難弟(난형난제). **義 동년배를 높이는 말.** 兄氏(형씨). 老兄(노형). 雅兄(아형). 學兄(학형). 呼兄呼弟(호형호제).
惠 은혜 혜 (心부-8획)	形聲. 心+專. 발음부는 '專'의 획 줄임. 마음(心)을 인간의 본분에 집중시킬 수 있는(專) 사람만이 남을 자기처럼 사랑하여 은혜를 베풀 수 있다는 데서 '은혜' '인자하다'를 나타냄.	**은혜.** 惠澤(혜택). 施惠(시혜). 恩惠(은혜). 慈惠(자혜). 天惠(천혜). **인자하다.** 惠賜(혜사). 惠聲(혜성). 惠政(혜정). 惠贈(혜증). **주다.** 惠書(혜서). 惠存(혜존).
呼 부를 호 (口부-5획)	形聲. 口+乎. 소리(口)를 크게 질러(乎) 사람을 부른다는 데서 '부르다'를 나타냄.	**부르다.** 呼價(호가). 呼名(호명). 呼訴(호소). 呼應(호응). 呼出(호출). **숨을 내쉬다.** 呼吸(호흡). 深呼吸(심호흡). **탄식하는 소리.** 嗚呼(오호).
好 좋을 호 (女부-3획)	會意. 여자(女)가 아이(子)를 안고 있는 모습을 그리고, 여자가 아이를 좋아한다는 데서 '좋아하다'는 나타냄.	**좋다.** 好感(호감). 好喪(호상). **좋아하다.** 好奇心(호기심). 好事(호사). 好色(호색). 好戰的(호전적). **사이좋게 지내다.** 友好(우호). 友好條約(우호조약).
戶 집 호 (戶부-0획)	象形. 문(門) 반쪽을 그려 '지게문'을 나타냄. 집집마다 문이 있다는 데서 후에 '집'을 나타냄.	**지게.** 門戶(문호). 門戶開放(문호개방). 窓戶(창호). **집.** 戶口(호구). 戶別(호별). 戶籍(호적). 戶籍謄本(호적등본). 戶主(호주). 家家戶戶(가가호호).

護 보호할 호 (言부–14획)	形聲. '言'이 형에 해당함. 발음부는 '獲(얻을 획)'의 본래자로, 풀숲(艸)에 있는 새(隹)를 손(又)으로 잡는다는 것으로, '지니다' '보전하다'라는 의미. 어려운 처지에 빠진 사람에게 너그러운 말(言)로 위로해 몸을 보전하도록 도와준다는 뜻.	**보호하다.** 護國(호국). 護送(호송). 護身術(호신술). 護衛(호위). 加護(가호). 看護(간호). 警護(경호). 救護(구호). 辯護(변호). 保護(보호). 守護(수호). 愛護(애호). 養護室(양호실).
湖 호수 호 (水부–9획)	形聲. 氵(水)+胡. '胡'는 넓적한 소의 턱밑살로 '넓고 평평하다'는 의미를 가짐. 물(水)이 소의 턱밑살처럼 넓고 평평하게(胡) 고였다는 데서 '호수'를 나타냄.	**호수.** 湖南(호남). 湖畔(호반). 湖水(호수). 江湖(강호). 畿湖(기호).
號 이름 호 (虍부–7획)	形聲. 虎+号. 호랑이(虎)처럼 우렁차게 소리 질러(号) 부른다는 데서 '부르짖다'를 나타냄. 후에 사람의 이름을 부를 때는 큰 소리를 지른다고 보아 '이름'을 나타냄.	**이름.** 國號(국호). 商號(상호). 雅號(아호). 年號(연호). 自號(자호). **부르짖다.** 號哭(호곡). 號令(호령). **부호.** 記號(기호). 符號(부호). **번호.** 號俸(호봉). 號數(호수).
或 혹 혹 (戈부–4획)	會意. 아래위에 담(一)이 있는 마을(口)을 무기(戈)를 들고 혹시 적이 나타날까 지킨다는 데서 '나라'를 나타냄. 후에 주로 '혹시'를 나타냄. 본래는 '口'를 더한 '國'과 '土'를 더한 '域'으로 나타냄.	**혹시.** 或者(혹자). 或時(혹시).
婚 혼인할 혼 (女부–8획)	會意. 옛날에 결혼할 때는 여자(女)가 저녁(昏)에 남자 집에 들어갔다는 데서 '혼인하다'를 나타냄.	**혼인하다.** 婚期(혼기). 婚談(혼담). 婚禮(혼례). 婚事(혼사). 婚需(혼수). 婚姻(혼인). 結婚(결혼). 旣婚(기혼). 新婚(신혼). 約婚(약혼). 離婚(이혼). 再婚(재혼). 請婚(청혼). 破婚(파혼).
混 섞을 혼 (水부–8획)	形聲. 氵(水)+昆. '昆'은 본래 해(日)와 비슷하게(比) 밝다는 데서 '같다'를 뜻함. 맑고 흐린 모든 물(水)이 섞여 다 같이(昆) 흘러간다는 데서 '섞이다'를 나타냄.	**섞다.** 混沌(혼돈). 混同(혼동). 混亂(혼란). 混紡(혼방). 混線(혼선). 混聲(혼성). 混食(혼식). 混泳(혼영). 混用(혼용). 混入(혼입). 混雜(혼잡). 混戰(혼전). 混濁(혼탁). 混合(혼합).

布 베 포							
爆 터질 폭							
暴 사나울 폭							
標 표할 표							
票 표 표							
表 겉 표							
品 물건 품							
豊 풍년 풍							
風 바람 풍							
疲 지칠 피							
避 피할 피							
必 반드시 필							
筆 붓 필							
河 물 하							
下 아래 하							

夏 여름 하								
學 배울 학								
恨 한 한								
閑 한가할 한								
限 한계 한								
寒 찰 한								
漢 한수 한								
韓 한국 한								
合 합할 합								
抗 겨룰 항								
港 항구 항								
航 배 항								
解 풀 해								
害 해칠 해								
海 바다 해								

核 씨 핵									
幸 다행 행									
行 다닐 행									
鄕 시골 향									
香 향기 향									
向 향할 향									
虛 빌 허									
許 허락할 허									
憲 법 헌									
險 험할 험									
驗 시험할 험									
革 가죽 혁									
顯 나타날 현									
賢 어질 현									
現 나타날 현									

血 피 혈									
協 화할 협									
刑 형벌 형									
形 모양 형									
兄 형 형									
惠 은혜 혜									
呼 부를 호									
好 좋을 호									
戶 집 호									
護 보호할 호									
湖 호수 호									
號 이름 호									
或 혹 혹									
婚 혼인할 혼									
混 섞을 혼									

1. 다음 한자어의 독음(讀音)을 쓰시오.

(1) 瀑布
(2) 爆發
(3) 投票
(4) 屛風
(5) 疲困
(6) 必然
(7) 筆記
(8) 氷河
(9) 下落
(10) 夏至
(11) 學力
(12) 漢文
(13) 韓紙
(14) 團合
(15) 損害
(16) 航海
(17) 核心
(18) 意向
(19) 虛空
(20) 許諾
(21) 試驗
(22) 改革
(23) 實現
(24) 出血
(25) 形象
(26) 兄夫
(27) 呼名
(28) 好感
(29) 門戶
(30) 或時

2. 다음 한자의 훈(訓)과 음(音)을 쓰세요.

(31) 暴
(32) 恨
(33) 標
(34) 豊
(35) 避
(36) 限
(37) 寒
(38) 品
(39) 婚
(40) 閑
(41) 混
(42) 抗
(43) 港
(44) 表
(45) 幸
(46) 賢
(47) 行
(48) 鄉
(49) 香
(50) 憲
(51) 險
(52) 航
(53) 解
(54) 協
(55) 刑
(56) 惠
(57) 護
(58) 號
(59) 湖
(60) 顯

3. 다음 빈칸에 알맞은 한자를 써 넣으시오.

(61) ( )樹之嘆
(62) 事( )歸正
(63) 百年( )淸
(64) 春( )秋冬
(65) 大( )民國
(66) 百( )無益
(67) 桑田碧( )
(68) ( )母良妻
(69) 難( )難弟
(70) 家家( )( )
(71) ( )無孟浪
(72) 不( )和音

4. 다음 한자의 부수를 쓰시오.

(73) 爆
(74) 豊
(75) 布
(76) 筆
(77) 限
(78) 閑
(79) 合
(80) 香
(81) 幸
(82) 鄉
(83) 港
(84) 抗
(85) 顯
(86) 血
(87) 憲
(88) 驗
(89) 號
(90) 湖

紅 붉을 홍 (糸부-3획)	形聲. 糸+工. 장인(工)이 하얀 실(糸)을 물들여 붉은 천을 짠다는 데서 '붉다'를 나타냄.	**붉다.** 紅巾賊(홍건적). 紅燈街(홍등가). 紅蔘(홍삼). 紅柿(홍시). 紅顔(홍안). 紅疫(홍역). 紅玉(홍옥). 紅一點(홍일점). 紅潮(홍조). 紅塵(홍진). 紅茶(홍차). 紅蛤(홍합). 朱紅(주홍).
華 빛날 화 (艸부-8획)	會意. 초목(艸)의 꽃이 활짝 핀 모습을 꽃잎(二와 十)과 줄기(아래의 十)를 그려 '꽃'을 나타냄. 꽃은 초목의 가장 빛나는 부분으로 후에 '빛나다'를 나타냄. 본래 의미는 속자(俗字)인 '花'로 나타냄.	**빛나다.** 華麗(화려). 華燭(화촉). 華婚(화혼). 繁華(번화). 榮華(영화). **나라 이름. 중국.** 華僑(화교). 華商(화상). 中華(중화). **머리가 세다.** 華髮(화발).
貨 재물 화 (貝부-4획)	形聲. 돈(貝)이 되는(化) 물건이라는 데서 '재물'을 나타냄. 본래는 '化'만 나타냈는데, 금문(金文)에서부터 '貝(조개 패)'를 더해 의미를 명확히 함.	**재화.** 貨幣(화폐). 金貨(금화). 寶貨(보화). 財貨(재화). 鑄貨(주화). **물품.** 貨物(화물). 貨主(화주). 貨車(화차). 百貨店(백화점). 手貨物(수화물). 雜貨(잡화).
化 될 화 (匕부-2획)	會意. 곡예하는 사람이 바로 섰다가(人) 거꾸로 서는(匕) 모양을 그리고, 곡예하는 사람들은 모양이 자주 바뀐다는 데서 '모양이 바뀌다' '변화하다'를 나타냄.	**되다.** 化膿(화농). 化石(화석). **변하다.** 化粧(화장). 開化(개화). 老化(노화). 同化(동화). 文化(문화). 醇化(순화). 進化(진화).
和 화할 화 (口부-5획)	形聲. 口+禾. '禾'는 고개 숙인 곡식을 본뜸. 고개를 숙였다는 데서 '서로 믿고 따르다'는 의미를 내포함. 서로 믿고 따르는(禾) 마음을 말(口)로 나타내면 화목하게 된다는 데서 '화목하다'를 나타냄. 본래자는 '龢'였는데, 예서(隷書)부터 지금의 글자꼴이 됨.	**화하다. 뜻이 맞다.** 和睦(화목). 和暢(화창). 和合(화합). 和解(화해). **가락을 맞추다.** 和答(화답). 和音(화음). 不協和音(불협화음). **합계.** 總和(총화).
畵 그림 화 (田부-8획)	會意. 본래자는 손으로 붓을 잡고(聿) 꽃을 그리는 것을 그려서, '그리다'를 나타냄. 금문(金文)에서는 꽃의 모양이 '田(밭 전)'으로 바뀌어, 밭의 경계선을 긋는 것으로 보아 '긋다'를 나타냄. 소전(小篆)에서부터 지금의 글자꼴이 됨.	**그림.** 畵家(화가). 畵面(화면). 畵伯(화백). 畵報(화보). 畵室(화실). 畵中之餠(화중지병). 畵幅(화폭). 漫畵(만화). 壁畵(벽화). 揷畵(삽화). 自畵像(자화상). 自畵自讚(자화자찬).

花 꽃 화 (艸부-4획)	形聲. ++(艸)+化. 초목(艸)이 아름답게 변하여(化) 꽃이 된다는 데서 '꽃'을 나타냄. 본래자는 '華'이고, '花'는 그 속자였는데, 지금은 일반적으로 '花'가 쓰임.	**꽃.** 花瓶(화병). 花卉(화훼). 開花(개화). 國花(국화). 錦上添花(금상첨화). **아름답다.** 花郎(화랑). 花顔(화안). **흐리다.** 眼花(안화). **기생.** 花代(화대). 花柳界(화류계).
話 말씀 화 (言부-6획)	形聲. 言+舌. 혀(舌)를 놀려 말(言) 한다는 데서 '말씀'을 나타냄. 본래는 '舌' 대신 '呧(꾸짖을 저)'가 쓰여, 나쁜 것을 꾸짖어 막는 '좋은 말'을 나타냈는데, 예서(隷書)에서부터 지금의 글자꼴이 됨.	**말씀.** 話法(화법). 話術(화술). 話題(화제). 對話(대화). 童話(동화). 秘話(비화). 說話(설화). 手話(수화). 神話(신화). 實話(실화). 野話(야화). 寓話(우화). 電話(전화). 通話(통화).
火 불 화 (火부-0획)	象形. 불이 활활 타는 모습을 그려 '불'을 나타냄. 금문(金文)에서부터 지금의 글자꼴로 바뀌어, 불길의 모습을 찾기 힘듦.	**불.** 火爐(화로). 火傷(화상). 火葬(화장). 發火(발화). 放火(방화). 消火(소화). 點火(점화). **급하다.** 火急(화급).
確 굳을 확 (石부-10획)	形聲. 石+寉. '寉'은 새(隹)가 일정한 한계(冖)을 넘어섰음을 뜻하므로, '뛰어나다'라는 의미를 내포함. 돌의 본성은 굳은 것인데, 돌(石)이 매우 뛰어나다는(寉) 데서 '굳다'를 나타냄.	**굳다.** 確固(확고). 確答(확답). 確率(확률). 確立(확립). 確保(확보). 確信(확신). 確實(확실). 確言(확언). 確認(확인). 確定(확정). 確證(확증). 明確(명확). 不確實(불확실). 精確(정확).
歡 기쁠 환 (欠부-18획)	形聲. 欠+雚. '欠'에는 '입을 크게 벌리다'라는 의미가 내포됨. 기쁘면 황새(雚)처럼 날뛰며 입을 크게 벌리고(欠) 소리 지른다는 데서 '기쁘다'를 나타냄.	**기쁘다.** 歡談(환담). 歡樂街(환락가). 歡待(환대). 歡聲(환성). 歡送(환송). 歡心(환심). 歡迎(환영). 歡呼(환호). 歡呼聲(환호성). 歡喜(환희). 哀歡(애환). 合歡酒(합환주).
環 고리 환 (玉부-13획)	形聲. 王(玉)+睘. '睘'은 옷(衣) 가운데 달린 둥근 옥(口)을 동그랗게 눈뜨고 바라보는(罒) 데서 '동그랗다'라는 의미를 가짐. 옥(玉)이 눈뜬 모습처럼 속이 비고 동그랗게(睘) 생긴 데서 '고리'를 뜻함.	**고리.** 環玉(환옥). 金環(금환). 循環(순환). 惡循環(악순환). 一環(일환). **두르다.** 環境(환경). 環視(환시). 衆人環視(중인환시). **둥근 구슬.** 環狀(환상).

患 근심 환 (心부-7획)	形聲. 心+串. 근심이 있으면 마음(心)이 꼬챙이로 꿰이는(串) 것처럼 아프다는 데서 '근심'을 나타냄. 또는 사람의 마음은 중심처에 모여야(忠) 하는데, 마음(心)의 중심이 둘(串) 가지고 줏대 없이 오가는 것을 근심한다는 데서 '근심하다'를 나타냄.	**근심.** 患難相恤(환난상휼). 內憂外患(내우외환). 有備無患(유비무환). **병.** 患部(환부). 患者(환자). 老患(노환). 病患(병환). 宿患(숙환). 重患者(중환자). 疾患(질환).
活 살 활 (水부-6획)	形聲. 氵(水)+舌. 입에서 혀(舌)가 튀어나오듯 막혔던 물(水)이 거세게 터져 나온다는 데서 '물이 거세게 흐르는 소리'를 나타냄. 물이 흘러나오면 온갖 생물이 살 수 있다는 데서 후에 주로 '살다'를 나타냄.	**살다(활).** 活動(활동). 活力(활력). 活潑(활발). 活躍(활약). 活字(활자). 生活(생활). 快活(쾌활). **응용하다(활).** 活用(활용). **물소리(괄).** 活活(괄괄).
況 하물며 황 (水부-5획)	形聲. 氵(水)+兄. '兄'은 명령하는 입(口)이 강조된 사람(儿)의 모습을 그린 것으로 '시키다'의 뜻을 가짐. 물은 만물이 살아가도록 돕는 것이므로, 물(水)이 시키는(兄) 대로 따르면 번성한다는 데서 '더욱' '하물며'를 나타냄.	**형편.** 景況(경황). 近況(근황). 不況(불황). 狀況(상황). 情況(정황). 現況(현황). 好況(호황). **하물며.** 況且(황차).
黃 누를 황 (黃부-0획)	會意. 머리(丷)에 비녀를 꽂고(一) 두 팔(아래의 一)을 벌리고 두 다리(八)로 서 있는 사람의 가슴에 달린 반달 모양의 옥(田)을 그려 '패옥'을 나타냄. 후에 밭(田)의 빛깔(나머지 부분은 光의 옛글자)이 노란 데서 '노랗다'를 나타냄.	**노랗다.** 黃狗(황구). 黃金(황금). 黃金分割(황금분할). 黃疸(황달). 黃桃(황도). 黃沙(황사). 黃鳥(황조). 黃泉(황천). 黃土(황토). 黃海(황해). 黃昏(황혼). 浮黃(부황). 牛黃(우황).
回 돌 회 (口부-3획)	指事. 물이 소용돌이치는 것을 그려 '빙빙 돌다'를 나타냄. 후에 빙빙 돌면 제자리로 돌아간다고 보아, 주로 '돌아가다'를 나타냄. 본래 의미는 廴(길게 걸을 인)'을 더해 '廻(돌 회)'를 만들어서 나타냄.	**돌다.** 回甲(회갑). 回顧(회고). 回復(회복). 回想(회상). 挽回(만회). **굽히다.** 回容(회용). 回邪(회사). **횟수. 번.** 回數(회수). 九回末(구회말). 每回(매회). 數回(수회).
會 모일 회 (曰부-9획)	會意. 뚜껑(스 모양)이 덮인 그릇(曰)에 담긴 잘게 저민 고기(가운데 罒 비슷한 부분)를 그려 '회'를 나타냄. 후에 그릇과 뚜껑이 합쳐야 덮인다고 보아 '모이다'를 나타냄. 본래는 '肉(고기 육)'을 더해 '膾(회 회)'를 만들어서 나타냄.	**모이다.** 會社(회사). 會議(회의). 會者定離(회자정리). 國會(국회). **맞다.** 會心(회심). 會心作(회심작). **깨닫다.** 會得(회득). **기회.** 機會(기회).

| 效 본받을 효 (攵부-6획) | 形聲. 攵(攴)+交. '交'는 무릎을 구부리고 앉은 모습. 여기서는 종아리 둘이 교차되어 '하나가 됨'을 땀. 무엇을 모방하려는 사람은 모방의 대상과 마치 하나가 된 것(交)처럼 똑같이 되려고 힘쓴다는(攵) 데서 '본받다' '모방하다'를 나타냄. | **본받다.** 效顰(효빈). 效則(효칙). **힘쓰다.** 效死(효사). **효험.** 效果(효과). 效能(효능). 效力(효력). 效用(효용). 效率(효율). 效驗(효험). 特效(특효). |

| 孝 효도 효 (子부-4획) | 會意. 머리카락이 듬성한 노인(老)을 어린 사람(子)이 업고 있는 모습을 그리고, 자식(子)이 늙은 어버이(老)를 잘 모신다는 데서 '효도'를 나타냄. | **부모를 잘 섬기다.** 孝女(효녀). 孝道(효도). 孝婦(효부). 孝誠(효성). 孝心(효심). 孝子(효자). 孝行(효행). 不孝(불효). 忠孝(충효). |

| 候 기후 후 (人부-8획) | 形聲. 人+侯. '侯'는 본래 '과녁'을 뜻함. 활을 쏜 뒤에는 화살이 과녁에 맞았는지 확인하기 위해 사람(人)이 과녁(侯)을 살핀다는 데서 '살피다'를 나타냄. | **기후.** 候鳥(후조). 氣候(기후). 惡 **염탐하다.** 斥候兵(척후병). **조짐.** 症候(증후). 徵候(징후). **상태.** 氣體候(기체후). **기다리다.** 候補(후보). 立候補(입후보). |

| 厚 두터울 후 (厂부-7획) | 會意. 언덕(厂) 아래에 놓여 있는 위는 넓고 아래는 좁은(曰과 子는 高를 뒤집은 것) 그릇을 그려, 그릇은 두텁다는 데서 '두텁다'를 나타냄. | **두텁다.** 厚德(후덕). 厚薄(후박). 厚顔無恥(후안무치). 顔厚(안후). 溫厚(온후). 重厚(중후). **짙다.** 濃厚(농후). |

| 後 뒤 후 (彳부-6획) | 會意. '幺'는 공간개념을 시간개념으로 바꾸어 '천천히'를 뜻하고, '夂'는 '止'를 뒤집어놓은 형태로 '뒤로 가다'를 뜻함. 천천히(幺) 뒤(夂)로 걸어간다는(彳) 데서 '뒤로 물러나다' '뒤'를 나타냄. | **뒤.** 後記(후기). 後門(후문). 後半(후반). 後輩(후배). 後世(후세). 後食(후식). 後遺症(후유증). 後退(후퇴). 悔(후회). 落後(낙후). 讀後感(독후감). 雨後竹筍(우후죽순). 最後(최후). |

| 訓 가르칠 훈 (言부-3획) | 形聲. 言+川. 물은 구멍을 통해 막힌 곳을 뚫고 흘러 시내(川)를 이룬다. 이처럼 예의를 알지 못하는 사람에게 좋은 말(言)로 가르쳐 예의에 통하게(川) 한다는 데서 '가르치다'를 나타냄. | **가르치다.** 訓戒(훈계). 訓民正音(훈민정음). 訓放(훈방). 訓話(훈화). 家訓(가훈). 校訓(교훈). **뜻.** 訓讀(훈독). 訓釋(훈석). 音訓(음훈). 字訓(자훈). |

揮 휘두를 휘 (手부-9획)	形聲. 扌(手)+軍. '軍'은 용감함을 미덕으로 삼으므로 '떨치고 일어나다'라는 의미를 내포함. 군사(軍)가 떨치고 일어나듯 손(手)을 휘두른다는 데서 '휘두르다'를 나타냄.	휘두르다. 揮毫(휘호). 發揮(발휘). 指揮(지휘). 指揮棒(지휘봉). 指揮者(지휘자). 흩어지다. 揮發油(휘발유).

休 쉴 휴 (人부-4획)	會意. 사람(人)이 나무(木)에 기대어 쉬고 있는 모습을 그려 '쉬다'를 나타냄. 나중에 '멈추다' '아름답다' 등을 나타냄.	쉬다. 休暇(휴가). 休憩室(휴게실). 休務(휴무). 休息(휴식). 休業(휴업). 休紙(휴지). 公休日(공휴일). 아름답다. 休德(휴덕).

凶 흉할 흉 (凵부-2획)	指事. 구덩이(凵)에 가시(×)가 가득 찬 함정을 그리고, 사람이 함정에 빠지는 것은 재앙이란 데서 '재앙' '흉하다'를 나타냄.	흉하다. 언짢다. 凶家(흉가). 凶夢(흉몽). 凶物(흉물). 凶兆(흉조). 흉악하다. 凶計(흉계). 凶惡(흉악). 해치다. 凶器(흉기). 兇彈(흉탄). 흉년. 凶年(흉년). 凶漁(흉어).

黑 검을 흑 (黑부-0획)	會意. '土'와 '灬'는 '炎'의 변형이다. 물건을 불태우고(炎) 연기를 내보내는 굴뚝(囧)은 연기에 그을려서 검다는 데서 '검다'를 나타냄.	검다. 黑白(흑백). 黑死病(흑사병). 黑色(흑색). 黑雪糖(흑설탕). 黑心(흑심). 黑煙(흑연). 黑鉛(흑연). 黑人(흑인). 黑字(흑자). 黑點(흑점). 黑板(흑판). 黑海(흑해). 暗黑(암흑). 漆黑(칠흑).

吸 마실 흡 (口부-4획)	形聲. 口+及. 코나 입과 같이 몸에 난 구멍(口)을 통해 밖에 있는 공기나 물이 몸 안에 이르도록(及) 들이쉬거나 빨아들인다는 데서 '들이쉬다' '빨다'를 나타냄.	숨을 들이쉬다. 吸氣(흡기). 吸力(흡력). 吸煙(흡연). 呼吸(호흡). 빨다. 吸盤(흡반). 吸收(흡수). 吸水(흡수). 吸入(흡입). 吸着(흡착). 吸血鬼(흡혈귀).

興 일 흥 (臼부-9획)	會意. 큰 쟁반(同은 凡의 변형임)을 여러 손(臼와 廾는 모두 손을 그린 것임)으로 높이 들어 올리는 것을 그려서, '들어 올리다' '일으키다'를 나타냄.	일어나다. 興亡盛衰(흥망성쇠). 興信所(흥신소). 興業(흥업). 復興(부흥). 新興(신흥). 振興(진흥). 흥겹다. 興味(흥미). 興奮(흥분). 興趣(흥취). 興行(흥행). 餘興(여흥).

喜 기쁠 희 (口부-9획)	會意. '효'는 장식(士)과 받침대(业)가 달린 북(口)을 '북'을 그린 것으로, '鼓'의 획 줄임. 북(효)을 치면서 입(口)을 크게 벌리고 웃고 떠들면서 기뻐한다는 데서 '기뻐하다'를 나타냄.	**기쁘다.** 喜劇(희극). 喜怒哀樂(희로애락). 喜報(희보). 喜悲(희비). 喜捨(희사). 喜色(희색). 喜 喜消息(희소식). 喜壽(희수). 喜悅(희열). 喜喜樂樂(희희낙락). 一喜一悲(일희일비).
希 바랄 희 (巾부-4획)	指事. 첫 네 획은 '爻'의 변형으로 물건을 얽어서 짠 형태로, 칡으로 짜서(爻) 만든 모자(巾)라는 데서 여자들이 쓰던 '갈포(葛布)로 만든 망건'을 나타냄. 후에 갖고 싶어 한다는 데서 '바라다'를 나타내게 됨.	**바라다.** 希求(희구). 希望(희망). 希願(희원).
灰 재 회 (火부-2획)	첫 두 획은 손을 뜻하는 '彐'의 변형이다. 불(火)타고 남은 재는 손(彐)으로도 잡을 수 있다는 데서, '재'를 나타낸다.	**재.** 灰褐色(회갈색). 灰白色(회백색). 灰色(회색). **석회.** 灰壁(회벽). 石灰(석회). 洋灰(양회).
筋 힘줄 근 (竹부-6획)	會意. 힘(力)을 주면 대나무(竹)처럼 볼록하게 튀어나오는 살(月←肉)로, '힘줄'을 나타냄.	**힘줄.** 筋骨(근골). 筋力(근력). 筋肉質(근육질). 心筋梗塞(심근경색). 鐵筋(철근).
汽 김 기 (水부-4획).	形聲. 氵(水)+气. '气(기운 기)'는 공중을 나는 기운의 흐름으로 구름을 뜻함. 물(水)이 날아 올라가서 하늘을 나는 구름(气)이 되었다는 데서, 본래는 '물이 마르다'를 나타냄. 후에 물(水)이 끓으면 공중으로 날아오르는(气) '김'을 나타내게 됨.	**김. 증기.** 汽管(기관). 汽船(기선). 汽笛(기적). 汽車(기차). 汽筒(기통).
液 진 액 (水부-8획)	形聲. 氵(水)+夜. 공기 중의 수증기가 밤(夜)에 기온이 낮아지면 응결되어 물방울이 맺히듯 식물의 체내에서 분비되는 물방울(水)이라는 데서, '나무의 분비물', '진'을 나타냄.	**진.** 液體(액체). 液化(액화). 不凍液(부동액). 樹液(수액). 溶液(용액). 唾液(타액). 血液(혈액).

曜 빛날 요 (日부-14획)	*形聲*. 日+翟. '翟'은 특히 수꿩의 오색찬란하고 기다란 깃털을 가리킴. 햇빛(日)이 오색찬란한 수꿩의 깃털(翟)처럼 빛난다는 데서, '빛나다'를 나타냄.	**빛나다. 비치다.** 曜曜(요요). **요일.** 曜日(요일). 金曜日(금요일). 木曜日(목요일). 水曜日(수요일). **일월성신의 총칭.** 曜靈(요령). 九曜(구요).
潮 조수 조 (氵부-12획)	물(水)이 조회하듯이(朝) 바다로 밀려든다는 데서, 본래는 '물이 바다로 흘러들어오다'를 나타냈다. 나중에는 물(水)이 조회하듯이(朝) 밀려왔다 밀려가는 것으로 보아 '조수'를 나타내게 되었다.	**밀물. 썰물.** 潮流(조류). 潮水(조수). 風潮(풍조). ② **월경.** 初潮(초조).
週 주일 주 (辶부-8획)	*形聲*. 辶(辵辵)+周. 걸어서(辵) 한 바퀴를 빙 돈다는(周) 데서, '돌다'를 나타냄.	**주일.** 週刊(주간). 週間(주간). 週末(주말). 週日(주일). 週初(주초). **돌다.** 週期(주기). 週年(주년). 一週(일주).
砲 대포 포 (石부-5획)	*形聲*. 石+包. 돌(石)을 싸서(包) 멀리 쏜다는 데서, '대포'를 나타냄.	**대포.** 砲擊(포격). 砲門(포문). 砲兵(포병). 砲聲(포성). 砲手(포수). 砲煙(포연). 砲彈(포탄).
化 될 화 (匕부-2획)	*會意*. 곡예를 하는 사람이 바로 섰다가(人) 거꾸로 서는(匕) 모양을 그린 것으로 곡예하는 사람들은 모양이 자주 바뀐다는 데서, '모양이 바뀌다' '변화하다'를 나타냄.	**되다.** 化膿(화농). 化石(화석). **변하다.** 化工(화공). 化身(화신). 化成(화성). 化學(화학). 化合(화합).

紅 붉을 홍							
華 빛날 화							
貨 재물 화							
和 화할 화							
畵 그림 화							
花 꽃 화							
話 말씀 화							
火 불 화							
確 굳을 확							
歡 기쁠 환							
環 고리 환							
患 근심 환							
活 살 활							
況 하물며 황							
黃 누를 황							

回 돌 회								
會 모일 회								
效 본받을 효								
孝 효도 효								
候 기후 후								
厚 두터울 후								
後 뒤 후								
訓 가르칠 훈								
揮 휘두를 휘								
休 쉴 휴								
凶 흉할 흉								
黑 검을 흑								
吸 마실 흡								
興 일 흥								
喜 기쁠 희								

希 바랄 희							
筋 힘줄 근							
汽 김 기							
液 진 액							
曜 빛날 요							
潮 조수 조							
週 주일 주							
砲 대포 포							
化 될 화							
灰 재 회							

1. 다음 한자어의 독음(讀音)을 쓰시오.

(1) 和合   (2) 壁畵   (3) 開花   (4) 放火
(5) 歡迎   (6) 循環   (7) 活潑   (8) 黃沙
(9) 回復   (10) 會議   (11) 孝行   (12) 落後
(13) 校訓   (14) 凶兆   (15) 暗黑   (16) 文化

2. 다음 한자의 훈(訓)과 음(音)을 쓰세요.

(17) 紅   (18) 喜   (19) 希   (20) 華
(21) 貨   (22) 揮   (23) 話   (24) 吸
(25) 典   (26) 況   (27) 效   (28) 候
(29) 厚   (30) 休   (31) 確   (32) 患

3. 다음 빈칸에 알맞은 한자를 써 넣으시오.

(33) 自( )自讚   (34) 錦上添( )   (35) 衆人( )視   (36) 有備無( )
(37) ( )顔無恥   (38) 雨( )竹筍   (39) ( )亡盛衰   (40) ( )怒哀樂

4. 다음 한자의 부수를 쓰시오.

(41) 希   (42) 休   (43) 凶   (44) 吸
(45) 效   (46) 候   (47) 黃   (48) 會
(49) 確   (50) 華   (51) 回   (52) 歡

기출연습문제 ① 답안지 (97쪽)

1 공간 2 친족 3 도서 4 원근 5 신문 6 정답 7 성공 8 초록 9 속도 10 반별 11 특사 12 운명 13 전선 14 술수 15 반미 16 공개 17 시작 18 각자 19 실례 20 시장 21 발현 22 주야 23 감동 24 전화 25 해양 26 집계 27 서부 28 병약 29 식수 30 급사 31 신호 32 소화 33 신통 34 스스로 자 35 특별할 특 36 여름 하 37 불화 38 길 로 39 봄 춘 40 지아비 부 41 반 반 42 살 주 43 때 시 44 높을 고 45 날 출 46 눈 설 47 무거울 중 48 따 지 49 오를 우 50 향할 향 51 풀초 52 나눌 분 53 길 영 54 들을 문 55 자리 석 56 들 야 57 空間 58 農村 59 車道 60 自動 61 登場 62 來年 63 老後 64 每事 65 秋夕 66 校旗 67 數 萬 68 便安 69 入學 70 電話 71 地方 72 直前 73 軍歌 74 草家 75 平時 76 日記 77 平年 78 植木 79 市內 80 場所 81 ① 弱 82 ④ 後 83 ① 和 84 ④ 短 85 ② 弱 86 ② 姓 87 ③ 쬘 88 ⑦ 樂 89 ⑤ 公 90 ① 速 91 ③ 畫 92 ④ 木 93 ③ 數 94 ② 畫 95 ④ 衣 96 ② 記 97 ④ 洞 98 ③ 藥 99 성과 이름 100 쉬는 날

기출연습문제 ② 답안지 (174쪽)

1 사고 2 서고 3 합숙 4 재료 5 세수 6 통과 7 품위 8 참석 9 도시 10 창가 11 체격 12 친절 13 종목 14 주번 15 임의 16 육로 17 용사 18 우애 19 광고 20 원시 21 저금 22 아동 23 신성 24 기대 25 미관 26 선명 27 산업 28 종신 29 조사 30 법도 31 대필 32 경치 33 과실 34 고물 35 낙엽 36 값 가 37 클 위 38 쌓을 저 39 호수 호 40 맺을 결 41 공경 경 42 빛날 요 43 뿌리 근 44 큰 덕 45 원할 원 46 굳을 고 47 빠를 속 48 거느릴 령 49 무리 류 50 쓸 비 51 씻을 세 52 멀 원 53 낮 주 54 줄 급 55 귀 이 56 구 름 운 57 다리 교 58 밝을 랑 59 多幸 60 對面 61 新聞 62 信用 63 休日 64 始作 65 勝利 66 山林 67 登校 68 出發 69 英才 70 家庭 71 地球 72 風土 73 表現 74 樹 75 靑 76 通 77 根 78 意 79 冬 80 新 81 近 82 油 83 服 84 作 85 ⑧ 不問 86 ⑥ 夕改 87 ④ 初聞 88 ③ 靑山 89 ② 識 90 ④ 止 91 ⑥ 冷 92 ① 救 93 ③ 切 94 ⑥ 操 95 ⑥ 軍旗 96 ⑤ 全文 97 ④ 國事 98 学 99 医 100 画

기출연습문제 ③ 답안지 (251쪽)

1 여가 2 장치 3 범위 4 영역 5 간파 6 지지 7 항변 8 연착 9 감청 10 취항 11 굴복 12 우표 13 거역 14 오판 15 분통 16 은밀 17 안경 18 폭군 19 성묘 20 배려 21 경청 22 철근 23 투사 24 결손 25 잡곡 26 단계 27 선포 28 잔액 29 보관 30 엄금 31 틈 가 32 나아갈 취 33 던질 투 34 갈래 파 35 기쁠 환 36 기후 후 37 책 편 38 모습 태 39 잘 침 40 줄일 축 41 가질 지 42 거동 의 43 남길 유 44 책상 안 45 엄숙할 숙 46 씻을 세 47 비석 비 48 가루 분 49 넓을 보 50 춤출 무 51 머무를 류 52 양식 량 53 멜 담 54 박달나무 단 55 들일 납 56 ① 寶物 57 ⑤ 針線 58 ⑧ 未來 59 战/戰 60 体 61 礼 62 적이 없음 63 젖먹이 64 어린이 노래 65 客觀 66 農牛 67 效果 68 許可 69 自他 70 景致 71 財團 72 德談 73 固 74 念 75 觀 76 止 77 識/知 78 具 79 望 80 席 81 意 82 打 83 風前 84 相半 85 必有 86 雪寒 87 南男 88 事親 89 多聞 90 知新 91 貴在 92 必有 93 地表 94 球速 95 短信 96 路面 97 意思 98 강 99 항복할 100 오